Angelika B. Klein

Im

SCHATTEN

des

UNRECHTS

Weitere Titel von Angelika B. Klein:
Leidenschaft, die dir Leiden schafft
Sehnsucht, die du sehnlichst suchst
Schuld, die dich schuldig macht

Autorin

Angelika B. Klein wurde 1969 geboren und lebt mit ihrem Ehemann sowie den beiden Kindern in München. Sie schreibt spannende Liebesromane für Jugendliche und Erwachsene.

Alle Handlungen und Personen in diesem Roman sind frei erfunden. Sollten sich einzelne Namen oder Örtlichkeiten auf reale Personen beziehen, so sind diese rein zufällig.

www.facebook.com/AngelikaB.Klein

Das Gesetz hat die Menschen niemals gerechter gemacht;
im Gegenteil, infolge der Achtung vor dem Gesetz
werden gute Menschen zu Vollziehern der Ungerechtigkeit.

Zitat: Henry David Thoreau (1817- 1862)

Bibliografische Informationen der Deutschen Nationalbibliothek:
Die Deutsche Nationalbibliothek verzeichnet diese Publikationen in der Deutschen Nationalbibliografie, detaillierte bibliografische Daten sind im Internet über http://dnb.dnb.de abrufbar.

© 2015 Angelika B. Klein
Urheber Cover: Chris Berger
Herstellung und Verlag
BoD – Books on Demand, Norderstedt
ISBN: 978-3-7386-2716-9

PROLOG

1992

Mit ängstlich geweiteten Augen sitzt die zehnjährige Samantha vor dem Fernseher und starrt auf den Bildschirm. Der kurze Ausschnitt mit den blutverschmierten Wänden hat ausgereicht, um ihre Fantasie anzuregen. Sie stellt sich einen maskierten großen Mann vor, der mit einem langen Messer in der Hand vor einer blonden hübschen Frau steht.

„Das ist unglaublich!", reißt ihre Mutter sie aus ihren Gedanken. „Wie kann dieser Mann nur behaupten, er sei es nicht gewesen, wenn doch alle Beweise und Fakten dafür sprechen, dass er das junge Mädchen umgebracht hat?"
„Vielleicht ist er schizophren oder hat die Tat verdrängt?", wendet ihr Vater ein.
Abrupt dreht Samantha sich um, fragt neugierig: „Was ist schizophren, Papa?"
„Wenn jemand unter Wahnvorstellungen leidet. Er glaubt dann, dass ihm eine innere Stimme befiehlt, bestimmte Sachen zu machen. Das kann auch ein Mord sein!", erklärt er kindgerecht.

Samantha wendet sich wieder der Nachrichtensendung zu und hört den Anwalt des Beschuldigten: „Mein Mandant bestreitet vehement die ihm vorgeworfene Tat! Er war zur betreffenden Zeit weder in der Nähe des Opfers, noch hatte er ein Motiv!"
Wieder dreht Samantha sich zu ihrem Vater um und schießt heraus: „Was ist ein Motiv?"
„Sam, du solltest jetzt besser ins Bett gehen", antwortet er freundlich, während er aufsteht. Er nimmt seine Tochter an der Hand und bringt sie in ihr Zimmer.

Liebevoll beugt er sich über sie, küsst sie auf die Stirn: „Gute Nacht, mein Engel!"

Nachdenklich flüstert das Mädchen: „Papa, was ist, wenn der Mann wirklich unschuldig ist? Muss er dann trotzdem ins Gefängnis?"

Besorgt über ihre detaillierten Gedanken, setzt er sich ans Bett seiner Tochter.

„Wenn er unschuldig ist, dann wird er auch freigesprochen. Der Richter schaut sich die Beweise der Staatsanwaltschaft ganz genau an und entscheidet dann, ob der Angeklagte es gewesen sein kann oder nicht."

„Aber wenn er es nicht war und trotzdem ins Gefängnis muss, dann kann das doch jedem Menschen passieren, oder?", entgegnet sie ängstlich.

Beruhigend streicht er ihr übers Haar: „Mach dir keine Sorgen, mein Schatz! Die Bösen werden eingesperrt und die Guten kommen frei!"

Nachdem ihr Vater das Zimmer verlassen hat, steht für Samantha fest: Sie will Richterin werden, damit niemals unschuldige Leute ins Gefängnis müssen!

ERSTER TEIL

Kapitel 1

Juli 2010

Das laute metallische Klacken des Schlosses weckt mich. Ich öffne die Augen und sehe die Justizvollzugsbeamtin, die mit zwei Tabletts in den Händen meine Zelle betritt.
„Guten Morgen!", ruft sie freundlich in den Raum, während sie das Frühstück auf dem kleinen Tisch abstellt. „Frau Fischer, nach dem Frühstück ist es soweit. Packen sie bitte ihre Sachen zusammen!", wendet sie sich an meine Zellengenossin. Diese antwortet lediglich mit einem müden Knurren und dreht sich auf die andere Seite.

Nachdem die schwere Eisentür von außen wieder verschlossen wurde, hüpfe ich von meinem Bett und beuge mich über meiner im unteren Teil des Stockbettes liegende Mitbewohnerin.
„Hey Berta, wach auf! Willst du allen Ernstes deine Entlassung verschlafen?"
Träge dreht sich die füllige Frau zu mir um: „Das hättest du wohl gerne, Sam! Du willst nur keinen Neuzugang auf deinem Zimmer haben."

Schwerfällig erhebt sie sich und trottet auf die Toilettentür zu. Nachdem sie den kleinen abgegrenzten Raum betreten hat, lehnt sie die Tür hinter sich an.
Während ich Zucker sowie Milch in meinen Kaffee schütte, antworte ich beiläufig: „Das ist Quatsch, Berta! Das weißt du! Ich freue mich für dich, dass du es endlich geschafft hast!"

Mit einem lauten Schlag fliegt die Türe auf, im nächsten Moment steht meine große, kräftige Mitbewohnerin mitten im Zimmer. Wütend, aber mit einem freundlichen Lächeln auf den Lippen knurrt sie: „Sam! Du sollst mich nicht immer Berta nennen!"

Obwohl wir diese Diskussion schon des Öfteren geführt haben, bemerke ich unschuldig: „Aber alle nennen dich hier Berta! Warum darf ich dich nicht so nennen?"

„Ach Püppchen, ich werde dich echt vermissen!", antwortet Berta mit einem liebevollen Lächeln.

Sie setzt sich mir gegenüber und fängt umständlich an, ihr Brot zu bestreichen.

Ich weiß genau, warum sie von mir nicht Berta genannt werden will. Alle hier im Knast in Stadelheim nennen sie die „dicke Berta". Seit mittlerweile zehn Jahren sitzt sie hier ein, mit einer kurzen Unterbrechung von vier Monaten. In dieser kurzen Zeit der Freiheit hat sie sich aber sofort mit den falschen Leuten eingelassen, so dass es nicht lange dauerte, bis sie wieder eine Straftat begann und erneut verurteilt wurde.

Vor zwei Jahren wurde ich zu ihr in die Zelle gesperrt. Ich sah mich ab dem ersten Tag einer großen und gewaltigen Zimmergenossin gegenüber ausgesetzt, die mürrisch sowie wortkarg auf mich herabblickte. Eine Woche später, als eine Gruppe von Frauen im Gefängnishof auf mich zusteuerte und mich mit anzüglichen Bemerkungen belästigte, stand plötzlich Berta hinter ihnen. Unmissverständlich gab sie ihnen zu verstehen, dass ich unter ihrem Schutz stehe. Seitdem lassen mich die Mitgefangenen in Ruhe und ich halte mich, so gut es geht, aus aufkommenden Schwierigkeiten heraus.

Am Abend dieses Tages packte ich all meinen Mut zusammen und sprach Berta auf ihr Verhalten an. „Warum hast du das heute getan, Berta?", wollte ich kleinlaut wissen.

Mit einem fast zärtlichen Blick entgegnete sie: „Ohne Schutz ist so ein hübschen Ding wie du den pervesen Spielchen der Anderen hilflos ausgeliefert. Und ich habe keine Lust, dass du nächtelang im Bett rumheulst und ich deswegen nicht schlafen kann."

„Und was verlangst du als Gegenleistung von mir?", fragte ich unsicher. Sie blieb mir die Antwort schuldig, legte sich stattdessen schweigend auf ihr Bett. Damit war die Unterhaltung für sie vorerst beendet.

Als wir später am selben Abend auf unseren Matratzen lagen, bekam ich meine Antwort: Sie wolle nicht, dass ich sie Berta nenne, sondern bei ihrem richtigen Namen - Rosi.

Die darauf folgende Zeit brachten unsere abendlichen Gespräche uns einander immer näher. Wir wurden gute Freundinnen und erzählten uns gegenseitig unsere Lebensgeschichten.

Nachdem wir an diesem letzten gemeinsamen Tag gefrühstückt haben, steht Berta auf und nimmt mich in den Arm: „Ich verabschiede mich am besten schon jetzt von dir."
Sie drückt mich lange und freundschaftlich, bis ich mich schwer atmend von ihr löse. Mit Tränen in den Augen blicke ich sie an. Zärtlich streicht sie mir über die Wange und flüstert: „Hey, Püppchen! Nicht traurig sein, wahrscheinlich bin ich eh schneller wieder hier, als dir lieb ist."
Wütend trete ich einen Schritt zurück und packe sie an den Schultern. „Rosi Fischer! Trau dich ja nicht, hier wieder aufzutauchen!" Mit etwas sanfterer Stimme ergänze ich: „Bitte halt dich da draußen von den falschen Leuten fern! Such dir einen Job und beginne ein anständiges Leben!"

Plötzlich hören wir das bekannte Geräusch der Tür, die aufgeschlossen wird.
Die Beamtin tritt ein: „Sind sie soweit, Frau Fischer?"
Ein letztes Mal fallen wir uns in die Arme.
„Halt die Ohren steif, Püppchen! Und such dir jemanden, der dich beschützen kann", fordert sie mich, wahrscheinlich zum hundertsten Mal, auf.
„Rosi, ich pack das schon. Jetzt geh und genieß dein Leben da draußen!" Traurig lösen wir uns voneinander. Rosi greift nach der bereits am Vorabend gepackten Kiste, dreht sich um und schiebt sich an der Beamtin vorbei in den Flur.

Krachend schließt sich meine Zellentür. Allein und mit gemischten Gefühlen bleibe ich zurück.

Kapitel 2

März 2008

„Samantha, bist du soweit?", ruft mich Tom, während ich noch an meinem Schminktisch sitze und die letzten Züge meines Lidstrichs ziehe.

Schnell stehe ich auf und gehe ins Wohnzimmer, welches durch eine Bar von der offenen Küche getrennt wird.

„Warum hast du es immer so eilig? Du bist doch dein eigener Chef, wer sollte dich abmahnen, wenn du zu spät kommst?", frage ich verständnislos.

Während Tom auf mich zukommt, stellt er seine Kaffeetasse am Tisch ab. Zärtlich küsst er mich auf die Lippen: „Süße, gerade weil ich der Chef bin, muss ich pünktlich sein. Außerdem habe ich heute eine Konferenz mit möglichen Investoren. Merke dir: Wenn *du* etwas von jemandem willst, darfst *du* auf keinen Fall zu spät kommen!"

Grinsend antworte ich: „Ach, ja? Heißt das, du kommst in Zukunft abends immer pünktlich nach Hause, wenn du noch etwas von mir willst?"

Lachend umschließt er meine Hüften und zieht mich an sich. Mit beiden Händen umfasst er mein Gesicht, schaut mir dabei fest in die Augen. „Für dich komme ich, wann du es willst!"

„Dann komm jetzt!", flüstere ich ihm verführerisch zu. Ich gebe ihm einen leidenschaftlichen Kuss, der schnell intensiv und stürmisch wird.

Nach kurzer Zeit löst sich Tom jedoch von mir. „Baby, wir müssen los, wirklich!" Ich schmiege mich an ihn, spüre, dass sein Körper ein anderes Verlangen hat, als zur Arbeit zu fahren.

„Bist du sicher, dass du *so* zur Arbeit fahren willst?", hauche ich ihm zu, lasse dabei meine Hand über seine ausgebeulte Hose wandern. Ein leises Stöhnen entfährt ihm, er schließt kurz seine Augen. Überzeugt von meiner Überredungskunst öffne ich den Knopf seiner Hose. Völlig unerwartet packt er meine Hand und hält mich somit davon ab, mein Werk zu vollenden. In seinen Augen erkenne ich die

Entschlossenheit, die ich so an ihm liebe, die mich allerdings gerade in diesem Augenblick stört.

Ruckartig dreht er sich um, schnappt sich sein Jackett und hetzt zur Tür. „Samantha, das verschieben wir auf heute Abend. Wir müssen jetzt wirklich los!", sagt er tröstend, während wir die Wohnung verlassen.

Beleidigt trotte ich hinter ihm zum Fahrstuhl. Während der Fahrt von seiner Dachgeschosswohnung im 18. Stock nach unten lehne ich mich an die Spiegelwand. und beobachte mein Gegenüber. Er schenkt mir ein kurzes Lächeln, konzentriert sich jedoch anschließend, mit Blick auf die Fahrstuhltüre, auf seine bevorstehende Besprechung.

Mein Blick streift über seine blonden Haare, seine grauen Augen sowie sein frisch rasiertes Kinn. Trotz seiner achtunddreißig Jahre ist Tom sehr attraktiv. Er hat mich, als ich vor einem Jahr neu in seiner Firma anfing, im Handumdrehen erobert. Anfangs irritierte mich der Altersunterschied von zwölf Jahren, was Tom allerdings durch seinen Charme und seine Aufmerksamkeit schnell als unwichtiges Detail erscheinen ließ.

Von Melissa Seiber, seiner Privatsekretärin, habe ich bald erfahren, dass er sich gerne mit jungen Mädchen umgibt und oberflächlichen Flirts sowie kurzen Romanzen nicht abgeneigt ist. Diese Information war ausschlaggebend, dass es mehrere Wochen gedauert hat, bis er mich endgültig von seiner Liebe überzeugen konnte. Seither sind wir ein Paar, was ich mit meinem Einzug in seine Wohnung vor vier Monaten besiegelte.

Vor dem großen Bürogebäude im Münchner Norden stellt Tom seinen Wagen auf dem reservierten Parkplatz ab. Wie ich es von seiner aufmerksamen Art gewohnt bin, hält er mir die Tür auf, damit ich aussteigen kann.

„Sorry, aber ich bin spät dran. Wir sehen uns heute Abend", gibt er bedauernd zu. Nach einem flüchtigen Kuss läuft er mit schnellen Schritten durch die Drehtür ins Innere des Gebäudes.

Ich lege meinen Kopf in den Nacken und blicke hinauf bis zur Spitze des Eichmann-Towers. Ganz oben, im 32. Stock befindet sich das Büro des Inhabers: Thomas Eichmann. Vor acht Jahren hat er das Pharmazie-Unternehmen von seinem Vater übernommen. Die meisten der Büros sind von seiner Firma oder Tochtergesellschaften belegt. Nur wenige Stockwerke sind an Fremdfirmen vermietet. Im Keller des imposanten Gebäudes erstreckt sich über drei Geschosse ein großes Labor, welches Forschungen für neue Medikamente betreibt.

Gutgelaunt und mit freudiger Erwartung auf den bevorstehenden Abend, begebe ich mich ins Bürogebäude, vorbei am Pförtner, direkt zu den Aufzügen.

Im 29. Stock, der Rechtsabteilung des Pharmazie-Unternehmens, steige ich aus. Auf dem Flur kommt mir Lisa, die zwanzigjährige Praktikantin, entgegen. Mit ihren schwarzen langen Haaren, ihrer leichtgebräunten Haut sowie ihren großen dunklen Augen, erinnert sie mich an die Schauspielerin Penelope Cruz.
„Hallo Sam!", grüßt sie mich freundlich.
„Hallo Lisa! Geht es dir heute besser? Ist mit Tobi wieder alles in Ordnung?", frage ich neugierig.
Grinsend antwortet sie: „Ja, alles bestens, danke!" Sie steuert, mit einem Stapel Akten in ihren Händen, auf den Kopierraum zu und verschwindet einen Moment später hinter der Tür.
Mit einem beruhigenden Lächeln auf den Lippen gehe ich weiter zu meinem Büro. Ich bin froh, dass es Lisa wieder besser geht. Am Tag zuvor stand sie völlig verzweifelt vor meinem Schreibtisch und hat mir von ihren Problemen mit ihrem Freund berichtet. Schließlich saß sie wie ein Häufchen Elend vor mir, konnte nicht aufhören zu weinen. Nach Rücksprache mit meinem Chef, einem angestellten Rechtsanwalt, schickte ich sie vorzeitig nach Hause, da sie in diesem Zustand selbst für einfache Aufgaben nicht mehr zu gebrauchen war.

Beschwingt lasse ich mich auf meinen Bürostuhl fallen und beginne mit meiner Arbeit.

Gegen Mittag klopft es an meiner Tür. Ich blicke auf und bemerke Keno, der grinsend eintritt.

„Hey Sam! Lust auf Mittagessen?", fragt er fröhlich.

„Klar, warum nicht?", entgegne ich, während ich den vor mir liegenden Aktenstapel zur Seite schiebe.

Bei unserem Lieblings-Italiener um die Ecke unterhalten wir uns über Kenos letzten Urlaub, den er, wie so oft, in Thailand bei seiner Familie mütterlicherseits verbrachte. Kenos Vater ist Deutscher, lernte vor sechsundzwanzig Jahren seine Mutter in Thailand kennen. Sie verliebten sich, sie wurde schwanger und ist mit nach Deutschland gekommen. Keno ist ein herzensguter Mensch und der einzige Freund, den ich hier in München habe.

„Und? Was macht dein Liebesleben so?", frage ich beiläufig zwischen zwei Bissen. Beschämt schaut Keno auf seinen Teller, während seine Wangen unverkennbar an Farbe gewinnen. Neugierig hake ich nach: „Hast du etwa eine neue Flamme? Erzähl!"

Keno schaut mich schüchtern an, schüttelt dabei leicht den Kopf. „Lieber nicht! Sie will nicht, dass es jemand in der Firma erfährt."

„In der Firma? Ist es eine der Sekretärinnen, oder eine Praktikantin? Komm schon, Keno! Ich erzähl dir auch immer alles!", bettle ich.

„Ja, aber du bist mit dem obersten Chef zusammen!"

Irritiert betrachte ich seine Gesichtszüge. „Na und? Was macht das für einen Unterschied?"

Schweigend blickt er zur Seite.

„Kenne ich sie?", will ich neugierig wissen.

Schüchtern nickt er. Ich zermartere mir mein Hirn nach möglichen Single-Frauen in unserer Firma. Dabei kenne ich nicht einmal alle Personen, die dort arbeiten. Das ist bei knapp 2000 Angestellten auch fast unmöglich.

„Du willst mir also nicht sagen, wer es ist? Verrätst du mir wenigstens das Stockwerk, in welchem sie arbeitet?", bohre ich freundschaftlich nach.

Keno wird bewusst, dass er seine Affäre vor mir nicht geheim halten kann und rückt langsam mit weiteren Informationen heraus:

„Sie arbeitet im zweiunddreißigsten." Mein Herz setzt einen Moment aus. Im 32. Stock? Da sitzt Tom! Und die Chefetage ist so überschaubar besetzt, dass mir lediglich zwei Namen von Single-Frauen einfallen: Melissa und Waltraud. Da Waltraud bereits dreiundsechzig Jahre alt ist, bleibt eigentlich nur Melissa.

Fassungslos und mit offenem Mund sitze ich ihm gegenüber. „Melissa Seiber? Das glaub ich nicht!"
Keno schaut mir fast erleichtert in die Augen. „Ja! Und genau diese Reaktion ist der Grund, warum sie nicht will, dass es jemand erfährt!"
„Keno, die ist doch viel älter als du!", bringe ich unüberlegt hervor.
„Das sagt die Richtige! Du und dein Thomas, wie viele Jahre seid ihr auseinander? Zwölf, richtig?"
„Sorry, so war das nicht gemeint", werfe ich schnell entschuldigend ein.

Nach einigen schweigsamen Sekunden erklärt Keno: „Sie ist vierunddreißig, somit nur neun Jahre älter als ich! Außerdem spielt das keine Rolle, wenn man sich liebt!"
Bevor ich meine nächsten Bedenken äußere, überlege ich genau, ob es mir zusteht, über seine Gefühle zu urteilen. „Keno, glaubst du wirklich, dass sie dich liebt? Vielleicht will sie nur Spaß mit einem jungen, gutaussehenden und vitalen Mann?"
Völlig unerwartet schnellt Keno in die Höhe. Sein Stuhl kippt fast um, bei der Heftigkeit, mit welcher er sich vom Tisch abstößt.
„Jetzt reicht's! Ich dachte, du bist meine Freundin und dir könnte ich es anvertrauen, ohne blöde Sprüche zu ernten. Das war anscheinend ein Fehler!", schreit er mich wutentbrannt an und stürmt aus dem Lokal.

Verdammt! Das wollte ich nicht! Aber ich kann mir wirklich nicht vorstellen, dass Melissa es ernst mit Keno meint. Sie hat mir des Öfteren von ihren Männerbekanntschaften erzählt, die allesamt vom Alter, vom beruflichen Stand sowie vom finanziellen Polster her einer anderen Liga angehörten, als Keno.

Von mir selbst enttäuscht, wie sehr ich Keno verletzt habe, bleibe ich noch einige Minuten lang sitzen, bevor ich zurück in mein Büro gehe.

Kapitel 3

Juli 2010

Zum Mittagessen treffen sich alle Insassinnen im großen Speisesaal. Ich nehme mir ein Tablett, lasse mir an der Ausgabe das heutige Hauptgericht servieren und setze mich an einen freien Tisch am Fenster. Sehnsüchtig blicke ich durch die vergitterten Scheiben auf den Innenhof. Der Regen prasselt leise an die Scheiben und spiegelt meine Stimmung wider.

Innerhalb weniger Sekunden sind die vier weiteren Plätze neben mir besetzt. Eine weiche Hand legt sich auf meinen Oberschenkel. „Hey, Süße! Nachdem die dicke Berta jetzt weg ist, brauchst du sicher eine neue Beschützerin! Wie wär's? Ich würde gut auf dich aufpassen!", säuselt mir eine bekannte Stimme ins Ohr.

Genervt wende ich mich meiner Tischnachbarin zu, antworte betont selbstbewusst: „Danke Agnes! Aber ich kann schon auf mich selbst aufpassen!" Mit einer unmissverständlichen Geste wische ich ihre Hand von meinem Schenkel, während ich sie bittersüß anlächle.

„Das werden wir ja sehen", sagt sie leise, steht auf, greift nach ihrem Tablett und steuert auf einen der Nachbartische zu. Umgehend erheben sich ihre drei Begleiterinnen, um ihr in stummem Einverständnis zu folgen.

Am Nachmittag steht mir die nächste Herausforderung bevor: Eine Stunde Hofgang!

Stationsweise werden wir auf den Sportplatz in der Mitte der quadratisch angeordneten Häuserblöcke geführt. Nachdem Aktivitäten, wie das Mittagessen sowie der Ausgang im Hof nur in kleinen Gruppen abgehalten werden, habe ich hier nur mit den Insassinnen des B-Blocks zu tun, wozu leider auch Agnes und ihre

Anhängerschaft zählen. Lediglich bei der Arbeit in der Wäscherei, zu welcher wir viermal in der Woche eingeteilt werden, trifft man auf Frauen aus verschiedenen Stationen. Unglücklicherweise hat Agnes heute keinen Dienst in der Wäscherei, daher legt sie sich mit Kathrin, Denise und Mary in einer Ecke des Sportplatzes auf die Lauer nach neuen Opfern.

Die Gruppe, welche sich mir vor zwei Jahren angenähert hat, als Berta sofort dazwischen ging, gibt es nicht mehr. Die Anführerin wurde ein halbes Jahr nach dem Vorfall entlassen, damit hat sich die gesamte Clique zerschlagen. Ab diesem Zeitpunkt war Agnes bemüht, diese Position einzunehmen. Nach einem Jahr angstverbreitendem Terror ist es ihr endlich gelungen, die Macht über den gesamten Block an sich zu reißen. Sie macht kaum einen Schritt ohne ihrem Gefolge, es sei denn, sie werden bei der Arbeitseinteilung getrennt.

Da bei Agnes' Machtübernahme bereits allgemein bekannt war, dass ich unter Bertas Schutz stand, trafen mich die gesamte Zeit lediglich ihre bösen und abschätzenden Blicke.

Bei Betreten des Sportplatzes ist mir augenblicklich bewusst, dass sich diese Situation jetzt geändert hat. Unauffällig schlendere ich zu einer Bank am anderen Ende des Hofes und lasse mich, mit dem unguten Gefühl beobachtet zu werden, darauf nieder. Einen Moment später erscheint Emily, ein schüchternes junges Mädchen, neben mir. Für mich stand von Anfang an fest, dass sie zu Unrecht in dieser Umgebung festgehalten wird.
„Hey, Sam! Wie geht's dir? Schade, dass Berta nicht mehr da ist!" Ihrem unsicheren Blick sehe ich an, dass sie es ängstlich bedauert, Berta als Schutz vor Übergriffen verloren zu haben. Emily kam kurz vor mir in diesen Block. In Berta hat sie offenbar sofort den Beschützerinstinkt ausgelöst.
„Ja, aber ich hoffe, dass sie es dieses Mal schafft, sich von Schwierigkeiten fern zu halten und nicht wieder in ein paar Monaten hier auftaucht. Wann ist es bei dir soweit, Emily?"
Ein verlegenes Lächeln huscht über ihre Lippen: „In zwei Monaten! Wie lange hast du noch?"

„Wenn ich mich ruhig verhalte sind es noch vier Jahre, aber...."
Plötzlich bemerke ich, wie sich Emilys Augen weiten, wobei sie ängstlich an mir vorbei schaut. Reflexartig drehe ich mich um und blicke direkt in Agnes' Gesicht. Mit einer abwertenden Geste gibt sie Emily zu verstehen, dass diese verschwinden soll.

„Sorry, Sam, aber ich geh mal besser", flüstert das eingeschüchterte Mädchen und entfernt sich fluchtartig.

Agnes setzt sich rechts neben mich, Kathrin auf meine linke Seite. Denise und Mary bleiben vor mir stehen.

„Was willst du Agnes?", frage ich monoton.

Diese schüttelt langsam den Kopf und antwortet verständnislos: „Warum kannst du mich nicht leiden, Sam?"

Fassungslos schaue ich ihr in die Augen, ob sie diese Frage vielleicht ironisch meint.

Auf eine Antwort wartend bohren sich ihre Blicke in mich.

„Ist die Frage ernst gemeint, Agnes? Ich beobachte seit über einem Jahr, was du mit den Neuankömmlingen veranstaltest. Du bedrohst sie und vergehst dich an denen, die sich nicht wehren können. Erst, wenn sie sich dir komplett unterwerfen, lässt du von ihnen ab und suchst dir ein neues Opfer."

„Die Mädchen tun alles freiwillig. Wenn ich sie bedrohen würde, könnten sie mich doch bei den Wärtern verpfeifen. Das tun sie aber nicht, ergo haben sie nichts dagegen."

Kopfschüttelnd erwidere ich: „Du machst es dir ja einfach! Du weißt genau, warum die Mädchen den Mund halten!"

Agnes zuckt kurz ihre Schultern, legt sachte ihre Hand auf meinen Oberschenkel. „Was ist jetzt, Sam! Hast du es dir überlegt? Ohne einen Beschützer bist du hier den ganzen Perversen ausgeliefert", sagt sie fürsorglich, während sie mit einer ausschweifenden Handbewegung über den Platz zeigt.

Intuitiv stehe ich auf, entziehe mich so ihren Berührungen. „Ich wüsste nicht, wer in unserem Block schlimmer sein könnte, als du", entgegne ich gepresst und entferne mich mit schnellen Schritten in Richtung der Aufseher.

Mir ist sehr wohl bewusst, dass ich mit meinen Worten einen Angriff geradezu herausfordere, aber mein Ego lässt das von Agnes geforderte unterwürfige Verhalten nicht zu. Meine Erfahrungen in der Welt außerhalb der Mauern haben mich gelehrt, dass man, ohne sich zu wehren und für sein Recht zu kämpfen, ganz schnell auf die falsche Schiene gerät. Denn genau diese zurückhaltende Art hat mich an diesen albtraumhaften Ort gebracht.

Kapitel 4

März 2008

Am Abend warte ich, wie so oft, bis Tom sich von seinem Büro trennen kann und endlich nach Hause kommt. Ich sitze vor dem Fernseher und schalte gelangweilt durch die Kanäle. Während der neueste Klatsch über irgendwelche Prominenten verbreitet wird, schweifen meine Gedanken zu dem Gespräch mit Keno ab.

Ich muss mich unbedingt bei ihm für mein Verhalten entschuldigen. Wenn er sich tatsächlich in Melissa verliebt hat, dann ist es von mir unfair, ihm vorzuwerfen, die Beziehung könne von ihrer Seite keinesfalls ernst gemeint sein. Wer weiß? Vielleicht hat sie sich ja wirklich in den gutaussehenden Keno verliebt?

Ich erinnere mich an die Anfänge meiner Beziehung zu Tom:

Vor einem Jahr arbeitete ich in einer kleinen Anwaltskanzlei in meiner Heimatstadt Cottbus. Ich hatte nette Kolleginnen sowie einen großen Freundeskreis. Als meine Eltern plötzlich bei einem Autounfall ums Leben kamen, anschließend eine langjährige Beziehung in die Brüche ging, hielt mich nichts mehr in der Stadt meiner Jugend. Ich bewarb mich bei verschiedenen Firmen, wobei das wichtigste Kriterium für mich die Entfernung zu meinem bisherigen Leben war. Unerwartet schnell bekam ich einen Termin bei Eichmann Pharma, was mich mit freudiger Erwartung in den Zug Richtung München einsteigen ließ.

Das Vorstellungsgespräch fand bei meinem jetzigen Chef, Rechtsanwalt Reinhard Brückner, statt. Er entschied sich bereits nach dem ersten Treffen für mich und ich sagte, ohne lange zu überlegen, zu. Über die Firma bekam ich eine kleine Wohnung gestellt, in welche ich bereits zwei Wochen später einzog.

An meinem zweiten Arbeitstag in dem großen Konzern - ich war noch immer sehr nervös, weil das imposante Gebäude und die vielen Menschen mich verunsicherten – wurde ich in den 32. Stock gerufen. Ich sollte einen Vertrag abholen, der von meinem Chef überarbeitet werden musste. Da zu diesem Zeitpunkt keine Praktikantin verfügbar war, schickte Herr Brückner mich nach oben, um den Botengang zu erledigen. Mit einem mulmigen Gefühl stieg ich im 32. Stock aus dem Fahrstuhl und trat vor den Empfangstisch von Melissa Seiber.

„Guten Tag, ich soll den Vertrag für Herrn Brückner abholen", sagte ich schüchtern.

„Verraten Sie mir auch ihren Namen?", zickte die Sekretärin mich unfreundlich an.

Völlig verunsichert antwortete ich: „Samantha Reich."

Ohne aufzusehen suchte Melissa in ihren Unterlagen nach dem Vertrag. Plötzlich sprang die Tür neben ihr auf und Tom kam aus seinem Büro. Als er mich sah, blieb er abrupt stehen. Sekundenlang starrten wir uns an. Die Zeit schien stehen zu bleiben, seine grauen Augen bohrten sich regelrecht in meine Seele.

„Thomas, das ist Frau Reich, sie möchte den Vertrag für Reinhard abholen", sagte Melissa beiläufig, bevor sie ihren Blick hob und ihren Chef ansah. Augenblicklich nahm sie die in der Luft schwebende Spannung auf. Tom stellte sich mir vor und reichte mir seine Hand. Als sich unsere Finger berührten, spürte ich ein leichtes Kribbeln. Er bat mich in sein Zimmer, wo wir uns dreißig Minuten lang über meine Vergangenheit sowie meine Zukunftspläne unterhielten. Ab diesem Tag ließ er mich regelmäßig zu sich ins Büro rufen. Ziemlich schnell machte er mir eindeutige Avancen. Bereits nach zwei Wochen lud er mich zum ersten Rendezvous ein. Einen Monat später waren wir ein Paar.

Das Öffnen der Haustüre reißt mich aus meinen Gedanken. Tom kommt erschöpft, aber mit einem Lächeln auf den Lippen, auf mich zu. Geistesabwesend küsst er mich.

„Das war ein Tag heute!", erzählt er auf dem Weg ins Schlafzimmer, während er seine Krawatte lockert. Ich folge ihm, wobei ich ihn beobachte, wie er sich seiner Kleidung entledigt.

„Die wollen doch tatsächlich alle möglichen Tests und Forschungsergebnisse vorliegen haben, bevor sie uns die erforderlichen Mittel zur Verfügung stellen. Wie soll das funktionieren, wenn wir mit der Forschung noch in den Kinderschuhen stecken?"

Mittlerweile steht er nur mit seiner Boxershort bekleidet vor mir. „Was ist los? Warum schaust du mich so an?", will er belustigt wissen.

Ich trete einen Schritt auf ihn zu und lege meine Hände auf seine muskulöse Brust. „Ich weiß ja nicht, wie es dir heute ergangen ist, aber ich habe den Abend sehnsüchtig erwartet. Du hast noch ein Versprechen einzulösen!", sage ich verführerisch, dabei verteile ich kleine Küsse auf seiner Brust.

Tom legt seine Arme sanft auf meinen Rücken. „Richtig! Und das werde ich auch tun, wenn du mich vorher noch kurz duschen lässt", meint er liebevoll und schiebt mich von sich. Er geht an mir vorbei ins Bad. Kurzerhand ziehe ich mich ebenfalls aus und folge ihm.

Er steht bereits unter dem heißen Wasserstrahl, als ich langsam hinter ihm die Kabinentür öffne und zu ihm hineinschlüpfe.

Überrascht dreht er sich um, nimmt mich jedoch sofort in den Arm. „Willst du mitduschen? Glaubst du, das ist sinnvoll?", flüstert er skeptisch.

„Wen interessiert es, ob es sinnvoll ist?" Ich ziehe ihn an mich und küsse ihn leidenschaftlich. Kurze Zeit später wandern unsere Hände über unsere Körper, liebkosen unsere intimsten Stellen mit voller Hingabe.

Als wir endlich aus der Dusche steigen, lasse ich mich, in mein Handtuch gewickelt, aufs Bett fallen. Tom holt ein T-Shirt sowie eine Jogginghose aus seinem Kleiderschrank.

„Weißt du schon, was du morgen Abend zu der Party anziehst?",
fragt er interessiert. Ich überlege kurz, zucke dann jedoch unsicher mit
den Schultern.
Ich habe eine innere Abneigung gegen die Partys der Firma. Es sind
zu viele Leute da und alle reden nur über Geschäftliches. Auch einige
Investoren werden kommen, um sich ein Bild der Angestellten sowie
der innerbetrieblichen Atmosphäre zu machen. Als Lebenspartnerin
des Inhabers bin ich selbstverständlich verpflichtet an seiner Seite
aufzutreten. Vermutlich wird die Presse auch anwesend sein.

Tom, der meine niedergeschlagene Stimmung sofort bemerkt, setzt
sich neben mich. Sanft streichelt er meine Schulter. „Baby, ich weiß,
dass du keine Lust auf diese Party hast, aber…"
„Schon gut! Ich weiß, dass sie für dich wichtig ist - ich reiße mich
zusammen, versprochen!"
Liebevoll küsst er meine Lippen. Plötzlich dreht er sich zur Seite
und holt etwas aus seinem Nachttisch. Nachdem er sich mir wieder
zuwendet, blicke ich ihn neugierig an. Völlig überraschend zieht er
eine kleine schwarze Ringbox hinter seinem Rücken hervor. Noch
bevor er sie öffnet, bleibt mir vor Erstaunen der Mund offen stehen.
Aufgeregt setze ich mich auf und blicke ihn erwartungsvoll an.

„Samantha, wir sind noch nicht so lange zusammen, erst ein
knappes Jahr. Aber ich weiß bereits jetzt, dass du die Frau in meinem
Leben bist, mit der ich für immer zusammen bleiben will. Ich kann
mir keinen Tag mehr ohne dich vorstellen. Ich liebe dich von ganzem
Herzen! Willst du meine Frau werden?"
Augenblicklich schießen mir die Tränen in die Augen. Er öffnet die
kleine Box, zum Vorschein kommt ein glitzernder Ring, weißgold mit
brillantbesetzter Ringschiene und einem großen Stein in der Mitte.
„Wow!", entfährt es mir spontan. Ich kann meinen Blick nicht von
dem Ring abwenden, der so unbeschreiblich schön ist.
„Wow? Ist das deine Antwort?", fragt Tom unsicher. Ich blicke ihm
in die Augen, kann dabei nicht verhindern, dass meine Tränen
überlaufen.
„Ja!", sage ich leise.
„Ja?", wiederholt er fragend.

„Ja, ich will dich heiraten!", antworte ich laut und falle ihm um den Hals. Meine Liebe zu ihm ist momentan so groß, dass ich glaube, sie könnte nie vergehen. Engumschlungen fallen wir auf das weiche Bett und beginnen erneut mit einem zärtlichen Liebesspiel, das schlussendlich in einer gemeinsamen Ekstase endet.

Kapitel 5

Juli 2010

Am Abend werde ich zum Duschen abgeholt. Es gibt vier Duschräume für je zehn Frauen, die abgetrennt aber untereinander über einen schmalen Gang zugänglich sind. Drei Wärterinnen bewachen das alle zwei Tage stattfindende Ereignis. Die Gefahr, mit Agnes und ihren willenlosen Anhängerinnen im gleichen Raum zu landen, ist eher gering, daher mache ich mir keine zu großen Sorgen, als ich die Dusche betrete. Jeweils zwei Frauen werden gleichzeitig von einer Beamtin gebracht, daher füllt sich der Raum nur langsam. Nach dem Duschen holen die Beamtinnen wieder jeweils zwei Frauen ab, um sie zurück auf ihre Zellen zu bringen. Eine Frau der Aufsicht bleibt jedoch immer in dem engen Gang, um Übergriffe, soweit wie möglich, zu verhindern.

Gelassen stehe ich unter dem warmen Wasserstrahl. Ich denke an Berta, oder besser gesagt Rosi. Hoffentlich geht es ihr gut und sie hält sich von ihren alten Bekannten fern.

Während ich meinen Gedanken nachhänge, bemerke ich, wie sich der Raum füllt. Verstohlen blicke ich zur Seite und halte geschockt den Atem an. Rechts neben mir reibt sich Agnes genüsslich mit ihrem Duschgel ein. Neben ihr stehen Kathrin und Denise. Von der Vierten im Bunde, Mary, ist keine Spur zu sehen.

Mit ungutem Gefühl dusche ich weiter, hoffe jedoch, dass ich als eine der ersten Frauen wieder abgeholt werde.

Leider werden meine Befürchtungen wahr. Nach und nach werden die anderen Frauen aus dem Raum begleitet.

Als nur noch Agnes, Kathrin, Denise und ich unter der Dusche stehen geht alles plötzlich ganz schnell.

Kathrin und Denise treten von hinten an mich heran und packen mich unter den Armen. Sie halten mich fest, wobei Denise einen ihrer Arme um meinen Hals schlingt und zudrückt, so dass ich kaum noch Luft bekomme.
Agnes tritt von vorne an mich heran. „Du wolltest es ja nicht anders. Wäre doch eine Verschwendung, wenn dieser schöne Körper nicht gevögelt wird." Sie legt ihre Hände auf meine Brüste, fängt langsam an, sie zu massieren. Lächelnd tritt sie ganz nah an mich heran, wobei sie mein rechtes Bein zwischen ihre Beine schiebt. Genüsslich reibt sie ihre Scham an mir, während sie meinen Oberkörper mit ihren feuchten Küssen bedeckt. Ängstlich spüre ich, wie ihre Hand an meinem Bauch nach unten wandert. Grob greift sie mir zwischen die Beine und drückt ihre Finger an meine intimste Stelle. Jeder Versuch, mich zu befreien, wird mit einem kräftigen Druck von Denise auf meinen Kehlkopf quittiert. Agnes bewegt sich immer schneller an mir, kommt schließlich zum Höhepunkt. Mit einem befriedigten Stöhnen lässt sie von mir ab.

Der Griff ihrer beiden Anhängerinnen bleibt jedoch unverändert, was mich vermuten lässt, dass Agnes mit ihren perversen Spielchen noch nicht am Ende ist.

Völlig unerwartet drücken mich die umschlingenden Arme nach unten auf die kalten Fliesen. Während ich mit meinem Rücken auf dem harten Boden liege, trete ich mit den Füssen nach Agnes. Diese hält in der Hand eine Shampooflasche mit verdächtig dünnem Flaschenhals. Voller Vorfreude kniet sie sich zwischen meine Beine, drückt sie mit beiden Armen auseinander. Nur schwer kann ich mich beherrschen, nicht hysterisch zu werden und meine Verfassung zu verlieren.

Noch bevor meine Angst mich lähmen kann, drückt Agnes mir den Flaschenhals mit Gewalt zwischen die Beine. Ein unsagbarer Schmerz breitet sich in mir aus. Der scharkantige Verschluss schiebt sich unaufhaltsam weiter in mein Inneres. Das Gefühl, als würde sich ein Messer in mir bewegen, raubt mir fast die Sinne.

Mittlerweile vollständig von Panik und Schmerzen umgeben, versuche ich mich zu konzentrieren. Dabei bemerke ich, dass Agnes mein rechtes Bein loslassen musste, um die Flasche einführen zu können.

Mit letzter Kraft ziehe ich mein freies Bein ruckartig an und stoße es mit voller Gewalt nach vorne, direkt gegen Agnes' Brust. Diese fällt mit solcher Wucht nach hinten, dass sie mit dem Kopf auf den harten Fliesen aufschlägt. Anschließend bleibt sie bewegungslos liegen. Schnell presse ich den fremden Gegenstand aus mir, um im nächsten Moment meine Beine nach oben, hinter meinen Kopf zu schwingen. Glücklicherweise bin ich sehr gelenkig, da ich seit meiner Kindheit regelmäßig verschiedene Sportarten ausübe. Vor meinem Aufenthalt im Knast ging ich dreimal wöchentlich ins Fitness-Studio, was meine sportliche Figur beweist. Mit meinen Füßen treffe ich gleichzeitig Kathrin und Denise frontal auf Nase sowie Hals. Sie lockern augenblicklich ihren Griff, was ich sofort ausnütze, um mich zu befreien.

Durch die Schmerzensschreie der am Boden liegenden Mädchen angelockt, erscheint eine Beamtin. Sie überblickt schnell die Situation und erkennt, dass ich als Einzige scheinbar unverletzt inmitten von blutenden und stöhnenden Personen stehe.

„Frau Reich! Sind sie verrückt?", stürmt sie schreiend auf mich zu. Sie packt mich am Arm und zerrt mich aus dem Duschraum. Mittlerweile erscheint eine weitere Beamtin, die sich um die verletzten Mitgefangenen kümmert.

Nachdem ich mich abgetrocknet und angezogen habe, verlässt die Beamtin mit mir die Duschräume. Sobald sie im Treppenhaus die Richtung nach unten einschlägt, ist mir klar, dass ich das berüchtigte *Loch* kennen lernen werde. Ich habe bisher nur von Berta und anderen

Mitgefangenen gehört, dass es die schlimmste Strafe sei, dort eingesperrt zu werden.

„Muss ich ins Loch?", frage ich ängstlich. „Ich habe mich nur verteidigt ... Agnes und ihre Freundinnen haben angefangen ... sie würgten mich und ...", versuche ich zu erklären.

Vor einer schmalen Tür mit der Aufschrift „Dunkelkammer 1" bleiben wir stehen. Schlagartig sehe ich einen Entwicklungsraum in einem Fotostudio vor meinem inneren Auge. Die meiner Vorstellungskraft entsprungenen Bilder werden abrupt gesprengt, als sich die Tür öffnet und ich in einen fensterlosen kleinen Raum blicke. Das einfallende Licht vom Flur lässt mich eine Matratze am Boden sowie eine Toilette in der gegenüberliegenden Ecke erkennen.

Die Beamtin erwidert erbarmungslos: „Dann hätten Sie besser um Hilfe gerufen, statt alle drei Frauen blutig zu schlagen!"

„Ich konnte doch nicht ... Dürfen Sie mich überhaupt ins Loch sperren? Ohne eine Anhörung oder der Anweisung des Direktors?", bringe ich meine juristischen Kenntnis hervor.

„Bei Gefahr im Verzug dürfen wir die betreffenden Frauen sofort wegsperren! Diese Entscheidungsmacht wurde jeder Einzelnen von uns seitens der Leitung übertragen", entgegnet sie unbeeindruckt. Deutlich gibt sie mir zu verstehen, dass es für sie keine Alternative gibt.

„Das ist nicht ihr Ernst!", protestiere ich, werde aber im selben Moment unsanft in die Zelle geschoben. „Wie lange muss ich hier bleiben?", will ich noch wissen, bevor die Tür krachend hinter mir ins Schloss fällt.

Kapitel 6

März 2008

Am nächsten Morgen erwache ich in Toms Armen. Behutsam löst er sich von mir und steht auf. Bevor er ins Bad geht, entdeckt er die kleine schwarze Box auf dem Nachttisch. Er nimmt den Ring heraus und setzt sich neben mich. Behutsam greift er nach meiner linken

Hand, um mir den Verlobungsring über meinen Ringfinger zu schieben.
„Besorg dir heute noch ein schönes Kleid für den Abend. Ich sag Reinhard Bescheid, dass du später kommst." Er gibt mir einen sanften Kuss und verschwindet anschließend im Bad.

Glücklich betrachte ich den Ring an meinem Finger. Es ist das schönste Schmuckstück, das ich jemals besessen habe. Vermutlich hat es ein Vermögen gekostet! Ich nehme mir vor, ein elegantes, aber reizvolles Kleid zu kaufen, um Tom mit meinem Anblick zu verführen.

Während wir kurze Zeit später nebeneinander im Auto sitzen, beobachte ich Toms Gesichtszüge. Unsicher frage ich: „Willst du es den anderen in der Firma erzählen? Ich meine, dass wir uns verlobt haben."

Aufgeschlossen lächelt er mich von der Seite an. „Warum nicht? Aber besser nicht heute Abend auf der Party. Es soll ja keine Verlobungsfeier werden, sondern eine geschäftliche Veranstaltung. Du musst dich aber in der Firma nicht zurückhalten, wenn du es deinen Kollegen erzählen willst." Gerührt über seine Worte streiche ich ihm zärtlich über die Wange. In der Maximilianstraße hält er an, um mich aussteigen zu lassen.

Ich beuge mich zu ihm und gebe ihm einen sanften Kuss auf die Lippen. „Ich liebe dich!", hauche ich ihm zu, bevor ich schnell aus dem Auto hüpfe, während die hinter uns stehenden Autofahrer bereits laut hupend ihre Ungeduld zum Ausdruck bringen.

Während ich die Straße entlanglaufe, schweifen meine Gedanken ab. Zu Keno und Melissa. Mein schlechtes Gewissen plagt mich noch immer, dass ich meinem besten – meinem einzigen – Freund seine Liebe ausreden wollte, anstatt mich mit ihm zu freuen. Ich muss sobald wie möglich mit Keno reden! Plötzlich höre ich neben mir quietschende Reifen – einen Schrei – eine Hupe. Schockiert bleibe ich stehen und blicke auf die Straße. Eine junge Frau steht schimpfend vor einem roten BMW, dessen Fahrer sich nicht weniger über die unachtsame Passantin aufregt und lauthals aus seinem Fahrzeug schreit.

Erleichtert, über die entschärfte Situation, drehe ich mich um und bleibe im nächsten Moment wie angewurzelt stehen. *Oh Gott! Das ist es! Genauso habe ich das Kleid in meiner Vorstellung gesehen.* Ich stehe vor einem Schaufenster, in welchem drei Cocktailkleider ausgestellt werden. Mein Blick bleibt an dem mittleren Kleid hängen. Ein smaragdgrünes, seidenes Kleid, knielang und rückenfrei. Wie von selbst tragen meine Beine mich in das Geschäft.

Eine Minute später stehe ich in der Umkleide. Das Kleid passt, wie für mich gemacht. Es ist eng geschnitten, betont dabei jede Kurve meiner schlanken Figur. Für einen Moment macht sich der Gedanke breit, ob dieses Kleid nicht zu aufreizend für eine geschäftliche Veranstaltung ist. Was soll's? Ich bin einfach zu neugierig auf Toms Gesichtsausdruck, wenn er mich das erste Mal in diesem provozierenden Kleid sieht.

Von vorne unschuldig – von hinten sexy.

Nach meinem Einkauf setze ich mich ins Taxi und fahre ins Büro.

Im 29. Stock des Towers angekommen, begebe ich mich schnell an meinen Schreibtisch, um die versäumte Arbeit aufzuholen.

Kurz vor der Mittagspause erscheint mein Chef. „Samantha, könnten sie kurz jemanden nach oben schicken, um ein paar Unterlagen für den neuen Deal mit Sea-Oil abzuholen."

„Ja, natürlich!", antworte ich freundlich. Im Nachbarzimmer wende ich mich an die Praktikantin: „Lisa, gehst du bitte kurz hinauf und …"

Plötzlich bemerke ich, dass sie sich ein Taschentuch an die Augen hält und ihren Blick abwendet.

„Lisa, was ist los?", frage ich besorgt, gehe auf sie zu und lege meinen Arm fürsorglich um ihre Schultern.

Verweint schaut sie mich an, schüttelt jedoch leicht den Kopf. „Nichts! Schon gut, ich hatte nur etwas im Auge!", versucht sie mich zu beruhigen.

„Das glaub ich dir nicht! Hat es wieder mit Tobi zu tun?", dränge ich sie zur Antwort.

Schnell steht sie auf, dabei schaut sie mir fest in die Augen. „Nein! Es ist wirklich alles in Ordnung, Sam! Was soll ich von oben holen?"

Nachdem ich ihr erklärt habe, um welche Unterlagen es sich handelt und dass diese bei Melissa liegen müssten, stürmt Lisa aus der Tür. Besorgt schaue ich ihr nach.

In Gedanken versunken gehe ich zurück an meinen Schreibtisch. Ich nehme mir vor, Lisa bei ihrer Rückkehr aus der Chefetage erneut auf Tobi anzusprechen. Ich bin mir ziemlich sicher, dass ihre traurige Stimmung erneut mit ihrem Freund zu tun hat. Erst vor zwei Tagen hat sie sich bei mir ausgeheult, weil er eine Affäre mit einer Stripperin hatte.

Plötzlich fällt mir ein, dass ich noch mit Keno sprechen wollte. Ich greife nach dem Telefonhörer und wähle seine Durchwahl. Er geht jedoch nicht ran.

Nachdem sich mein Schreibtisch mittlerweile unter den Aktenbergen biegt, mache ich mich zügig an die Arbeit.

Nach einer halben Stunde platzt Herr Brückner aufgebracht in mein Zimmer. „Sind die Unterlagen endlich da? Samantha, haben sie das vergessen? Ich brauche sie dringend!", tadelt er mich.

Ungläubig schaue ich auf. „Ist Lisa noch nicht zurück? Sie ist schon ewig weg! Ich schaue gleich selbst nach."

Besorgt stehe ich auf und mache mich auf den Weg zum Treppenhaus. Während ich die drei Stockwerke nach oben laufe, gehen mir verschiedene Fragen durch den Kopf. *Wo bleibt sie so lange?* Vielleicht sitzt sie irgendwo und heult sich die Augen aus oder womöglich ist sie einfach nach Hause gefahren? Aber ohne vorher Bescheid zu geben? Nein, das glaube ich nicht!

Ich trete aus dem Treppenhaus in den Flur der 32. Etage. Mit schnellen Schritten gehe ich auf Melissas Schreibtisch zu, den ich jedoch verlassen hinter dem Empfangstresen vorfinde.

Nach einem kurzen Blick auf meine Uhr stelle ich enttäuscht fest, dass sie wahrscheinlich in der Mittagspause ist. Vielleicht hat Tom die Unterlagen?

Ich drehe mich zur Seite und klopfe an seinem Büro. Keine Reaktion. Nach erneutem Klopfen öffne ich die Tür und trete ein. Auch sein Büro liegt verlassen vor mir. Sind die beiden etwa gemeinsam in die Mittagspause gegangen? Ich drehe mich um und schließe die Tür wieder hinter mir.

Mit zügigen Schritten eile ich den Flur entlang, vorbei an den verschiedenen Besprechungsräumen, Aufenthaltsräumen sowie Büros. Auf halbem Weg kommt mir plötzlich Melissa entgegen. Mit erhitztem Gesicht und scheinbar völlig außer Kontrolle stürmt sie auf mich zu.

„Frau Seiber!", rufe ich ihr entgegen.

Erschrocken blickt sie auf. „Frau Reich?"

„Wissen Sie wo Tom ist? Er ist nicht in seinem Büro."

Panisch und leicht verwirrt schaut sie sich um. „Nein... äh doch... er ist in der Teeküche", stottert sie aufgeregt. Ohne eine weitere Erklärung läuft sie fluchtartig den Gang zurück zu ihrem Schreibtisch.

Verblüfft über dieses seltsame Verhalten mache ich mich auf den Weg zur Teeküche. Am Ende des Ganges befinden sich mehrere Räume, die mit Glaswänden umgeben sind. Die Teeküche befindet sich seitlich im Eck und ist erst sichtbar, wenn man das Ende des Ganges erreicht hat. Sie ist zwar von den Geräuschen der Umgebung abgeschirmt, jedoch hat man freie Sicht auf die Personen, die sich in dem kleinen Raum aufhalten.

Abrupt bleibe ich stehen. Ich erkenne Tom, der neben einer kleineren Frau steht und auf sie einredet. Seine Hände liegen auf ihren Schultern, während er ihr besorgt ins Gesicht schaut. Erst jetzt erkenne ich, dass es sich um Lisa handelt, die ihn traurig anblickt. Plötzlich zieht Tom sie an sich, nimmt sie liebevoll in den Arm. Behutsam drückt er das zierliche Mädchen, während sie ihre Arme um seinen Rücken schlingt. Unsicher über die mir dargebotene Szene, beobachte ich die beiden angespannt.

In diesem Moment wendet Tom seinen Blick mir zu. Schlagartig schiebt er Lisa von sich und lächelt mich an. Nachdem er die Küche verlassen hat, kommt er mit schnellen Schritten auf mich zu. „Sam! Was machst du denn hier? Waren wir verabredet?"

„Nicht dass ich wüsste. Und was machst *du* hier?", frage ich mit Nachdruck.

Vollkommen selbstsicher, ohne den kleinsten Zweifel in seiner Stimme aufkommen zu lassen, antwortet er: „Lisa kam, um Unterlagen abzuholen. Weißt du, dass ihr Freund sie betrügt? Sie ist echt fertig. Ich habe mich mit ihr unterhalten und versucht, sie zu überzeugen, dass ihr Freund es nicht wert ist, dass sie ihm nachtrauert."

„Aha", kommt als einziges Wort aus meinem Mund. Ich bin mir nicht sicher, ob die Informationen meiner Augen und meiner Ohren zu einem einheitlichen Bild zusammenpassen.

„Hey Baby, was ist los?", fragt Tom besorgt. Mein Blick wandert von ihm zu Lisa, die in diesem Moment aus der Teeküche kommt und auf mich zusteuert.

„Sorry, Sam! Ich wollte gleich wieder kommen, wurde aber irgendwie... aufgehalten", ergänzt sie ihre Erklärung unsicher, schielt dabei unauffällig zu Tom.

Als mein Blick auf die Papiere in Lisas Hand fällt, blendet mein Pflichtbewusstsein alle anderen Emotionen aus. „Dann beeil dich jetzt und bring die Unterlagen schnell zu Herrn Brückner."

Schnell hetzt sie den Gang hinunter zum Treppenhaus.

Tom legt den Arm um mich und flüstert mir ins Ohr: „Hast du noch etwas Zeit? Wir könnten noch in mein Büro gehen."

Seine verführerische Stimme lässt mich nicht kalt, aber mein Bauchgefühl sagt mir, dass es besser ist, in mein Stockwerk zurückzukehren.

„Sorry, aber ich muss noch einiges wegarbeiten. Heute Abend zeige ich dir dafür mein neues Kleid, das ich extra für dich gekauft habe."

Er küsst mich zärtlich auf die Lippen, begleitet mich anschließend noch zum Fahrstuhl, bevor er in seinem Büro verschwindet.

Drei Stockwerke tiefer suche ich Lisa. Ich frage meinen Chef, ob er die Unterlagen zwischenzeitlich erhalten hat. Er bejaht dies und teilt mir mit, dass er Lisa auf einen Botengang nach Grünwald geschickt habe. Sie komme erst am späten Nachmittag zurück.

Enttäuscht trotte ich zurück in mein Büro und setze mich an meinen Schreibtisch. Meine Gedanken drehen sich im Kreis. Einerseits würde ich so gerne hören, wie sich die Szene in der Teeküche aus Lisas Sicht abgespielt hat. Andererseits vertraue ich Tom. Er hat mir doch erst gestern Abend einen Heiratsantrag gemacht. Er liebt mich!

Schnell schüttle ich meine verwirrenden Gedanken ab und mache mich mit übertriebenem Enthusiasmus an die Arbeit.

Kapitel 7

Juli 2010

Von der Wärterin, die mir meine erste Mahlzeit bringt, erfahre ich, dass ich drei Tage in der stockdunklen Zelle verbringen muss, bevor ich wieder zurück auf meine Station darf.

Ich weiß momentan nicht, ob es gut oder schlecht für mich ist, hier eingesperrt zu sein. Weit weg von Agnes und ihren krankhaften Machtspielchen. Meine Vagina schmerzt und brennt von den Verletzungen des gewaltsamen Eindringens.
Warum hat mir die mich abführende Beamtin nicht geglaubt? Agnes ist auf der Station bekannt, alle wissen, dass sie andere Frauen manipuliert und vor Übergriffen nicht zurückschreckt. Reicht Agnes' Macht etwa bis zu den Aufseherinnen? Das kann und will ich mir nicht vorstellen. Wo bliebe da die Gerechtigkeit?
Gerechtigkeit? Ich sollte mittlerweile begriffen haben, dass das Leben nicht gerecht ist. Weder hier drinnen – noch da draußen!

Während der Einzelhaft habe ich viel Zeit zum Grübeln. Über meine Vergangenheit ... über Thomas ... und Lisa.

Um mich körperlich fit zu halten, mache ich mehrere Stunden am Tag Konditionstraining, Liegestützen, Sit ups und Kniebeugen, was in einem Raum von ca. acht Quadratmetern nicht einfach ist.

Irgendwann, nach jeglichem verlorenen Zeitgefühl, öffnet sich die Tür, so dass ich vom hereinscheinenden Licht geblendet werde.

„Frau Reich, die Zeit ist um, sie können zurück auf ihre Zelle", erklärt mir eine freundliche Stimme. Mit zusammengekniffenen Augen erhebe ich mich und verlasse den schrecklichsten Raum, dem ich bisher in meinem Leben begegnet bin.

Bis ich im zweiten Stock vor meiner Zelle ankomme, haben sich meine Augen wieder vollständig an das Licht gewöhnt. Als die Tür aufgeschlossen wird, bleibe ich abrupt stehen. Mein Blick fällt auf feuerrote lange Locken, die der dazugehörenden Person bis zur Hüfte reichen. Die schlanke Frau schaut starr aus dem Fenster. Erst, als die Tür hinter mir ins Schloss fällt, dreht sie sich um.

Unsere Blicke treffen sich. Abschätzend betrachten wir uns von oben bis unten. Sie hat ein hübsches Gesicht, ist jedoch schätzungsweise einige Jahre älter als ich. Ihre Schultern sowie ihre beiden Arme sind übersät von etlichen Tätowierungen.
Meine Unsicherheit unterdrückend, gehe ich einen Schritt auf sie zu und reiche ihr meine Hand. „Hallo, ich bin Sam!"
„Hi, ich bin Kimberly, du kannst mich aber Kim nennen." Ihr Händedruck ist kräftig und macht von vornherein klar, wer in dieser Zelle das Sagen hat. Sie geht an mir vorbei und klettert auf das obere Bett.
„Äh... das ist mein Bett", versuche ich zu erklären.
„Jetzt nicht mehr!", trifft mich eine barsche Antwort, der ich instinktiv lieber nicht widerspreche. Während ich mich auf die untere Matratze setze, überlege ich, wie ich ein Gespräch mit meiner neuen Mitbewohnerin anfangen soll.

Vorsichtig versuche ich es mit einer ersten Frage: „Wegen was bist du hier? Und wie lange musst du absitzen?"

Die Antwort, die ich darauf bekomme, lässt mir einen eiskalten Schauer über den Rücken laufen.

„Wegen versuchtem Mord! Ich habe zwölf Jahre bekommen."

Da keine Gegenfrage ihrerseits kommt, beschließe ich, nicht weiter auf ein Gespräch zu beharren. Ich lege mich auf die Seite und hoffe, dass ich mit dieser unangenehmen und offensichtlich gefährlichen Mitbewohnerin, niemals einen ernsthaften Streit ausfechten muss.

Kapitel 8

März 2008

Tom holt mich pünktlich um 17.00 Uhr in meinem Büro ab, da bereits um 19.00 Uhr die Party in Grünwald beginnt.

Er hetzt zum Auto, fährt schneller als erlaubt durch die Stadt in unsere Wohnung und stürmt, nachdem er die Haustür geöffnet hat, sofort ins Bad unter die Dusche.

Die ganze Fahrt über habe ich überlegt, ob ich ihn nochmals auf die Situation in der Teeküche ansprechen soll, komme allerdings zu dem Ergebnis, dass ich die Sache vorerst lieber ruhen lasse, zumindest, bis ich mit Lisa gesprochen habe.

Nachdem Tom frisch geduscht sowie rasiert aus dem Bad kommt, husche ich unter die Dusche. Danach föhne ich mir die Haare und schminke mich. Als ich ins Schlafzimmer gehe, um meine neue Eroberung aus der Einkaufstasche zu ziehen, ruft Tom bereits aus dem Wohnzimmer: „Samantha! Wie lange brauchst du noch? Wir müssen los!"

„Ich komme gleich!", rufe ich ihm entgegen und ziehe mir das smaragdgrüne Kleid über. Zuletzt schlüpfe ich noch in passende schwarze Pumps, gehe anschließend langsam ins Wohnzimmer. Tom steht vor der Bar, wobei er etwas in sein Handy tippt. Als er aufblickt fällt ihm das Gerät fast aus der Hand. Überrascht betrachtet er mich eingehend von oben bis unten.

„Sam... Samantha! Willst du mich umbringen?" Erschrocken blicke ich an mir hinunter.

„Warum? Was ist? Stimmt was nicht mit dem Kleid?"

Tom kommt auf mich zu und legt seine Hände auf meine nackten Schultern. „Du siehst atemberaubend aus! Wie soll ich mich da den ganzen Abend auf meine Geschäftspartner konzentrieren?" Er verteilt kleine Küsse auf meinem Hals sowie hinter meinem Ohr.

Mein Körper reagiert augenblicklich auf seine Liebkosungen. „Musst du ja nicht!", antworte ich verführerisch, dabei greife ich in seinen Nacken. Ein langer und leidenschaftlicher Kuss raubt mir fast den Atem.

Wieder ist es Tom, der sich von mir löst, während er mich leicht von sich schiebt. „Tut mir leid, Baby, aber wir müssen wirklich los!", sagt er bedauernd.

„Ich liebe dich, Tom, aber manchmal hasse ich deine Arbeit!", entgegne ich schmollend. Ich greife nach meiner Jacke und gehe zur Tür.

Augenblicklich steht Tom neben mir und legt seine Hand auf meinen Arm. „Ich liebe dich auch, aber ohne meine Arbeit hätten wir uns nicht einmal kennengelernt." Erneut gibt er mir einen leidenschaftlichen Kuss, den ich sehnsüchtig erwidere.

Die Autofahrt verläuft schweigend. Lediglich unsere Hände spielen zärtlich miteinander.

Als wir endlich mit leichter Verspätung auftauchen, ist die Party bereits in vollem Gange. Sofern man bei einer solchen trockenen Veranstaltung, überhaupt von Party sprechen kann. Die Gäste trinken Champagner, essen kleine Häppchen von den Tabletts und unterhalten sich über ihre Geschäfte. Wenn überhaupt, läuft nur sehr leise Musik im Hintergrund, die kaum jemand wahrnimmt.

Anfangs stehe ich noch, wie es von mir erwartet wird, neben Tom, lächle jeden seiner Geschäftspartner freundlich an. Schon bald jedoch langweilen mich die Gespräche, so dass ich mich unter einem Vorwand von der Gruppe entferne.

Langsam schlendere ich nach draußen auf die Terrasse, um frische Luft zu schnappen. Es ist ein milder März, daher kann man sich auch um diese Tageszeit noch, ohne zu frieren, draußen aufhalten.
Plötzlich erscheint Lisa neben mir. „Hey, Sam!", sagt sie kleinlaut.
„Lisa! Wir haben uns heute gar nicht mehr gesehen, nachdem du… beim Chef warst", taste ich mich vorsichtig an das unangenehme Thema heran.
„Ja, tut mir Leid! Herr Brückner hat mich danach gleich hier her geschickt, um bei den Vorbereitungen zu helfen." Unsicher schaut sie mich an. „Hör mal, Sam. Du hattest heute Recht. Es hatte wirklich mit Tobi zu tun. Er hat…" Tränen steigen ihr in die Augen, schluchzend unterbricht sie ihre Erklärung. Sofort habe ich wieder Mitleid mit ihr. Ich weiß, dass sie Tobi wirklich liebt und sehr darunter leidet, dass er die Beziehung nicht so ernst nimmt, wie sie.
„Ist er wieder fremdgegangen?", frage ich vorsichtig. Bedrückt nickt sie.
Plötzlich erscheinen Melissa und Keno auf der Terrasse.
„Hallo ihr beiden!", ruft Melissa uns entgegen. „Lisa, geht es Ihnen wieder besser, nachdem der Chef Sie getröstet hat?"
Mit wissendem Blick fixiert sie Lisa, wobei diese sofort errötet und den Kopf senkt. Während Keno mich beobachtet, erkenne ich in seinen Augen den enttäuschten Ausdruck, den er bereits im Restaurant hatte. Ich erspare es uns, ihn jetzt und hier auf meine übereilte Reaktion anzusprechen.

Einen kurzen Moment später verschwinden die beiden im Garten, wobei nicht nur für mich offensichtlich ist, warum sie sich dorthin zurückziehen.

Ich wende mich erneut Lisa zu und fordere sie sanft auf, mir zu erzählen, was ihr auf dem Herzen liegt.
Nach ihrem schmerzvollen Bericht liegt sie in meinen Armen, während ihre Tränen unaufhaltsam aus ihren Augen fließen. Ich halte

sie einfach nur fest und tröste sie. Nachdem sie sich einigermaßen beruhigt hat, schiebe ich sie ein Stück von mir.

„Lisa, so schwer es für dich ist, aber du musst Tobi vergessen!", rede ich sanft auf sie ein.

Heftig schüttelt sie den Kopf. „Das kann ich nicht. Ich liebe ihn doch!"

„Quatsch! Du bist gerade mal zwanzig Jahre alt! Was glaubst du, wie viel tolle Männer dir noch über den Weg laufen?", versuche ich sie von meiner Ansicht zu überzeugen. Erschrocken schaut sie mich an. Ich wundere mich über ihre plötzliche Reaktion, schiebe diese aber auf ihre emotional labile Verfassung.

Langsam schüttelt sie den Kopf. „Ich kann nicht. Wie soll ich mit ihm Schluss machen? Er sagt immer, es wird nicht mehr vorkommen, er liebt nur mich!" Erneut steigen ihr Tränen in die Augen. Langsam werde ich wütend. Wie kann man nur so verblendet sein, dass man das Tatsächliche nicht vor seinen Augen sieht?

Grob schiebe ich sie noch weiter von mir weg, dabei deute ich mit meinem Zeigefinger auf ihre Brust. „Hör mal, Kleine! Komm über ihn hinweg! Besser jetzt, bevor du dich noch mehr in die Beziehung hineinhängst. Das geht nicht lange gut! Kapier doch endlich, dass er es nicht ernst mit dir meint. Wenn er dich wirklich lieben würde, hätte er keine Andere nebenher!" Ich lasse meine Worte auf sie wirken und beobachte ihre Reaktion.

„Aber, wenn er doch sagt, dass....", fängt sie weinerlich an sich zu verteidigen.

Plötzlich platzt mir der Kragen. Lauter als beabsichtigt schreie ich sie an, wobei ich ihr meinen Finger in die Brust bohre: „Wenn du es nicht schaffst, die Finger von ihm zu lassen, dann wirst du es bereuen! Es bringt dich um!" Augenblicklich sackt sie in sich zusammen und fängt hemmungslos an zu weinen.

Ich drehe mich um und schaue direkt in Melissas Gesicht. Fassungslos schauen Keno und sie mich an. Noch immer von meiner Wut auf Tobi gefesselt, drehe ich auf dem Absatz um und stürme in den großen Raum, in welchem sich die anderen Gäste aufhalten. Mir entgeht nicht, dass einige in der Nähe stehende Personen meinen Wutausbruch beobachtet haben. Mit schnellen Schritten begebe ich mich in das Badezimmer und schließe die Tür hinter mir.

Schwer atmend versuche ich mich zu beruhigen, lasse mir kaltes Wasser über die Handgelenke laufen.
Plötzlich klopft es an der Tür. „Samantha?", höre ich Toms Stimme. Ich schließe auf und lasse ihn eintreten.

„Hey, Baby, was ist passiert? Ich habe dich schreien gehört ... und danach bist du wie eine Furie durch den Raum gelaufen." Besorgt blickt er mir ins Gesicht.
Müde lehne ich mich an seine Schulter, während ich in ruhigem Ton erkläre: „Ich will jetzt nicht darüber sprechen, Tom. Wie lange müssen wir noch hier bleiben? Ich will nach Hause!"
Mit einem Finger hebt er mein Kinn an. „Nicht mehr lange. Ich habe die wichtigsten Gespräche bereits geführt. Noch eine halbe Stunde, dann können wir verschwinden. In Ordnung?" Er küsst mich behutsam, wartet anschließend bis ich erleichtert nicke. Dann verlassen wir gemeinsam das Bad und mischen uns unter die Gäste.

Wie versprochen, verlassen wir kurz darauf die Veranstaltung und fahren nach Hause. Wir kuscheln uns auf das Sofa vor den Fernseher. Wenig später schlafe ich in Toms Armen ein.

Kapitel 9

August 2010

Seit zwei Wochen habe ich eine neue Mitbewohnerin und bin ihr noch keinen Schritt näher gekommen. Wenn wir auf unserer Zelle sind, schweigt sie und ist in sich gekehrt. Beim Mittagessen sowie beim Hofgang sitzt sie mit anderen Frauen zusammen, wobei sie kontinuierlich Abstand zu mir hält.

Ich liege im Bett und warte, bis uns das Frühstück gebracht wird. Für heute nehme ich mir fest vor, Kim auf ihre Schweigsamkeit anzusprechen. Grundsätzlich ist sie kein ruhiger Mensch, das habe ich auf dem Sportplatz sowie beim Mittagessen beobachtet. Sie scherzt und lacht viel mit den anderen Insassinnen. Die meisten Frauen scheinen sie zu kennen, was mich vermuten lässt, dass sie nicht das erste Mal hier in Stadelheim einsitzt.

Gleichzeitig mit unserer Zellentür verschließen sich jedoch ihre Gedanken sowie ihre Lebensfreude.
Mir kommt es vor, als würde sie trauern. Vielleicht bereut sie ihre Tat und wird damit nicht fertig?

Das typische, metallische Geräusch lässt mich aufschrecken. Ich schwinge mich aus meinem Bett und setze mich an den Tisch. Kimberly liegt weiterhin ruhig atmend auf ihrer Liege. Nachdem unsere Verpflegung überreicht wurde, stelle ich mich neben das Bett.

„Kimberly?", spreche ich meine Mitbewohnerin leise an.
Keine Reaktion!
„Kim?", versuche ich es etwas lauter.
Immer noch Stille!
Vielleicht geht es ihr ja nicht gut! Ich steige auf meine Matratze, um in ihr Gesicht sehen zu können. Ihre Augen sind geschlossen.
„Kim? Wach auf!", sage ich mit kräftiger Stimme, während ich sie leicht an der Schulter rüttle.
„Kira?", ruft sie schreckhaft. Plötzlich erkennt sie mich und sinkt enttäuscht auf ihr Kissen zurück.
„Wer ist Kira?", frage ich verwundert. Kims böser Blick trifft mich ohne Vorwarnung. Sie schiebt mich von sich und setzt sich ruckartig auf.
„Das geht dich nichts an!", blafft sie mir zu, hüpft dabei leichtfüßig auf den Boden.

Wir sitzen am Tisch und trinken unseren Kaffee. Ich beobachte Kim genau, da mir spätestens jetzt klar ist, dass meine Vermutung, dass sie um jemanden trauert, richtig ist. Kims Blicke treffen immer wieder meine, auch sie scheint zu überlegen, ob sie sich mir anvertrauen soll oder nicht.

An diesem Tag erzählt sie mir nicht, was sie bedrückt.

Während Kim heute frei hat, muss ich zur Arbeit. In der Wäscherei stoße ich auf Agnes, die mir seit dem Vorfall unter der Dusche aus dem Weg geht. Gerade als ich die Waschmaschine befülle, tritt sie von hinten an mich heran.
„Glaube ja nicht, dass die Sache so einfach für mich erledigt ist. Ich bekomme schon noch, was ich will!", flüstert sie mit laszivem Unterton.
„Ach ja? Und was willst du?", frage ich genervt.
„Dich!", haucht sie mir ins Ohr. Bevor mir die Bedeutung des Wortes vollständig klar wird, ist sie bereits ein paar Schritte von mir entfernt. Ein kalter Schauer läuft mir über den Rücken.

Am nächsten Tag ist Kim bei der Arbeit. Glücklicherweise muss auch Agnes ihren Dienst verrichten, so dass ich weder auf dem Hof, noch am Abend unter der Dusche auf sie treffe.

Am Morgen des nächsten Tages spreche ich Kim beim Frühstück erneut an. „Kim, warum ignorierst du mich? Habe ich irgendetwas getan, was dich verletzt hat, oder kannst du mich einfach nur nicht leiden?"
Kims Blick verrät mir, dass meine Worte sie härter treffen, als ich beabsichtigt habe. In ihren Augen erkenne ich Trauer, Sehnsucht und Liebe.
Vollkommen verunsichert über diese Erkenntnis schaue ich betreten auf meinen Teller. „Schon gut. Du musst es mir nicht sagen, wenn du nicht willst. Ich bin einfach wieder ruhig."
„Nein! Es ist nur... du erinnerst mich an meine Schwester... sie wäre vor zwei Monaten dreißig Jahre alt geworden. Wie alt bist du?"
Verwundert blicke ich auf: „Ich bin achtundzwanzig ... was ist mit deiner Schwester passiert?"

Ihr Blick verliert sich für einen Moment an der Wand hinter mir, dann erzählt sie leise:

„Kira war mein Sonnenschein. Sie war acht Jahre jünger als ich und ich habe sie vergöttert. Sie hatte auch so lange braune Haare wie du… und braune Augen." Ihr Blick fällt auf ihre Hände, die sie unruhig knetet. Plötzlich schaut sie auf und blickt mich direkt an. Tränen steigen ihr in die Augen. „Sie wurde ermordet! Dieser Mistkerl hat sie drogenabhängig gemacht und ihr dann eine Überdosis gespritzt. Sie war erst zwanzig Jahre alt!"

Ich kann den Schmerz, der sich in ihr ausbreitet, regelrecht fühlen. Spontan stehe ich auf, ziehe sie zu mir hoch und nehme sie in den Arm. Verzweifelt und von ihren Gefühlen überrannt lässt sie ihren Tränen freien Lauf, während ich versuche, sie zu trösten.

Auf dem Weg zum Mittagessen merkt man Kim nicht mehr an, dass sie am Morgen von Weinkrämpfen geschüttelt wurde, weil sie ihre Gefühle nicht mehr unter Kontrolle hatte. Sie setzt sich, wie üblich, an einen anderen Tisch und ignoriert mich, wie ich es von ihr gewohnt bin.

Kapitel 10

März 2008

Mitten in der Nacht wache ich auf. Ich fühle mich eingeengt und bemerke umgehend den Grund dafür. Das enge grüne Kleid, welches ich immer noch am Körper trage, hindert mich an einem erholsamen Schlaf. Ich drehe mich zur Seite, sehe Tom neben mir im Bett liegen. Das Zischen seines gleichmäßigen Atems erfüllt den Raum. Sein nackter Brustkorb hebt sich langsam auf und nieder, wobei sein makelloser Körper, erst ab dem Bauchnabel bedeckt ist.

Zärtlich streiche ich ihm über die Brust.

Mit einem genüsslichen Seufzer wacht er auf und blickt mich an. „Hey, Baby! Kannst du nicht schlafen?"

Vorwurfsvoll frage ich: „Warum hast du mich nicht geweckt, als du ins Bett gegangen bist?"

Er dreht sich zu mir, antwortet dabei liebevoll: „Du hast so schön in meinem Arm geschlafen, da habe ich es nicht übers Herz gebracht, dich zu wecken." Ein flüchtiger Kuss auf meine Nasenspitze unterstreicht seine Worte.

Ich greife ihm in sein weiches Haar und ziehe ihn leicht zu mir heran. „Na, wenigstens hast du mich ins Bett getragen. Hast du mir nicht, bevor wir zur Party gefahren sind, etwas versprochen?", flüstere ich verführerisch.

„Ach ja? Hab ich das?", spielt er den Ahnungslosen. Sein leidenschaftlicher Kuss lässt meinen Körper vollständig erwachen. Langsam öffnet er den Reißverschluss meines Kleides und streift es mir von den Schultern. Seine Lippen begleiten dabei den Weg des Kleides hinab über meine Brüste, meinen Bauch und meine Hüften. An meiner intimsten Stelle verweilt er, wobei er mich meine Enttäuschung sowie meine Wut des vergangenen Abends vollkommen vergessen lässt.

In den frühen Morgenstunden schlafen wir glücklich und zufrieden nochmals ein.

Bereits um acht Uhr klingelt Toms Wecker. Er springt aus dem Bett und geht ins Bad. Frisch geduscht sowie gut duftend kommt er zurück ins Schlafzimmer. Er setzt sich zu mir aufs Bett. „Samantha, ich muss noch mal kurz ins Büro."

Verschlafen blinzle ich ihn an: „Was? Heute ist Samstag! Können wir nicht einmal ein Wochenende ungestört verbringen?"

Nach einem kurzen Kuss antwortet er besänftigend: „Es dauert nicht lange. Ich muss nur noch schnell ein paar Unterlagen durchsehen, die ich Montag früh brauche. Komm doch mittags ins Büro und hole mich ab, dann fahren wir zusammen in die Stadt."

Resignierend nicke ich, bevor ich mein Gesicht erneut im Kissen vergrabe.

Liebevoll küsst Tom meine Schulter, streicht mir zärtlich über den Rücken. „Bis später", flüstert er, anschließend verlässt er das Zimmer.

Es dauert nicht lange, bis ich wieder einschlafe.

Gegen elf Uhr wache ich ausgeruht auf. Mein Blick fällt auf die Uhr - augenblicklich schrecke ich hoch.
Mist! Ich wollte doch Tom abholen!
Schnell hüpfe ich aus dem Bett und hetze ins Bad. Unter der Dusche schießen mir völlig unerwartet die Bilder aus der Teeküche ins Gedächtnis. War die Situation wirklich so harmlos, wie Tom sie beschrieben hat? Warum hat Lisa so seltsam geschaut? Am Abend auf der Party war ich kurz davor, sie auf ihr Zusammentreffen mit Tom anzusprechen, dann kam jedoch ihr Gefühlsausbruch wegen Tobi dazwischen und das Gespräch geriet außer Kontrolle.

Auch Kenos enttäuschte Blicke verfolgen mich in meinen Erinnerungen. Ich glaube, er ist wirklich sauer auf mich! Auch dieses klärende Gespräch kann ich nicht ewig aufschieben.

Ich trockne mich schnell ab, ziehe mir bequeme Kleidung an und mache mich auf den Weg ins Büro.

Mit dem Bus sowie der S-Bahn brauche ich fast vierzig Minuten in den Münchner Norden; mit dem Auto ist es gerade mal eine Fahrzeit von fünfzehn Minuten von unserer Wohnung in Obermenzing. Ich muss mir endlich ein eigenes Fahrzeug anschaffen! Das habe ich schon so lange vor, schiebe es aber immer vor mir her, da ich meistens mit Tom zusammen in die Arbeit fahre.

Ich gehe durch die Drehtür des Eichmann-Towers und begrüße den Pförtner, der mich freundlich anlächelt: „Guten Tag, Frau Reich! Müssen Sie jetzt auch schon samstags arbeiten?"
„Nein, ich hole nur Herrn Eichmann ab!", antworte ich lächelnd.
Höflich nickt er mir zu, während ich mich zu den Fahrstühlen begebe.
Kurz bevor ich mein Ziel erreiche, öffnet sich eine der Fahrstuhltüren und Lisa stürmt mit Tränen in den Augen hinaus.

„Lisa!", rufe ich und halte sie reflexartig auf, als sie an mir vorbei laufen will. „Hey! Was ist los?", frage ich besorgt und drehe sie zu mir.

Unsicher schaut sie mich an, schüttelt aber nur leicht den Kopf. „Nichts! Schon gut!"

„Was machst du hier? Hat Brückner dich angerufen?"

Erneut schüttelt sie den Kopf. „Nein, ich habe gestern nur etwas im Büro vergessen ... ich wollte es kurz abholen."

Verwirrt beobachte ich sie. „Hör mal, Lisa! Wegen gestern... das tut mir leid", beginne ich entschuldigend.

Traurig schaut sie mir in die Augen. „Nein, du hast ja Recht. Aber ich liebe ihn eben! Ich kann nichts dagegen machen!", schluchzt sie etwas lauter.

Mit Nachdruck sowie ernster Miene sage ich: „Lisa! Ich weiß, dass es schwer ist, aber lass dich von ihm nicht so ausnutzen!"

Plötzlich schaut sie durch die große Fensterfront nach draußen. Ich folge ihrem Blick und erkenne, dass vor dem Eingang ein schwarzer Porsche 911 steht, der offensichtlich auf jemanden wartet.

„Ist das...?", fange ich ungläubig an, werde jedoch sofort von Lisa unterbrochen.

„Sam, sorry! Ich muss los!" Sie stürmt durch die Drehtür und steigt einen Moment später in das wartende Fahrzeug ein. Der Fahrer beugt sich zu ihr hinüber und küsst sie zur Begrüßung.

Kopfschüttelnd wende ich mich ab, drücke auf den Knopf des Fahrstuhls und steige ein.

In der Chefetage steuere ich direkt auf Toms Büro zu. Erstaunt stelle ich fest, dass Melissa an ihrem Schreibtisch sitzt, während sie konzentriert auf ihren Bildschirm starrt.

„Hallo Frau Seiber! Tom hat mir gar nicht erzählt, dass Sie heute auch arbeiten!", frage ich überrascht.

„Tja, so ist das eben. Ich bin nicht umsonst seit acht Jahren seine Privatsekretärin. Da ist es selbstverständlich für mich, dass ich ihn auch außerhalb der üblichen Bürozeiten unterstütze!", erklärt sie eingebildet.

Mit einem mitleidigen Lächeln gehe ich an ihr vorbei, lege meine Hand auf die Türklinke zu Toms Büro.

„Halt!", ruft sie mit einem Befehlston, der mich augenblicklich in meiner Bewegung inne halten lässt. „Tom ist noch nicht fertig! Warten sie bitte noch einen Moment!" Ungläubig stelle ich mich vor ihren Tresen. Ungeduldig trommle ich mit den Fingernägeln auf den weißen Hochglanzlack.

„Hat Tom Ihnen gesagt, dass sie mich hier draußen aufhalten sollen?", will ich gereizt wissen.

„Nein, nicht wörtlich, aber ich weiß, dass er in Ruhe seine Arbeit beenden will, bevor man ihn stört", klärt sie mich mit überheblichem Ton auf, dabei starrt sie auf meine Hände. Plötzlich verstummt sie. Ihre Augen weiten sich und ihr Gesicht verliert eine Nuance an Farbe.

„Oh! Das ist aber ein schöner Ring, ist der neu?", stößt sie mit piepsiger Stimme hervor. Schlagartig macht sich eine Vermutung in mir breit, deren Bestätigung ich in ihrer Reaktion suche.

Glücklich halte ich meine linke Hand in die Höhe. „Ja! Stellen Sie sich vor, Tom hat mir einen Heiratsantrag gemacht und mir diesen wunderschönen Verlobungsring geschenkt!" Zuckersüß grinse ich sie an und bekomme augenblicklich die Bestätigung, auf die ich gewartet habe. In Ihren Augen erkenne ich Enttäuschung, Wut und Schmerz. *Oh mein Gott! Sie ist in Tom verliebt!*

Plötzlich öffnet sich Toms Tür.

„Hallo! Du bist ja schon da! Warum wartest du hier draußen und kommst nicht rein?", fragt er verwundert und gibt mir einen kurzen Kuss zur Begrüßung. Bevor seine Lippen sich von meinen trennen, greife ich in sein blondes Haar und ziehe ihn noch dichter an mich heran. Leidenschaftlich küsse ich ihn, während ich meinen Körper verlangend an seinen drücke.

Völlig überrumpelt schiebt Tom mich sachte von sich. „Lass uns dazu lieber in mein Büro gehen", neckt er mich, schielt dabei unsicher zu seiner Sekretärin. Bevor ich ihm in sein Zimmer folge, werfe ich Melissa einen vielsagenden Blick zu. Meine Augen versprühen regelrecht die Botschaft: *Das ist mein Mann!*

Kurze Zeit später verlassen wir den Eichmann-Tower und steigen in Toms Auto. Während der Fahrt in die Stadt spreche ich ihn vorsichtig an: „Wie ist eigentlich deine Beziehung zu Melissa?"

Fassungslos schaut er zu mir, verzieht leicht sein Gesicht: „Was? Wie meinst du das? Sie ist meine Sekretärin, was soll ich für eine Beziehung zu ihr haben?"

„Du hattest von Anfang an, seit du hier der Chef bist, nur sie als deine Privatsekretärin, stimmt's?"

Während wir an einer Ampel warten müssen, blickt er mir abschätzend in die Augen. „Wird das eine Eifersuchtsszene? Habe ich irgendwas verpasst?", fragt er mit unsicherem Unterton.

Ich überlasse ihn kurz seinen Grübeleien, bevor ich belustigt antworte: „Weißt du eigentlich, dass sie Hals über Kopf in dich verliebt ist?"

Die von mir erwartete Reaktion bleibt aus. Weder lacht er, noch ist er besonders überrascht, das zu erfahren. *Er weiß es! Natürlich!* Er hat derart feine Antennen, was Frauen betrifft, dass es ihm sicher nicht entgangen ist, dass Melissa ihn anhimmelt.

„Was willst du jetzt hören?", fragt er ernst. Geschockt über die umgeschlagene Stimmung wende ich meinen Blick ab und schaue aus dem Seitenfenster. *Gute Frage! Was will ich eigentlich hören?*

„Hattest du mal was mit ihr?", frage ich, ohne ihn anzublicken.

„Was soll das Samantha? Wir waren uns doch einig, dass meine Vergangenheit in unserer Beziehung keine Rolle spielt."

„Das glaube ich nicht! Du warst tatsächlich mit ihr zusammen?", bringe ich entsetzt hervor.

„Müssen wir das gerade jetzt besprechen?"

„Ja! Warum hast du mir das nie erzählt?", will ich gekränkt wissen.

„Weil es nicht wichtig ist! Es war ein One-Night-Stand! Nach einer Firmenparty...wir haben zu viel getrunken und da ist es eben passiert."

Fassungslos schüttle ich den Kopf. „Warum hast du dir danach nicht eine neue Sekretärin gesucht? Liegt dir noch etwas an ihr?"

„Samantha, hör auf! Melissa und ich haben das geklärt. Und sie ist wirklich eine hervorragende Privatsekretärin! Sie ist loyal, verschwiegen und jederzeit zu Überstunden. So eine Sekretärin findet man nicht an jeder Ecke", sagt er sachlich.

„Trotzdem ist sie in dich verliebt", antworte ich schmollend.

Toms Hand streichelt zärtlich meinen Oberschenkel. „Baby, mach dir keine Sorgen! Ich liebe dich! Und zwar nur dich!" Als wir erneut an einer Ampel stehen, beugt Tom sich zu mir hinüber. Er küsst mich zärtlich und lange auf die Lippen, bis die hinter uns stehenden Fahrzeuge uns zur Weiterfahrt drängen.

Wir verbringen einen schönen Nachmittag in der Stadt, gehen gut essen und fahren abends wieder nach Hause.

Tom hat es sich anscheinend zur Aufgabe gemacht, mich von meinen wirren Gedanken abzubringen, da er sich an diesem Abend mit allen Künsten der Verführung um mich kümmert.

Kapitel 11

August 2010

Am Nachmittag ist Hofgang. Die Sonne brennt auf den Asphalt, so dass sich die meisten Frauen im Schatten aufhalten. Einige wenige legen sich in die pralle Sonne, ziehen ihre Hosenbeine sowie das T-Shirt nach oben, um etwas Bräune abzubekommen.

Trotz der heißen Temperaturen ist es verboten, die Kleidung auszuziehen. So lassen sich einige Frauen die witzigsten modischen Kreationen einfallen, um die Hitze erträglicher zu machen. Einige tränken ihr Oberteil im Wasser, um anschließend wie auf einer Wet T-Shirt Party herumzulaufen.

Langsam ziehe ich meine Runden über den Platz, betrachte die Frauen, an denen ich vorbeischlendere. Kim sitzt mit ihrer Clique im Schatten unter einem Baum und unterhält sich angeregt. Sie scheint nicht zu bemerken, dass ich an ihr vorbei gehe. Einige Meter weiter sitzen Agnes und ihre Mädchen. Kurz bevor ich sie erreiche, erwäge ich umzukehren, entschließe mich dann jedoch dazu, meine Angst zu verdrängen und mit erhobenen Hauptes an ihr vorbei zu gehen.

Nachdem ich die Gruppe passiert habe, springt Agnes auf und läuft mir nach. Die anderen Mädchen bleiben sitzen.

„Wie lange willst du noch auf stur schalten, Sam?", fragt sie eindringlich, während sie zu mir aufschließt.
„Ich weiß nicht, was du meinst, Agnes. Nur weil ich dich nicht als Beschützerin will? Hast du damit etwa ein Problem?", frage ich selbstbewusst.
„Ich habe ein Problem damit, dass du mich abweist", sagt sie bestimmt.
Abrupt bleibe ich stehen und drehe mich zu ihr.
Verständnislos motze ich sie an: „Warum ich? Hier gibt es genug Mädchen, die du haben kannst. Die sich von dir einschüchtern lassen und sich dir unterwerfen", bekunde ich mit einer ausladenden Handbewegung über den Platz.
Plötzlich ändert sich ihr Blick. Liebevoll schaut sie mir in die Augen, greift nach meinen Händen und sagt zärtlich: „Ich will aber nur dich! Vielleicht ist es ja Liebe!" Bestimmend zieht sie mich an sich, drückt ihren Körper an meinen.
Schlagartig stoße ich sie weg, reiße meine Hände los und schreie sie an: „Spinnst du? Das, was du mit den Mädchen hier machst, hat rein gar nichts mit Liebe zu tun! Du bist so erbärmlich!", spucke ich ihr entgegen.
Mit mahnender Geste presst sie wütend hervor: „Das wirst du noch bereuen, Sam!" Wutentbrannt macht sie auf dem Absatz kehrt und läuft zurück zu ihrer Gruppe. Fassungslos blicke ich ihr hinterher. Einige Meter weiter sehe ich Kim. Besorgt schaut sie mich an. In diesem Moment ist mir klar, dass sie das Streitgespräch von der Ferne aus beobachtet hat.

Am Abend können wir glücklicherweise wieder duschen. Bei diesen Temperaturen sehen wir es schon als Luxus an, uns abends unter dem kalten Nass abkühlen zu dürfen.

Kim und ich werden gemeinsam abgeholt, jedoch in verschiedene Duschräume geführt. Es ist bekannt, dass die Aufsichtspersonen bestimmte Konstellationen von Frauen vermeiden, um somit vorhersehbare Konflikte gar nicht aufkommen zu lassen. Warum sie jedoch Kim und mich trennen, bleibt mir ein Rätsel.

Ich stehe in einem Raum mit Emily, Mary und vier weiteren Frauen aus unserem Block, mit denen ich jedoch kaum zu tun habe.

Während ich das kühle Wasser auf mich prasseln lasse, höre ich Emily zu, die mir aufgeregt von ihrem Freund erzählt, der beim letzten Besuch um ihre Hand angehalten hat. Sie plappert unaufhaltsam auf mich ein, ohne einen Kommentar von mir zu erwarten. Plötzlich verstummt sie, was mir allerdings vorerst nicht auffällt, da ich mit meinen eigenen Gedanken beschäftigt bin.

Bevor ich meinen Blick zur Seite wenden kann, werde ich unsanft nach hinten gerissen. Ein zusammengerolltes Handtuch umschlingt meinen Hals und drückt mir die Luft ab. Reflexartig öffne ich meinen Mund, um zu schreien. Dieser Versuch wird jedoch sofort durch einen Waschlappen, der mir gewaltsam zwischen die Zähne gestopft wird, unterbunden. Gewaltsam werde ich zu Boden gerissen, bleibe mit dem Rücken auf den harten Fliesen liegen. Über mir erkenne ich Agnes, die mich mit wutverzerrtem Gesicht anblickt. Beim Versuch, mich zu befreien, erkenne ich Kathrin, die mich mit dem Handtuch auf den Boden drückt.

Agnes und Mary stehen über mir. In ihren Händen halten sie ein Handtuch, schwingen es gemächlich hin und her. *Was haben sie vor?* Plötzlich und unerwartet heftig erfolgt der erste Hieb. Agnes holt aus und lässt das mit einem harten Gegenstand gefüllte Handtuch auf mich herabsausen. Sie trifft meinen Bauch. Schmerzverzerrt krümme ich mich zusammen. Sogleich trifft der zweite Schlag, ausgeführt von Mary, auf meinen Rücken, unterhalb der Schulter.

Während Kathrin mich weiterhin am Boden hält, prügeln die beiden Frauen unaufhaltsam mit ihren provisorischen Waffen auf mich ein. Ich trete mit meinen Füßen um mich, versuche eine der Angreiferinnen zu treffen, was mir jedoch nicht gelingt.

Ein weiterer Schlag in die Rippen raubt mir den Atem. Qualvoll drehe ich mich zur Seite und werde im selben Moment erneut getroffen.

Plötzlich höre ich Schreie.
„Agnes, hör sofort auf!"
Durch meinen verschwommenen Blick erkenne ich Kimberly, die auf Agnes zustürmt und ihr mit der Faust frontal ins Gesicht schlägt. Agnes taumelt mit blutender Nase zurück. Bevor sie ihren Gegenangriff auf Kim ausführen kann, wird sie von zwei Frauen zurückgehalten. Unverzüglich geben Mary und Kathrin mich frei und fliehen aus dem Duschraum.

Zusammengekrümmt bleibe ich am Boden liegen. Aus dem Augenwinkel sehe ich, wie Kim Agnes an den Haaren packt und zu sich heran zieht.
„Wenn du Sam noch einmal anfasst, bringe ich dich um!", presst sie wütend hervor.
Anschließend schubst sie Agnes zum Ausgang. Besorgt bleibt sie über mir stehen.
„Bist du o.k.?", will sie freundlich wissen.
Mühsam bringe ich ein Nicken zustande. Einen Moment später ist Kim verschwunden.

Obwohl der gesamte Angriff nur wenige Sekunden gedauert hat, habe ich Mühe, meinen geschundenen Körper aufzurichten. Emily hilft mir auf und legt fürsorglich ein trockenes Handtuch um meine Schultern. Beim Blick in die Runde der verbliebenen Frauen fällt mir auf, dass diese entweder beschämt zu Boden blicken oder verachtend den Kopf schütteln.

Wenige Minuten später werden wir von den Wärterinnen abgeholt und zu unseren Zellen gebracht. Was mich noch lange Zeit beschäftigt, ist, dass zu keinem Zeitpunkt eine der Beamtinnen eingeschritten ist, um den Angriff zu unterbinden. *Wo waren die Aufpasser die ganze Zeit?*

Zurück auf unserem Zimmer lege ich mich sofort ins Bett, ziehe die Beine an und schließe die Augen. Kim setzt sich neben mich, legt dabei beruhigend ihre Hand auf meine Stirn.
„Danke, Kim! Ich bin dir was schuldig!", flüstere ich gequält.
„Ich komme irgendwann darauf zurück", sagt sie leise, während sie mir behutsam die Haare aus dem Gesicht streicht.

Leise wimmernd liege ich in ihren Armen und lasse mich von ihr trösten. Irgendwann schlafe ich vor Erschöpfung ein.

Kapitel 12

März 2008

Am Sonntagmorgen weckt mich das leise Trommeln an den Fensterscheiben, das der prasselnde Regen hinterlässt. Die Bettseite neben mir ist leer. Auf dem Weg ins Wohnzimmer bemerke ich den Duft von frischem Kaffee, der mir, voller Vorfreude auf das gemeinsame Frühstück, in die Nase steigt.

Tom sitzt am Esstisch, mit seinem Laptop vor sich, und arbeitet.
Liebevoll schlinge ich von hinten meine Arme um seinen Oberkörper und küsse ihn auf die Wange. „Musst du heute auch wieder arbeiten?"
„Bin gleich fertig!", antwortet er, dabei tippt er die letzten Worte auf seine Tastatur.

Während wir zusammen frühstücken, überlegen wir, wie wir diesen Tag verbringen wollen. Da das nasskalte Wetter nicht unbedingt zu einem Ausflug im Freien einlädt, beschließen wir, es uns zu Hause gemütlich zu machen.

„Wenn du willst, können wir den ganzen Tag auf dem Sofa verbringen und uns Liebesfilme reinziehen", schlägt Tom zu meiner Freude vor.

„Hört sich toll an!", erwidere ich mit einem kecken Grinsen.

Plötzlich klingelt Toms Handy. Er hebt ab. „Hey Steven! Was gibt's?", sagt er überrascht. Gespannt lauscht er den Worten seines Gesprächspartners. „Nein…ich weiß nicht…." Sein Blick wandert zu mir, dabei verzieht er seinen Mund zu einem bedauernden Grinsen. „Ja, ich möchte schon, aber…ja mach ich. Bis später." Mitfühlend beendet er das Gespräch, legt sein Handy zurück auf den Tisch.

Enttäuscht frage ich: „Sag nicht, dass du wieder einen Termin hast!"

„Nein! Keinen Termin, aber die Jungs wollen heute zum Squash gehen. Frank fährt morgen für drei Monate nach Australien, heute wäre das letzte Mal, dass wir zusammen spielen können."

„Willst du mir damit sagen, dass du ein paar Stunden mit deinen Jungs einem Nachmittag mit deiner reizenden Verlobten vorziehst?", bemerke ich schmollend.

Tom greift mir in den Nacken und hebt meinen Kopf leicht an. „Baby, wir haben den ganzen Nachmittag noch Zeit, ich treffe die Jungs erst am Abend." Seine Lippen treffen weich und zart auf meine. Der anfänglich zärtliche Kuss wird stürmischer und inniger. Schließlich können wir unsere sexuelle Gier aufeinander nicht mehr zügeln und lieben uns auf dem Sofa im Wohnzimmer.

Nachdem wir geduscht und uns wieder angezogen haben, schaffen wir es doch noch, einen Film anzusehen, bevor Tom aufbricht, um sich mit seinen Freunden zu treffen.

„Ich bleibe nicht so lange! In drei Stunden bin ich wieder da!"

„Ich werde hier auf dich warten und dir dann deine letzte Kraft aus dem Körper saugen", verspreche ich verlockend.

„Da freu ich mich jetzt schon drauf", entgegnet Tom, bevor er mir einen letzten langen Kuss gibt.

Anschließend schnappt er sich seine Sporttasche, verlässt mit schnellen Schritten die Wohnung und wirft die Tür hinter sich ins Schloss.

In eine weiche Decke gehüllt, sitze ich auf dem Sofa und lese ein Buch. Plötzlich klingelt mein Handy. Neugierig nehme ich es an mich, erkenne aber bereits auf dem Display, wer der Anrufer ist.

„Lisa? Hi! Was gibt's?", begrüße ich sie freudig überrascht.
„Sam!" höre ich ein lautes Schluchzen - dann Stille.
„Lisa? Was ist los?", rufe ich in den Hörer. Beunruhigt stehe ich auf und laufe durch die Wohnung. Lediglich das leise Schluchzen der Praktikantin dringt an mein Ohr.
„Lisa! Red mit mir!"
„Sam! Er hat es wieder getan! Ich habe ihn dabei erwischt! Er …", jammert sie.
„Lisa, wo bist du jetzt?", will ich besorgt wissen.
„Ich bin zu Hause, aber …." Plötzlich stockt sie. „Sam, es hat geklingelt, vielleicht ist es ja Tobi, der mit mir reden will", sagt sie hoffnungsvoll.
„Lisa, ich komme vorbei. Es wird alles wieder gut!", verspreche ich ihr. Sie drückt mich weg, so dass ich ebenfalls auflege.

Besorgt laufe ich ins Schlafzimmer. Ich schlüpfe in meine Jeans sowie meine Sneakers, schnappe meine Jacke sowie die Handtasche und hetze aus der Wohnung.

Auf dem Weg ins Erdgeschoss bedauere ich in diesem Moment einmal mehr, dass ich noch kein Auto habe. *Mist!* Ich möchte so schnell wie möglich zu Lisa, vielleicht sollte ich einfach ein Taxi nehmen? Auf dem Weg zur Hauptstraße überprüfe ich kurz den Inhalt meines Geldbeutels. Geld habe ich genug dabei! Unruhig laufe ich die nasse Straße entlang und halte Ausschau nach den weißen Fahrzeugen mit dem Leuchtschild auf dem Dach. Der Regen setzt wieder ein, so dass meine Jacke sich langsam voll saugt.
Immer wenn man ein Taxi braucht, kommt keins!

Mit schnellen Schritten laufe ich weiter in Richtung S-Bahn. Nach einer gefühlten Ewigkeit sehe ich ein schwarzes Taxi auf mich zukommen. Reflexartig schießt mein Arm in die Höhe, signalisiert dem Fahrer somit einen neuen Fahrgast. Welch ein Zufall! Von diesen schwarzen Taxis gibt es nur wenige in München, denn sie gehören zu einer Privatfirma.

Auf dem Weg nach Neuperlach lehne ich mich in meinen Sitz und lasse das Gespräch mit Lisa Revue passieren. Sie hat so verzweifelt geklungen! Schafft sie es dieses Mal endlich, mit Tobi Schluss zu machen? Wie oft muss sie ihn noch mit einer anderen Frau erwischen, bevor sie einsieht, dass er es nicht ernst mit ihr meint? Sie hat gesagt, es habe an der Tür geklingelt. Hoffentlich ist Tobi noch da, wenn ich in Lisas Wohnung auftauche. Wenn sie es nicht schafft, ihm ihre Meinung zu sagen, werde ich es eben übernehmen, ihm verständlich zu machen, dass er sich wie ein Idiot benimmt.

Eine halbe Stunde nach Fahrtbeginn, hält der Wagen vor einem Hochhaus in Neuperlach. Glücklicherweise habe ich Lisa schon einmal besucht, nachdem sie ihr Handy im Büro liegen gelassen hat und die Tage darauf krank zu Hause im Bett lag.
Ich bezahle den Fahrer, steige aus und steuere auf den grün gestrichenen Eingang des 15-stöckigen Wohnhauses zu. Die Eingangstür ist offen. Im Flur befinden sich auf der linken Seite eine Menge Briefkästen, die entweder vor Werbematerial überquellen oder verbogen und aufgebrochen sind. Da der Zustand des Fahrstuhls nicht gerade einen vertrauenserweckenden Eindruck auf mich macht, laufe ich ins Treppenhaus. Eilig hetze ich die Stufen bis zur dritte Etage nach oben. Ich öffne die Glastür zum Flur und laufe nach rechts bis zum Appartement Nr. 311.
Gerade, als ich meinen Finger auf den Klingelknopf legen will, bemerke ich, dass die Wohnungstür nur angelehnt ist.

Besorgt versuche ich irgendwelche Geräusche aus Lisas Wohnung wahrzunehmen, kann aber nichts hören.
Vorsichtig öffne ich die Türe. „Lisa?", rufe ich leise. Ein leises Stöhnen lässt mich augenblicklich erstarren. Da ich das Geräusch

nicht eindeutig zuordnen kann, betrete ich langsam das Appartement. Hinter einem großen Bett erkenne ich am Boden zwei Beine, die sich leicht zuckend bewegen.

„Lisa?", mache ich mich erneut bemerkbar, um einer peinlichen Situation zu entgehen. Ich erhalte keine Antwort.

Unsicher nähere ich mich der am Boden liegenden Person. Was ich dann sehe, lässt mir schlagartig das Blut in den Adern gefrieren.

Kapitel 13

März 2014

In einem Monat werde ich entlassen! Die letzten vier Jahre, seit dem Übergriff durch Agnes und ihre Freundinnen, konnte ich ohne weitere Misshandlungen oder Annäherungsversuche seitens Dritter hinter mich bringen. Mein Verhältnis zu Kim wurde enger und persönlicher. Abends haben wir oft lange Gespräche geführt. Sie hat mir ausführlich von ihrer Schwester, deren Tod sowie ihrem Leben nach diesem Tag erzählt.

Ich erzählte ihr von meiner Vergangenheit, meiner Verlobung und der Falschaussage der Zeugen, deretwegen ich verurteilt wurde.

Mittlerweile verbringen wir auch die Mittagspause sowie den Freigang auf dem Sportplatz gemeinsam.

Während ich an diesem Frühlingstag auf dem Hof auf meine Mitbewohnerin warte, genieße ich die ersten wärmenden Sonnenstrahlen. Kim hat Besuch bekommen, worum ich sie beneide. Mich hat die gesamten sechs Jahre kein einziges Mal jemand besucht, da ich erst ein Jahr vor dem verhängnisvollen Ereignis nach München gezogen bin, sich meine Bekanntschaften somit lediglich auf meinen Verlobten und meine Kollegen beschränkten. Dass von ihnen keiner Interesse hatte, mich zu sehen, wundert mich nicht …

Während ich mein Gesicht der Sonne entgegenstrecke, kommt Kimberly aufgeregt auf mich zugelaufen. „Sam! Du glaubst nicht, was ich erfahren habe!", ruft sie mir atemlos entgegen.

Ich blinzle sie durch das blendende Sonnenlicht an. „Nein, aber du wirst es mir sicher gleich erzählen."

Unsicher tritt Kim von einem Fuß auf den anderen, schaut sich dabei suchend um. „Ich erzähl es dir besser erst heute Abend. Ich kann keine Mithörer gebrauchen!", betont sie verschwörerisch, währenddessen ein paar Frauen beim Vorbeigehen neugierig ihre Hälse strecken.

Es fällt ihr sichtlich schwer, ihre offenbar frohe Botschaft für sich zu behalten, daher beschließe ich, sie zu einer Runde Jogging zu überreden, da wir während dem Laufen sowieso keine Puste zum Reden haben.

Am Abend, nach Einschluss, setzt sie sich aufgeregt zu mir ans Bett.

„Sam! Ich habe dir doch die Sache mit Kira und ihrem Mörder erzählt."
Bestätigend nicke ich. „Der Typ, den du umbringen wolltest, der aber überlebt hat?"
„Richtig! Ich weiß, wo er jetzt wohnt", ergänzt sie freudig.
„Und? Was bringt dir das? Du sitzt hier doch noch acht Jahre ein!"
Ein schelmisches Grinsen breitet sich auf ihrem Gesicht aus. „Richtig! Aber du kommst in einem Monat raus!"
Entsetzt reiße ich meine Augen auf. „Du willst doch nicht etwa, dass ich…?"
Kim nickt heftig mit dem Kopf. „Bitte Sam, du bist mir noch einen Gefallen schuldig. Ich habe hier drin keine ruhige Minute, solange dieses Schwein da draußen frei herumläuft."
Fassungslos schüttle ich den Kopf. „Kim, spinnst du? Ich begehe doch nicht gleich nach der Entlassung eine Straftat! Dann können wir die nächsten Jahre weiter hier zusammen absitzen. Es tut mir leid,

57

aber das ist nicht mein Rachefeldzug! Ich habe meine eigene Geschichte, die mich beschäftigt und der ich nachgehen will."

Kim legt beruhigend den Arm um meine Schulter: „Sam, ich will doch nicht, dass du ihn umbringst! Ich will, dass er in den Knast kommt. Wenn ich ihm nicht den Mord an meiner Schwester nachweisen kann, dann soll er wenigstens wegen einer anderen Straftat einsitzen!"
„Und das wäre? Was willst du ihm denn anhängen?"
„Er ist Fälscher im ganz großen Stil. Mein Bekannter hat das rausgefunden, er hat auch die Adresse, wo du ihn finden kannst. Du musst dir nur gefälschte Papiere von ihm anfertigen lassen und ihn dann bei der Polizei hinhängen."
Skeptisch betrachte ich meine Freundin: „Kim? Hast du da nicht was Wichtiges vergessen? Wie soll ich der Polizei erklären, *warum* ich gefälschte Papiere von ihm wollte? Das allein ist schon eine Straftat!"
Nachdenklich knetet Kim ihre Unterlippe. „Ja, stimmt! Dann muss dir eben was anderes einfallen! Bitte Sam, versprich mir, dass du wenigstens versuchst, ihn dran zu kriegen. Vielleicht ergibt sich ja was!"

Langsam lege ich mich zurück, schaue angespannt zur Decke. „Lass mich mal drüber schlafen, Kim. Aber versprechen kann ich dir nichts!"
„Danke, Kleine!" Sie gibt mir einen freundschaftlichen Kuss auf die Stirn und klettert anschließend auf ihre Matratze. Mir ist klar, dass ich Kim noch einen Gefallen schuldig bin. Sie hat mich vor vier Jahren vor Agnes beschützt, ich will mich dafür auf jeden Fall revangieren.

Nach einigen Minuten unterbreche ich die Stille: „Kim? Dieser Nick, was ist das für ein Typ?"
Leise antwortet sie mir: „Er ist gefährlich! Er wickelt jede Frau mit seinem Charme ein und nutzt sie anschließend für seine Zwecke aus. Pass bloß auf, dass du ihm nicht auf den Leim gehst, wenn du ihn kennen lernst!"

„Keine Sorge! So schnell falle ich auf keinen Mann mehr rein, der mir schöne Augen macht!", antworte ich selbstsicher.

Bevor ich einschlafe, erinnere ich mich wieder an das Gespräch, das wir vor etwa drei Jahren geführt haben:

„Kim, wie ist das mit deiner Schwester damals passiert?"
Kim atmete schwer aus, fing dann an zu erzählen:
„Kira war zwanzig Jahre alt und seit kurzem mit Nick zusammen. Sie schwärmte von der großen Liebe, Nick sah auch wirklich sehr gut aus. Er war ebenfalls zwanzig und studierte im zweiten Semester Jura. Irgendwann habe ich bemerkt, dass Kira sich verändert hat. Ich habe sie darauf angesprochen, aber sie wehrte nur ab, wollte mir nichts erzählen. Sie sagte, Nick wäre ihre große Liebe. Damals wusste ich noch nicht, dass die Drogen sie so verändert haben. Sie hat sich immer mehr von mir und unseren Eltern zurückgezogen. Sie ging kaum noch ans Telefon, besuchte uns nicht mehr oder öffnete manchmal einfach nicht die Tür, wenn ich nach ihr sehen wollte.

Es war der 21. Juli 2000. Ich habe über eine Woche lang kein Lebenszeichen von Kira erhalten und bin zu ihr gefahren. Ich läutete Sturm, hörte aber kein Geräusch aus der Wohnung. Ich hatte einen Ersatzschlüssel, den ich aber noch nie benutzt habe, da ich es selbst hasse, wenn man ungebeten in meine Privatsphäre eindringt. Aber ich wurde innerlich immer unruhiger, ich wollte sehen, warum sie sich nicht meldet. Ob es ihr gut geht! Ich schloss die Haustüre auf und sah sofort, dass die Wohnung nicht verlassen war. Mitten im Zimmer, auf dem großen Bett, lagen sie. Beide nebeneinander, mit einer Nadel in ihren Armen. Es sah fast so aus, als ob sie gemeinsam Selbstmord begehen wollten. Nur, dass es bei Kira funktioniert hat und Nick sich selbst zu wenig Heroin injiziert hatte, um für eine Überdosis zu sorgen. Die Spurensicherung hat später herausgefunden, dass an Kiras Spritze seine Fingerabdrücke waren. Daher vermuteten sie, dass er ihr den tödlichen Schuss gesetzt hat. Er wurde jedoch nicht verurteilt, da er vehement seine Unschuld beteuert hat und man ihm ein eindeutiges Verschulden nicht nachweisen konnte."

„Und du wolltest dich an ihm rächen?", fragte ich neugierig.

„Ja! Er ist nach der Tat spurlos verschwunden. Ich kam nach Kiras Tod nicht mehr mit meinem Leben zurecht. Ich beging Überfälle, begann zu trinken, um dem traurigen Alltag zu entfliehen! Irgendwann landete ich im Knast. Als ich 2007 wieder raus kam, ging meine Suche nach ihm los. Es dauerte zwei Jahre, bis ich ihn fand. Dann habe ich ihn beobachtet und meine Tat geplant. Ich wollte ihn wirklich umbringen. Ich habe mich so in meine Trauer um Kira hineingesteigert, dass mir alles egal war, Hauptsache er kommt nicht mit dem Leben davon. Ich habe ihm aufgelauert und bin mit dem Messer auf ihn losgegangen. Er konnte meinen Angriff aber abwehren, daher traf ihn die Klinge nur seitlich im Bauch. Er hat überlebt und ich bin zu zwölf Jahren wegen versuchten Mordes verurteilt worden."

Allein beim Gedanken an dieses Gespräch treibt es mir erneut die Tränen in die Augen. Bereits vor drei Jahren habe ich mit Kim zusammen geweint und um Kira getrauert. Je länger ich an diese traurige Geschichte denke, umso überzeugter werde ich, dass ich Kira für Kim rächen will. Ich werde mir etwas einfallen lassen, um diesen Nick seiner gerechten Strafe zuzuführen.

Kapitel 14

März 2008

Mein Körper erstarrt beim Anblick des blutenden, zuckenden Körpers am Boden. Nachdem ich den ersten lähmenden Schock abschütteln kann, lasse ich mich erschüttert auf den Boden fallen. „Lisa! Oh mein Gott!" Ein Messer steckt in ihrer Brust und aus ihrem Mund kommt ein gequältes Stöhnen.
„Lisa, wer war das? Wer hat dir das angetan?", will ich wissen. Ich merke, wie mir die Tränen in die Augen steigen. Sie öffnet ihren Mund, versucht etwas zu sagen, bringt jedoch nur ein unverständliches Krächzen hervor.

Ohne über die Konsequenzen nachzudenken, packe ich den Griff des Messers und ziehe ihn aus ihrem Körper. Mit einem Mal quillt so viel Blut aus der Wunde, dass mir schlagartig bewusst wird, dass es ein Fehler war, die Klinge zu entfernen. Vergeblich versuche ich, das Blut daran zu hindern, aus dem warmen Körper zu fließen. Lisas Augen fixieren meinen Blick.

Erneut öffnet sie den Mund und stammelt: „Es…leid…To…." Plötzlich verstummt sie und bleibt reglos vor mir liegen. Panisch stehe ich auf und schaue mich in dem Zimmer um. Ich muss einen Krankenwagen und die Polizei rufen!

Ein lauter Schrei lässt mich zusammenzucken.

„Polizei! Waffe fallen lassen!", schreien mir mehrere Personen gleichzeitig entgegen. Zwei Beamte in Uniform stehen an der Wohnungstüre. Sie zielen mit ihren Dienstwaffen auf mich. Völlig perplex und regungslos stehe ich in der Mitte des Zimmers.

„Lassen sie die Waffe fallen!", fordert mich einer der Polizeibeamten erneut auf. Erst jetzt bemerke ich, dass ich das Messer noch immer in meiner rechten Hand halte. Angewidert lasse ich es auf den Boden fallen. Im nächsten Moment stürmen die beiden Männer auf mich zu, drücken mich gewaltsam zu Boden. Sie drehen meine Arme auf den Rücken, um mir Handschellen anzulegen.

„Sie sind vorläufig festgenommen!", sagt einer der Polizisten, während er mich auf die Beine zieht.

Ohne zu begreifen, wie mir geschieht, fällt mein Blick zurück auf Lisa, die mit starrem Blick in ihrem eigenen Blut liegt.

Völlig apathisch lasse ich mich abführen und werde mit dem Streifenwagen ins Gefängnis nach Stadelheim gebracht. Dort schieben mich die nunmehr weiblichen Beamten in eine Zelle. Aus meiner Berufserfahrung bei einem Anwalt weiß ich, dass ich in U-Haft genommen werde und innerhalb der nächsten zwei Tage dem Haftrichter vorgeführt werden muss.

Dann wird sich alles aufklären!

Den mir zustehenden Anruf nehme ich wahr, indem ich Toms Handynummer wähle. Nach dreimaligem Klingeln springt seine Mailbox an.

Mit zittriger Stimme erkläre ich: „Tom, ich bin in Stadelheim. Lisa wurde ermordet und sie halten mich für die Täterin. Bitte komm schnell und hol mich hier raus!"

Während ich die erste Nacht in der kleinen Zelle verbringe, erscheinen mir erneut die letzten Bilder von Lisa. Sie wollte mir noch etwas sagen. Aber was? To..? Meinte sie Tobi? War er der unbekannte Besucher, der nach einem Streit die Nerven verloren und sie niedergestochen hat? Oder meinte sie Tom? Aber was soll mein Verlobter mit ihrer Ermordung zu tun haben? Plötzlich fällt mir die Szene in der Teeküche wieder ein. Tom war so vertraut mit Lisa! Könnte es sein, dass....

Heftig schüttle ich die unvorstellbaren Gedanken ab und drehe mich zur Seite.

In dieser Nacht finde ich keinen Schlaf. Die schrecklichen Bilder des Vorabends gehen mir nicht aus dem Kopf. Wer hat Lisa so grausam getötet? Und warum? War es Mord oder ein Unfall? Was ist, wenn die Polizei mir nicht glaubt, dass ich es nicht war? Sie haben mich mit der Tatwaffe in der Hand über der Leiche vorgefunden. Jeder Unbeteiligte würde zu der gleichen Annahme kommen, wie die Beamten, die mich verhaftet haben. Womöglich muss ich ins Gefängnis? *Nein!* Soweit wird Tom es nicht kommen lassen. Er hat sicher einen guten Anwalt, der mich schnellstmöglich aus dieser Situation sowie der albtraumhaften Umgebung befreit!

Am nächsten Morgen werde ich in den Besucherraum geführt, wo bereits Tom auf mich wartet. Er springt auf, woraufhin ich mit Tränen in den Augen in seine Arme laufe. Er hält mich fest, bis eine Wärterin uns zu verstehen gibt, dass so naher Körperkontakt nicht erlaubt sei.

Wir sitzen uns am Tisch gegenüber, Tom schaut mich besorgt an. „Wie bist du da reingeraten, Sam? Warum hat man dich gleich verhaftet?"

„Ich weiß es nicht, ich war wohl zur falschen Zeit, am falschen Ort", versuche ich die verworrene Situation zu erklären.

„Ich besorge dir einen Strafanwalt, den besten der Stadt! Wenn du unschuldig bist, dann….."

„*Wenn* ich unschuldig bin? Zweifelst du etwa daran?"

„Nein! Natürlich nicht!", entgegnet er schnell.

Ängstlich sage ich: „Tom, heute Nachmittag ist mein Termin vor dem Haftrichter. Der entscheidet, ob ich bis zur Verhandlung nach Hause kann oder hier bleiben muss."

„Mach dir keine Sorgen. Dein Anwalt wird dabei sein und dich da rausholen!"

Kurze Zeit später verlässt Tom den Besucherraum, jedoch nicht, ohne mir vorher zu versichern, dass er mich liebt und wir das zusammen durchstehen werden.

Am Nachmittag werde ich von einer Polizistin abgeholt, die mich mit einem Streifenwagen ins Gerichtsgebäude in der Nymphenburgerstraße fährt. Auf dem Flur sitzen zehn Frauen und Männer, die alle darauf warten, dem Haftrichter vorgeführt zu werden, um zu erfahren, wo sie die nächsten Wochen bis zu ihrem Gerichtstermin verbringen werden.

Nach einer Stunde Wartezeit werde ich aufgerufen. Eine Justizbeamtin führt mich in den Gerichtssaal. Beim Betreten des Raumes fällt mein Blick sofort auf Tom, der in den Zuschauerreihen sitzt. Mein Anwalt, der sich als Uwe Reinert bei mir vorstellt, sitzt bereits an einem der Tische und fordert mich auf, neben ihm Platz zu nehmen.

Der Richter liest meinen Namen laut vor, mein Anwalt antwortet an meiner Stelle:

„Frau Reich ist anwesend. Ich bin Uwe Reinert, ihr Anwalt. Die Vollmacht habe ich bereits zu den Akten gegeben."

Ohne einen Blick auf mich zu werfen liest der Richter weiter laut vor: „Frau Reich wurde am 17. März 2008 um 19.20 Uhr im Appartement Nr. 311 im Gustav-Heinemann-Ring 23 in Neuperlach von den Beamten Güstner und Brahms vorgefunden. Sie hielt ein fünfzehn Zentimeter langes Küchenmesser in der rechten Hand, welches blutverschmiert war. Zu ihren Füßen lag das Opfer, Lisa Traumoldt."

Der Richter hebt seinen Blick, schaut kurz zu mir sowie meinem Anwalt. Ich frage mich, wie Herr Reinert mich verteidigen will, wenn er vorher nicht einmal mit mir gesprochen hat.

Ohne sich zu erheben fängt mein anwaltlicher Vertreter mit seiner Erklärung an: „Ich beantrage, Frau Reich aus der Untersuchungshaft zu entlassen und bis zur Gerichtsverhandlung in die Obhut ihres Verlobten, Thomas Eichmann, zu übergeben."

Der Richter entgegnet: „Ich tendiere dazu, den Antrag abzulehnen, da es sich um den Tatbestand des Mordes oder zumindest des Totschlags handelt und die Beweggründe der Verdächtigen bisher unklar sind."

Empört springt mein Anwalt auf: „Der Meinung bin ich nicht! Die Verdächtige hat einen festen Wohnsitz sowie eine feste Anstellung. Des Weiteren ist sie mit dem Inhaber der Firma Eichmann-Pharma verlobt. Eine Fluchtgefahr ist praktisch ausgeschlossen."

Mit strengem Blick fixiert der Richter den Mann im Anzug neben mir. Sodann erklärt er, ohne eine weitere Widerrede gelten zu lassen: „Das sehe ich anders! Fluchtgefahr besteht sehr wohl, wenn es sich um niedere Beweggründe bei der Tat handelte. Nur weil die Verdächtige einen reichen Verlobten vorweisen kann, ist das für mich noch lange kein Grund, sie auf Kaution freizulassen. Die Verdächtige bleibt bis zur Verhandlung in Untersuchungshaft. Der Antrag auf vorzeitige Entlassung gegen Kaution wird abgewiesen." Mit einem Hammerschlag auf sein Pult besiegelt er seine Entscheidung.

Noch bevor mir die Tragweite der soeben verkündeten Worte bewusst wird, zieht mich eine strenge Frau in Uniform von meinem Stuhl und führt mich aus dem Gerichtssaal. Ich werfe einen letzten Blick auf Tom, der mir mit verzweifeltem Gesichtsausdruck nachblickt.

Kapitel 15

April 2014

Am Tag meiner Entlassung bin ich bereits vor Sonnenaufgang wach. Ich habe mich die ganze Nacht unruhig von einer Seite auf die andere gewälzt, da mich die Aussicht, nach sechs Jahren endlich wieder in Freiheit leben zu können, nicht zur Ruhe kommen ließ.

Meine wenigen Habseligkeiten habe ich bereits am Vorabend in einer Kiste verstaut. Kim überreichte mir einen Zettel, auf welchem Nicks vollständiger Name sowie seine genaue Adresse steht. Was mich etwas beunruhigt ist, dass ich nicht genau weiß, wie er aussieht. Kim erzählte mir lediglich, dass er braune Haare und blaue Augen habe, was ungefähr auf ein Drittel der Bevölkerung zutrifft.

Einige Zeit später höre ich, wie Kim aufwacht. Sie hüpft vom oberen Bett auf den Boden, geht anschließend leise auf die Toilette.
Auf ihrem Rückweg spreche ich sie an: „Guten Morgen, Kim!"
Erstaunt schaut sie zu mir hinunter: „Hey, Sam! Du bist schon wach? Was ist los, normalerweise verschläfst du den Tag, wenn man dich nicht wachrüttelt!"
Mit sorgenvoller Miene antworte ich: „Es ist komisch – ab der ersten Stunde in diesem Raum zähle ich die Tage, wann ich den Knast endlich wieder verlassen kann. Und jetzt, wo es soweit ist, habe ich plötzlich Angst, was mich da draußen erwartet. Wo soll ich denn hin? Ich habe doch keine Wohnung mehr - und keine Arbeit!"

Fürsorglich setzt sich Kim zu mir aufs Bett, legt dabei ihre Hand auf meinen Arm. „Hey, Kleine, das wird schon! Du bekommst bei deiner Entlassung eine Liste mit Adressen ausgehändigt. Es sind Organisationen, die dich die erste Zeit unterstützen. Sie besorgen dir ein Zimmer und einen Job."

Mit ängstlichem Blick äußere ich meine Bedenken: „Was ist, wenn ich es nicht packe? Wenn ich auf die schiefe Bahn gerate und eine Straftat begehe?"

„Das wird nicht passieren! Du sagst selbst, du bist unschuldig hier drinnen. Das behaupten zwar viele, aber bei den wenigsten stimmt es auch. Pass einfach auf, dass du dich da draußen an die Regeln hältst, dann wird es auch klappen."

Betreten äußere ich: „Kim? Ich habe da draußen etwas vor, was sicher nicht ganz gesetzestreu ist."

Aufmunternd rät sie mir: „Na, dann lass dich einfach nicht erwischen!" Sie steht auf und schwingt sich auf ihr Bett.

Bis das Frühstück gebracht wird, hänge ich erneut meinen Gedanken nach, gehe jedes Detail meiner geplanten Zukunft nochmals durch.

Als der Zeitpunkt des Aufbruchs gekommen ist, falle ich Kim in die Arme. Wir drücken uns, bis es fast schmerzt. Nachdem wir uns zögerlich voneinander getrennt haben, schaut sie mir tief in die Augen.

„Und denk dran: Dreh dich nicht um, wenn du aus dem Tor gehst! Das bringt Unglück!"

Mit Tränen in den Augen bringe ich lediglich ein Nicken zustande. Ich packe meine wenigen Habseligkeiten und folge der Wärterin zur Tür hinaus. Ein letztes Mal gehe ich den langen Gang entlang, ins Treppenhaus und zwei Stockwerke nach unten.

Im Aufnahmezimmer werden mir meine private Kleidung sowie die Wertsachen, die ich bei Antritt der Strafe getragen habe, ausgehändigt.

Die Beamtinnen wünschen mir alles Gute für die Zukunft und begleiten mich hinaus durch das große Tor, durch welches die Gefangenentransporte ein- und ausfahren.

Alleine stehe ich auf der Straße, höre, wie sich die Schleuse hinter mir schließt. Dem Reflex, mich umzudrehen, um einen letzten Blick auf die Haftanstalt zu werfen, kann ich nur schwer widerstehen.

Schnellen Schrittes wende ich mich nach rechts und laufe die Straße hinunter.

An der nächsten Bushaltestelle setze ich mich auf die Bank, stelle die kleine Reisetasche, welche mir seitens der Justizvollzugsanstalt übergeben wurde, neben mir ab. Mein Blick fällt auf meine linke Hand, auf den glänzenden Diamantring an meinem Finger. Die Erinnerungen überschwemmen mich und die Tränen suchen sich ihren Weg. Ich komme mir so verlassen und alleine vor, dass es schmerzt.

Einige Minuten später hält der Bus vor mir. Ich steige ein und fahre meinem neuen Leben, mit ungewisser Zukunft, entgegen.

Kapitel 16

März 2008

Mit einem Streifenwagen werde ich zurück in die JVA Stadelheim gebracht, wo ich in die mir bereits bekannte Zelle geführt werde.

Wie unter Schock sitze ich auf meinem Bett und starre vor mich hin.
Das glaube ich einfach nicht! Irgendetwas läuft hier verdammt falsch!

Noch am gleichen Abend erscheint Herr Reinert, um mit mir das weitere Vorgehen zu besprechen.

„Frau Reich, es tut mir leid! Normalerweise habe ich keine Probleme, den Richter von einer Freilassung gegen Kaution zu überzeugen. Vor allem in solch eindeutigen Fällen, wie dem Ihren!", sagt er einleitend.
„Warum hat es dann dieses Mal nicht geklappt? Wie lange muss ich hier drin bleiben?", frage ich verzweifelt.

„Bis zur Verfahrenseröffnung! Das kann bis zu drei Monaten dauern", teilt er mir bedauernd mit.

„Drei Monate? Herr Reinert, ich bin unschuldig! Warum glaubt mir das keiner? Ich kann doch nicht drei Monate unschuldig im Gefängnis sitzen! Tom hat doch so viele Beziehungen. Kann er nicht irgendetwas machen, damit ich frei komme?"

Betreten schaut mein Anwalt mich an, schüttelt dabei leicht den Kopf: „Leider nicht! Der Richter hat ziemlich eindeutig seine Einstellung zu Ihrem Verlobten dargelegt. Wir können nur hoffen, dass die Ermittlungen schnell abgeschlossen sind und die Anklageschrift verfasst wird."

Nachdenklich schaue ich auf meine Hände, die auf dem Tisch vor mir liegen. „Herr Reinert? Wie hoch sind meine Chancen, freigesprochen zu werden?", frage ich zaghaft.

„Ich weiß es nicht! Wir müssen abwarten, welche Beweise gegen Sie vorliegen und was die Zeugenbefragungen ergeben."

Ein erleichtertes Lächeln huscht über meine Lippen. „Dann müsste es sich ja schnell aufklären! Ich habe Lisa nicht umgebracht! Ich habe sie mit dem Messer in der Brust, am Boden liegend vorgefunden!"

„Frau Reich? Haben Sie Feinde? Ich meine, gibt es jemanden, der nicht gut auf Sie zu sprechen ist und Ihnen etwas Böses will?", stellt mein Gegenüber in ruhigem Ton seine Frage.

Verdutzt blicke ich auf. „Nein! Ich glaube nicht!"

Nachdem ich ihm meinen gesamten Tagesablauf, das Telefonat sowie Lisas Auffinden erörtert habe, verabschiedet sich mein Anwalt von mir. Er verspricht mir, mich sofort zu informieren, sobald er Neuigkeiten seitens der Staatsanwaltschaft erhält.

Zurück in meiner kleinen Zelle lege ich mich aufs Bett und weine mich in einen unruhigen Schlaf.

Am nächsten Tag besucht mich Tom.

„Samantha, es tut mir so leid, dass du nicht gegen Kaution freikommst."

„Tom, kannst du wirklich nichts machen? Ich muss hier raus!", flehe ich ihn an.

„Leider nicht, Baby! Kannst du mir erzählen, was da in Lisas Wohnung vorgefallen ist?", fragt er neugierig.

„Ich habe sie besucht, die Wohnungstüre stand offen und sie lag mit einem Messer in der Brust auf dem Boden", berichte ich in kurzen Sätzen.

Zweifelnd schaut Tom mich an.

Entsetzt sage ich etwas lauter, als beabsichtigt: „WAS? Glaubst du mir etwa nicht? Tom! Ich bin doch keine Mörderin!"

„Nein, natürlich nicht! Aber warum bist du überhaupt zu Lisa gefahren?", fragt er nachdenklich.

„Sie hat mich angerufen, weil sie wieder Streit mit Tobi hatte. Kurz bevor sie aufgelegt hat, sagte sie, dass es an der Tür geklingelt habe. Sie vermutete, dass Tobi sie besuchen würde", erzähle ich aufgeregt.

Toms verwunderter Gesichtsausdruck trifft mich mitten ins Herz.

„Glaubst du mir etwa nicht? Tom!", flüstere ich nur noch.

Mein Verlobter steht abrupt auf: „Ich muss wieder los, Samantha. Ich komme dich sobald wie möglich wieder besuchen." Seine kurze Umarmung wird mit einem strengen Blick der anwesenden Beamtin quittiert. Danach verlässt er zügig den Raum.

Mir wird plötzlich spürbar bewusst, dass Tom sich von mir abkapselt. Unsere Beziehung leidet schon jetzt unter dieser falschen Verdächtigung. Wann hat dieser Albtraum endlich ein Ende?

Fünf Tage später bekomme ich erneut Besuch von meinem Anwalt.

„Frau Reich, die Anklageschrift wurde mir zugestellt! Und sie lautet leider auf Mord!"

„Mord? Das heißt, dass ich lebenslänglich bekomme, falls ich verurteilt werde?"

„Ja, aber soweit muss es ja nicht kommen. Wenn Sie wirklich unschuldig sind, dann ...", fängt er an.

„*Wenn ich unschuldig bin?* Wie können Sie mich vertreten, wenn sie davon ausgehen, dass ich die Tat begangen habe?", unterbreche ich ihn wütend.

„Frau Reich! Ich gehe nicht davon aus, dass Sie schuldig sind! Ich glaube Ihnen, dass sie es nicht getan haben - zumindest nicht absichtlich…", versucht er mich zu beruhigen.

„WAS?" Ich springe so schwungvoll auf, dass der Stuhl umfällt. Die Gespräche mit dem Anwalt finden ohne Anwesenheit einer Beamtin statt, daher schreitet niemand ein, als ich mich mit wütendem Blick vor dem Mann im grauen Anzug aufbaue und mit gepresster Stimme drohe: „Wenn Sie nicht an meine Unschuld glauben, dann können Sie verschwinden. Ich bin nicht auf so einen Paragraphenfuzzi, wie Sie, angewiesen. Ich kann mich auch alleine vertreten. ICH weiß nämlich, dass ich unschuldig bin!"

„Frau Reich! Bitte beruhigen Sie sich und setzen Sie sich wieder. Ich habe nicht behauptet, dass Sie schuldig sind", versucht er sich zu verteidigen.

„Sie glauben aber auch nicht, dass ich unschuldig bin!", werfe ich ihm vor.

„Hören Sie! Die Spannbreite von Schuld und Unschuld ist immens groß. Sie können unschuldig sein, aber doch Schuld an einem Vorfall haben", erklärt er ruhig.

Beleidigt lasse ich mich auf meinen Stuhl fallen, verschränke die Arme vor meiner Brust und starre an ihm vorbei zum Fenster hinaus.

Wie kann er es wagen, mir zu unterstellen, ich hätte Schuld an Lisas Tod? Enttäuschung und Furcht machen sich in mir breit, als er plötzlich mit ruhiger Stimme sagt:

„Frau Reich, die Ermittlungen haben ergeben, dass nur Ihre Fingerabdrücke auf der Tatwaffe sind. Es wurden keine anderen fremden Spuren an der Leiche gefunden und Lisas Freund hat ein Alibi für die Tatzeit."

Nachdenklich schaue ich weiterhin aus dem Fenster.

Plötzlich fällt mir etwas ein: „Herr Reinert, haben Sie eine Ahnung, warum die Polizei so schnell da war? Und wer sie gerufen hat? Ich war es nicht!"

„Eine anonyme Anruferin hat gemeldet, dass aus Lisas Appartement ein lauter Streit zu hören sei. Die Unbekannte befürchtete, dass etwas Schreckliches passiere, da sie die Worte *ich bringe dich um* gehört habe."

„Und wer war diese anonyme Anruferin?", will ich wissen.

Schulterzuckend antwortet er: „Die Ermittler haben die Frau noch nicht gefunden. Sie haben alle Nachbarn befragt. Einige sind jedoch im Urlaub, konnten daher noch keine Aussage machen."

Herr Reinert stellt mir noch einige Fragen über meine Beziehung zu Lisa, ob sie mit irgendwelchen Leuten Streit hatte.

Nachdem wir alle Details besprochen haben, verabschiedet er sich von mir.

In der kleinen Zelle grüble ich über die anonyme Anruferin nach. Wer hat die Polizei gerufen? Und warum hat sich die Zeugin hinterher nicht zu erkennen gegeben? Ohne auf eine für mich schlüssige Antwort zu stoßen, vergeht der Tag. Ich komme der Gerichtsverhandlung sowie meinem Freispruch wieder ein Stück näher.

Am nächsten Tag teilt mir Herr Reinert telefonisch mit, dass der Verhandlungstermin bereits für die nächste Woche angesetzt wurde. Froh über die schnelle Terminierung, bedanke ich mich bei ihm, werde anschließend gutgelaunt zurück in meine Zelle geführt. Das erste Mal seit Tagen kann ich mich entspannt zurücklehnen, da ich nun weiß, wie lange ich noch in dieser unwirklichen Umgebung verbringen muss.

Jetzt hat der Albtraum bald ein Ende!

In meinen nächtlichen Träumen kommt allerdings meine unterbewusste Angst zum Vorschein und lässt mich keineswegs als unschuldige Person entkommen. Dort werde ich für den Mord an Lisa zu lebenslanger Haft verurteilt!

Kapitel 17

Am Hintereingang des Strafjustizgebäudes in der Nymphenburgerstraße steige ich aus dem Streifenwagen und werde zum Sitzungssaal A 12 geführt. Während ich den großen Verhandlungsraum betrete, erkenne ich auf den Besucherstühlen Tom, Melissa, Keno sowie meinen Chef. Daneben sitzen noch verschiedene, mir nicht bekannte Personen, die die Verhandlung verfolgen wollen.

Ich werde zu einem Tisch geführt, an welchem bereits mein Anwalt sitzt, der konzentriert in seiner Akte blättert.
„Guten Morgen, Frau Reich!", grüßt er freundlich, deutet dabei auf den Stuhl neben sich.

Auf der gegenüberliegenden Seite befindet sich ein Tisch, an welchem ein schwarzhaariger Mann sitzt. Mein Anwalt erklärt mir, dass dies der Staatsanwalt sei, der die Anklage vertritt.
Links von mir, über die gesamte Länge des Raumes gezogen, befindet sich das Richterpult. Ein langer Tisch mit fünf Stühlen dahinter.

Mit schweißnassen Händen warte ich auf die Eröffnung der Verhandlung.

Die gesamte letzte Woche habe ich mit Grübeleien verbracht. Ich zermarterte mir mein Hirn, ob Lisa noch irgendjemanden erwähnt hat, mit dem sie Streit hatte.
Herr Reinert riet mir, zu überlegen, ob mir vielleicht jemand schaden möchte. Aber so sehr ich auch nachdachte, fiel mir beim besten Willen niemand ein, der ein Interesse daran haben könnte, mich hinter Gitter zu bringen.

Plötzlich kommt Bewegung in den Saal. Die Zuschauer, der Staatsanwalt sowie Herr Reinert erheben sich. Sofort reiße ich mich von meinen Gedanken los und stehe ebenfalls auf.

Aus der Tür hinter dem Richtertisch treten fünf Personen. Die ersten drei tragen schwarze Roben, ebenso wie mein Anwalt und der Staatsanwalt. Die beiden anderen Personen tragen normale Kleidung. Herr Reinert hat mir bei unserem letzten Treffen erklärt, dass die Verhandlung vor einem Schwurgericht stattfindet, da die Anklage auf Mord lautet. Der Prozess wird von einem vorsitzenden Richter geführt, welcher zwei Beisitzende neben sich hat. Die anderen zwei Personen sind Schöffen, welche als ehrenamtliche Richter auftreten und bei der Entscheidung über die Strafe mitentscheiden dürfen.

Nachdem der vorsitzende Richter Schorn sich gesetzt hat, lassen sich auch alle anderen Anwesenden auf ihren Stühlen nieder.

„Ich eröffne das Verfahren gegen Frau Samantha Reich wegen dem Verdacht des Mordes. Herr Staatsanwalt Grieger, verlesen Sie bitte die Anklageschrift", wendet er sich an den mir gegenüberliegenden Tisch.

Der Staatsanwalt erhebt sich und liest aus der ihm vorliegenden Akte laut vor: „Frau Samantha Reich, geboren am 3. Juli 1982 in Cottbus wird beschuldigt, am 17. März 2008 gegen 19.00 Uhr in der Wohnung des Opfers, Lisa Traumoldt, geboren am 9. Juni 1988 in Frankfurt, diese mit einem Küchenmesser erstochen zu haben. Die uns vorliegenden Beweise deuten darauf hin, dass Frau Reich den Mord aus Eifersucht geplant sowie in vollem Bewusstsein ausgeführt hat. Ich beantrage daher eine lebenslange Haftstrafe."

Emotionslos lässt der Schwarzhaarige sich auf seinen Stuhl sinken, richtet anschließend seinen Blick auf mich.

Ich komme mir vor wie eine Verbrecherin. Meine Hände schwitzen unangenehm stark, mein Mund ist staubtrocken. Der Richter wendet sich mit einem kurzen Nicken an unseren Tisch.
„Ihr Eröffnungsplädoyer, Herr Verteidiger."

Herr Reinert erhebt sich, trägt dabei mit sachlicher Stimme vor: „Ich plädiere auf einen Freispruch meiner Mandantin!"

Bevor ich seine Worte richtig realisieren kann, setzt er sich wieder neben mich.

War das schon alles? Nur ein Satz?

Der Vorsitzende blickt in die Reihen der Zuschauer. „Ich bitte die geladenen Zeugen jetzt den Sitzungssaal zu verlassen. Sie werden einzeln zu Ihrer Aussage aufgerufen."

Plötzlich stehen fast alle Zuschauer auf, auch Tom, Melissa und Keno verlassen den Raum. Lediglich ein paar mir unbekannte Männer und Frauen bleiben auf ihren Stühlen sitzen.

„Wer sind die Leute?", frage ich meinen Anwalt.

„Das sind Rechtsreferendare, die bei einer Verhandlung zuschauen dürfen, da es ihre Ausbildung unterstützt. Die Verhandlung ist nicht öffentlich, daher gibt es keine ungeladenen Personen als Zuschauer."

Teilweise beruhigt über diese Information wandert mein Blick zurück zum Richtertisch.

„Als ersten Zeugen rufe ich Herrn Thomas Eichmann auf", gibt der Richter laut bekannt. Die Protokollführerin, die ihren Platz neben dem Richtertisch hat, tippt eifrig in ihren Laptop.

Wenig später erscheint Tom. Während er zum Tisch in der Mitte des Raumes geht, lächelt er mir kurz zu.

„Herr Eichmann, bitte geben Sie Ihre Personalien zu Protokoll!", fordert der Vorsitzende Tom auf.

„Thomas Eichmann, geboren am 11. April 1970 in München", antwortet mein Verlobter deutlich, bevor er sich auf seinen Stuhl setzt.

„Ich möchte Sie darauf hinweisen, dass Sie als Verlobter der Angeklagten die Aussage verweigern können. Sollten Sie jedoch die Fragen beantworten wollen, belehre ich Sie hiermit, dass sie der Wahrheit entsprechen müssen."

Tom nickt bestätigend.

„Erzählen Sie uns bitte, wie der 17. März diesen Jahres aus Ihrer Sicht verlaufen ist."

Toms Erzählung beginnt beim Frühstück, gibt jede Kleinigkeit unseres gemütlichen Nachmittags preis. Schlussendlich erklärt er, dass er gegen 18.00 Uhr das Haus verlassen habe.

„Ist Ihnen irgendetwas Ungewöhnliches aufgefallen? Hat Ihre Verlobte sich auffällig verhalten?", will der Staatsanwalt wissen.
„Nein! Sie war vollkommen normal", antwortet Tom gelassen.
Der Staatsanwalt fährt fort: „Am 15. März auf der Firmenparty gab es offensichtlich einen Streit zwischen der Angeklagten und Frau Traumoldt. Ist Ihnen darüber etwas bekannt?"
„Nein, keine Einzelheiten. Samantha, hat sich nach dem Streit zurückgezogen und wollte schnellstmöglich nach Hause."

Nachdem mein Anwalt auf ein Kreuzverhör verzichtet, wird Tom entlassen und nimmt im Zuschauerraum Platz.

„Als nächstes rufe ich Herrn Tobias Geller auf", verkündet der Richter und wartet, bis Tobi den Sitzungssaal betritt.

Nachdem dieser seine Personalien zu Protokoll gegeben und sich hinter dem kleinen Tisch niedergelassen hat, streift sein ängstlicher Blick den meinen.

„Herr Geller, hat Ihre Freundin, Frau Traumoldt, in den Tagen vor ihrer Ermordung mit Ihnen über den Streit zwischen ihr und Frau Reich gesprochen? Oder hat sie irgendetwas anderes erzählt, was auf Sie beunruhigend gewirkt hat?"

Tobi schaut schweigsam auf seine Hände, denkt offenbar über die ihm gestellten Fragen nach. Dann schaut er auf, sagt mit leiser, schüchterner Stimme: „Nein! Sie hat nichts erzählt! Aber wir hatten die letzten Tage ein paar Probleme … also, ich meine… wir hatten viel gestritten und …" Seine Stimme erstickt in den aufkommenden Tränen.

Der Staatsanwalt übersieht die emotionale Schwäche des Zeugen und fährt fort:

„Haben Sie einen Verdacht, wer Ihrer Freundin das angetan haben könnte? Hatte sie vielleicht in der Arbeit Probleme mit Kollegen?"

„Einspruch!", ruft mein Anwalt laut und erhebt sich. „Der Staatsanwalt gibt dem Zeugen zu verstehen, dass der Täter sich im Umfeld der Arbeitskollegen befindet."

Der Richter denkt kurz über den Einwand nach, dann antwortet er: „Abgelehnt! Die Frage, ob sich das Opfer über einen Kollegen beschwert hat, ist durchaus erlaubt."

Tobis umherschweifende Blicke bleiben schließlich beim Richter hängen: „Nein, sie ist gerne zur Arbeit gegangen. Sie hat nie etwas Negatives erzählt!"

„Keine weiteren Fragen", erklärt der Staatsanwalt.

„Herr Verteidiger? Ihr Zeuge!", wendet sich der Richter an meinen Tischnachbarn.

„Keine Fragen!"

Warum hat er schon wieder keine Fragen an den Zeugen? Sieht so seine Arbeit als Verteidiger aus?

Tobi wird als Zeuge entlassen und setzt sich neben Tom in den Zuschauerraum.

„Als Nächste bitte ich Frau Melissa Seiber in den Zeugenstand", nehme ich die Stimme des Richters wahr.

In dem Moment, als Melissa den Sitzungssaal betritt, liegt eine greifbare Spannung in der Luft. Unruhig rutsche ich auf meinem Stuhl hin und her. Melissas Blick trifft mich nur kurz, aber ich glaube in ihren Augen Hass und Genugtuung zu erkennen.

„Frau Seiber, bitte geben Sie Ihre Personalien zu Protokoll", wird auch sie vom Richter aufgefordert.

Mit leiser, unschuldiger Stimme, die ich so noch nie von ihr vernommen habe, teilt sie den Anwesenden ihren Namen sowie ihr Geburtsdatum mit. Ihr gesamtes Erscheinungsbild ist sehr auffällig. Ihre langen, blonden Haare hat sie hochgesteckt. Sie trägt einen über dem Knie endenden Rock, der ihre langen schlanken Beine gut zur Geltung bringt. Ihre Augen sind stark geschminkt, wobei der weite Ausschnitt sicher bei manch einem Mann die Fantasie anregt.

„Frau Seiber, seit wann arbeiten Sie für Herrn Eichmann?"
„Seit 2000, als er die Führung der Firma von seinem Vater übernommen hat."
Der Staatsanwalt lässt unauffällig seinen Blick über Melissas Rundungen schweifen, dann konzentriert er sich wieder auf seine Fragen.
„Sind Sie eine loyale Angestellte?"
„Ja, ich denke schon."
„Haben Sie zu irgendeiner Zeit ein gespanntes Verhältnis zwischen der Angeklagten und Frau Traumoldt bemerkt?"
„Ja, das habe ich. Am Freitagnachmittag, war Lisa bei uns oben, um Unterlagen abzuholen. Ich war am Telefon und bat sie zu warten. Sie wollte nur kurz zur Toilette gehen. Als ich mein Gespräch beendet habe, wunderte ich mich, dass sie nicht zurückkam. Ich stand auf und ging sie suchen. Am Ende des Ganges bog ich um die Ecke und da fiel mein Blick auf die Teeküche. Sie ist von Glaswänden umgeben, daher voll einsehbar. Dort stand Herr Eichmann mit Lisa – in eindeutiger Stellung."
„Können Sie das näher erläutern?"
„Naja, sie haben sich geküsst!"
Ungläubig reiße ich meine Augen auf. Ich schaue zu Tom, der ebenfalls schockiert über Melissas Aussage zu sein scheint.
„Freundschaftlich?", hakt der Staatsanwalt nach.
„Nein, eher ... leidenschaftlich", sagt sie stockend und dreht sich zu Tom um, der ihr einen bösen Blick zuwirft.
„Was haben Sie dann gemacht, Frau Seiber?", will der Schwarzhaarige wissen.
„Ich habe mich umgedreht und wollte zurück zu meinem Schreibtisch gehen, da kam mir Frau Reich entgegen. Sie war auf dem Weg zur Teeküche."
„Glauben Sie, Frau Reich hat die beiden in dieser eindeutigen Situation gesehen?"

„Einspruch!", schreit mein Anwalt dazwischen. „Die Zeugin wird aufgefordert, etwas zu vermuten, was sie nicht wissen kann."

„Stattgegeben", sagt der Richter.

Der Staatsanwalt schaut auf seine Akten und formuliert seine Frage um: „Haben Sie Frau Reich danach noch einmal gesehen? Hat sie sich auffällig gegenüber Frau Traumoldt verhalten?"

„Sie ist mit Herrn Eichmann zusammen zurückgekommen. Frau Traumoldt kam ein paar Sekunden vor den beiden, lief aber sofort ins Treppenhaus."

Der Staatsanwalt gibt dem Richter zu verstehen, dass er vorerst mit seiner Befragung am Ende sei.

Herr Richter Schorn wendet sich an meinen Anwalt und erteilt ihm das Wort: „Herr Verteidiger Reinert, Ihre Zeugin!"

Mein Anwalt betrachtet Melissa genau, dann fängt er mit seinem Kreuzverhör an:

„Frau Seiber, wie viele feste Beziehungen hatte Ihr Chef in den acht Jahren, seit Sie für ihn arbeiten?"

Verwundert schaut Melissa zu meinem Anwalt. Dann antwortet sie aufrichtig: „Nur eine."

„Nur eine? Nur diese eine zu meiner Mandantin, richtig?"

„Ja", sagt Melissa erstaunt.

„Und wie viele Affären hatte er in dieser Zeit?"

Unsicher rutscht die Zeugin auf ihrem Stuhl nach vorne, überlegt, was sie antworten soll.

„Frau Seiber? Antworten Sie bitte auf meine Frage!", fordert Herr Reinert sie streng auf.

„Mehrere!", antwortet sie leise.

„Mehrere? Wie viele waren es genau?"

„Ich weiß es nicht mehr", druckst sie herum.

Mein Blick sucht Tom, der sich sichtlich unwohl fühlt. Verwundert schaut er zu mir herüber. Er verzieht fragend sein Gesicht, womit er mir sagen will *Was soll das?*

Ich schüttle ahnungslos den Kopf.

„Ist es nicht so, Frau Seiber, dass Sie selbst von Anfang an in Herrn Eichmann verliebt waren, aber Tag für Tag miterleben mussten, wie er sich jedes junge Mädchen in der Firma unter den Nagel reißen wollte, Sie selbst aber verschmäht hat?"

„Nein! Das stimmt nicht...", stammelt sie hilflos.

„Richtig, eine kurze Affäre hatten Sie beide. Allerdings hat er Ihnen hinterher deutlich zu verstehen gegeben, dass das ein einmaliger Ausrutscher seinerseits war. Das muss Sie ziemlich verletzt haben, Frau Seiber, oder etwa nicht?"

Melissas Augen weiten sich, füllen sich langsam mit Tränen. Ihr ist anzusehen, dass mein Anwalt einen wunden Punkt getroffen hat.

Der laute Hammerschlag des Richters unterbricht die angespannte Situation. „Es reicht, Herr Verteidiger! Ich unterbreche die Verhandlung für fünfzehn Minuten. Die Zeugin wird danach weiter vernommen."

Ich erhebe mich, gehe hinter Tom und Tobi nach draußen. Sofort werde ich von einer Beamtin in einen separaten Raum geführt. Mein Anwalt folgt mir.

Nachdem sich die Tür hinter uns geschlossen hat, platzt die angestaute Wut aus mir heraus: „Herr Reinert! Was soll das? Wie können Sie solche Behauptungen aufstellen? Und warum treten Sie Toms Liebesleben breit?"

„Das war Taktik, Frau Reich. Und sie ist aufgegangen."

„Aufgegangen? Was wollen Sie damit bezwecken?", frage ich fassungslos. „Und woher wussten Sie überhaupt, dass Melissa und Tom eine Affäre hatten und sie noch in ihn verliebt ist?"

Enttäuscht blickt er mich von der Seite an. „Sagen Sie nur, das hätten Sie noch nicht bemerkt? Frau Seiber kann ihre Gefühle Tom gegenüber nicht sehr gut verbergen. Außerdem hat Tom es mir erzählt!"

„Er hat es Ihnen erzählt? Warum?"

„Frau Reich! Frau Seiber ist die Hauptzeugin der Staatsanwaltschaft. Ich habe ihre zu Protokoll gegebene Aussage bereits gelesen und glauben Sie mir, da kommt noch einiges auf uns zu. Ich will sie als unglaubwürdig darstellen. Wenn wir glaubhaft machen können, dass Melissa auf Sie eifersüchtig ist, macht das ihre Aussage so gut wie nichtig!"

Plötzlich erscheint mir das Ziel meines anwaltlichen Vertreters klar vor Augen.

Was mich jedoch nachdenklich stimmt, ist seine Erklärung, dass Melissa die Hauptzeugin sei. Kann der angebliche Kuss in der Teeküche, den ich nicht einmal gesehen habe, schon ausreichen, um mich als eifersüchtige Mörderin zu verurteilen?

Kapitel 18

Zur gleichen Zeit befindet Melissa Seiber sich in der Toilette des Justizgebäudes. Sie schließt sich in einer der Kabinen ein und setzt sich auf den geschlossenen Sitz.

Woher weiß der Anwalt, dass ich eine Liebesnacht mit Tom hatte? Und woher weiß er, dass ich ihn immer noch liebe? Was wollte er mit der Frage nach Toms vergangener Affären bezwecken? Ich hätte dem Anwalt sagen können, dass es genau neunzehn Affären waren, die ich mitbekommen habe. Wie könnte ich nur ein einziges der hübschen, jungen Mädchen vergessen, die er regelmäßig zu sich ins Büro gerufen hat? Aber ich werde Tom nicht als sexsüchtigen, oberflächlichen Mann darstellen. Ich weiß, dass er, seit er mit Samantha zusammen ist, keine Affäre mehr hatte. Bis auf...

Ihre Gedanken schweifen zu dem Tag, als Lisa plötzlich vor ihrem Schreibtisch stand:

***

Melissa kam gerade aus dem Archiv zurück und setzte sich zurück an ihren Platz, als eine schüchterne Stimme sie aufschauen ließ.

„Hallo Frau Seiber! Ich soll dringend Unterlagen für Herrn Brückner abholen."

„Moment, die müssen hier irgendwo sein." Melissa suchte in den Ablagefächern sowie unter den Ordnern auf ihrem Schreibtisch. Plötzlich klingelte ihr Telefon. „Warten Sie einen Moment, Lisa!", sagte sie freundlich, während sie abhob.

Unsicher wandte Lisa sich ab. „Ich geh nur schnell auf die Toilette!"

Mit zügigen Schritten lief sie den Gang hinunter, während Melissa bemüht war, den aufgeregten Kunden am anderen Ende der Leitung zu beruhigen und dessen Fragen zu beantworten.

Nachdem sie es endlich geschafft hatte, den Anrufer zufrieden zu stellen, legte sie auf und erhob sich. *Wo bleibt denn Lisa solange?* Ungeduldig machte sie sich auf die Suche nach der Praktikantin.

Als sie am Ende des langen Büroflurs ankam und um die Ecke blickte, blieb sie wie angewurzelt stehen. Entsetzt weiteten sich ihre Augen. Der einsetzende Schmerz in ihrer Brust konnte nicht verhindern, dass ihr das Blut ins Gesicht schoss.

Wir erstarrt beobachtete sie die Szene in der Teeküche. Tom und Lisa lagen sich engumschlungen in den Armen und küssten sich leidenschaftlich.

Erst nach einigen Sekunden erlangte sie die Kontrolle über ihren Körper zurück, drehte sich schlagartig auf dem Absatz um. Mit gesenktem Haupt eilte sie den langen Gang hinunter, bis sie plötzlich Samanthas Stimme hörte.

„Frau Seiber!"

Erschrocken schaute sie auf. „Frau Reich?"

„Wissen Sie wo Tom ist? Er ist nicht in seinem Büro", stellte Samantha ihre harmlos wirkende Frage.

In Sekundenbruchteilen überlegte Melissa, ob sie ihren Chef in Schutz nehmen oder seine ahnungslose Freundin den schamlosen Bildern aussetzen sollte.

„Nein... äh doch... er ist in der Teeküche", stotterte sie aufgeregt. Enttäuscht und mit schmerzendem Herzen lief sie fluchtartig zu ihrem Schreibtisch.

***

Melissa verlässt die enge Kabine des Waschraumes und tritt vor den Spiegel. Sie zieht ihren Lidstrich nach und legt frisches Puder auf. Danach geht sie hinaus in den Flur.

Nach wenigen Schritten kommt Tom auf sie zugelaufen und packt sie grob an den Schultern: „Melissa, was ist in dich gefahren? Warum erzählst du solche Lügen?", fährt er sie an.
Die Sekretärin schaut ihm fest in die Augen. Gefühlkalt betont sie: „Das waren keine Lügen! Alles was ich gesagt habe entspricht der Wahrheit!"
Sie reißt sich von ihm los und stürmt davon. Verwirrt bleibt Tom zurück.

Kapitel 19

Die Verhandlung wird fortgesetzt. Wir begeben uns zurück auf unsere Plätze, Melissa lässt sich erneut auf dem Zeugenstuhl nieder. Ich beobachte Tom, der angespannt und besorgt zu mir herüber blickt.

Der Staatsanwalt wendet sich an seine Zeugin:
„Frau Seiber! Sie haben bereits schriftlich zu Protokoll gegeben, dass Sie am Freitag, den 15. März auf der Firmenparty in Grünwald, einen Streit zwischen Frau Reich und Frau Traumoldt miterlebt haben, der mit einer harten Drohung der Angeklagten endete."
„Ja, das ist richtig", antwortet Melissa selbstsicher.
„Würden Sie das von Ihnen mitgehörte Gespräch noch einmal hier vor Gericht wiederholen?", bittet der Staatsanwalt sie freundlich.
„Ja, natürlich. Frau Reich hat sich mit Frau Traumoldt unterhalten. Ich weiß nicht, um was es ging, aber sie haben sich auf die Terrasse zurückgezogen. Ich kam zufällig vorbei, als ich mit Herrn Schneider in den Garten ging. Als wir zurückkamen schrie Frau Reich die

Praktikantin an. *Wenn du es nicht schaffst, die Finger von ihm zu lassen, dann wirst du es bereuen. Ich bringe dich um!"*

Nach diesen Worten schaut Melissa schuldbewusst zu mir, aus ihren Augen schießt mir ein Funkeln entgegen, welches in diesem Moment nur ich wahrnehmen kann.

Die Hand meines Anwalts berührt mich sanft an meinem Arm. „Stimmt das?", will er leise von mir wissen.

„Nein! Es war ganz anders!", flüstere ich ihm beunruhigt zu.

„Was ist dann passiert?", fordert der Staatsanwalt seine Zeugin auf, weiterzuerzählen.

„Frau Reich ist weggelaufen. Sie war stinksauer! Frau Traumoldt ist in Tränen ausgebrochen. Ich habe versucht, sie zu trösten", erzählt Melissa engelsgleich ihre Version der Geschichte.

Herr Reinert erhebt sich, schaut dabei Melissa nachdenklich an. Dann stellt er seine einzige Frage: „Frau Seiber, kann es sein, dass Sie die Angeklagte falsch verstanden haben?"

Melissa schüttelt vehement den Kopf. „Nein! Auf keinen Fall! Ich habe jedes Wort deutlich und klar verstanden!"

Die Zeugin wird entlassen und setzt sich neben Tom in den Zuschauerraum.

Als nächstes wird Keno als Zeuge aufgerufen. Meine ganze Hoffnung liegt nun auf ihm. Er war dabei, er muss gehört haben, dass ich etwas anderes gesagt habe, als Melissa hier wiedergibt.

Nachdem auch seine Personalien aufgenommen wurden, fordert Staatsanwalt Grieger ihn auf, das Streitgespräch aus seiner Sicht zu replizieren.

Völlig fassungslos muss ich zuhören, wie Keno haargenau die gleiche Version des Gespräches erzählt, wie Melissa. Er benutzt dieselben Worte und macht deutlich, dass ich wütend sowie drohend auf Lisa eingeredet habe.

Entsetzt starre ich Keno an. „Keno! Warum tust du das?", rufe ich erschüttert aus.

Mit traurigem Blick schaut er mich an.

Die mahnenden Worte des Richters reißen mich aus meiner Lethargie. „Frau Reich, ich ermahne sie nur einmal: Halten Sie sich mit Ihren Äußerungen zurück. Sie haben später die Gelegenheit zu sprechen!"

Herr Reinert verzichtet auf ein Kreuzverhör, so dass Keno als Zeuge entlassen wird.

Der nächste Zeuge ist mir nicht bekannt. Im Laufe der Zeugenvernehmung erfahre ich allerdings schnell, dass es sich um einen der Gäste auf der Party handelt.

„Ich stand ungefähr einen Meter von der Terrassentür entfernt und habe den Streit zwischen den beiden Frauen unfreiwillig mitgehört. Frau Reich sagte zu dem jungen Mädchen, wenn sie es nicht schaffe, die Finger von ihm zu lassen, dann würde sie es bereuen. Danach kam noch irgendetwas mit *bringt dich um*, aber ich bin mir nicht sicher, ob sie sagte *ES bringt dich um* oder *ER bringt dich um*."

Herr Reinert wendet sich an den Zeugen: „Herr Winkler, wie kommt es, dass Sie den ersten Teil der Drohung so gut verstanden haben, sich aber an den letzten Satz nicht mehr genau erinnern können?"

Verunsichert schaut der Zeuge zu mir, antwortet bedauernd: „In dem Moment, als sie den letzten Satz sagte, hat mich jemand angerempelt und ich war kurz abgelenkt."

Ruckartig erhebt sich der Staatsanwalt: „Aber es könnte auch sein, dass sie gesagt hat: *Ich bringe dich um*? Oder können Sie das komplett ausschließen?"

Herr Winkler zuckt unsicher die Schultern. „Nein, ausschließen kann ich es nicht."

Als Nächstes wird eine ältere Frau in den Zeugenstand gerufen. Auch sie war eine der Gäste auf der Party.

„Frau Reich hat laut geschrien. Sie war anscheinend sehr wütend auf das junge Mädchen. Ich habe aber die Worte nicht eindeutig verstanden. Es war zu laut um mich herum! Aber sie hat dem Mädchen mit ihrem Finger in die Brust gebohrt. So!" Die Zeugin demonstriert mit ihrem Zeigefinger, wie sich die Drohgebärde für sie dargestellt hat.

Herr Grieger lächelt die alte Dame herzlich an. „Frau Griesmann, Sie haben aber wirklich sehr gute Augen, für Ihr Alter! Eine Frage habe ich noch an Sie: Kann es sein, dass die Angeklagte zu Frau Traumoldt gesagt hat: *Ich bringe dich um!*?"
„Ja, das könnte sein...", antwortet die kleine Frau im Zeugenstand, bevor sie unterbrochen wird.
„Einspruch!", schreit mein Anwalt dazwischen, während er ungehalten aufspringt. „Der Staatsanwalt will der Zeugin eine Aussage in den Mund legen, die sie so nicht bezeugen kann!"
Der Richter nickt bestätigend. „Stattgegeben! Herr Staatsanwalt, formulieren Sie bitte Ihre Frage um!"
Herr Grieger jedoch setzt sich und besteht auf keine weiteren Fragen mehr.

Herr Reinert versucht vergeblich, die Aussage der Zeugin mit einigen gezielten Fragen zu kippen. Er spricht sie auf ihre Entfernung zu den streitenden Personen sowie dem Geräuschpegel im Raum an. Die verunsicherte alte Dame wird schließlich aus dem Zeugenstand entlassen.

Als Letzter wird Herr Gruber in den Zeugenstand gerufen. Der Portier des Eichmann-Towers.
„Herr Gruber, haben Sie eine Situation miterlebt, in welcher die Angeklagte mit Frau Traumoldt gestritten oder sie gar bedroht hat?"
Meine Gedanken überschlagen sich, mir fallen mehrere Gelegenheiten ein, an denen Herr Gruber mich mit Lisa zusammen gesehen hat. Jedoch haben wir niemals gestritten!
„Ja, am Samstag nach der Party!"
„Also am 16. März?", hakt der Staatsanwalt nach.

„Ja, es war gegen Mittag, als Frau Reich im Gebäude erschien, weil sie Herrn Eichmann abholen wollte. Als sie zu den Fahrstühlen ging, stieg plötzlich Frau Traumoldt aus. Sie hatte Tränen in den Augen, das konnte ich erkennen. Sie tuschelten leise miteinander. Dann hat Frau Traumoldt plötzlich gesagt: *Du hast ja recht, aber ich liebe ihn eben. Ich kann nichts dagegen machen.*"

„Wie hat Frau Reich darauf reagiert?", will Herr Grieger jetzt wissen.

„Sie hielt Frau Traumoldt am Arm fest, wollte sie daran hindern, zu gehen. Sie hat sie besorgt, aber gleichzeitig auch böse angesehen. Frau Traumoldt hat sich dann aber von ihr losgerissen und ist nach draußen gelaufen, wo sie in einen schwarzen Porsche eingestiegen ist."

Mein Blick fällt zu Tobi, der mit seinen Tränen kämpft.

Mein Anwalt verzichtet auch beim Portier auf ein Kreuzverhör.

Zuletzt werde ich zur Anklage angehört.

Tief durchatmend versuche ich mich zu beherrschen, um meinen Emotionen keinen Spielraum zu geben. Ich erzähle den Ablauf des Abends auf der Party, so detailgetreu wie möglich, aus meiner Sicht.

Nachdem ich mit meinen Erklärungen am Ende bin, erhebt sich der Staatsanwalt:

„Frau Reich! Wollen Sie uns hier allen Ernstes weismachen, dass sie sich nur Sorgen um Frau Traumoldt gemacht haben? Weil diese Streit mit ihrem Freund hatte? Sie waren nicht eifersüchtig auf die junge Frau, nachdem Sie gesehen haben, dass sie und Ihr Verlobter sich geküsst haben? Vielleicht wollten Sie Frau Traumoldt ja nicht wirklich umbringen? Vielleicht ist es einfach passiert!"

„Nein! Ich habe sie nicht umgebracht!", bringe ich bestürzt hervor.

„Frau Reich! Sehen Sie den Tatsachen ins Auge! Es hat keinen Sinn, es weiter zu leugnen. Sie haben kein Alibi für die Tatzeit! Ihre Fingerabdrücke sind auf der Tatwaffe! Mehrere Zeugen sagen unabhängig voneinander aus, dass Sie das Opfer bedroht haben und Sie haben ein Motiv!"

Verzweifelt schaue ich zu meinem Anwalt, der langsam den Kopf schüttelt.

Plötzlich erhebt sich Herr Reinert, wendet sich selbstsicher an den Vorsitzenden: „Herr Richter Schorn, ich beantrage die Vereidigung der Zeugen Seiber und Schneider!"

Sachlich wendet der Staatsanwalt ein: „Das halte ich nicht für nötig. Die Aussagen stimmen mit den Angaben der anderen Zeugen überein!"

Der angesprochene Richter notiert etwas auf dem Blatt Papier vor sich und verkündet dann: „Dem Antrag des Verteidigers, die Zeugen Seiber und Schneider zu vereidigen, wird stattgegeben. Frau Seiber bitte treten Sie vor!"

Melissa schaut ängstlich zu Keno, erhebt sich zögernd. Mit langsamen Schritten tritt sie erneut in den Zeugenstand. Ein Justizbeamter stellt sich vor sie und fordert sie auf:

„Heben Sie bitte Ihre rechte Hand."

Melissa streckt daraufhin ihre Hand in die Höhe, wirkt dabei immer unsicherer.

„Frau Seiber! Schwören Sie, dass Sie nach bestem Wissen die reine Wahrheit gesagt und nichts verschwiegen haben? So antworten Sie mit: Ich schwöre, so wahr mir Gott helfe", stellt der Justizbeamte die entscheidende Frage.

Etwas blass, aber doch selbstbeherrscht antwortet sie: „Ich schwöre, so wahr mir Gott helfe!"

Danach tritt Keno vor den Tisch. Auch er hebt seine rechte Hand. Ich kann kaum glauben, welches Schauspiel sich mir bietet. Mit leichtem Zögern, aber dennoch bereit, einen Meineid zu leisten, spricht Keno die geforderten Worte.

Zu guter Letzt sprechen der Staatsanwalt sowie mein Verteidiger ihre Plädoyers.

Herr Grieger erhebt sich:

„Die heutige Verhandlung hat bewiesen, dass Frau Reich das Opfer, Frau Lisa Traumoldt, bedroht sowie beschimpft hat. Des Weiteren wurde die Angeklagte von den eintreffenden Beamten, mit der Tatwaffe in der Hand angetroffen. Nachdem der Auslöser für die Tat, nämlich die Offenbarung der Affäre ihres Verlobten mit dem Opfer, mindestens zwei Tage vorher entstand, liegt es nahe, dass der Mord geplant war. Ich plädiere daher, die Angeklagte zu lebenslanger Haft zu verurteilen."

Mein Kreislauf droht zu versagen - in meinen Ohren rauscht es. *Lebenslang?*

Jetzt erhebt sich Herr Reinert und erklärt mit ruhiger, selbstsicherer Stimme:

„In einigen Punkten stimme ich Ihnen zu, Herr Staatsanwalt! Aber es ist keineswegs so, dass zwei Tage für einen geplanten Mord ausreichen. Meine Mandantin stand zu dieser Zeit noch immer unter Schock! Sie hat erfahren, dass ihr Verlobter eine Affäre mit der Praktikantin begonnen hatte. Der Wutausbruch auf der Party beweist doch, dass es kein sorgfältig geplanter Anschlag war, der meine Mandantin zu Frau Traumoldt in die Wohnung fahren ließ. Vielmehr waren es die verletzten Gefühle sowie die Emotionen einer betrogenen Frau, die sie an diesem betreffenden Abend bei dem Opfer auftauchen ließen. Die Angeklagte wollte sich mit Frau Traumoldt lediglich aussprechen und ihr nochmals eindringlich klarmachen, dass die Affäre mit ihrem Verlobten keine Zukunft hätte. Offensichtlich wurde Frau Traumoldt sodann aggressiv und griff meine Mandantin an. Diese hat sich lediglich gewehrt, wodurch es sodann zu dem tragischen Messerstich kam. Ich plädiere daher, meine Mandantin wegen Notwehr mit Todesfolge freizusprechen - hilfsweise wegen Totschlags zu fünf Jahren Freiheitsstrafe zu verurteilen."

Sprachlos blicke ich meinen Anwalt an, der sich lächelnd neben mich setzt.

Schlussendlich erheben sich die Beisitzenden sowie Herr Richter Schorn. „Wir ziehen uns zur Beratung zurück. Die Urteilsverkündung findet in einer Stunde statt!"

Nachdem die drei Richter sowie die beiden Schöffen den Raum verlassen haben, erheben sich auch die Zuschauer und strömen zum

Ausgang. Zwei Beamte der Justizvollzugsanstalt führen mich erneut in einen separaten Raum, in welchen Herr Reinert mir folgt.

Kaum hat sich die Tür hinter uns geschlossen, brülle ich los: „Spinnen Sie total? Was erzählen Sie da von Totschlag und Notwehr? Ich habe Lisa nicht erstochen! Wie oft soll ich das noch sagen?"

„Frau Reich", entgegnet er gefasst ruhig. „Sie sollten ein Geständnis ablegen!"

„Ich soll WAS?", schreie ich ungläubig.

Behutsam versucht er mir zu erklären: „Ich habe das Plädoyer absichtlich in die Richtung gelenkt, dass wir mir Notwehr oder Totschlag durchkommen. Der Richter würde Sie niemals freisprechen! Nicht bei dieser Beweislage! Mehrere Zeugen haben das Gleiche ausgesagt."

Fassungslos entgegne ich: „Die Zeugen haben gelogen! Zumindest Melissa und Keno! Haben die beiden ein Alibi?"

„Ja, sie waren den ganzen Abend, ab fünf Uhr zusammen."

„Hat so ein Alibi überhaupt Bestandskraft? Wenn zwei Verdächtige gegenseitig bekunden, zusammen gewesen zu sein?", werfe ich aufgebracht ein.

„Melissa und Keno sind keine Verdächtigen, sondern Zeugen. Ihr Alibi wird nur der Ordnung halber überprüft."

„Aber nichts von dem, was Sie hier erzählt haben, stimmt. Ich war nicht bei Lisa, um mit ihr über Tom zu reden. Und ich habe sie nicht umgebracht!"

„Frau Reich, wenn ich lediglich erklärt hätte, dass Sie es nicht waren, wäre die Gefahr zu groß, dass der Richter dem Antrag des Staatsanwalts zustimmt und Sie wegen Mordes verurteilt. Das hieße dann lebenslang! Wenn Sie aber aussagen, dass Sie sich mit Lisa nur aussprechen wollten, dass diese dann ausgerastet sei und Sie angegriffen habe, dann hätten Sie eine Chance, freizukommen, da Notwehr nicht strafbar ist."

„Herr Reinert, ich werde auf keinen Fall gestehen, Lisa getötet zu haben! Ich war es nicht und ich bleibe mir selbst treu!"

„Dann können wir nur hoffen, dass der Richter auf meinen Antrag, Sie wegen Totschlags zu verurteilen, eingeht."

Kapitel 20

Die einstündige Wartezeit bis zur Urteilsverkündung verbringt Thomas Eichmann in einem naheliegenden Cafe. Melissa hat das Gebäude mit Keno verlassen, die anderen Zeugen fuhren zurück zu ihren Arbeitsstellen, nachdem sicher war, dass ihre Anwesenheit nicht mehr erforderlich war.

Nachdenklich rührt er in seinem Kaffee. *Ist es möglich, dass Samantha auf Lisa eifersüchtig war und sie deshalb erstochen hat?* Er will und kann sich solch eine Brutalität bei seiner Verlobten einfach nicht vorstellen. *Hat der Kuss in der Teeküche schon ausgereicht, um bei ihr die Sicherungen durchbrennen zu lassen?* Aber warum hat er dann nichts bemerkt? Am Samstag und auch den ganzen Sonntag über, war Samantha völlig normal. Sie haben sich zärtlich und leidenschaftlich geliebt, mit keinem Wort hat sie seine Beziehung zu Lisa erwähnt.

Beim Gedanken an Lisa wird im schwer ums Herz. Sie war ein nettes Mädchen. Er denkt zurück an die offensichtlich ausschlaggebende Situation in der Teeküche:

***

Es war Freitagmittag, alle Angestellten in seiner Etage waren bereits zur Mittagspause gegangen. Als er sein Zimmer verließ, bemerkte er, dass auch Melissa nicht an ihrem Schreibtisch saß. Ganz oben, in ihrem Ablagefach, lag eine Mappe mit einem Vertrag, den der firmeneigene Rechtsanwalt noch am selben Tag ausarbeiten musste. Da Tom hinsichtlich der Daten noch etwas überprüfen wollte, schnappte er sich die Mappe und ging damit in Richtung Teeküche, um sich einen Kaffee zu holen. Unterwegs blätterte er bereits in den Unterlagen. Als er, vertieft in die aufgeführten Zahlen, um die Ecke bog, blieb er abrupt stehen. Konzentriert ging er die einzelnen Positionen durch, verlor somit sein eigentliches Ziel aus den Augen.

Plötzlich wurde er von hinten angerempelt. Erstaunt drehte er sich um und blickte in Lisas verlegenen Gesichtsausdruck.

„Oh, Entschuldigung!", murmelte sie schüchtern und wollte sich an ihrem Gegenüber vorbeischieben.

„Hallo Lisa! Das ist aber eine Überraschung!", sagte Tom mit einem freundlichen Grinsen im Gesicht.

„Hallo, Herr Eichmann!", flüsterte sie unsicher, während sie ihm in die Augen blickte.

„Lisa, ich habe hier die Unterlagen, die Ihr Chef dringend braucht. Ich wollte mir nur schnell einen Kaffee holen und noch einmal etwas in der Aufstellung überprüfen", erklärte er kurz. „Kommen Sie doch mit. Wollen Sie auch einen Kaffee?"

Lisas Wangen bekamen Farbe, als sie zustimmend nickte.

Sie folgte Tom in die Teeküche, sah ihm zu, wie er zwei Tassen unter die Maschine stellte und die entsprechenden Knöpfe drückte. Lisas unsicherer Blick suchte die Büroräume ab.

„Die sind alle in der Mittagspause", bemerkte Tom lächelnd. Mit einem Finger hob er ihr Kinn an und schaute ihr in die traurigen Augen. „Warum sind Sie so traurig? Was haben Sie auf dem Herzen, Lisa?", fragte er fürsorglich.

Völlig unerwartet schossen ihr die Tränen in die Augen. Die Trauer nahm so gewaltig von ihr Besitz, dass sie zu schluchzen begann. Ohne, dass sie es vorhatte, erzählte sie ihm von Tobi sowie dessen Affäre mit einer anderen Frau.

Tom schloss beruhigend die Arme um sie, zog sie dabei sanft an sich. „Schon gut!", versuchte er sie zu trösten. „Wenn Ihr Freund ein so hübsches Mädchen wie Sie betrügt, dann ist er es gar nicht wert, dass sie um ihn weinen", redete er gefühlvoll auf sie ein.

Langsam hob sie ihren Kopf und blickte ihm in die Augen. Toms Herz begann schneller zu schlagen. Er kannte diesen Blick – er versprühte Sehnsucht und Verlangen. Oft genug hat er genau das in den Augen der Frauen gesehen, mit welchen er in der Vergangenheit eine Affäre hatte. Langsam näherte sie sich seinem Gesicht. Bevor sie jedoch den letzten Schritt machte, legte er seine Hände an ihre Wangen und drückte seine Lippen auf ihre. Sie küssten sich anfangs zärtlich, was sich aber schnell zu einem leidenschaftlichen Kuss steigerte.

Plötzlich trennte Tom sich von ihr, redete beruhigend auf sie ein: „Lisa, das eben… das muss unter uns bleiben, in Ordnung? Ich weiß nicht was in mich gefahren ist, es …"

Traurig schaute sie ihn an. „Schon gut. Ich werde nichts erzählen." Er nahm sie in den Arm, drückte sie freundschaftlich an sich. Sie schlang ihre Arme um seinen Rücken und hielt sich einfach nur an ihm fest.

In diesem Moment entdeckte er Samantha. Ruckartig schob er Lisa von sich. Er öffnete die Tür und ging auf seine Verlobte zu, die wie angewurzelt an der Ecke des Flurs stand, während sie die beiden beobachtete.

***

Toms Blick auf seine Armbanduhr verrät ihm, dass er in zehn Minuten zurück im Gerichtsgebäude sein muss. Die Urteilsverkündung gegen Samantha steht kurz bevor.

Kapitel 21

Mein Anwalt hat es, trotz seiner Hartnäckigkeit, nicht geschafft, mich dazu zu bewegen, ein Geständnis abzugeben. Wir sitzen auf unseren Plätzen und warten auf die Verkündung des Urteils.

Plötzlich geht die Tür auf, alle anwesenden Personen erheben sich. Die drei Richter sowie die beiden Schöffen treten ein, bleiben anschließend vor ihrem langen Pult stehen.

Der Vorsitzende blickt in seine Akte und liest vor:

„Im Namen des Volkes verkünde ich folgendes Urteil:
Die Angeklagte wird des Tatbestands des Totschlags für schuldig erklärt und zu einer Haftstrafe von neun Jahren verurteilt." Ein lauter Hammerschlag besiegelt mein Schicksal.

Fassungslos und geschockt lasse ich mich auf den Stuhl fallen. Herr Reinert tätschelt mitleidig meinen Arm. Mein Blick fällt in die Reihen der Zuschauer. Tom schlägt die Hände vors Gesicht - Keno sitzt mit gesenktem Haupt auf seinem Stuhl - Melissa schaut mir gefühlskalt in die Augen.

Die Urteilsbegründung des Richters nehme ich nur noch verschwommen wahr. Seine Worte dringen an mein Ohr, erreichen aber nicht meine Gedanken. Emotionslos, unfähig, mich zu bewegen, sitze ich da und starre vor mich hin.

Irgendwann werde ich von zwei kräftigen Armen aus dem Sitzungssaal geführt. Der wartende Streifenwagen bringt mich zurück in die JVA Stadelheim.

Am nächsten Morgen erscheinen Tom sowie Herr Reinert. Ich sitze ihnen im Besucherraum gegenüber, bringe jedoch keinen Ton heraus. Der Schock über die hohe Haftstrafe sitzt noch immer tief in mir.

„Baby, wir holen dich hier raus! Versprochen! Ich habe mit Herrn Reinert schon besprochen, dass wir Revision einlegen. Das gesamte Verfahren wird neu aufgerollt, die Zeugen werden neu befragt. Irgendjemand von Lisas Nachbarn muss doch den wahren Täter gesehen haben", überschlägt sich Tom mit seinen Erklärungen.

Herr Reinert schaut mich nur schweigend an.

Unsere Blicke treffen sich, dabei brennt mir nur eine einzige Frage auf den Lippen: „Wie hoch ist die Chance, dass die Revision Erfolg hat?"

Auch wenn ich mit der Vorgehensweise meines Anwalts beim Termin nicht ganz einverstanden war, so weiß ich doch, dass er versucht hat, das geringste Strafmaß für mich zu erreichen, welches unter diesen Umständen möglich war.

Seine wohl bedachte Antwort trifft mich dennoch hart: „Sehr gering! Wenn sich keine neuen Erkenntnisse ergeben oder neue Zeugen gefunden werden, hat es überhaupt keinen Sinn, Revision einzulegen. Da wir nur eine Woche Zeit haben, werde ich trotzdem fristwahrend das Rechtsmittel einlegen. Allerdings sollten wir danach ausführlich besprechen, wie wir weiter vorgehen wollen."

„Muss ich die ganzen neun Jahre absitzen?", will ich leise wissen.

„Nein, bei guter Führung können Sie bereits nach sechs Jahren mit Ihrer Entlassung rechnen", klärt mich Herr Reinert auf.

„Samantha! Was hast du vor? Wir müssen kämpfen! Vielleicht, wenn du dich doch schuldig bekennst und sagst, dass es Notwehr war, dann….", beginnt Tom hoffnungsvoll.

„NEIN!", unterbreche ich ihn entschlossen. „Ich werde mich für nichts schuldig bekennen, was ich nicht getan habe. Wenn es keine Möglichkeit gibt, meine Unschuld zu beweisen, dann bleibe ich eben hier!"

Freundlich wende ich mich an meinen Anwalt: „Herr Reinert, vielen Dank für Ihre Unterstützung, aber ich brauche Sie jetzt nicht mehr! Lassen Sie mich bitte noch mit Tom alleine reden?"

Verständnisvoll steht der Rechtsanwalt auf, verabschiedet sich von mir und verlässt den Besucherraum.

„Tom! Hattest du wirklich ein Verhältnis mit Lisa?", frage ich umgehend, nachdem sich die Tür wieder geschlossen hat.

„Nein! Wie kommst du darauf? Glaubst dem Geschwätz von Melissa etwa?", verteidigt er sich entsetzt.

„Ich habe dich mit Lisa in der Teeküche gesehen. Ihr habt euch umarmt und es sah … sehr vertraut aus", beginne ich leise meinen Vorwurf.

„Samantha! Ich habe Lisa getröstet, weil sie von Tobi betrogen wurde. Dann plötzlich … hat sie mich geküsst und… ja, ich habe den Kuss erwidert. Aber, bitte glaube mir, ich hatte kein Verhältnis mit ihr! Ich liebe dich!"

Die Wahrheit aus seinem Mund zu hören, trifft mich stärker, als ich erwartet habe. Enttäuscht flüstere ich: „Trotzdem hast du sie geküsst? Mir hätte von Anfang an klar sein müssen, dass du nicht der Typ für eine feste Beziehung bist. Du kannst einfach nicht Nein sagen, wenn eine junge Frau dich anhimmelt, stimmt's?"

Mit Tränen in den Augen bettelt er: „Bitte Samantha! Vergib mir! Es war ein Ausrutscher, es ist doch nichts passiert!"

Plötzlich habe ich nur noch Verachtung für ihn übrig. Wie nah Liebe und Hass beieinander liegen, merkt man erst, wenn das Gefühl kippt.

„Leb wohl, Tom!"

Ich stehe auf, warte bis die anwesende Beamtin die Tür aufschließt und verlasse ohne ein weiteres Wort den Raum.

Noch am selben Nachmittag werde ich auf meine neue Zelle gebracht, die von einer großen, schwergewichtigen Person bewohnt wird, die mich keines Blickes würdigt.

„Hallo, ich bin Sam!", stelle ich mich unsicher vor.

Ein unfreundliches Murren schlägt mir entgegen. Dann schaut sie mich geringschätzig an, lässt mich dabei sofort spüren, welche Rolle ich in unserer Wohngemeinschaft spiele.

„Ich bin Berta! Sprich mich nur an, wenn es unbedingt sein muss! Ansonsten lass mich bloß in Ruhe!"

ZWEITER TEIL

Kapitel 1

April 2014

Mein Blick fällt durch die Scheibe des Busses auf die regennasse Fahrbahn. Autos, Menschen sowie Gebäude ziehen an mir vorbei. Mir scheint es, als wäre die Welt in den letzten sechs Jahren hektischer und unruhiger geworden, was wohl daran liegt, dass meine Eindrücke auf ein Mindestmaß beschränkt waren. Der Knastalltag ist nicht sehr abwechslungsreich, wodurch die Zeit hinter geschlossenen Türen langsamer vergeht.

Nachdenklich öffne ich die kleine Reisetasche und ziehe den Zettel hervor, den mir die Beamtin zum Abschied übergeben hat. Ihre wohlwollenden Worte klingen noch in meinen Ohren:

„Frau Reich, hier sind Adressen von Organisationen, die ihnen in der ersten Zeit behilflich sein können. Sie bekommen dort eine Unterkunft, einen Job sowie Hilfe bei den Behördengängen, soweit sie das wünschen."

Nachdem Kim mich bereits über diese Liste aufgeklärt hat, stand für mich schnell fest, dass ich diese Hilfe auf jeden Fall in Anspruch nehmen werde. Wo soll ich auch sonst hin? Nach so langer Zeit ist man völlig entwurzelt und aus dem alten Leben gerissen. Ohne Job bekomme ich keine Wohnung und ohne festen Wohnsitz habe ich kaum eine Chance auf eine Anstellung. Die aussichtslose Situation einiger Obdachloser erscheint mir auf einmal völlig verständlich. Sobald man ein Stück von der fest vorgegebenen Spur abweicht, wird man von der Gesellschaft nicht mehr unterstützt und seinem Schicksal selbst überlassen.

Ich entdecke meinen Geldbeutel, öffne ihn und überprüfe den Inhalt. Knapp 160,00 EUR sowie mein noch gültiger Personalausweis und eine Taxiquittung über 40,00 EUR. Sofort erscheinen mir wieder die Bilder des verhängnisvollen Abends vor meinem inneren Auge.

Lisa, wie sie mit dem Messer in der Brust auf dem Boden liegt und röchelt... Mein vergeblicher Versuch, sie von ihren Schmerzen zu befreien... Die Schreie der Polizeibeamten, während ich mit der Tatwaffe in der Hand vor ihnen stehe.

Nicht zum ersten Mal, in den letzten sechs Jahren, beschäftigen mich folgende Details: Warum hat die Polizei den wahren Täter nicht gefunden? Weil sie nicht nach ihm gesucht hat! Die Ermittlungsbehörde war von Anfang an überzeugt, dass Lisas Mörder bereits in der Untersuchungshaft sitzt. Da keine Wertgegenstände gestohlen wurden, gingen die zuständigen Beamten davon aus, dass der Täter aus dem Bekanntenkreis des Opfers stammt.

Auch ich bin überzeugt, dass der wahre Mörder Lisa gekannt hat. Dabei fallen mir nur eine Handvoll Personen ein, die in Frage kommen.

Plötzlich habe ich das starke Bedürfnis nach einer heißen Badewanne sowie einem klärenden Gespräch mit Keno. Ich war seinerzeit sehr enttäuscht von ihm. Nicht nur, dass er eine Falschaussage zu Protokoll gegeben hat – er hat mich nicht ein einziges Mal im Gefängnis besucht!

Kurz entschlossen entscheide ich mich, in die Pension *Grünpfeil* zu fahren. Bevor ich zu Tom nach Obermenzing zog, wohnte ich in Milbertshofen, in der Nähe des Eichmann-Tower. Auf meinem täglichen Weg zur Arbeit kam ich an der kleinen Pension vorbei, die von außen einen unscheinbaren Eindruck macht.

Für ein oder zwei Nächte würde mein Geld reichen, danach könnte ich immer noch bei der Hilfsorganisation betteln gehen.

Nach zweimaligem Umsteigen erreiche ich die Haltestelle Milbertshofen. Auf dem Weg zur Pension komme ich an einer kleinen Boutique vorbei, die hübsche Handtaschen in ihrer Auslage anpreist. Spontan betrete ich den Laden und kaufe mir eine mittelgroße blaue Tasche. Ein Stück weiter befindet sich ein Elektroladen, in welchem ich mir ein Ladekabel für mein Smartphone zulege.

Kurz darauf erreiche ich mein Ziel, öffne die schmale Tür zur Pension und trete in den dunklen Vorraum ein.

„Guten Morgen!", begrüße ich einen kleinen Mann mit Halbglatze und Brille, der mich umgehend freundlich anlächelt.

„Guten Morgen! Wie kann ich Ihnen helfen?"

„Ich hätte gerne ein Zimmer für ein oder zwei Nächte."

„Das macht fünfundzwanzig Euro pro Nacht, ohne Frühstück", klärt er mich auf.

„Haben Sie vielleicht ein Zimmer mit Badewanne?", will ich zögernd wissen.

Ein Grinsen breitet sich auf seinem Gesicht aus. „Ja, Sie haben Glück! Das einzige Zimmer mit Badewanne ist gerade frei. Allerdings auch die meisten anderen Zimmer. Es ist keine Saison, daher verirren sich nur wenig Touristen in diese Gegend."

Nachdem ich ihm die ersten beiden Nächte im Voraus bezahlt habe, zieht er einen Schlüssel von dem kleinen Brett hinter sich und geht vor mir die Treppe hinauf.

„Was glauben Sie, wie oft ich mir schon überlegt habe, die Pension zu schließen? Zur Oktoberfestzeit könnte ich jedes Zimmer dreifach belegen, aber die anderen Monate sind sehr schwach besetzt - man hat schließlich auch Ausgaben! Sie glauben ja nicht …"

„Entschuldigung", unterbreche ich ihn höflich in seinem Redeschwall, „aber ich bin ziemlich müde und würde mich gerne etwas hinlegen."

Leicht gekränkt schließt er die Tür meines Zimmers auf und überreicht mir den Schlüsselbund. Mit einem hoffnungsvollen Lächeln sagt er: „Wenn Sie etwas brauchen, dann melden Sie sich bei mir."

Dankend verabschiede ich mich von ihm.

Ich schaue mich in dem kleinen Raum um. Er ist gemütlich eingerichtet und das große Fenster lässt viel Licht ins Zimmer. Nachdem ich die Reisetasche auf dem Stuhl abgestellt habe, begebe ich mich in das altmodische Badezimmer, dessen hellbraune Fliesen mit Seesternen beklebt sind.

Ich drehe den Wasserhahn der Badewanne auf und genieße wenig später das mich umschließende heiße Wasser.

Kapitel 2

Juni 2000

Die große Tür der Universität München fliegt auf, während Kira in das Gebäude stürmt.
Sie läuft zum hinteren Treppenaufgang und hetzt die Stufen hinauf.
Verdammt! Ich hab schon wieder verschlafen! Warum musste Mike auch gerade gestern mit dem weißen Pulver ankommen?
Kira ist aufgeschlossen und neugierig. Sie hatte eine ruhige Kindheit, ist in einem behüteten Elternhaus zusammen mit ihrer großen Schwester aufgewachsen. Leider geriet sie mit vierzehn Jahren an die falschen Freunde und fing an, Haschisch zu rauchen. Erstaunlicherweise schaffte sie das Abitur, so dass sie danach zu studieren begann.

Seit sie mit Mike zusammen ist, arten einige Abende derart aus, dass sie manchmal den ganzen nächsten Tag verschläft, um ihren Körper von den Nachwirkungen des Drogenkonsums zu befreien.

Gestern Abend stand Mike plötzlich grinsend vor ihr:
„Ich habe uns was Neues besorgt. Was hältst du hiervon?", fragte er, während er mit einem Tütchen weißen Pulvers wedelte.
„Ist das Koks?", wollte Kira neugierig wissen.
„Ja! Das gibt uns den ultimativen Kick!", antwortete er begeistert.
So war es auch! Obwohl die Wirkung der Droge nach einiger Zeit nachließ, liebten sie sich die ganze Nacht. Erst in den frühen Morgenstunden fielen beide in einen tiefen Schlaf.

In Gedanken versunken öffnet Kira die hintere Tür des Vorlesungssaals und tritt vorsichtig ein. Sie kann von oben über die Anwesenden blicken, hört dabei die Stimme des Dozenten. Leise huscht sie in die letzte Reihe und setzt sich auf einen freien Stuhl. Mit gesenktem Kopf sowie geschlossenen Augen versucht sie, ihre Kopfschmerzen zu bändigen.
Die tenorartige Stimme des Professors dringt an ihr Ohr.

„Wie Sie erkennen können, lässt sich in diesem Fall der Paragraph 823 nicht anwenden, da es sich hier eben gerade nicht um Schadensersatz handelt, sondern …"

Ruckartig hebt sie ihren Kopf, schaut verwirrt zu dem Redner am Pult.

„Wer ist das denn?", flüstert sie erschrocken.

„Das ist Professor Hetzer", antwortet eine Stimme neben ihr.

Sie schaut zur Seite, blickt dabei in die wahrscheinlich schönsten blauen Augen, die sie je gesehen hat. Stumm und unfähig sich zu rühren, starrt sie ihren Sitznachbarn an.

Mit einem amüsierten Lächeln fragt er: „Bist du neu hier?"

Schlagartig wird Kira bewusst, wo sie sich befindet. Schnell schüttelt sie den Kopf, antwortet leise: „Nein, aber ich bin falsch hier!"

Schnell schnappt sie sich ihre Tasche, springt auf und verschwindet durch die Tür. Kaum hat sie die Vorlesung verlassen, schaut sie auf das kleine Schild, das neben dem Saal hängt. Entsetzt stellt sie fest: „Wie konnte das denn passieren? Das ist A 140! Ich muss in A 240!"

Fassungslos über ihre Verwechslung läuft sie ein Stockwerk höher und erscheint mit erheblicher Verspätung in der nunmehr richtigen Vorlesung.

Zwei Stunden später liegt sie müde auf den Steinmauern des Brunnens am Geschwister-Scholl-Platz. Das Stimmengewirr der umherstehenden Studenten stört sie nicht. Sie hängt ihren Gedanken nach und genießt die warmen Sonnenstrahlen, bevor der nächste Intensivkurs beginnt.

Völlig unerwartet spricht sie jemand an: „Hallo! Hast du den richtigen Saal noch gefunden?"

Genervt blinzelt sie den Unbekannten an und blickt erneut in die wahrscheinlich schönsten, tiefblauen Augen der Welt.

„Weckst du immer Leute, die gerade schlafen?", fragt sie schnippisch.

„Gewöhnlich bewegen schlafende Menschen nicht ihren Fuß rhythmisch auf und ab", entgegnet er grinsend.

Peinlich berührt schaut sie zu Boden. *Habe ich das schon wieder gemacht? Ich merke es schon gar nicht mehr, dass ich meine Füße bewege, wenn ich in Gedanken versunken bin.*

„Ich bin Nick!", stellt er sich freundlich vor und reicht ihr die Hand.

„Hi, ich bin Kira!", antwortet sie mit einem schüchternen Lächeln.

„Was studierst du? Jura ist es ja offensichtlich nicht!", fragt er interessiert.

„Ich studiere BWL, zweites Semester!"

„Passiert dir das öfter, dass du deine Vorlesung nicht findest?", neckt er sie.

Belustigt antwortet sie: „Nein, sicher nicht! Ich nehme normalerweise das vordere Treppenhaus … aber heute war ich irgendwie in Gedanken…".

„Klar, das erklärt alles! Hast wohl eine anstrengende Nacht hinter dir?", zieht er sie auf.

Kira schießt das Blut in den Kopf, was sie auch umgehend bemerkt. Schnell wendet sie sich ab und täuscht vor, etwas Wichtiges in ihrer Tasche zu suchen.

„Ich muss wieder los, meine nächste Stunde beginnt. Hast du Lust, dass wir uns mal treffen?", schlägt Nick lächelnd vor.

Überrascht schaut sie ihn an, weiß aber in diesem Moment, dass sich ihr Herz bereits entschieden hat.

Kapitel 3

April 2014

Mein erster Weg führt mich zu Keno. Ich habe so viele Fragen an ihn! Glücklicherweise wohnt er nicht weit von meiner Pension entfernt. Auch er lebt in einer firmeneigenen Wohnung, welche sich in Schwabing befindet.

Hoffentlich wohnt er noch dort!

Vor dem Haus in der Herzogstraße überprüfe ich die Klingelschilder. Erleichtert stelle ich fest, dass er offensichtlich immer noch in der Wohnung im zweiten Stock lebt. Ohne lange zu überlegen, drücke ich auf die Klingel. Nichts passiert! Ich klingle erneut, werde mir aber plötzlich bewusst, dass heute Dienstag ist und Keno sich vermutlich in der Arbeit befindet. *Oh Mann! Wie konnte ich das vergessen?* Während ich noch überlege, was ich jetzt machen soll, höre ich eine undeutliche Stimme aus der Gegensprechanlage.

„Ja, bitte?"

Erschrocken fahre ich herum. „Keno? Ich bin's Sam!"

Ein paar Sekunden lang herrscht absolute Stille, dann ertönt plötzlich der Türöffner. Erleichtert betrete ich das Haus und laufe die Stufen zum zweiten Stock hinauf.

Vor Kenos Appartement bleibe ich stehen, klopfe kurz an. Langsam öffnet sich die Tür. Mein ehemaliger Kollege schaut mich verschlafen an.

„Sam? Was machst du hier? Seit wann ….", stottert er los.

„Hallo Keno! Darf ich reinkommen?", bitte ich ihn zögernd.

Er tritt zur Seite und lässt mich eintreten. Nachdem wir uns auf dem Sofa gegenübergesetzt haben, sagt er: „Sorry, aber ich habe gerade geschlafen. Ich bin krank."

„Ich habe mich schon gewundert, dass du um diese Zeit zu Hause bist", plappere ich unsicher darauf los.

„Wie geht es dir, Sam?"

„Gut! Ich habe die Zeit hinter mich gebracht und hoffe, dass ich jetzt ein neues Leben beginnen kann."

Betreten schaut Keno zu Boden, weicht meinem Blick aus.

„Keno! Warum hast du das getan?", will ich geradeheraus wissen.

Ruckartig schnellt sein Kopf in die Höhe. Verwirrt schaut er mich an. „Was getan? Was meinst du, Sam?"

„Was ich meine? Ist das dein Ernst?", frage ich aufgebracht.

„Ich weiß nicht…", fängt er an.

„Keno! Du hast es vielleicht vergessen oder verdrängt, aber für mich war es die letzten sechs Jahre jeden Tag gegenwärtig. Warum hast du damals gelogen?"

„Ich weiß nicht, was du meinst! Ich habe nicht gelogen!", verteidigt er sich kleinlaut.

Wutentbrannt springe ich auf. *Das glaube ich nicht! Kann oder will er sich nicht erinnern?*

„Du hast eine Falschaussage gemacht, sie sogar beeidigt!", schreie ich ihm wütend entgegen.

Plötzlich scheint er sich zu erinnern. Ein bedauernder Ausdruck erscheint auf seinem Gesicht.

„Sam, das war damals alles etwas kompliziert. Ich wollte nicht, dass du ins Gefängnis kommst, wirklich! Aber, ich bin da irgendwie reingestolpert und…"

„Reingestolpert? Du hast wissentlich eine Falschaussage gemacht! Sag mir wenigstens warum!", fordere ich ihn auf.

Keno atmet tief ein, dabei streicht er sich mit dem Handrücken über seine feuchte Stirn. Entweder ist es das Fieber oder das schlechte Gewissen, das ihm die Hitze in den Kopf schießen lässt.

„Setz dich!", sagt er mit Nachdruck.

Neugierig setze ich mich zurück auf das Sofa. Behutsam fängt er an zu erzählen:

„Es tut mir wirklich leid, Sam! Melissa hat mich damals mehr beeinflusst, als du dir vorstellen kannst. Ich war so verliebt in sie!" Er macht eine kurze Pause, in welcher er mit seinen Gedanken zurück in die Zeit vor sechs Jahren kehrt.

„Nachdem ich von Lisas Tod erfahren habe, war ich geschockt! Ich konnte mir nicht vorstellen, wer so etwas Grausames macht. Als Melissa mir dann erzählte, dass du festgenommen und des Mordes an Lisa beschuldigt wirst, habe ich mich gegen diesen Gedanken gesträubt. Mir war von vornherein klar, dass du das nicht warst!"

Mit Tränen in den Augen flüstere ich: „Warum hast du dann…"

„Warte!", unterbricht er mich. „Melissa tröstete mich in dieser Zeit, ich genoss ihre Aufmerksamkeit. Wir sprachen über den Abend auf der Firmenfeier, als wir dich und Lisa auf der Terrasse gesehen haben. Melissa rekonstruierte euer Gespräch, sie erzählte mir wieder und wieder, was sie gehört hat. Ich weiß, dass ihr gestritten habt und dass du Lisa angeschrien hast. Aber an deine genauen Worte konnte ich mich nicht erinnern."

„Keno! Warum hast du dann vor Gericht nicht gesagt, dass du dich nicht erinnern kannst? Warum hast du Melissas Aussage bestätigt?"

„Wenn du einen bestimmten Ablauf immer und immer wieder gleich erzählt bekommst, dann glaubst du ihn irgendwann. Melissa sagte, wenn ich euren Streit nicht genauso wiedergeben würde wie sie, dann hätte sie ein Problem vor Gericht. Sie würde als unglaubwürdig dastehen und womöglich selbst als Verdächtige in Frage kommen. Ich war ihr in dieser Zeit vollkommen verfallen. Sie lockte mich nicht nur mit Sex, sondern versprach mir auch eine gemeinsame Zukunft. Sie schwor mir, dass sich euer Gespräch wirklich so abgespielt hat, wie sie erzählte. Und ich glaubte ihr!"

Kopfschüttelnd betrachte ich ihn: „Du warst so sehr in sie verliebt, dass du einen Meineid abgegeben hast?"

Keno zuckt kurz mit seinen Schultern. „Nachdem ich meine Aussage bei der Polizei im Gerichtssaal wiederholt habe, hatte ich Angst, bei der Vereidigung etwas anderes zu sagen. Ich war in dieser Zeit nicht ich selbst. Unser Streit ein paar Tage vorher... dann Melissas Versprechen, mit mir eine Beziehung zu führen ... sowie meine Angst, selbst als unglaubwürdig dazustehen, wenn ich meine Aussage plötzlich ändere. Ich konnte es einfach nicht mehr stoppen."

Ein paar Sekunden lang herrscht Schweigen zwischen uns. Mir ist unverständlich, wie Keno von Melissa so abhängig sein konnte, dass er ihr zu Liebe eine Falschaussage machte. Es scheint doch etwas Wahres in der Befürchtung zu liegen, dass einige Männer durch ihren Sexualtrieb so sehr beeinflusst werden, dass sie nicht mehr klar denken können.

Mitleidig schaue ich auf: „Und? Hat es sich gelohnt? Bist du mit Melissa noch zusammen?"

Ein enttäuschtes Schnauben schlägt mir entgegen.

„Nein! Natürlich nicht! Einen Monat nach deiner Verurteilung hat sie unsere Beziehung beendet und sich von da an mit allem Eifer an Tom rangemacht."

„An Tom?", frage ich überrascht.

Traurig schaut er mir in die Augen: „Sam, Tom ist seit zwei Jahren mit Melissa verheiratet!"

Schlagartig fällt mein Blutdruck ab, mir wird schwindlig. Meine Gedanken überschlagen sich. Tom und Melissa? Verheiratet?

„Sam? Willst du etwas trinken? Du siehst blass aus!", bietet Keno hilfsbereit an.

„Ja, gerne".

Er steht auf und bringt mir ein Glas Wasser. Danach setzt er sich neben mich, legt seinen Arm tröstend um meine Schultern.

„Sam, wenn es dich beruhigt: Ich glaube dass Tom Melissa nicht liebt. Es war eine Vernunftehe", versucht er mich zu besänftigen.

Irritiert blicke ich ihn an: „Wie meinst du das?"

„Na ja, Melissa hat sich an Tom rangeschmissen. Er hat sie anfangs aber abblitzen lassen. Erst nach einem Jahr hat sich ihre Hartnäckigkeit ausgezahlt. Nach einer Feier, auf welcher Tom ziemlich viel getrunken hat, sind sie zusammen in der Kiste gelandet. Und von da an waren sie offiziell zusammen."

„Anscheinend schafft Melissa es nur, Tom betrunken ins Bett zu bekommen. Das war damals schon so", bemerke ich nebenbei. „Aber warum hat er sie dann geheiratet?", frage ich laut mich selbst.

„Keine Ahnung! Aber er hat nebenbei seine kleinen Affären. Das weiß auch jeder in der Firma."

Nachdem der erste Schock verflogen ist, grüble ich über Toms Gründe nach, die ihn bewogen haben, eine Ehe mit Melissa einzugehen. Wenn es nicht Liebe oder sexuelle Anziehung ist, die ihn an sie bindet, muss es ein finanzieller Vorteil sein.

„Keno, was macht Melissa jetzt beruflich? Ist sie immer noch Toms Sekretärin?", frage ich nachdenklich.

„Nein, sie hat vor zwei Jahren eine Wohltätigkeitsorganisation gegründet. Sie unterstützt Kinder, die in schweren Familienverhältnissen leben. Aber ihr Büro ist im Eichmann-Tower."

„Und wie finanziert sie das?"

„Durch Spenden! Sie gibt jedes Jahr ein großes Wohltätigkeitsfest zu Gunsten von HeKiNo."

„HeKiNo?"

„Ja, Helft Kindern in Not. Soviel ich weiß, spendet auch Eichmann-Pharma jährlich einen beträchtlichen Betrag", klärt Keno mich selbstsicher auf.

Sein schlechtes Gewissen wegen der Falschaussage steht ihm ins Gesicht geschrieben. Flehend wendet er sich an mich: „Sam? Glaubst du, du kannst mir irgendwann verzeihen, wegen der Aussage vor Gericht? Mir hat unsere Freundschaft sehr viel bedeutet. Ich war damals nur leider etwas …. fehlgeleitet."

„Ja, so kann man das auch nennen!", entgegne ich mit einem missmutigen Schnauben.

„Sam, bitte! Wenn ich dir irgendwie helfen kann, dann sag es, o.k.? Ich werde dich nicht mehr enttäuschen, ich verspreche es. Ich werde dir beweisen, wie viel mir deine Freundschaft wert ist", beteuert er mit Nachdruck.

„Versprech nicht, was du nicht halten kannst, Keno!", sage ich ernüchternd. „Was macht deine Arbeit so? Bist du noch in der Rechtsabteilung tätig?", schwenke ich zu einem neuen Thema.

„Ja, ich bin mittlerweile die rechte Hand von Herrn Brückner."

„Schön! Wenigstens konntest du deiner Karriere Vorschub leisten", bemerke ich sarkastisch. „Ich lass dich jetzt besser allein. Du siehst wirklich nicht gut aus. Leg dich wieder schlafen, Keno."

Während ich mich zum Ausgang begebe, hält Keno mich am Arm fest. „Sam? Danke, dass du gekommen bist und ich hoffe, dass du mir noch eine Chance gibst."

Ein gezwungenes Lächeln huscht über mein Gesicht. „So schnell nicht, Keno! Du hast mich mit deiner Aussage mehr verletzt, als du glaubst! Sie war mitentscheidend, dass ich verurteilt wurde. Ich weiß noch nicht, ob ich dir das je verzeihen kann. Lass mir etwas Zeit!"

Ich verlasse Kenos Wohnung und betrete die vielbefahrene Straße.

Ich wusste bereits, dass Keno und Melissa eine falsche Aussage zu Protokoll gegeben haben. Jetzt weiß ich auch, *warum Keno* nicht die Wahrheit gesagt hat. Aber welche Gründe hatte Melissa? Wollte sie mich einfach aus dem Weg haben, um Tom zu bekommen? Hat sie den Mord an Lisa sowie den anschließenden Verdacht auf mich nur ausgenutzt, um mich zu beseitigen? Oder hat womöglich sie selbst Lisa umgebracht?

Um Gewissheit zu bekommen, muss ich mit ihr reden! Und zwar noch heute!

Kapitel 4

Juni 2000

Die nächste Woche treffen sich Kira und Nick fast täglich. Sie gehen in den Biergarten, ins Kino oder sitzen in einem Cafe an der Leopoldstraße. Kira genießt jede Minute mit Nick und hat den Kampf, sich nicht in ihn zu verlieben, schon lange verloren. Ihr schlechtes Gewissen plagt sie. Wenn sie mit Nick zusammen ist, fühlt sie sich so glücklich und beschwingt, dass sie den Gedanken an ihren festen Freund verdrängt. Taucht Mike dann bei ihr auf, was in der letzten Woche relativ selten vorkam, hat sie das Gefühl, ihn zu betrügen.

Am Freitagnachmittag schlendern Kira und Nick durch den englischen Garten. Sie setzen sich auf eine Bank, schauen einer Gruppe Müttern mit ihren kleinen Kindern zu, die mit Dreirad, Roller sowie Fahrrad bewaffnet an ihnen vorüber ziehen.
Kira, die es nicht gewohnt ist, dass ein Mann sich mit den ersten Annäherungsversuchen so lange Zeit lässt, rückt ein Stück näher an Nick heran. Ohne lange zu überlegen, legt dieser seinen Arm um ihre Schultern und zieht sie zu sich.
„Nick?", fängt sie zögerlich an. „Was ist das mit uns beiden eigentlich?"
„Wie meinst du das?", fragt er verwundert.
„Na ja, sind wir nur gute Freunde oder ist da mehr?"
„Du hast mir doch erzählt, dass du einen Freund hast. Ich bin davon ausgegangen, dass du mit mir nur befreundet sein willst und …"
„Aber, wenn es nicht so wäre? Hättest du dann Interesse an mir?", will sie aufrichtig wissen.
Sie schaut ihm in die Augen, dabei zieht sich ihr Herz zusammen. Sie hat Angst vor seiner Antwort. Sie liebt ihn so sehr! Obwohl sie von ihm noch kein Zeichen seiner Zuneigung bekommen hat, hofft sie, dass er ihr Gefühl erwidert.
Sein Blick gleitet über ihre langen schwarzen Haare und verharrt in ihren türkisblauen Augen. Auch sein Herz gibt ihm Signale, die er

jedoch aufgrund der Tatsache, dass sie bereits vergeben ist, zu ignorieren versucht.

„Warum willst du das wissen? Das spielt doch keine Rolle!", sagt er vorsichtig.

„Doch! Für mich spielt es eine Rolle, Nick! Ich werde mit Mike Schluss machen. Ich habe mich in einen Anderen verliebt!", erklärt sie leise.

„Oh je! Noch ein dritter Mann im Bunde?", neckt er sie lächelnd.

Gekränkt boxt sie ihm in die Seite: „Du Idiot! Du weißt genau, wen ich meine!"

„Ja, und ich bin froh darüber. Ich habe mich in der Sekunde, als du dich in der Vorlesung neben mich gesetzt hast, mein Herz an dich verloren!", antwortet er gefühlvoll.

Seine Hand berührt zärtlich ihre Wange, streichelt sanft über ihre weiche Haut. Langsam beugt er sich zu ihr und küsst sie behutsam auf die Lippen.

Der Kuss löst in Kira eine Explosion der Gefühle aus, die keine Droge bislang erreicht hat. Sie greift in seine kurzen braunen Haare und zieht ihn näher an sich.

Ohne ein weiteres Wort, stehen sie auf und gehen Arm in Arm in Nicks Wohnung, die unweit des englischen Gartens liegt.

Während sie den langen Flur der Wohnung entlanggehen, erklärt Nick nebenbei:

„Hier wohnt Steffen und das ist Rolands Zimmer". Er öffnet eine dritte Tür und verkündet stolz: „Das ist mein Reich."

Langsam betritt Kira den kleinen Raum, sie schaut sich sorgfältig um. Er ist gemütlich eingerichtet, sauber und aufgeräumt. *Hier ist es ordentlicher, als bei mir!*, denkt sie schuldbewusst.

Unschlüssig bleibt sie in der Mitte des Zimmers stehen. Nick kommt langsam auf sie zu, legt seinen Finger unter ihr Kinn und hebt es leicht an. Sein sehnsüchtiger Blick verrät ihr alles, was sie momentan wissen will.

Zärtlich küssen sie sich, sinken dabei vorsichtig auf das schmale Bett. Nick berührt, streichelt und küsst sie mit solch einer Zärtlichkeit, dass sie glaubt, sie müsse unter ihm zergehen. Sie hatte noch nie einen so zärtlichen und einfühlsamen Mann an ihrer Seite.

In der Vergangenheit war ihr Ziel meistens der schnelle, harte Sex. Dabei genoss sie die Vorteile, wie Drogenkonsum oder eine Geldzuwendung, die sie aus ihren Affären zog. Die Beziehung zu Mike ist bislang ihre längste. Seit drei Monaten ist sie mit ihm zusammen, wobei sie erst jetzt erkennt, dass sie Mike nicht wirklich liebt. Sie genoss lediglich den schmutzigen Sex sowie die harten Drogen, die er ihr besorgte.

Kira windet sich stöhnend unter Nick, der immer noch keine Anstalten macht, sie endlich an den ersehnten Höhepunkt zu bringen. Er stimuliert und reizt sie bis ans Äußerste, lässt dabei seine eigene Erregung in den Hintergrund treten. Noch nie wurde sie so uneigennützig geliebt.
„Nick, bitte, ich will dich endlich in mir spüren!", fleht sie ihn an.
„Gleich, lass dir Zeit!", haucht er ihr zwischen zwei Küssen ins Ohr.
Einige Momente später gibt er ihrem Drängen endlich nach und stößt kräftig in sie. Es dauert nur wenige Minuten, bis ihr Liebesakt in einem gemeinsamen Höhepunkt endet.

Kapitel 5

April 2014

Um fünf Uhr nachmittags stehe ich vor dem Eichmann-Tower und warte auf Melissas Erscheinen. Da es warm ist, macht es mir nichts aus, auf ihre Ankunft warten zu müssen. Geduldig sitze ich auf einer kleinen Parkbank, auf der anderen Straßenseite, während ich den Eingang des Bürogebäudes beobachte.

In Gedanken gehe ich zum x-ten Mal ein mögliches Gespräch mit ihr durch. Sie wird sicher abstreiten gelogen zu haben. Allerdings werde ich sie mit Kenos Aussage konfrontieren und sie dazu drängen, mir die Gründe für ihre Intrige offenzulegen. Vielleicht muss ich sie auch erpressen, ihr mit einer Anzeige bei der Polizei drohen, damit sie mir die Wahrheit erzählt.

In meine Grübeleien versunken, vergeht die Zeit recht schnell. Die Drehtür des Gebäudes bewegt sich – eine Frau kommt heraus. Das ist sie!

Entschlossen springe ich auf und überquere die Straße. Mit einem teuren Kostüm sowie einer dazupassenden Handtasche bekleidet, steuert Melissa langsam auf den firmeneigenen Parkplatz zu.

„Warten Sie!", rufe ich ihr entgegen. Erstaunt dreht sie sich zur Seite, blickt mich skeptisch an.

Doch mit einem Mal erkennt sie mich. Die Farbe weicht schlagartig aus ihrem Gesicht, während ihre Augen sich weiten.

„Frau Reich?", flüstert sie ungläubig.

„Hallo, Frau Seiber, oder sollte ich lieber Frau Eichmann sagen?", frage ich provozierend.

Ihr abschätzender Blick trifft mich. „Seit wann sind Sie ..." beginnt sie mit zittriger Stimme.

„Ich wurde gestern aus dem Gefängnis entlassen. Ich habe sechs Jahre unschuldig abgesessen. Ich dachte mir, vielleicht können Sie mir sagen, wie so etwas passieren konnte?", fordere ich sie heraus.

Kopfschüttelnd antwortet sie: „Nein, warum sollte ich ...."

„Weil Sie schuld daran sind, dass es überhaupt so weit kam! Ihre Aussage war ausschlaggebend für meine Verurteilung!"

Unsicher greift Melissa sich ins Haar, zupft an ihren Strähnen. „So ein Quatsch! Was erzählen Sie da? Sie wurden mit dem Messer in der Hand über einer Leiche erwischt. Das war der Grund!", wirft sie mir entgegen.

Bedrohlich trete ich einen Schritt auf sie zu. „Melissa! Keno hat mir alles erzählt!"

Erstaunlicherweise schafft sie es, ihrem Gesicht noch mehr Farbe zu entziehen. Leicht schwankend geht sie einen Schritt zurück.

„Was wollen Sie von mir, Frau Reich?", fragt sie ängstlich.

„Ich will, dass Sie mir erzählen, warum Sie gelogen haben. War Tom der Grund? Weil Sie ihn für sich haben wollten?"

Völlig unerwartet ändert sich ihr Gesichtsausdruck. Die Angst macht einem stärkeren Gefühl Platz – Hass! „Sie haben ja keine Ahnung!", wirft sie mir entgegen.

„Dann erklären Sie es mir!"

Sie kommt einen Schritt auf mich zu, blickt mir dabei ernst in die Augen. „Für Sie war es leicht, Tom zu bekommen. Auf solche Frauen, wie Sie, ist er reihenweise reingefallen. Und doch wollten alle nur sein Geld und seine Macht. Ich bin die Einzige, die ihn wirklich liebt. Glücklicherweise hat er das jetzt auch eingesehen."

„Also stimmt es: Sie wollten mich aus dem Weg haben, um ihn zu bekommen? Und deshalb haben Sie eine Falschaussage gemacht?", will ich nüchtern wissen.

„Frau Reich, halten Sie mich für so dumm, hier auf der Straße irgendetwas zuzugeben, was mich in Schwierigkeiten bringen kann? Dass Sie des Mordes verdächtigt wurden, war eine Fügung des Schicksals und ich habe nur meine Chance ergriffen. Ich habe vor Gericht die reine Wahrheit erzählt und Keno hat diese mit seiner Aussage bestätigt."

„Dann haben Sie Keno also nur benutzt, um mich aus dem Weg zu schaffen?", stelle ich verwundert fest.

„Nicht ganz! Aber Männer lassen sich so leicht beeinflussen. Man gibt ihnen ein wenig außergewöhnlichen Sex und schon legen sie einem die Welt zu Füßen. Dass Sie damals verurteilt wurden, ist ganz allein Ihre Schuld. Vielleicht hätten Sie die Anzeichen Ihres Schicksals besser deuten sollen. Ein schwarzes Auto - der Dauerregen – das war wohl ein böses Omen! Außerdem hat das kleine Flittchen es verdient!"

Noch bevor ich auf ihre Erklärung reagieren kann, höre ich eine mir bekannte Stimme: „Melissa? Ist alles in Ordnung?"

Sie dreht sich um und ich erkenne Tom, der bei meinem Anblick abrupt stehen bleibt. Seine grauen Augen fixieren mich, signalisieren mir selbst nach dieser langen Zeit noch seine Zuneigung. In diesem Moment spüre ich, dass er mich immer noch liebt.

„Samantha?", bringt er unsicher hervor und tritt einen Schritt auf mich zu.

„Hallo Tom! Wie geht's dir?", frage ich kühl.

„Gut, und dir?", will er aufrichtig wissen.

Melissa beobachtet die Situation mit Argusaugen, schiebt sich eifersüchtig zwischen uns.

Besitzergreifend hakt sie sich bei Tom ein. „Schatz, wir müssen los, wir sind schon spät dran", sagt sie bestimmend, während sie ihn in Richtung Parkplatz zieht.

Anstandslos lässt er sich von ihr fortführen, blickt jedoch bedauernd zu mir zurück. Wie konnte ich mich nur in diesen Mann verlieben? Ich bedauere keinen Moment, dass unsere Beziehung so unverhofft geendet hat. In den letzten sechs Jahren habe ich mich verändert. Ich bin nicht mehr die schwache Frau, die sich von der Macht eines Mannes angezogen fühlt. Sich in eine Abhängigkeit begibt, die irgendwann von der stärkeren Person ausgenutzt wird.

Auf dem Weg in meine Pension denke ich über Melissas Worte nach. In einer Beziehung hat sie Recht: Ich bin schuld, dass ich das Messer in die Hand genommen habe. Aber selbst wenn nicht, hätten die Polizisten behaupten können, ich hätte die Fingerabdrücke vor deren Eintreffen beseitigt. Was das schwarze Taxi betrifft, so hielt ich dieses in dem Moment eher für einen Glücksfall, um schnell zu Lisa zu kommen, als für ein böses Omen.

Moment! Woher weiß Melissa von der Farbe des Wagens? Ich habe sie niemals erwähnt. Auch vor Gericht habe ich nur erzählt, dass ich mit einem Taxi gekommen bin, aber nicht, dass es ein Schwarzes war!

Mein Herzschlag beschleunigt sich, meine Hände werden vor Aufregung feucht. *Oh mein Gott!* Melissa war da! Sie hat mich gesehen, wie ich ausgestiegen bin. War sie vorher bei Lisa? Hat sie womöglich etwas mit deren Tod zu tun?

Die Gedanken schießen mir unkontrolliert durch meinen Kopf. Die Frage, wo Melissa zur Tatzeit war, kann mir nur einer beantworten.

Ich steige in den nächsten Bus und fahre Richtung Schwabing.

Kapitel 6

Juni 2000

Am Samstag hält sie es nicht mehr aus. Sie beschließt, Mike die Wahrheit zu sagen und mit ihm Schluss zu machen.
Wie verabredet erscheint er in ihrer Wohnung.
„Mike, ich muss mit dir reden. Ich habe jemanden kennengelernt!", beginnt Kira zaghaft.
„Das habe ich gemerkt, du hast ja kaum noch Zeit für mich. Ich habe mich echt gefreut, als dein Anruf heute kam, dass du mich sehen willst", sagt er sehnsüchtig und nimmt sie in den Arm. Seine Küsse bedecken ihren Hals, wandern zielsicher zu ihrem Mund.
„Mike! Hör auf!", presst sie hervor.
„Was ist los? Hast du keine Lust? Willst du vorher was rauchen?", schlägt er vor.
„Nein! Ich… ich will das nicht mehr, Mike!", stottert sie leise.
„WAS?", ruft er entsetzt aus.
„Ich mache Schluss! Unsere Beziehung ist beendet!", sagt sie lauter, als beabsichtigt.
„Kira, das kannst du nicht machen. Ich liebe dich!", jammert Mike.
Eine heftiger Streit bricht zwischen ihnen aus, woraufhin Kira Mike schlussendlich vor die Tür setzt.

Mit gemischten Gefühlen lässt sie sich auf ihr Bett fallen. Sie weiß, dass sie richtig gehandelt hat. Sie liebt Nick und will nur mit ihm zusammen sein. Nervös kaut sie an ihren Fingernägeln. *Was würde ich jetzt für einen Joint geben?* Schließlich gibt sie dem Drang der Sucht nach, beschließt, sich etwas Gras zu besorgen, um ihren Ärger in Rauch aufgehen zu lassen.

Eine Stunde später kommt sie von ihrem Ausflug zum Hauptbahnhof zurück und dreht sich eilig eine Tüte. Genussvoll inhaliert sie die Tabak-Haschisch-Mischung, während sie sehnsüchtig an Nick denkt.

Plötzlich klingelt es an der Tür. *War ja klar, dass Mike nicht so schnell aufgibt!*

„Mike, was ….", sagt sie genervt, während sie die Haustür öffnet.

Vor ihr steht Nick und schaut sie verwundert an.

„Oh! Hallo Nick! Komm rein", sagt sie überrascht, dabei geht sie einen Schritt zur Seite.

„Rauchst du gerade einen Joint?", fragt er ungläubig, nachdem er sich im Zimmer umgesehen hat.

„Ja, aber nur zur Entspannung. Ich habe vorhin mit Mike Schluss gemacht, danach hatte ich …"

„Hör auf damit!", unterbricht er sie barsch.

„Was? Was meinst du?"

„Hör auf damit Haschisch zu rauchen! Das Zeug ist absolut unkontrollierbar!", sagt er mit Nachdruck.

„Quatsch! Das macht weder abhängig, noch löst es einen besonderen Rausch aus. Es entspannt einfach nur!", versucht sie ihm zu erklären.

„Das stimmt nicht! Ich habe einen guten Freund verloren, der an Drogen zugrunde ging. Und Haschisch war sein Einstieg!", bemerkt er besorgt.

Mitfühlend schaut sie ihn an, streichelt ihm liebevoll über die Haare. „Das tut mir leid! Aber mach dir um mich keine Sorgen! Ich habe das im Griff. Ich brauche das Zeug nicht", erklärt sie selbstsicher.

„Gut, dann versprich mir, dass du es nicht mehr anrührst!", fordert er sie auf.

Ohne lange zu überlegen, antwortet sie: „Ja, klar! Ich verspreche es, wenn es dir so viel bedeutet."

Sie küsst ihn leidenschaftlich, lässt dabei ihre Frage, warum er um diese Zeit in ihrer Wohnung auftaucht, ungestellt.

Engumschlungen versinken sie auf Kiras Bett und lieben sich mit einer Hingabe, die dem Erlebnis am vorherigen Tag in keiner Weise nachsteht.

Völlig unerwartet steht Nick danach auf und zieht sich an.

„Ich muss noch ins Fitnessstudio", erklärt er bedauernd.

„Ich dachte, du hättest mit mir genug Fitness? Wozu noch Überstunden im Studio?", fragt sie beleidigt.

„Ich arbeite dort, Süße! Ich hatte letzte Woche Urlaub, deshalb konnten wir so viel Zeit zusammen verbringen. Aber ab jetzt muss ich wieder arbeiten."

„Aber dann sehen wir uns ja kaum. Tagsüber sind wir in der Uni, nachmittags gehst du zur Arbeit und nachts muss ich arbeiten", stellt sie traurig fest.

„Dann hör doch mit deinem Job im Nachtclub auf! Ich finde die Vorstellung eh nicht besonders schön, dass andere Männer deinen halbnackten Körper anstarren, während du dich an einer Stange räkelst", schlägt er ernsthaft vor.

„Das kann ich nicht! Ich brauche das Geld! Was würdest du sagen, wenn ich von dir verlange, dass du deinen Job im Fitnessstudio aufgibst, damit wir uns öfter sehen können?", fragt sie ihn entrüstet.

„Ich verlange es ja nicht von dir! War nur so ein Gedanke. Ich muss los, Süße! Bis morgen", sagt er liebevoll, küsst sie zum Abschied und verlässt anschließend das kleine Appartement.

Super, unser erster Streit! Wir sind erst seit einem Tag zusammen und schon gehen die Probleme los!

Trotzig greift sie nach dem halbverrauchten Joint im Aschenbecher, zündet ihn erneut an. *Was er nicht weiß, macht ihn nicht heiß!*

Kapitel 7

April 2014

Nachdem ich Sturm geklingelt habe, wird die Haustür endlich geöffnet. Ich sprinte die zwei Stockwerke nach oben und erkenne bereits von weitem Keno, der mich überrascht empfängt.

„Sam! Warum klingelst du wie eine Irre Sturm? Ist etwas passiert?", will er besorgt wissen.

Schweigend schiebe ich ihn in die Wohnung und schließe die Tür hinter uns.

„Keno! Wo war Melissa am Abend, als Lisa ermordet wurde?", frage ich ohne Einleitung.

Nach kurzem Überlegen antwortet er: „Zu Hause, warum?"

„Bist du dir sicher?", hake ich atemlos nach.

„Ja, ich war bei ihr. Sam, was ist los? Warum bist du so aufgeregt?", fragt er besorgt.

Ich lasse mich auf das bequeme Sofa fallen und stütze meinen Kopf in meine Hände. Keno setzt sich neben mich, dabei schaut er mich nervös an.

Das kann doch nicht sein! Ich erinnere mich, dass mein Anwalt mir damals erzählte, dass Keno und Melissa sich gegenseitig ein Alibi gegeben haben. Sie waren ab fünf Uhr nachmittags zusammen. Ich war aber erst um halb acht bei Lisa!

Plötzlich kommt mir ein Gedanke.

„Keno! Du warst doch mit Melissa ab fünf Uhr zusammen, oder?", sage ich feststellend.

„Ja, warum?", bestätigt er unsicher.

„Kann es sein, dass sie zwischendurch einmal kurz weggegangen ist? Vielleicht wollte sie irgendetwas besorgen?", gebe ich zu bedenken.

Plötzlich schaut Keno betreten zu Boden, schüttelt leicht den Kopf.

Hektisch entgegne ich: „Das kann nicht sein! Sie muss weg gewesen sein, Keno. Sie hat gesehen, dass ich mit einem schwarzen Taxi bei Lisa ankam. Das habe ich Niemandem erzählt. Das kann sie gar nicht wissen, wenn sie es nicht gesehen hat!"

Während Keno auf seinen Sessel sinkt, schaut er mich schuldbewusst an.

„Keno? Ihr wart doch zusammen, oder?", frage ich skeptisch.

Sichtlich beklemmt windet er sich vor mir. Ein unsagbarer Verdacht kommt in mir auf.

„Keno…", fange ich an.

„Ja, aber noch nicht um fünf Uhr!", gibt er kleinlaut zu.

„WAS? Ab wann wart ihr dann zusammen?", will ich wissen.

„Ab ungefähr Acht. Sie hat mich kurz vorher angerufen. Sie sagte, sie würde mich vermissen und ob ich Lust hätte, zu ihr zu kommen.

Das war das erste Mal, dass ich bei ihr übernachten durfte", berichtet er schmerzvoll.

„Ab acht Uhr, sagst du?", frage ich nach.

„Ja."

„Ich brauche dich nicht zu fragen, warum du ihr ein falsches Alibi gegeben hast, oder? War es wieder deine sexuelle Abhängigkeit von ihr?", werfe ich ihm gereizt entgegen.

„Sam, bitte! Melissa meinte, ich bräuchte auch ein Alibi. Und da ich den ganzen Tag alleine zu Hause war, hatte ich keines. Also beschlossen wir, anzugeben, dass wir ab fünf Uhr zusammen waren."

„War Melissa an diesem Abend irgendwie anders, als sonst?", möchte ich von ihm wissen.

„Nein, sie war sehr zärtlich und liebesbedürftig, wenn du das meinst."

„Das habe ich eigentlich nicht gemeint", gebe ich angewidert zu.

Einen kurzen Moment lang hängen wir beide unseren Gedanken nach. Dann stelle ich die entscheidende Frage: „Keno, kannst du dir vorstellen, dass Melissa Lisa umgebracht hat?"

Mit großen Augen und einem erschrockenen Ausdruck im Gesicht schaut Keno mich an. Dann schüttelt er energisch den Kopf.

„Nein, niemals! Warum sollte sie Lisa umbringen?"

„Warum sollte *ich* Lisa umbringen?", stelle ich eine Gegenfrage.

„Sam, du warst es ja nicht, das weiß ich. Aber ebenso sicher bin ich mir bei Melissa. Ich kann mir nicht vorstellen, dass sie zuerst Lisa umgebracht und dann mit mir so eine Nacht verbracht hat. Das ist nicht möglich!", stellt er ungläubig fest.

Während Keno ungläubig aus dem Fenster blickt, betrachte ich ihn. Er hat keine Ahnung, zu was Melissa fähig ist!

Wenig später verabschiede ich mich von meinem ehemaligen Arbeitskollegen und fahre zurück in mein vorübergehendes Zuhause.

Am Abend liege ich im Bett, lasse die heutigen Ereignisse Revue passieren. Ich bin mir so sicher, dass Melissa Lisa erstochen hat, ich kann es nur nicht beweisen. Auch weiß ich nicht, warum sie es getan hat. Würde die Eifersucht sie wirklich so weit treiben, einen anderen Menschen umzubringen? Wäre ich ihr nächstes Opfer gewesen, wenn nicht die Umstände mich aus dem Verkehr gezogen hätten?

Solange ich Melissa nichts nachweisen kann, wird sie nie die gerechte Strafe für ihre Tat erhalten.

Ich liege die ganze Nacht wach, überlege, wie ich mich an Melissa für ihre Falschaussage rächen sowie Lisas Tod vergelten kann. Mein Verlangen nach ausgleichender Gerechtigkeit wird derart groß, dass ich sogar in Erwägung ziehe, selbst mit unrechten Mitteln zu kämpfen, um mein inneres Bedürfnis zu befriedigen. Erst früh morgens, als meine Gedanken zu einem perfiden Racheplan herangewachsen sind, schlafe ich übermüdet ein.

Kapitel 8

Juni 2000

Kira fällt es schwer, sich damit abzufinden, dass Nick nur wenig Zeit für sie hat. Sie sehen sich zwischen den Vorlesungen in der Uni oder kurz abends, bevor sie in den Club muss, falls Nick es einmal schafft, früher aus dem Studio zu kommen. Kira vermisst ihn mit jeder Faser ihres Körpers. Zwischenzeitlich hat sie ihm einen Schlüssel zu ihrer Wohnung überlassen, damit er, wann immer es sein straffer Zeitplan zulässt, zu ihr kommen kann. Wenn sie gegen Mitternacht von ihrem Job zurückkehrt, liegt er meistens schlafend im Bett. Dann bringt sie es nicht übers Herz, ihn zu wecken. Ab und zu überwiegt jedoch ihre Sehnsucht nach seiner Liebe. Dann küsst sie ihn zärtlich und versucht, ihn mit ihren Streicheleinheiten zu wecken. Manchmal gelingt es ihr, so dass sie seine unbeschreiblichen Liebkosungen genießen kann. Oft dreht er sich jedoch nur weg, murmelt im Schlaf etwas von seinen wichtigen Terminen am nächsten Tag.

Um ihre ungestillte Sehnsucht zu betäuben, greift Kira immer häufiger zu Drogen, wobei sie sich jedoch auf den Konsum von Haschisch und Extasy beschränkt.

Kapitel 9

April 2014

Während der Fahrt nach Obermenzing, sitzt Melissa Eichmann neben ihrem Mann im Auto und starrt gedankenverloren aus dem Fenster.
Tom betrachtet sie besorgt. „Was wollte Samantha von dir?", fragt er verwundert.
„Keine Ahnung! Sie war wohl sauer, dass ich mit dir verheiratet bin."
Tom schüttelt verständnislos den Kopf. „Das glaub ich nicht! Da muss etwas anderes dahinterstecken, wenn sie vor dem Tower auftaucht und dich abfängt", sagt er grübelnd.

Melissa betrachtet weiter die an ihr vorbeiziehenden Häuser und Fahrzeuge. Ihre Gedanken schweifen sechs Jahre in die Vergangenheit:

***

Einen Tag nach Sams Verurteilung sah Melissa es als ihre Pflicht und zugleich als eine Chance an, Tom über den Verlust hinweg zu trösten. Sie hörte ihm aufmerksam zu, wenn er über den Richter schimpfte, der Sam zu neun Jahren verurteilte, obwohl aus seiner Sicht keine eindeutigen Beweise vorlagen. Sie nahm ihn behutsam in den Arm, wenn er um den Verlust seiner Verlobten trauerte - besuchte ihn abends zu Hause, um ihn mit kleinen Aufmerksamkeiten zu überraschen. Gelegentlich lud sie ihn spontan ins Kino ein, zerrte ihn hinaus in den Park oder in ein Restaurant, um ihn auf andere Gedanken zu bringen.

Einen Monat nach dem Gerichtsurteil beendete sie endgültig die Liaison mit Keno. Sie hielt diese Affäre nur noch aufrecht, da sie befürchtete, Keno würde andernfalls nicht mehr zu seinem

Versprechen stehen. Er sagte ihr zu, über das falsche Alibi sowie die etwas verzerrte Wahrheit des wiedergegebenen Streitgesprächs Stillschweigen zu bewahren.

„Keno, ich glaube, das mit uns hat keine Zukunft", warf sie ihm brutal entgegen, als er eines abends bei ihr auftauchte.

„Wieso sagst du das? Hat es mit Tom zu tun? Mir ist aufgefallen, dass du sehr oft mit ihm Mittagessen gehst und ihn offensichtlich auch am Wochenende oft zu Hause besuchst."

„Hör zu, Keno! Der Altersunterschied ist einfach zu groß, wir haben keine gemeinsamen Interessen", brachte sie mühsam hervor.

„Aber, ich liebe dich, Melissa! Wir hatten doch eine schöne Zeit zusammen, warum wirfst du das alles weg?", bettelte er.

Melissa verdrehte kaum sichtbar die Augen, wurde sodann in ihren Ausführungen deutlicher: „Keno, das war reiner Sex! Der war nicht schlecht, ja, das muss ich zugeben, aber mehr auch nicht. Und das mit Tom… ich kümmere mich um ihn, da er sehr unter Sams Verurteilung leidet."

„Aber…", setzte Keno verzweifelt an.

Melissa ging einen Schritt auf den Jüngeren zu und legte ihre Hand auf seine Schulter. „Du hältst dich aber trotzdem an dein Versprechen, oder?", fragte sie vorsichtig.

Abschätzend schaute Keno ihr in die Augen. „Du meinst das falsche Alibi?"

„Ja, du weißt, du würdest dich selbst gefährden, wenn du deine Aussage revidierst. Damit wäre keinem geholfen!"

Traurig nickte er, bestätigte kleinlaut: „Keine Angst, Melissa! Ich werde niemandem von unserer Absprache erzählen."

Zum Abschied küsste Melissa ihn auf die Wange, anschließend schob sie ihn sanft zur Wohnungstür hinaus.

***

Tom parkt seinen 3er BMW in der Auffahrt vor seinem Haus und steigt aus. Melissa folgt ihm. Schweigend machen sie sich für das anstehende Geschäftsessen fertig und verlassen kurze Zeit später zusammen das Anwesen.

Erst spät abends kommen sie nach Hause. Tom gibt Melissa einen Kuss auf die Wange, zieht sich sodann in sein Zimmer zurück. Wehmütig blickt sie ihrem Ehemann hinterher, der sich seit ihrer Eheschließung vor zwei Jahren immer mehr zurückzieht. Zärtlichkeiten ihrerseits blockt er meist ab. Obwohl sie erreicht hat, was sie jahrelang wollte, ist sie einsam. Das war am Anfang ihrer Beziehung noch anders:

***

Vor knapp fünf Jahren fand eine Firmenfeier statt. Melissa sah an diesem Abend ihre Chance. Sie versuchte seit fast einem Jahr vergeblich Tom zu mehr als einer belanglosen Freundschaft zu bewegen. Aber er wehrte bislang jeden ihrer Annäherungsversuche ab. Dieser Abend sollte die Wende in ihrer Beziehung bringen.

Tom war dem Alkohol sehr angetan, weshalb Melissa dafür sorgte, dass er immer ein volles Glas, anfangs nur Champagner, später Whiskey, in den Händen hielt. Spät in der Nacht bot sie ihm an, ihn mit seinem Auto nach Hause zu fahren. Sie hielt sich bewusst an nichtalkoholische Getränke, um ihren Plan durchführen zu können.

Aufgeregt und angespannt schleppte sie ihren betrunkenen Chef von der Einfahrt in sein Haus. Er lallte, fiel ihr lachend um den Hals. Sie genoss jede seiner Berührungen, obwohl sie betrunkene Männer nicht ausstehen konnte.

Im Schlafzimmer ließ er sich sofort auf das große Bett fallen, blickte sie dabei mit seinen schönen Augen an. „Du bist ein Schatz, Melissa! Weißt du das?", brachte er undeutlich hervor. „Du rettest mich aus aussichtslosen Situationen."

Melissa wusste nicht genau, was er meinte, wollte aber auch nicht nachhaken, da sie ihn genau in der Stimmung hatte, in der sie ihn wollte.

Langsam öffnete sie den seitlichen Reißverschluss ihres schwarzen Kleides und streifte es ab. In ihrer spitzenbesetzten Unterwäsche stand sie vor ihm. Toms Augen weiteten sich, während seine Atmung schneller wurde. „Melissa! Was hast du vor?", fragte er heiser.

„Ich muss wohl hier übernachten. Ich komme ja um diese Zeit ohne Auto nicht mehr nach Hause", antwortete sie unschuldig und ging langsam auf ihn zu.

Unfähig, sich aufzusetzen, blieb Tom einfach auf dem Bett liegen. Er beobachtete Melissa, die sich über in beugte und anfing, ihn zärtlich zu küssen. Seine Gedanken schwirrten im Kopf umher, er war unfähig sich zu wehren oder klar zu denken. Er legte seine Hände auf ihren nackten Rücken und zog sie an sich. Nachdem er sich umständlich seiner Kleidung entledigt hatte, nahm er sich den ihm darbietenden Körper mit ungezügelter Lust und Leidenschaft.

Irgendwann blieben beide erschöpft nebeneinander liegen und schliefen ein.

Am nächsten Morgen wachte Tom mit brummendem Schädel auf. Er blickte neben sich - sah Melissa, die mit ruhigen, gleichmäßigen Atemzügen, neben ihm lag. *Verdammt! Warum habe ich gestern soviel getrunken, dass ich mit Melissa im Bett lande?* Ähnlich hat es sich bereits vor neun Jahren abgespielt, als er eine kurze Liebesnacht mit ihr hatte. Für ihn war immer klar, dass es eine einmalige Angelegenheit war - der Alkohol viel dazu beigetragen hat, dass es überhaupt soweit kam. Melissa entsprach überhaupt nicht dem Typ Frau, auf welchen er stand.

Die Tatsache, dass Tom seit Sams Verurteilung keine Affäre mehr hatte, erleichterte Melissa in den nächsten Tagen ihr Vorhaben. Toms Libido war geweckt und da sich keine andere Gelegenheit in der Firma bot, verfiel er immer wieder ihren Verführungskünsten. Er fand mittlerweile auch in nüchternem Zustand Gefallen an Melissas sexuellen Fantasien sowie ihrer kreativen Art, diese umzusetzen.

Die Affäre zog sich über drei Jahre hin. Dann wurde Melissa schwanger. Sie teilte die Neuigkeit sofort Tom mit, der im ersten Moment allerdings alles andere als erfreut, über diese Nachricht, reagierte. Schließlich beschlossen sie, zu heiraten. Tom genoss eine sehr konservative Erziehung, er sah es als seine Pflicht an, zu seiner Verantwortung zu stehen. Im fünften Monat verlor Melissa das Kind, wodurch eine Welt für sie zusammenbrach. Sie trauerte zwei Monate lang um das ungeborene Kind, zog sich immer mehr zurück. In dieser Zeit ergab es sich, dass eine neue, junge Laborassistentin im Unternehmen eingestellt wurde. Ziemlich schnell verfiel diese dem Aussehen sowie dem Charme des obersten Chefs. Die Beziehung zwischen Tom und Melissa kühlte spürbar ab.

Eines Abends, eröffnete Melissa Tom eine Idee.

„Tom, was hältst du davon, wenn ich eine Hilfsorganisation gründe?"

„Wie kommst du darauf?", wollte er neugierig wissen.

„Ich möchte etwas Gutes tun. Für Kinder, die in schwierigen familiären Verhältnissen aufwachsen."

„Und wie willst du das finanzieren?", hakte Tom geschäftsmäßig nach.

„Mit Spendengeldern!", antwortete sie umgehend.

So ergab es sich, dass Eichmann-Pharma regelmäßig hohe Spenden an Melissas Organisation leistete, welche die Firma steuerlich absetzen konnte, während Melissa das Geld zum einen Teil an hilfsbedürftige Kinder und Projekte verteilte, zum anderen Teil für ihren eigenen Wohlstand verwendete.

***

Melissa ist bewusst, dass Tom sie nie so sehr geliebt hat, wie er Sam liebte. Anfangs war es die sexuelle Anziehungskraft, die ihn zu ihr führte. Seit der Fehlgeburt ist es nur noch sein Verantwortungsgefühl, das ihn an sie bindet.

Melissa schließt die Augen und schläft wenig später ein.

Mitten in der Nacht wacht sie schweißgebadet und schwer atmend auf. *Oh mein Gott! Nicht schon wieder dieser Traum!* Mit zitternden Gliedern steht sie auf und geht ins Bad. Sie kühlt ihr Gesicht sowie ihre Handgelenke mit kaltem Wasser ab und trinkt ein paar Schlucke des erfrischenden Wassers. Ängstlich legt sie sich zurück ins Bett. Mit starrem Blick schaut sie aus dem Fenster auf den hell leuchtenden Mond, der von dem wolkenlosen Nachthimmel scheint.

Ihre Gedanken schweifen unweigerlich ab in eine vergangene Zeit, die sie versuchte zu vergessen, das ihr aber nie wirklich gelang.

Kapitel 10

März 2008

Es ist ein verregneter, kühler Sonntag. Melissa sitzt auf ihrem Sofa, blickt in den laufenden Fernseher, ohne wirklich zu realisieren, was sich auf dem Bildschirm abspielt. Ihre Gedanken kreisen um das Firmenfest vor zwei Tagen. Sam hat mit Lisa gestritten und zwar ziemlich heftig. Melissa weiß nicht genau, um was es ging, aber sie vermutet, dass Lisa irgendwelche Probleme mit ihrem Freund hatte, da deutlich der Name Tobi gefallen war. Wie dem auch sei, sie muss sich um diese Lisa kümmern. Sie kann es nicht zulassen, dass Tom mit ihr ein Verhältnis anfängt. Es wird für sie schwierig genug, Sam aus dem Weg zu schaffen, aber wenn er jetzt auch noch etwas mit der Praktikantin anfängt, wird es äußerst kompliziert.

Nachdem sie gestern im Büro erfahren hat, dass Tom Sam einen Heiratsantrag gemacht hat, wäre beinahe ihre sorgfältig aufgebaute Fassade gebröckelt. Sie muss auf jeden Fall verhindern, dass es zu einer Hochzeit kommt!

Zuerst wird sie sich jedoch Lisa vornehmen. Das ist der einfachere Fall. Nach einem kurzen, einschüchternden Gespräch sollte das Mädchen kein Problem mehr darstellen.

Kurz entschlossen steht sie auf, zieht ihren Regenmantel sowie ihre dünnen Lederhandschuhe an und verlässt die Wohnung.

Sie fährt mit ihrem Auto nach Neuperlach, hält vor dem Hochhaus im Gustav-Heinemann-Ring 23. Aus Lisas Bewerbungsunterlagen konnte sie ohne Probleme deren Adresse entnehmen.

Die Haustüre steht offen, also tritt sie ein und begibt sich in den dritten Stock zum Appartement 311. Sie klingelt, hört aus der

Wohnung leise Lisas Stimme, die mit jemandem spricht. Einen kurzen Moment später öffnet sich die Tür.

„Frau Seiber?", fragt Lisa erstaunt.

„Hallo Lisa! Ich muss mit Ihnen reden!", entgegnet Melissa mit eisiger Stimme.

Unsicher tritt Lisa einen Schritt zur Seite, um die Privatsekretärin ihres Chefs eintreten zu lassen.

„Haben Sie geweint?", fragt Melissa erstaunt.

Schnell wischt Lisa sich die letzten Tränen von den Wangen. „Ja, aber es ist nichts. Was wollen Sie mit mir besprechen?"

Melissa betrachtet in aller Ruhe das Mädchen vor sich, presst ihr anschließend mit Nachdruck entgegen: „Lisa! Lassen Sie die Finger von Tom!"

„Wie bitte?", schüttelt Lisa völlig perplex den Kopf. „Was meinen Sie damit?"

„Ich habe gesehen, wie ihr euch in der Teeküche geküsst habt", wirft Melissa ihr wütend entgegen.

„Ja, und? Was geht Sie das an?", blafft Lisa zurück.

Mit dieser Reaktion hat Melissa nicht gerechnet. Völlig aus ihrem Konzept geworfen geht sie bedrohlich einen Schritt auf die Praktikantin zu. „Was mich das angeht?" Zorn steigt in ihr auf. Dieses Gespräch schlägt eine völlig falsche Richtung ein. „Lass einfach die Finger von ihm, sonst …"

„Sonst was?", schreit Lisa ihr entgegen. „Sagen Sie es sonst Sam? Tom ist nämlich mit ihr zusammen, nicht mit Ihnen!"

„Das tut nichts zur Sache. Wenn Sie ihn nicht in Ruhe lassen, kann ich für nichts garantieren", setzt Melissa erneut an.

Mit einer Entschlossenheit, die Melissa dem Mädchen nicht zugetraut hätte, drängt Lisa sie in die Ecke der Küchennische.

„Sie wollen mir drohen? Nur weil sich für Sie kein Mann mehr interessiert, wollen Sie mir verbieten, mich zu verlieben? SIE werden Tom niemals bekommen! Er steht nicht auf vertrocknete Früchte, wie Sie eine sind! Er sucht sich die knackigen jungen Mädchen aus, um Spaß zu haben." Mit einem provozierenden Lächeln beendet sie ihre Ansprache.

Melissa spürt in ihrem Körper eine Spannung, die im Kopf eine Reaktion auslöst, die nicht mehr steuerbar ist. Blind vor Zorn greift

Melissa an den Messerblock neben dem Herd und zieht eine der langen breiten Klingen heraus.

Sofort springt Lisa ein Stück zurück, hält besänftigend die Hände vor ihren Körper. „Frau Seiber, machen Sie jetzt keinen Blödsinn. Legen Sie bitte das Messer weg!", befiehlt Lisa mit ängstlicher Stimme.

Melissa spürt die Macht, welche ihr die Waffe verleiht. Endlich benimmt sich das Mädchen so, wie es sich gehört!

Sie folgt Lisa durch den Raum bis zum Fenster. „Jetzt nimmst du mich endlich ernst, stimmt's?" Sie hält das Messer bedrohlich auf Lisa gerichtet, erhofft sich so den gewünschte Respekt. „Also, lässt du die Finger von ihm?", fragt sie fast hysterisch.

„Ja, klar. Das war nicht so gemeint, Frau Seiber, wirklich! Ich habe doch einen Freund und den liebe ich! Bitte glauben Sie mir, ich will nichts von Tom!", bettelt sie.

„Warum küsst du ihn dann?", bohrt Melissa nach.

„Ich weiß nicht... das ist einfach passiert... aus der Situation heraus", jammert Lisa.

Melissa hat erreicht, was sie wollte: Lisa hat ihr versichert, dass sie nichts von Tom will und in Zukunft Abstand zu ihm halten wird. Erleichtert wendet sie sich ab, um die Wohnung zu verlassen. Plötzlich sieht sie aus dem Augenwinkel, wie Lisa auf sie zuschnellt.

„Frau Seiber, ich...", fängt das Mädchen an. Weiter kommt sie nicht. In diesem Moment dreht Melissa sich um, wodurch sich das Messer in Lisas Brust bohrt. Mit schmerzverzerrtem Gesicht fällt Lisa zu Boden, bleibt hinter dem Bett liegen.

Entsetzt blickt Melissa auf das blutende Mädchen. Hektisch läuft sie zum Regal, auf welchem das Telefon steht und will den Notarzt rufen. Im letzten Moment zieht sie ihre Hand zurück, wird sich ihrer Situation bewusst. *Ich habe gerade Lisa erstochen! Mir wird niemand glauben, dass es ein Versehen war!* Stöhnend macht die Verletzte sich bemerkbar.

Wenn Lisa überlebt, wird sie aussagen, dass ich es war. Mist! Kopflos stürmt sie aus der Wohnung, ohne sich abschließend darüber klar zu werden, welche Konsequenzen ihr Handeln haben kann. Sie wirft die Haustüre hinter sich zu, bemerkt jedoch nicht, dass diese nicht einrastet, sondern einen Spalt breit offen stehen bleibt.

Verzweifelt stürmt sie die Treppe hinunter, raus auf die Straße. Der Regen hat mittlerweile wieder eingesetzt. Schnell begibt sie sich zu ihrem Auto und steigt ein.

Nachdem sie die Tür hinter sich geschlossen hat streift sie die Handschuhe ab und wirft sie angewidert in den Fußraum des Beifahrersitzes. *Oh mein Gott! Was mach ich jetzt?* Sie schaut auf die kleine digitale Uhr im Fahrzeug und stellt fest, dass es bereits halb Acht ist. Mit zittrigen Händen greift sie nach einer Zigarette, zündet sie sich an. Nach zwei tiefen Atemzügen beruhigt sie sich langsam.

Lisa hat es provoziert! Ich wollte sie nicht töten - sie hat mich herausgefordert!

Durch immer abwegigere Konstellationen, schiebt sie die Schuld weit von sich. Einige Meter vor ihr, vor dem Haus Nr. 23, hält ein schwarzes Taxi. Melissa steckt den Zündschlüssel ins Schloss und will gerade den Motor starten, als sie plötzlich eine junge Frau aussteigen sieht. *Sam? Was macht die denn hier?* Unruhig beobachtet sie die junge Frau, die zügig auf das Haus zuläuft und im Eingang verschwindet.

Ihre Gedanken überschlagen sich. Und mit einem Mal glaubt sie die Idee ihres Lebens zu haben. *Was wäre, wenn ich zwei Probleme auf einmal erledigen könnte?*

Fest entschlossen steigt sie aus, läuft zu der gegenüberliegenden Telefonzelle. Sie wählt den Notruf, erklärt dabei der Dame am anderen Ende aufgeregt: „Bitte schicken Sie schnell einen Wagen in den Gustav-Heinemann-Ring 23, Appartement 311! Ich glaube, die bringt sie um!"

„Wer spricht denn da? Wie ist Ihr Name?", will die Beamtin wissen.

„Ich bin eine Nachbarin, aber.... bitte schnell, die streiten so laut und sie hat gesagt, sie bringt sie um", jammert Melissa flehend in den Hörer. Dann legt sie schnell auf.

Hastig läuft sie zurück zu ihrem Auto und steigt ein. Zügig, jedoch darauf bedacht, die Geschwindigkeitsbegrenzungen einzuhalten, fährt sie zurück in ihre Wohnung. Dort geht sie sofort an ihr Haustelefon und ruft Keno an: „Was machst du heute noch? Ich vermisse dich so sehr! Kannst du vorbei kommen?", fragt sie mit verführerischer Stimme.

„Jetzt noch? Es ist fast acht Uhr, Melissa! Wenn ich später wieder nach Hause fahren muss, haben wir aber nicht viel Zeit!", entgegnet er nachdenklich.

„Ich habe heute was Besonderes mit dir vor! Und ich möchte, dass du heute Nacht bei mir bleibst!", säuselt sie ins Telefon.

Kapitel 11

April 2014

Am nächsten Morgen mache ich mich sofort auf den Weg nach Schwabing. Ich läute an der mir bekannten Klingel und hetze, nach Betreten des Hauses, in den zweiten Stock hinauf. Keno öffnet mir bereits die Tür.

„Sam! Ist etwas passiert?", fragt er verwundert.

„Ich muss unbedingt mit dir reden", antworte ich atemlos, während ich mich an ihm vorbei in seine Wohnung schiebe.

Ohne weitere Erklärung stelle ich meine Forderung: „Ich brauche deine Hilfe!"

Verdutzt schaut Keno mich an. „Ja klar, ich hab dir ja gesagt, dass ich dich unterstütze. Brauchst du Geld oder willst du hier pennen?", bietet er mir höflich an.

Kopfschüttelnd wehre ich sein Angebot ab. „Nein! Ich brauche deine Hilfe, um mich an Melissa zu rächen!", erkläre ich deutlich.

Kenos skeptischer Blick trifft mich. „Du willst dich rächen? Wie?"

„Das erzähl ich dir gleich, aber vorher brauche ich noch ein paar Informationen von dir", erkläre ich ihm.

Nachdem Keno mir meine Fragen beantwortet hat, erzähle ich ihm von meinem Plan. Allerdings kläre ich ihn nur über die Teile meines Vorhabens auf, die für ihn relevant sind. Es ist besser, wenn er nicht über den kompletten Zeitablauf informiert ist.

Kurze Zeit später beende ich meine Ausführungen, schaue ihn erwartungsvoll an.

„Ich soll WAS?", ruft Keno fassungslos, dabei springt er auf.

„Bitte, Keno. Ich schaff das nicht ohne dich!"

„Sam, weißt du eigentlich, was du da von mir verlangst? Du willst, dass ich mich strafbar mache!", wirft er mir vor.

„Nein, nicht wirklich!", versuche ich ihn zu beruhigen.

„Ach! Und seit wann ist Erpressung nicht strafbar?", wirft er mir zynisch vor.

„Keno! Du sollst nur das Geld von Melissa besorgen. Du gibst es doch nicht für dich aus!"

„Und somit ist die Erpressung nicht strafbar, meinst du? Hast du solche Sehnsucht nach dem Knast, dass dir so ein Mist einfällt?", versucht er witzig zu klingen.

„Nein, ich würde es ja selbst machen, aber ich habe einfach nicht das Druckmittel gegen Melissa, welches du hast! Ich kann ihr nichts beweisen!", rufe ich verzweifelt.

„Noch einmal ganz langsam, Sam. Du willst, dass ich Melissa mit dem gemeinsamen Alibi erpresse und von ihr einhunderttausend Euro fordere?"

„Richtig!", bestätige ich kurz.

„Und was sollte Melissa davon abhalten, mich wegen Erpressung anzuzeigen? Ich bin ihr mittlerweile doch völlig egal!", gibt Keno zu bedenken.

„Tut mir leid, wenn ich dir das sagen muss, Keno. Aber du warst ihr schon immer egal! Und sie wird dich nicht anzeigen, weil sie dann selbst wegen Meineids in den Knast wandert. Außerdem hätte sie kein Alibi mehr und das Verfahren könnte neu aufgerollt werden."

Mutlos lässt Keno sich auf seinen Sessel fallen, während er mich abschätzend anschaut.

„Und wenn ich mich weigere?"

„Dann muss ich zu Plan B greifen."

„Wie sieht dein Plan B denn aus?", fragt er neugierig.

„Du wirst bei der Polizei aussagen, dass deine Aussage gelogen war und somit Melissas Alibi auffliegen lassen. Wahrscheinlich geht ihr dann beide wegen Meineids in den Knast", erkläre ich ruhig.

„Und warum sollte ich das machen?", fragt er mit einem selbstbewussten Lächeln.

„Weil du mir einen Gefallen schuldig bist. Deine Aussage war mit ursächlich dafür, dass ich sechs Jahre abgesessen habe. Unschuldig, wie du weißt!", gebe ich mit einem scheinheiligen Lächeln zurück.

„Und wenn mir mein eigenes Leben näher liegt, als die Freundschaft zu dir?", spricht er vorsichtig an.

„Dann wird mir auch deine Freundschaft nichts mehr bedeuten. Ich kann auch einen anderen Weg gehen", gebe ich zu.

Suchend greife ich in meine Handtasche, ziehe dabei langsam mein Handy heraus. Die SIM-Karte ist bereits abgelaufen, aber alle Funktionen des Smartphones, die ohne Netz betrieben werden können, waren nach dem Aufladen des Akkus wieder einsatzbereit.

Ich drücke ein paar Mal auf das Display, um die aufgezeichnete Audioaufnahme abzuspielen. Mit immer größer werdenden Augen hört Keno sich das aufgenommene Gespräch an. Er erkennt sofort, dass es sich um die gestrige Unterhaltung handelt, in welcher er seinen Meineid vor mir zugab.

Nachdem ich die Wiedergabe unterbrochen habe, ergänze ich leise: „Da wir im früheren Leben einmal sehr gut befreundet waren, überlasse ich es dir, wie du dich entscheidest. Du solltest nicht dafür bestraft werden, dass du Melissa hörig warst. Das geht aber nur, wenn du mir freiwillig hilfst."

Keno wendet seinen Blick von mir ab, schaut zweifelnd aus dem Fenster. Die Sonnenstrahlen des Frühlingsmorgens bahnen sich einen Weg in das Zimmer. Nach einigen Minuten nachdenklicher Stille erklärt er: „Mir bleibt wohl keine andere Wahl. Du erpresst mich, damit ich Melissa erpresse. Das ist so paranoid!"

„Ja, aber es ist meine einzige Chance, sie büßen zu lassen", gebe ich kleinlaut zu.

„Was hast du mit dem Geld vor, wenn ich fragen darf?"

„Fragen darfst du, aber ich erzähle es dir lieber nicht. Umso weniger du weißt, desto weniger kannst du der Mittäterschaft bezichtigt werden", erkläre ich versöhnend.

„Na gut, dann klär mich mal über die Einzelheiten auf, wie ich vorgehen soll".

Kapitel 12

Juli 2000

Kira verfällt täglich mehr in Selbstmitleid. Ihre Stimmungsschwankungen variieren zwischen aufgedrehten Phasen bis hin zu Tagen, an denen Sie voll konzentriert in der Vorlesung sitzt. Es gibt aber auch Zeiten, an denen sie wie ein Häufchen Elend in ihrem Bett liegt, während sie sich und ihr Leben bemitleidet.

Sie ist mittlerweile seit fünf Wochen mit Nick zusammen. Meistens hat er selbst am Wochenende keine Zeit mehr, bei Kira zu übernachten, da er für die Uni lernen oder arbeiten muss.

Es ist Freitagabend. Kira sitzt, wie so oft an ihrem freien Tag, alleine zu Hause vor dem Fernseher. Sie würde gerne einen Joint zur Entspannung rauchen, aber seit einer Woche fehlt ihr das Geld für diese Luxusgüter. Gereizt zappt sie durch die Kanäle.

Plötzlich klopft es an der Wohnungstür. *Nick? Kommt er doch noch vor seinem Training zu ihr?*

„Wer ist da?", fragt sie hoffnungsvoll durch die geschlossene Tür.

„Ich bin's, Mike", antwortet eine dunkle Stimme.

Mike? Was will der denn hier? Zuletzt hat sie ihn gesehen, als sie mit ihm Schluss machte.

„Verschwinde, ich will dich nicht sehen!", teilt sie ihm genervt durch die geschlossene Tür mit.

„Bitte, Kira! Mach auf, ich will nur kurz mit dir reden!", fleht er um Einlass.

Neugierig sowie mit schlechtem Gewissen öffnet Kira die Tür, schaut ihn erwartungsvoll an. Mikes Blicke wandern über ihren Körper, bleiben dabei an ihren nackten, schlanken Beinen hängen.

„Kann ich kurz reinkommen?", bettelt er.

„Aber nur kurz, ich muss morgen früh raus. Ich habe eine Vorlesung!", sagt sie reserviert.

Nachdem Mike das Appartement betreten hat, bleibt er mitten im Zimmer stehen.

„Kira, ich weiß, dass du jetzt mit diesem anderen Typen zusammen bist, aber…."

„Nick! Er heißt Nick!", unterbricht sie ihn.

„Ja, also dieser Nick… ich glaube, er ist nicht der Richtige für dich. Du brauchst einen Freund, der Zeit für dich hat … der dich liebt…", druckst Mike herum.

„Nick ist der Richtige für mich! Ich liebe ihn und er tut mir gut! Endlich habe ich das Gefühl, mein Leben wieder im Griff zu haben. Ich nehme keine Drogen mehr und …"

„Mach dir doch nichts vor, Kira! Du bist nicht clean. Ich hab dich am Bahnhof gesehen. Du hast Haschisch gekauft und das nicht nur einmal!", unterbricht Mike sie.

„Spionierst du mir etwa nach?", schreit sie ihn fassungslos an.

„Kira, ich vermisse dich so sehr! Ich möchte dir einen Vorschlag machen."

Abwartend verschränkt sie die Arme vor ihrer Brust.

„Lass uns weiterhin Freunde bleiben. Wir können uns doch ab und zu treffen, um zusammen Spaß zu haben. Ich meine einen Joint rauchen oder eine Line ziehen", schlägt er vorsichtig vor.

„Was soll das, Mike? Ich bin mit Nick zusammen und er gibt mir alles, was ich brauche", entgegnet sie gereizt.

Obwohl ihr Unterbewusstsein schreit, dass sie sich gerade selbst belügt, will sie ihrem Exfreund gegenüber nicht zugeben, dass sie unglücklich ist.

Völlig unerwartet zieht Mike ein kleines Tütchen mit weißem Pulver aus seiner Tasche. Lockend schwenkt er es vor ihrer Nase hin und her. „Hat er auch so was? Komm schon, nur ein bisschen Koks, um besser drauf zu kommen!"

„Nick hasst es, wenn ich Drogen nehme! Er hat mir schon mehrmals gedroht, Schluss zu machen, wenn ich nicht damit aufhöre. Ich will mir das mit ihm nicht kaputtmachen, verstehst du?", jammert Kira, mit Tränen in den Augen.

Mike nutzt ihre Stimmung umgehend aus, zieht ein kleines Täschchen aus seiner Jackentasche. Er legt den darin befindlichen Handspiegel auf den Tisch, verteilt das Kokain darauf und schiebt es mit einer Rasierklinge in zwei gleiche Bahnen.

„Komm, nimmt ein bisschen davon, dann geht's dir besser", ermutigt er sie.

Mit sich kämpfend schielt Kira auf das weiße Pulver. Mike erkennt an ihrem Blick, dass sie den Kampf gegen die Droge bereits verloren hat.

Einen kurzen Moment später geht sie zum Tisch, greift nach einem zusammengerollten Geldschein und zieht mit einem kräftigen Zug, eine der beiden Bahnen durch die Nase ein. Danach legt sie sich mit geschlossenen Augen aufs Bett. Kurz danach zieht sich Mike die zweite Bahn Koks rein und legt sich neben Kira. Gemeinsam warten sie auf den Eintritt der Wirkung. Drei Minuten später zuckt Kira plötzlich kurz auf. Mit einem Schlag spürt sie die Veränderung in ihrem Kopf, anschließend in ihrem ganzen Körper. Endlich fühlt sie sich sorglos! Alle Probleme erscheinen ihr wie in dicke Watte verpackt und unwichtig.

„Bist du glücklich mit Nick?", fragt Mike neugierig.

„Ja, ich glaube ich habe mich echt in ihn verliebt", gibt sie offen zu. „Aber er hat so wenig Zeit für mich. Er ist ständig in der Uni. Wenn er keine Vorlesung hat, dann geht er zu irgendwelchen freiwilligen Übungskursen oder sitzt vor dem Laptop und hört sich verpasste Vorlesungen an. Die übrige Zeit lernt er, schreibt Hausarbeiten oder geht ins Fitnessstudio", beklagt sich Kira.

„Wann habt ihr da mal Zeit für Spaß?", bohrt Mike nach.

„Sag ruhig Sex, wenn du das meinst!", sagt sie enttäuscht.

„Also, wann habt ihr Zeit für Sex? Und ich meine wilden, hemmungslosen Sex!", erläutert er ausführlich.

„Selten! Viel zu selten! Der Sex mit ihm ist toll, aber ...."

„Kira! Du bist so wunderschön und begehrenswert! Ich verstehe überhaupt nicht, wie Nick mit dir zusammen sein kann, ohne ständig mit dir schlafen zu wollen", flüstert er zärtlich.

Sie blickt in Mikes Augen, spürt, wie ihre Tränen über die Wangen laufen. Sie wollte ihm eigentlich nicht von ihren Sorgen und Ängsten berichten. Aber er ist, im Gegensatz zu Nick, jetzt hier. Liegt neben ihr, betrachtet sie sehnsüchtig. Langsam legt Mike seine Hand an ihren Hals und zieht sie leicht zu sich heran. Vorsichtig küsst er sie auf ihre tränennassen Lippen. Verlangend nach Liebe erwidert sie seinen Kuss, gibt sich ganz dem Gefühl der Leidenschaft hin. Ihre Sehnsucht gilt nicht Mike, sondern Nick, aber das erscheint ihr momentan völlig unwichtig.

Der Kuss wird innig und stürmisch. Es dauert nicht lange, bis sich seine Hände unter ihr Schlafshirt wagen. Die Zärtlichkeiten nehmen zu, wachsen zu wildem, ungezügeltem Sex heran, welcher schließlich in einem gemeinsamen Höhepunkt endet.

Kapitel 13

April 2014

Mit einem guten Gefühl verlasse ich das Haus in der Herzogstraße. Die nächsten Punkte auf meiner imaginären Liste sind der Besuch bei Nicklas Greve sowie der Diakonie. Da mein zur Verfügung stehendes Budget täglich weniger wird, beschließe ich, zuerst die gemeinnützige Einrichtung aufzusuchen und um Hilfe zu bitten. Es sind nicht nur die Kosten der Pension, die ich mir ab morgen nicht mehr leisten kann, sondern ich benötige auch Kleidung, frische Unterwäsche und habe gelegentlich Hunger.

In wenigen Minuten erreiche ich die Innenstadt, gehe am Marienplatz, vorbei ins Tal, wo sich die Diakonie befindet. Dort werde ich von einer freundlichen Dame empfangen, die mich zu sich ins Büro bittet.

Eigentlich hasse ich es, bei anderen Leuten um Hilfe betteln zu müssen, jedoch sehe ich momentan keine andere Möglichkeit, als die angebotene Unterstützung in Anspruch zu nehmen. Betreten erkläre ich der Mitarbeiterin meine missliche Lage.

„Das mit der Kleidung ist kein Problem. Wir haben eine Kleiderkammer, in der Sie sich gerne bedienen können. Bei der Unterkunft wird es etwas schwieriger", erklärt sie freundlich.

Nach kurzer Prüfung ihrer Unterlagen, teilt sie freudig mit: „Ich könnte Sie ab übermorgen in einer Wohngruppe unterbringen."

„Eine Wohngruppe? Wie viele Leute leben da?", will ich skeptisch wissen.

„Es ist eine Drei-Zimmer-Wohnung und Sie wären die dritte Person. Jeder hat ein Zimmer für sich, mit gemeinsamer Küchen- sowie Badbenutzung. Sie könnten dort auf jeden Fall einen Monat kostenlos wohnen, müssten sich aber selbstverständlich um eine Arbeit bemühen. Ich würde mich mit der Agentur für Arbeit in Verbindung setzen, um eine geeignete Stelle für Sie zu finden. Haben Sie irgendeine Ausbildung?", will sie konkret wissen.

„Ich bin Rechtsanwaltsfachangestellte", antworte ich pflichtbewusst.

„Ach? Da sollte doch eine passende Stelle zu finden sein", stellt sie verwundert fest.

Nachdem die freundliche Dame mir eine Prepaid-Karte über eine Guthaben von zehn Euro für mein Handy überreicht hat, suche ich mir in der Kleiderkammer noch einige brauchbare Stücke heraus und fahre danach zurück in meine derzeitige Unterkunft. Nach einem weiteren heißen Bad, schlüpfe ich in die neu erstandene Kleidung. *Gar nicht so schlecht, für Second-Hand-Klamotten!*

Ich schreibe Keno eine SMS und teile ihm meine neue Handynummer mit. Umgehend erhalte ich eine Antwort von ihm: *Ich kann leider erst am Wochenende zu Melissa, mir geht es wirklich nicht gut. LG Keno*

Er sah heute Morgen tatsächlich nicht besonders gut aus. Ich hoffe jedoch, dass er nicht einknickt und womöglich Melissa von meinem Vorhaben erzählt. Ohne Kenos Hilfe kann ich meinen Plan vergessen!

Den Rest des Tages verbringe ich recherchierend vor dem Computer an der Rezeption. Herr Grünpfeil hat mir freundlicherweise erlaubt, seinen PC zu benutzen, womit er mir mehr hilft, als ihm bewusst ist.

Kapitel 14

Juli 2000

Nicks schlechtes Gewissen nagt an ihm.

Steffen, sein Mitbewohner, sprach ihn beim Frühstück auf Kira an: „Sag mal, Nick, du bist doch mit Kira zusammen, oder?"

„Ja, warum? Bist du eifersüchtig?", bemerkte er mit einem Augenzwinkern.

„Haha! Ich meine nur, du benimmst dich nicht so!", antwortete Steffen besorgt.

„Was soll das denn heißen? Ich benehme mich nicht so? Wie benimmt man sich denn, wenn man eine Freundin hat?"

„Man ist gerne mit ihr zusammen, sehnt sich nach ihr und verbringt die meiste Zeit mit ihr! Du dagegen sitzt entweder hier zu Hause und lernst oder hetzt abends ins Fitnessstudio!", kritisierte Steffen.

„Das stimmt überhaupt nicht! Wenn wir Zeit haben, treffen wir uns!", entgegnete Nick beleidigt.

„Ach ja? Wann hast du das letzte Mal einen ganzen Tag mit ihr verbracht?", stichelte Steffen.

„Das war ... ich weiß es nicht mehr. Aber die Uni spannt mich derzeit ziemlich ein ... außerdem muss ich Geld verdienen! Nicht jeder hat solch ein Glück, wie du, aus einer reichen Familie zu stammen!", gab er gekränkt zu.

„Denk mal drüber nach, wie es Kira dabei geht!", warf sein Freund ihm entgegen, bevor er die Küche verließ.

Diese kurze Konversation reichte aus, um Nick wachzurütteln. Ihm ist sein Studium sehr wichtig, es hat oberste Priorität - aber er mag auch Kira sehr gerne. *Ob sie sich wirklich vernachlässigt fühlt?* Er beschließt, sein Verhalten der letzten Wochen wieder gut zu machen.

Es ist Samstag und er hatte eigentlich vor, das ganze Wochenende im Studio zu arbeiten sowie an seiner Hausarbeit zu schreiben. Spontan nimmt er sich diesen Tag frei, um Kira zu überraschen.

Voller Vorfreude klopft er an ihre Haustür. Es folgt keinerlei Reaktion. Also nimmt er den Schlüssel, den Kira ihm gegeben hat und schließt die Tür auf.

Kira liegt halb bedeckt, mit nacktem Oberkörper in ihrem Bett. Zuerst erstaunt es ihn, dass sie nackt schläft, wenn sie alleine ist. Erst vor zwei Wochen hat sie ihm erzählt, dass sie nachts immer ein Schlafshirt trägt, außer wenn er bei ihr ist.

Langsam setzt er sich neben sie. Er streichelt liebevoll er über ihre Schulter sowie ihren Arm.

Müde öffnet Kira die Augen. „Hey! Was machst du denn hier?", murmelt sie verschlafen.

„Ich wollte dich sehen."

Kira streckt sich genüsslich, wobei sie erst jetzt merkt, dass sie nackt ist. Erschrocken blickt sie auf ihren Tisch sowie auf den Boden, wo ihr Schlafshirt liegt.

Nick beugt sich zu ihr, küsst sie zärtlich. „Ich dachte, wir könnten mal wieder einen ganzen Tag zusammen verbringen!", haucht er ihr ins Ohr.

„Meinst du im Bett?", fragt sie leise.

„Ja, gerne auch im Bett, wenn du das willst!", antwortet er, während er ihren Hals küsst.

Plötzlich springt Kira auf, läuft hektisch ins Bad. „Einen Moment, Nick, ich bin gleich zurück!"

***

Kira stürmt ins Badezimmer und schließt die Tür hinter sich. Sie schaut in den Spiegel und erschrickt beim Anblick ihrer roten Augen sowie ihrer blassen Haut. Ein unangenehmes Brennen macht sich in ihrer Nase bemerkbar. Sie reißt ein Stück Toilettenpapier ab und schnäuzt kräftig hinein. Rötliche Spuren von Blut bleiben im Tuch hängen. *Verdammt! Warum musste ich mit Mike das Koks nehmen?* Mit einem Mal erinnert sie sich an jede Einzelheit der vergangenen Nacht. An ihre Tränen - die Sehnsucht nach Nick - ihr Verlangen sowie den stürmischen Sex mit Mike.

Wie soll ich das Nick erklären? Ich bin ihm fremdgegangen! Deutlicher geht es gar nicht!

Lächelnd kehrt sie zurück ins Zimmer. Sie beschließt, Nick vorerst nichts von dem Ausrutscher mit Mike zu erzählen.

***

Kira setzt sich neben Nick aufs Bett. „Hast du dir heute freigenommen? Extra für mich?", fragt sie erfreut.

„Ja! Kira, es tut mir leid, dass ich die letzten Wochen so wenig Zeit für dich hatte. Das wird sich ab jetzt ändern. Ich werde meine Arbeit im Fitnessstudio einschränken und wir machen feste Tage aus, an denen wir uns treffen können."

„Wirklich? Ich bin so froh - ich habe dich so vermisst, Nick!", sagt sie mit zittriger Stimme.

„Ich dich auch, Süße!", antwortet er und schließt sie in die Arme. Sie küssen sich leidenschaftlich und fallen engumschlungen auf die Matratze. Während Nick versucht, seine Hose so unkompliziert wie möglich auszuziehen, nestelt Kira an seinem Hemd, um ihn von dem lästigen Kleidungsstück zu befreien.

„Kira, ich …", fängt Nick an, hält aber mitten im Satz inne. Irritiert schaut er sie an, bemerkt den roten Strich an ihrer Nase.

„Ist das Blut?", fragt er besorgt.

„Was? Äh, ja, ich hatte vorhin etwas Nasenbluten. Nicht so schlimm", wehrt sie ab, während sie sich das Blut mit dem Finger wegwischt.

Alarmiert schaut Nick sie an: „Hast du wieder Drogen genommen?"

Ihr Schweigen ist ihm Antwort genug.

„Kira!", schreit er wütend. „Verdammt! Du hast mir versprochen, damit aufzuhören!"

„Es tut mir leid! Ich habe dich so vermisst und ich wusste nicht mehr, wie ich mit der Sehnsucht umgehen soll", erklärt sie schuldbewusst.

„Wo hast du das Zeug überhaupt her?", will er enttäuscht wissen.

„Von Mike", antwortet sie leise.

„Mike? Deinem Ex? Triffst du dich etwa noch mit ihm?"

„Nein! Ich habe ihn zufällig getroffen ... und ... da hat er mir ein bisschen Koks gegeben", versucht sie in zu beruhigen.

„Einfach so? Ohne Gegenleistung? Kira, willst du mich auf den Arm nehmen?", schreit er entrüstet.

„Bitte Nick! Lass es gut sein! Wenn du ab jetzt mehr Zeit für mich hast, wird es ja nicht mehr vorkommen. Ich verspreche es dir! Ich liebe dich!", gesteht sie spontan.

Für Nick kommt diese Liebeserklärung völlig überraschend. In ihren Augen erkennt er jedoch ihre Aufrichtigkeit und wird sofort sanftmütig.

„Ab sofort rufst du mich an, wenn du Sehnsucht nach mir hast, verstanden? Ich bin dann sofort da, sofern es mir möglich ist. Außerdem lasse ich dich in Zukunft nicht mehr alleine. Ich werde so oft bei dir sein, dass du dir bald wünschst, ich würde wieder in die Arbeit gehen", erklärt er mit Nachdruck.

„Das wird niemals der Fall sein! Ich kann nicht genug von dir bekommen, Nick!" Sie zieht ihn an sich und küsst ihn mit solch einer Leidenschaft, dass er nach dem darauf folgenden Sex erstaunt ist, wie sie beide so schnell zum Höhepunkt kommen konnten.

Kira steht auf und greift nach ihrem Handy. „Ich muss nur schnell einer Bekannten für heute absagen", erklärt sie, während sie eine SMS eintippt. Danach wählt sie den Empfänger in ihrer Adressliste: *Mike*.

Gut gelaunt schlüpft sie zurück ins Bett und kuschelt sich in Nicks Arme. Beim zweiten Liebesakt lassen sie sich mehr Zeit, genießen die ausführlichen Liebkosungen sowie die zärtlichen Berührungen des Partners in vollen Zügen.

Für Kira steht in diesem Moment fest: Nick ist es wert, mit den Drogen aufzuhören. Kein einziger Rausch, den sie bisher durch Drogen erlebt hat, kommt auch nur annähernd an das Gefühl heran, das sie mit ihm hier und jetzt erlebt. Auch der Sex mit Mike verliert an Attraktivität, da ihr bewusst wird, dass es sich um reine körperliche Befriedigung handelte und ihrerseits keine echte Liebe im Spiel war.

Erschöpft und glücklich liegen sie nebeneinander, als Nick verrät: „Ich habe eine Überraschung für dich!"

Neugierig schaut sie ihn an.

„Nächsten Samstag steigt eine Party an der Isar. Roland feiert Geburtstag und hat die ganze Clique eingeladen. Heiße Würstchen, laute Musik und eine Menge Bier! Wie hört sich das für dich an?", erzählt er begeistert.

„Super! Hauptsache, du bist da, dann können wir von mir aus auch am Weiher sitzen und Enten füttern", entgegnet sie glücklich.

„Apropos Enten. Ich habe Hunger! Du auch?", fragt Nick mit einem schelmischen Grinsen.

Kapitel 15

April 2014

Am nächsten Morgen stehe ich mit einem unguten Gefühl auf. Ich fürchte mich insgeheim davor, diesen Nicklas aufzusuchen. Kims Erzählungen haben in mir ein Bild erschaffen, das einen kaltherzigen, berechnenden Egoisten zeigt, der anderen nur hilft, wenn er sich eigene Vorteile davon verspricht.

Obwohl ich Kim versprochen habe, mir zu überlegen, wie ich den Tod ihrer kleinen Schwester rächen kann, hatte ich bislang keinen für mich gefahrlosen Einfall. Nicklas ist Fälscher. Da ich für meinen eigenen Racheplan einen gefälschten Ausweis benötige, bietet es sich an, ihn aufzusuchen. Allerdings kann ich diesen später nicht gegen ihn verwenden, da ich selbst eine Straftat begehen muss, um mein Vorhaben durchzuführen.

Obwohl Kim mir einen Zettel mit der Adresse überreicht hat, ließ sie mich den Namen sowie die Anschrift von Nicklas Greve solange wiederholen, bis sie sicher war, dass ich die Daten nicht mehr vergessen werde. Gegen Mittag mache ich mich auf den Weg in die Griegstraße 42, um dem Mann, der Kims kleine Schwester auf dem Gewissen hat, einen Auftrag zu erteilen, der mich selbst wieder umgehend ins Gefängnis bringen kann.

Glücklicherweise befindet sich die Griegstraße im selben Stadtteil wie meine Unterkunft, somit erreiche ich die gesuchte Adresse nach einem kurzen Fußmarsch von zehn Minuten. Vor dem vierstöckigen Mehrfamilienhaus bleibe ich stehen. Ich wende mich den Klingelschildern zu und überfliege die aufgeführten Namen.
In diesem Moment tritt eine ältere Dame aus der Haustür.
„Guten Tag! Kann ich Ihnen helfen? Suchen Sie jemanden?", fragt sie neugierig.
Völlig überrascht von der freundlichen Hilfsbereitschaft, antworte ich spontan: „Ich suche Nicklas Greve."
Ein liebevolles Lächeln umspielt ihre Lippen. „Ach, den Herrn Greve? Ja, der wohnt im dritten Stock, direkt gegenüber von mir. Er ist immer so nett und hilfsbereit", schwärmt sie.
„Vielen Dank!" Ich trete an ihr vorbei in den Hausflur und steige die Stufen bis zum dritten Stock hinauf. Oben angekommen blicke ich zuerst auf das Namensschild der rechten Tür: *Huber*. Die Wohnung gegenüber trägt den Namen der von mir gesuchten Person: *Greve*.
Nervös trete ich näher, atme dabei tief durch. Ich hebe meine Hand, um anzuklopfen, halte aber im letzten Moment inne. Laute Stimmen dringen aus der betreffenden Wohnung.
Eine Frau schimpft: „Es geht aber, verdammt noch mal, nicht nur um dich! Du brichst ihr das Herz, wenn du sie nie besuchst! Verhalte dich endlich, wie es sich für ein Eltern-Kind-Verhältnis gehört!"
Da ich zum unfreiwilligen Mithörer dieses Streits werde, bleibe ich regungslos stehen. Plötzlich wird die Wohnungstür von innen aufgerissen. Der erstaunte Blick einer jungen Frau mit langen dunkelbraunen Haaren sowie kaffeebrauner Haut trifft mich. Ich bin von ihrer Schönheit so überrumpelt, dass ich sprachlos einen Schritt zur Seite trete. Sie läuft an mir vorbei zur Treppe. Hinter ihr stürmt

ein großer, sportlicher Mann aus der Wohnung und ruft ihr flehend nach: „Caro, bitte, so war das doch nicht gemeint!"

Mit wütendem Blick dreht sie sich um, faucht ihn an: „Werd endlich erwachsen, Nick!"

Ohne eine Reaktion von ihm abzuwarten, hetzt sie die Treppen hinunter und verlässt kurz darauf das Haus.

Peinlich berührt beobachte ich den Mann vor mir. Er fährt sich mit einer Hand durch seine kurzen braunen Haare, schüttelt dabei enttäuscht den Kopf.

Mit einem Mal nimmt er Kenntnis von mir. „Hallo! Wollen Sie zu mir?"

„Ich glaube schon. Sind Sie Nicklas Greve?", frage ich unsicher und könnte mich im selben Moment für diese dumme Frage ohrfeigen. *Wer soll er denn sonst sein?*

„Ja, und wer sind Sie?", stellte er freundlich eine Gegenfrage.

Ich reiche ihm die Hand, welche er entgegennimmt. Seine warmen Finger sowie der leichte Druck, den er ausübt, jagen mir einen Schauer über den Rücken.

„Mein Name ist Samantha Reich, Sie wurden mir von Kimberly Gross empfohlen", antworte ich mit zittrigem Unterton.

Abrupt lässt er meine Hand los. Sein Blick verdüstert sich, dabei wirft er mir unfreundlich entgegen: „Wenn Sie von Kim kommen, dann können Sie gleich wieder gehen."

Eilig dreht er sich auf dem Absatz um und betritt seine Wohnung. Kurz bevor er die Tür schließt, löse ich mich aus meiner Erstarrung, stelle reflexartig einen Fuß in den Türspalt.

„Nein! *Ich* brauche Ihre Dienste, das hat nichts mit Kim zu tun!", wende ich ein.

Einen kurzen Moment lang fixieren seine dunkelblauen Augen meinen Blick, versuchen in mein Inneres zu schauen. Im nächsten Augenblick jedoch, gibt er mir seine Entscheidung unmissverständlich zu verstehen: „Tut mir leid! Ich traue dieser Frau nicht und somit auch keinem, der von ihr geschickt wird."

Der Druck auf meinen Fuß wird stärker, so dass ich ihn zurückziehe, woraufhin die Tür anschließend krachend ins Schloss fällt.

Fassungslos und irritiert bleibe ich im Hausflur stehen. *Was soll ich jetzt machen? Aufgeben? Meinen Plan vergessen? Nein! Ich brauche diesen Ausweis!*

Energisch hämmere ich an die Wohnungstür. Nachdem keine Reaktion von innen erfolgt, klingle ich. Einmal, zweimal, dreimal! Er rührt sich nicht!

Entmutigt setze ich mich auf die oberste Stufe der hinabführenden Treppe und stütze meinen Kopf in die Hände. Welche Möglichkeiten habe ich, wenn Nicklas sich weigert, mir zu helfen?

Ich könnte mir am Hauptbahnhof einen anderen Fälscher suchen – aber ob das so einfach wird?

Ich könnte Keno überreden, bei der Polizei auszusagen, damit Melissa bestraft wird – aber dann müsste Keno sich selbst belasten…

Mir ist bewusst, dass es fast aussichtslos erscheint, Melissa durch das Gericht bestrafen zu lassen. Gerade deshalb muss ich es selbst in die Hand nehmen, um Genugtuung zu erhalten.

Während ich meinen Gedanken nachhänge, öffnet sich Nicklas' Wohnungstür. Reflexartig springe ich hoch: „Herr Greve, bitte lassen Sie mich erklären…"

„Sie sind noch da?", faucht er mich unfreundlich an.

„Ja, und ich bleibe hier sitzen, bis Sie mir zuhören", antworte ich selbstsicher.

„Na dann, viel Spaß!", wirft er mir entgegen und läuft zielstrebig an mir vorbei die Treppen hinunter.

Völlig perplex über seine abweisende Reaktion lasse ich mich wieder auf die Stufe fallen. *Geht's noch? Er will wirklich nicht mit mir reden!*

Na gut! Wenn ich im Knast was gelernt habe, dann Ausdauer! Der wird sich wundern!

Während die Zeit nur langsam vergeht, denke ich über Nicklas nach. Kim hatte Recht, er sieht wirklich sehr gut aus. Aber er ist ein sehr abweisender Typ, der mir nicht einmal die Chance geben will, mich zu erklären. Ich verstehe, dass er eine Abneigung gegen Kim hat

- schließlich wollte sie ihn umbringen. Aber er kann doch nicht allen Personen misstrauen, die Kim kennen!

Die hübsche Frau, Caro, die vorhin bei ihm war. War das seine Freundin? Oder seine Ex? Es war nicht zu überhören, was sie von ihm hält. Sie warf ihm vor, dass er keine Verantwortung übernehme. Nachdem, wie sie sich ihm gegenüber verhalten hat, tippe ich eher auf seine Ex-Freundin oder Ex-Frau. Sie ist ausgesprochen hübsch, nach der Hautfarbe zu urteilen, südamerikanischer Abstammung. Hat er vielleicht sogar eine Tochter? Caro erwähnte doch etwas von einem Eltern-Kind-Verhältnis.

Schnell schüttle ich die bohrenden Gedanken ab. Was geht mich das an? Ich will nur, dass er mir einen Ausweis fälscht!

Plötzlich höre ich Schritte im Treppenhaus. Sie nähern sich meinem Stockwerk. Als die stampfenden Geräusche den letzten Treppenabschnitt erreichen, stehe ich auf und schaue erwartungsvoll in die Richtung der um die Ecke schleichenden Person.

Enttäuscht lasse ich meine Schultern hängen. Es ist Frau Huber, die Nachbarin.

„Hallo!", begrüßt sie mich herzlich, als sie mich erkennt. „Ist Herr Greve nicht zu Hause?"

„Nein, aber ich warte auf ihn", gebe ich kleinlaut zu.

„Oh! Hoffentlich dauert es nicht zu lange bis er zurückkommt!", meint sie besorgt.

„Schon gut, es macht mir nichts aus, zu warten", erkläre ich beruhigend.

„Bitte halten Sie mich nicht für unhöflich – ich würde sie ja gerne bei mir drinnen warten lassen, aber heutzutage weiß man nie …", erklärt sie bedauernd.

„Machen Sie sich keine Sorgen um mich! Er kommt sicher bald", beruhige ich die alte Dame lächelnd.

Freundlich nickt mir Frau Huber zu, bevor sie in ihrer Wohnung verschwindet.

Drei Stunden später taucht Nicklas endlich wieder auf. Er läuft die Treppe, zwei Stufen auf einmal nehmend, nach oben, kommt dabei ohne jegliche Erschöpfungserscheinungen vor mir an.

„Sie sind ja immer noch da!", stellt er verwundert fest.

Ich springe auf und trete einen Schritt auf ihn zu: „Ja, und ich werde Sie hier belagern, bis Sie mich anhören!"

„Sollte ich jetzt Angst bekommen? Das hört sich nach Fanatismus an?", gibt er mit einem skeptischen Grinsen von sich.

„Das bleibt Ihnen überlassen. Ich brauche dringend Ihre Hilfe oder Sie nennen mir einen Kollegen, der mir einen Ausweis besorgen kann".

Streng blickt er mich an. „Vielleicht schreien Sie das gleich durchs ganze Treppenhaus? Los, kommen Sie mit rein!" Wütend packt er mich am Arm und zerrt mich in seine Wohnung.

Im Flur lässt er mich los. Unsicher schaue ich mich um. Ich befinde mich in einer modern eingerichteten Wohnung, links befindet sich eine kleine Küche, vom Flur gehen rechts und links einige Zimmer ab.

„Kommen Sie mit ins Wohnzimmer", sagt er bestimmend. Er läuft voraus bis zum Ende des Gangs, in das rechte Zimmer. Beiläufig deutet er auf das Sofa, auf welchem ich gehorsam Platz nehme. Neugierig setzt er sich mir gegenüber in einen der Sessel und betrachtet mich.

„Also, woher kennen Sie Kim?", will er etwas freundlicher von mir wissen.

„Aus dem Knast. Ich war mit ihr in einer Zelle", antworte ich ohne Umschweife.

Sein erstaunter Blick verrät mir, dass er damit nicht gerechnet hat.

„Sie waren im Knast? Das sieht man Ihnen gar nicht an!", meint er, nachdem er mich von oben bis unten begutachtet hat.

Ich stütze meine Hände auf den Tisch, fordere ihn genervt heraus: „Ach ja? Wie schaut man denn aus, wenn man im Knast war?"

Ohne auf meine Provokation einzugehen, sagt er leise: „Dann kennen Sie vermutlich die Geschichte, warum ich nicht gut auf Kim zu sprechen bin?"

„Ja, Kim wollte Sie umbringen", flüstere ich fast.

„Und trotzdem verlangen Sie von mir, dass ich Ihnen vertraue? Wer garantiert mir, dass Sie nicht von Kim beauftragt wurden, mich reinzulegen?", wirft er mir selbstsicher vor, dabei blickt er mir tief in die Augen.

„Niemand! Ich brauche Ihre Hilfe für meine eigene Rache", antworte ich, während ich seinem Blick standhalte.

„Und sie hat nicht versucht, Sie auf mich anzusetzen? Vielleicht waren Sie überhaupt nicht im Knast - vielleicht sind Sie eine verdeckte Ermittlerin, die mich auf frischer Tat ertappen will", lässt er seinen Gedanken freien Lauf.

„Jetzt reicht's! Diesen Mist muss ich mir nicht anhören! Wenn Sie kein Geld verdienen wollen, dann lassen Sie's eben! Ich muss Ihnen nicht beweisen, dass ich die Wahrheit sage!", schreie ich aufgebracht. Wütend springe ich auf, laufe auf die Tür zu.

Beschwichtigend hebt er die Arme, läuft mir umgehend nach. „Warten Sie! So war das nicht gemeint. Es tut mir leid! Wirklich!", ruft er mir hinterher. Vor der Haustür holt er mich ein, versperrt mir den Weg.

„Kim hatte Recht! Sie sind ein egoistischer Mistkerl!", presse ich ihm wütend entgegen.

„Sorry! Vielleicht fangen wir noch mal von vorne an? Ich bin Nick und da du Kim anscheinend gut kennst, können wir uns auch duzen. Wie kann ich dir helfen?" Er streckt mir versöhnend seine Hand entgegen.

Ich schaue ihm in die Augen und erkenne, dass er seine Entschuldigung ernst meint. Trotz seiner überheblichen Art greife ich erleichtert nach seiner Hand: „Ich bin Sam - ich brauche einen gefälschten Ausweis", teile ich unmissverständlich mit.

„O.k.! Willst du etwas trinken, Sam?", fragt er freundlich, während er in die Küche geht.

„Ja, gerne! Ein Wasser wäre gut. Du warst ziemlich lange weg", antworte ich vorwurfsvoll.

Während Nick die Getränke holt, gehe ich zurück ins Wohnzimmer, schaue mich in dem gemütlichen Raum um. In einer Vitrine stehen verschiedene Bilderrahmen. Auf einem der Bilder erkenne ich Caro. Neben ihr sitzt ein kleines Mädchen mit dunklen Haaren sowie großen kastanienbraunen Augen. Dann hat er wohl doch eine Tochter. Somit haben meine anfänglichen Vermutungen ihre Bestätigung gefunden.

Einen Augenblick später erscheint Nick mit zwei Gläsern sowie einer Flasche Wasser hinter mir.

„Du brauchst also einen gefälschten Ausweis?", fängt er das Gespräch an.

„Ja".

Wir setzen uns erneut auf unsere Plätze.

„Und wozu brauchst du ihn?", hakt er nach.

Ich winde mich ein wenig, antworte nur zögernd: „Muss ich dir das sagen? Es ist nämlich nicht ganz legal, was ich damit vorhabe."

Nick fängt an zu lachen. Erstaunt beobachte ich ihn, wie er sich über meine Aussage amüsiert.

„Was ist daran so lustig?", will ich beleidigt wissen.

Mit einem breiten Grinsen antwortet er: „Mir ist schon klar, dass du damit nicht in Urlaub fahren willst. Meine Arbeit bewegt sich auch nicht gerade im legalen Bereich."

„Muss ich dir meinen ganzen Plan erzählen?", frage ich verunsichert.

„Nein! Ich will nur wissen, ob du damit durch die Sicherheitskontrolle am Flughafen kommen musst oder ob du ihn für etwas anderes brauchst."

„Ich möchte die Identität einer anderen Person annehmen, aber ich muss mit dem Ausweis nicht zum Flughafen", erkläre ich unmissverständlich.

„Fiktiv oder real?", fragt er geschäftsmäßig.

„Was?", frage ich verständnislos.

„Handelt es sich um eine erfundene oder um eine echte, also reale Person?", erklärt er ausführlich.

„Ach so! Eine reale Person", antworte ich schnell.

„Gut! Dann brauche ich doch nähere Informationen, was du mit dem Ausweis vorhast", erklärt er mit Nachdruck.

Die nächste halbe Stunde erzähle ich ausführlich von meinem Plan, ohne auch nur einen Moment daran zu zweifeln, dass mein Bericht in guten Händen ist. *Nick ist ein Krimineller, er wird mich wohl kaum bei der Polizei anschwärzen!*

Nachdem ich meine Ausführungen beendet habe, schaue ich mein Gegenüber abwartend an.

Nick streicht sich gedankenverloren über sein Kinn: „Wenn das so ist, brauchen wir die echte Ausweisnummer dieser Frau. Das macht die ganze Sache schwieriger, aufwendiger und teurer. Ich muss mich in meinem Bekanntenkreis umhören, ob jemand eine Vorlage mit einer möglichst ähnlichen Ausweisnummer hat. Je mehr Zahlen übereinstimmen, desto weniger muss ich durch Falsche ersetzen."

„Wie viel wird der Ausweis kosten?", frage ich unsicher.

„Ich denke so fünf Riesen!"

„Fünftausend Euro?", rufe ich erstaunt aus.

„Ja, mindestens. Wäre es ein fiktiver Ausweis, könntest du ihn schon für dreitausend haben, aber so macht es wesentlich mehr Arbeit."

„Und wie lange dauert es, bis er fertig ist?", traue ich mich kaum noch zu fragen.

„Wenn du Glück hast zwei Wochen. Es kann aber auch bis zu vier Wochen dauern", bemerkt er bedauernd.

„Nick...", fange ich kleinlaut an. „...ich habe das Geld nicht! Kannst du es mir vielleicht leihen und ich zahle es dir in Raten ab?"

Alarmiert schreckt er auf, schaut mir dabei tief in die Augen. „Seh ich aus wie eine Bank? Die Kosten meiner Arbeit könnte ich dir stunden, aber ich muss das Original bei einem Kollegen besorgen und der will sein Geld sofort!"

Mit einem Schlag sehe ich meinen gesamten Plan bereits scheitern. Besorgt streiche ich mir die Haare aus dem Gesicht.

„Was ist mit dem Ring?", fragt Nick völlig unerwartet, dabei deutet er auf meine linke Hand.

Verwundert schaue ich auf den Diamantring an meinem Finger, drehe wehmütig an ihm. „Was soll mit ihm sein?", frage ich überrascht.

„Ich schätze, dass der Diamant ein Karat hat, sofern er echt ist. Der müsste um die achtzehntausend Euro wert sein", bemerkt er fachkundig.

„Das ist mein Verlobungsring!", antworte ich entrüstet.

„Bist du noch mit ihm zusammen?", will er nüchtern wissen.

„Nein, aber...", setze ich an. Eigentlich hat Nick Recht. Weder bin ich mit Tom zusammen, noch liebe ich ihn. Warum also sollte ich den Ring aus emotionalen Gründen behalten?

„Weißt du, wo ich ihn verkaufen kann?", wende ich mich an Nick.

„Am Bahnhof gibt es eine Pfandleihe, dort bekommst du sofort Bargeld dafür."

Abschließend erklärt mir Nick, welche Details er noch für die Erstellung des Ausweises benötigt. Wir verabreden uns für den nächsten Tag, um die weitere Vorgehensweise durchzusprechen.

Nach Verlassen seiner Wohnung fahre ich umgehend zum Hauptbahnhof. Dort finde ich recht schnell eine Pfandleihe, die mir, nach hartnäckiger Verhandlung, einen Betrag von zehntausend Euro für den Ring ausbezahlt. Ich habe sechs Monate Zeit, ihn zurückzukaufen, andernfalls wird er öffentlich versteigert.

Mit soviel Bargeld in der Tasche komme ich mir schon fast reich vor. Schnell betrete ich den Eingang meiner derzeitigen Bleibe. „Herr Grünpfeil! Wenn ich eine ganze Woche bleibe, bekomme ich dann einen Sonderpreis?", spreche ich den Rezeptionist an.

Freudestrahlend antwortet er: „Ja, wir können hundertfünfzig Euro pro Woche machen, wenn Sie möchten."

„Das hört sich fair an. Danke", antworte ich und zahle ihm die Miete für die nächsten vier Wochen im Voraus.

Danach gehe ich auf mein Zimmer, wähle gutgelaunt die Nummer der Diakonie. Die freundliche Dame am Telefon scheint zunächst ein wenig beleidigt, dass ich das großzügige Angebot der kostenlosen Wohngemeinschaft ablehne.

„Es tut mir leid, aber ich kann vorübergehend bei einer Freundin wohnen, bis ich etwas Festes gefunden habe. Sie haben sicher viele bedürftige Menschen, die sich freuen, wenn sie dieses Zimmer in der Wohngemeinschaft haben können."

Mit diesen Worten kann ich sie schnell besänftigen, wobei ich meinen guten Willen, anderen Leuten helfen zu wollen, kundtue.

Nachdem ich dieses Telefonat beendet habe, rufe ich Keno an. Mit krächzender Stimme geht er an seinen Apparat: „Hallo?"

„Hey Keno! Geht's dir immer noch nicht besser?", frage ich besorgt.

„Nicht wirklich. Ich war heute nochmals beim Arzt. Ich habe Streptokokken, die furchtbar schmerzen. Ich muss Antibiotika nehmen und bin bis nächste Woche krankgeschrieben", jammert er.

„Keno, ich brauche eine Information von dir!", setze ich zielgerichtet an. „Weißt du zufällig, ob Melissa irgendwann alleine in der Stadt unterwegs ist?"

Das Schweigen am anderen Ende der Leitung lässt mich stutzen. „Keno? Bist du noch dran?", frage ich vorsichtig.

„Ja, ich bin noch dran. Ich habe nur überlegt, warum du das wissen willst."

„Ich muss es einfach wissen. Ich kann dir nicht erzählen, warum", versuche ich ihn zu überreden.

„Aber du tust ihr doch nichts an, oder?", fragt er unsicher.

„Keno! Hängst du etwa immer noch an ihr? Mach bitte keinen Rückzieher! Du hast mir versprochen, dass du das Geld von ihr besorgst! Ihr wird nichts passieren, das verspreche ich dir", ergänze ich meine Vorwürfe. In Gedanken füge ich hinzu: *Zumindest körperlich wird ihr nichts passieren! Aber ihr Ansehen sowie ihren gesellschaftlichen Stand werde ich vernichten!*

„Na gut", antwortet Keno zögerlich, „ich weiß, dass sie jeden zweiten Mittwoch zum Friseur in die Maximiliansstraße geht. Nächsten Mittwoch hat sie wieder einen Termin. Sie fährt meist gegen zwei Uhr nachmittags von der Firma los."

„Danke, Keno, du hast mir sehr geholfen. Sag Bescheid, wenn du dich mit ihr triffst und wann du das Geld bekommst."

Während ich auflege, wundere ich mich über Kenos Auskunft. Woher weiß er, wann Melissa zum Friseur geht? Ich befürchte, dass er noch mehr Gefühle für sie hegt, als er zugeben will. Hoffentlich gefährdet das nicht mein Vorhaben!

Kapitel 16

Juli 2000

Am Samstag zeigt sich der Juli von seiner schönsten Seite. Die Sonne scheint vom wolkenlosen Himmel und die 30-Grad-Grenze wird erreicht.

Kira sitzt bei Roland im Zimmer, während Nick sich in seinen vier Wänden verkriecht und an seiner Hausarbeit schreibt.

„Wie hältst du das nur mit diesem Workaholic aus?", will Roland wissen.

„Tja, wo die Liebe eben hinfällt!", antwortet sie resignierend.

„Hoffentlich wird Nick bis heute Abend fertig, sonst verpasst er noch das große Fest", bemerkt Roland besorgt.

„Quatsch! Er lässt sich doch deine Geburtstagsparty nicht entgehen! Wer kommt eigentlich alles?"

„Die meisten kennst du schon. Wir treffen uns am Chinesischen Turm und gehen dann zu einem ruhigen Platz an der Isar. Dort stoßen später noch einige Leute aus meinem Sportverein dazu", erklärt er ausführlich.

Sie unterhalten sich noch eine weitere Stunde, dann steht Roland auf. „Ich muss noch einiges besorgen. Du kannst gerne in meinem Zimmer bleiben, wenn der Streber dich nicht bei sich haben will", erklärt er lächelnd.

Nachdem Roland die Wohnung verlassen hat, steht Kira auf und klopft an Nicks Tür. Ohne eine Antwort abzuwarten, tritt sie ein, schleicht von hinten an ihren beschäftigten Freund heran.

Liebevoll legt sie die Arme um seinen Hals und streichelt seine nackte Brust. „Wie lange brauchst du noch?", fragt sie gelangweilt.

„Nicht mehr lange! Warte kurz!", sagt er abwesend, tippt dabei weiter in seinen Laptop.

Kira setzt sich aufs Bett und übt sich in Geduld. Irgendwann legt sie sich zur Seite und schließt die Augen. Kurze Zeit später schläft sie ein.

Nachdem Nick noch weitere drei Stunden durchgearbeitet hat, blickt er schuldbewusst auf die schlafende Kira. Vorsichtig beugt er sich über sie und weckt sie mit einem zarten Kuss. „Hey Süße, willst du den schönen Tag verpennen? Los, die Party steigt gleich!", sagt er tadelnd.

Kira setzt sich langsam auf, schüttelt genervt den Kopf. „Das sagt der Richtige! Wer sitzt denn den ganzen Tag am Computer und arbeitet?"

Gemeinsam hetzen sie aus der Wohnung, um rechtzeitig den Treffpunkt zu erreichen. Zusammen mit dem Rest der Clique machen sie sich auf den Weg zu dem von Roland ausgesuchten Platz.

Es werden Decken ausgebreitet, der Grill aufgebaut sowie die Bierkästen im Wasser kaltgestellt. Laute Musik dröhnt aus den mitgebrachten Boxen, so dass die Stimmung mit jeder Minute steigt.

Kira und Nick stehen Arm in Arm etwas abseits der Gruppe. Sie sind gerade in einen innigen Kuss vertieft, als Steffen stört: „Sorry, Nick! Hast du mal eine Minute? Ich bräuchte deine Hilfe am Wasser unten!", fragt er bedauernd, wobei er auf die hinter einer Baumgruppe liegende Isar deutet.

Entschuldigend wendet Nick sich an Kira: „Tut mir leid, Süße! Aber da werden wohl starke Hände benötigt. Ich bin gleich wieder da!"

Er läuft dem vorausgehenden Steffen hinterher und lässt die lächelnde Kira alleine zurück.

Kaum ist Nick aus ihrem Blickfeld verschwunden, hört sie eine leise Stimme hinter sich.

***

Nick klettert das steile Ufer zurück nach oben. Steffen wollte ihm nur die Überraschung zeigen, die er für Roland vorbereitet hat. Bengalische Feuer direkt am Wasser!

Zurück bei der Gruppe der Feiernden schaut er sich suchend nach Kira um. Sie steht am Rande des Platzes mit einem Jungen. Er kennt ihn nicht, vermutet aber, dass es einer der Gäste ist, die Roland eingeladen hat. Misstrauisch beobachtet er die Unterhaltung, bemerkt, dass Kira wütend auf den Fremden einredet.

„Kira? Alles in Ordnung?", ruft Nick ihr besorgt zu.

„Ja, ich komme gleich!", antwortet sie schnell, dreht sich anschließend jedoch zurück zu ihrem Gesprächspartner.

Plötzlich wird Nick von Carmen, Rolands Freundin, gerufen:

„Hey Nick! Zeig mal dein charmantes Lächeln!", fordert sie ihn auf und schießt in diesem Moment ein Foto.

Als Nick sich wieder zurück zu Kira dreht, kommt diese bereits auf ihn zugelaufen. Liebevoll nimmt er sie in den Arm, schaut irritiert dem Unbekannten hinterher, der den Platz eilig verlässt.

„Wer war das?", fragt er neugierig.

„Nicht wichtig!", antwortet sie beiläufig. „Konntest du Steffen helfen?"

„Er wollte mir nur was zeigen", sagt Nick gedankenverloren, während er Kira tief in die Augen schaut.

„Süße! Sag mir bitte wer das war! Du hast mit ihm gestritten, das habe ich gesehen!", bohrt er besorgt nach.

Betreten schaut Kira zu Boden. „Es war Mike!"

„Mike?", ruft Nick ungläubig aus. „Das war Mike? Dem werd ich was erzählen", schreit er und läuft in die Richtung, in welche der junge Mann verschwunden ist.

„Nein!", ruft Kira ängstlich, hält ihn dabei am Arm fest. „Bitte lass es, Nick! Wir haben alles geklärt! Wirklich! Er lässt mich ab jetzt in Ruhe!"

„Sicher? Du glaubst, er will dir keine Drogen mehr andrehen?", hakt Nick nach.

„Was soll er denn machen, wenn ich sie nicht annehmen will? Ich hab jetzt dich! Ich brauche keine Drogen mehr!", flüstert sie ihm ins

Ohr. Ihre Lippen streifen sein Ohrläppchen, wandern über seinen Hals. Ein Kribbeln überzieht seinen Körper.

„Ich hoffe, du hast Recht!", sagt er mit Nachdruck, während seine Worte von ihren Lippen verschluckt werden. Sie küssen sich leidenschaftlich und berauscht, bis ein lauter Ruf sie unterbricht.

„Essen ist fertig!"

Kapitel 17

April 2014

Pünktlich zur vereinbarten Zeit erscheine ich in Nicks Wohnung. Ich übergebe ihm das geforderte Geld und berichte ihm von der Neuigkeit, dass Melissa nächsten Mittwoch alleine in der Stadt anzutreffen ist.

„Hoffentlich geht alles gut und sie schöpft keinen Verdacht", bringe ich meine Bedenken zum Ausdruck.

„Keine Angst, ich mach das nicht zum ersten Mal!", antwortet Nick gelassen.

Er erklärt mir zum wiederholten Male, wie er an diesem Tag vorgehen will und auf was ich achten soll.

„Kannst du hiermit umgehen?", fragt er, während er eine Spiegelreflexkamera hochhält.

„Ich denke schon", antworte ich zögerlich.

„Das reicht nicht, Sam! Die Bilder müssen wirklich scharf sein, sonst kann ich später die Ziffern nicht erkennen."

„Ja, ich weiß", gebe ich unsicher zurück.

Er zeigt mir die verschiedenen Einstellungen und lässt mich ein paar Probebilder schießen. Zusammen überprüfen wir die Qualität auf dem kleinen Display.

Nachdem Nick mit meinen Fähigkeiten, seine teure Kamera zu bedienen, zufrieden ist, steht er auf. „Hast du heute noch was vor?"

Überrascht schüttle ich den Kopf.

„Dann fahren wir am besten gleich in die Stadt und schauen uns die Örtlichkeiten einmal an."

„Heute schon? Wir haben doch noch fünf Tage Zeit bis Mittwoch", entgegne ich erstaunt.

„Ja, aber die Planung ist das Wichtigste. Und umso früher wir die Details klären, desto sicherer verläuft die Aktion", klärt er mich auf.

Wir machen uns auf den Weg zu seinem Auto. Nick läuft auf einen weißen Audi TT zu.

„Wow, du verdienst anscheinend gut!", entfährt es mir.

„Ich kann mich nicht beklagen", antwortet er mit einem charmanten Grinsen.

Wir steigen ein und fahren los. Während der Fahrt betrachte ich ihn verstohlen von der Seite. Mein Blick wandert über seine kurzen Haare, zu seinem schönen, markanten Gesicht. Seine dunkelblauen Augen sind auf den Verkehr gerichtet. Seine Bartstoppeln verleihen ihm einen leicht verwegenen Ausdruck, während seine schlanken, gepflegten Hände locker das Lenkrad umschließen.

Erneut muss ich an Kims Worte denken - sie hat Recht. Er ist sehr attraktiv und ich bin mir sicher, dass es ihm nicht schwer fällt, die von ihm auserwählten Frauen um den Finger zu wickeln. Trotz seiner charmanten und freundlichen Art darf ich nicht vergessen, dass er ein junges Mädchen auf dem Gewissen hat. War er schon immer in kriminellen Kreisen unterwegs oder ist er auch einmal einem anständigen Beruf nachgegangen?

Spontan entschließe ich mich dazu, ihn danach zu fragen: „Wie kam es, dass du Fälscher wurdest?"

Er wendet sich mir zu, schaut mir abschätzend in die Augen. „Das ist eine längere Geschichte", antwortet er nachdenklich.

„Wir haben doch gerade Zeit, erzähl sie mir!", fordere ich ihn auf.

„Nein, haben wir nicht. Wir sind nämlich da", antwortet er reserviert und parkt sein Fahrzeug am Straßenrand.

Wir steigen aus und schlendern die Maximilianstraße entlang. Nachdem wir den Friseursalon entdeckt haben, begutachtet Nick die nähere Umgebung. Er gibt mir genaue Instruktionen, wo ich mich aufhalten und wie die Aktion ablaufen soll. Bewundernd, aber aufmerksam höre ich ihm zu. Er macht das wirklich nicht zum ersten Mal. Mögliche Situationen, die von mir nicht einmal in Betracht gezogen werden, plant er ausführlich und bis ins Detail genau.

Wenig später kehren wir zurück zum Auto.
„Soll ich dich nach Hause fahren?", bietet er höflich an.
„Nein, eigentlich habe ich keine Lust in meinem kleinen Zimmer in der Pension zu sitzen. Aber du kannst mich einfach irgendwo rauswerfen, ich komme schon zurecht", antworte ich, obwohl ich noch gerne etwas Zeit mit ihm verbringen würde.
„So war das nicht gemeint! Ich dachte, du hättest noch etwas anderes vor. Ich habe Zeit. Wenn du willst, können wir bereits heute schon das Passfoto machen, oder wir gehen im Park spazieren", schlägt er entgegenkommend vor.

Mein Herz macht einen Sprung, wobei mir das leichte Kribbeln in meiner Bauchgegend zu Denken gibt. Ich kann meine Freude darüber nicht leugnen, dass er mit mir seine freie Zeit verbringen will.

Wir beschließen, zuerst zu ihm nach Hause zu fahren, um anschließend in den naheliegenden Park zu gehen. Bereits auf der Rückfahrt macht uns das Wetter einen Strich durch die Rechnung. Es fängt in Strömen an zu gießen. Auf dem kurzen Weg vom Parkplatz bis zu seinem Haus werden wir vollkommen durchnässt und kommen zitternd in seiner Wohnung an.

„Du musst aus den nassen Klamotten raus", sagt Nick fürsorglich, dabei reicht er mir seinen Bademantel. „Zieh den an, ich werfe deine Sachen in den Trockner".

Im Badezimmer entkleide ich mich, trockne mich notdürftig ab und schlüpfe in den weichen, großen Bademantel. Während ich mit dem Ärmel über meine feuchte Oberlippe streife, nehme ich den im Stoff hängenden Geruch wahr. Erneut kribbelt es in meinem Bauch, wobei die Mischung des herben Duschgels mit seinem Körpergeruch eine kleine Gefühlsexplosion in meinem Kopf auslöst.

Verdammt, Sam! Verlieb dich ja nicht in diesen Typen!

Während ich schüchtern im Wohnzimmer auf ihn warte, kommt Nick zurück. Er trägt eine kurze Jogginghose, während er sich gerade ein dünnes, enges T-Shirt über seinen muskulösen Oberkörper streift. Beim Anblick seiner nackten Haut stockt mir kurzzeitig der Atem. An seiner linken Bauchseite erkenne ich deutlich die lange Narbe, die durch Kims Angriff verursacht wurde.

Besorgt kommt er auf mich zu: „Geht es jetzt besser? Ist dir warm genug?"

„Danke, alles bestens", antworte ich mit einem Kloß im Hals.

„Das Passfoto können wir jetzt auch vergessen. In dieser Aufmachung kommt das nicht so gut", sagt er lächelnd, zeigt dabei auf meine notdürftige Bekleidung.

Zögerlich setze ich mich aufs Sofa. Nick geht in die Küche, um zwei Tassen heißen Tee zu holen. Dankend nehme ich das Getränk entgegen, umschließe es mit meinen kalten Händen.

Nick setzt sich mir gegenüber und schaut mich eindringlich an. „Warum warst du im Knast?", fragt er ohne Umschweife.

„Ich wurde wegen Totschlags verurteilt!", antworte ich kurz angebunden, während ich neugierig seine Reaktion beobachte.

Erstaunt zieht er seine Augenbauen nach oben. „Wegen Totschlags? Du hast jemanden umgebracht?", fragt er ernst.

„Nein! Ich wurde deshalb verurteilt – ich war es aber nicht!", gebe ich ruhig zur Antwort.

„Erzähl mir, wie es dazu kam", fordert er mich behutsam auf.

„Das kann länger dauern, die Geschichte ist nicht so einfach."

„Jetzt haben wir Zeit!", bemerkt er mit einem Augenzwinkern.

Entspannt lehne ich mich zurück, versuche die Ereignisse von damals in Worte zu fassen. Beginnend mit der Beziehung zu Tom erzähle ich ihm alles, was mir wichtig erscheint, damit er die Zusammenhänge versteht. Als ich die Einzelheiten meiner Gerichtsverhandlung erwähne, verengen sich gelegentlich seine Augen. Schlussendlich erzähle ich ihm von dem Vorschlag meines Anwalts, mich als schuldig zu bekennen, um damit einer längeren Strafe zu entgehen.

„Warum hast du nicht auf deinen Anwalt gehört?", fragt er erstaunt. „Du hättest freigesprochen werden können!"

Resignierend antworte ich: „Ich weiß es nicht! Damals wollte ich mich keinesfalls zu einem Mord schuldig bekennen, den ich nicht verübt habe. Das war für mich ein Verrat an mir selbst."

„Und heute?", hakt er vorsichtig nach.

„Heute weiß ich, dass ich mir einiges erspart hätte, wenn ich damals über meinen Schatten gesprungen wäre."

„Und du glaubst, dass es diese Melissa war, die Lisa getötet hat?", will er interessiert wissen.

„Ich habe keinerlei Beweise, aber sie ist die Einzige, die ein Motiv und kein Alibi hatte. Außerdem hat sie Nutzen daraus gezogen, dass ich im Knast war. Sie hat sich meinen Verlobten geschnappt, ist mittlerweile mit ihm verheiratet."

„Oh! Keine schöne Situation!", gibt er von sich.

„Nein, aber ich habe erfahren, dass er sie auch betrügt. Er kann es einfach nicht lassen, mit jungen Mädchen in die Kiste zu hüpfen. Ich versuche zu glauben, dass er wenigstens das eine Jahr, als er mit mir zusammen war, keine Affären hatte", stelle ich bedauernd fest.

„Aber wenn Melissa nicht die Mörderin ist, dann bestrafst du auch eine Unschuldige!"

„Melissa ist nicht unschuldig! In keiner Hinsicht! Sie hat auf jeden Fall einen Meineid geleistet, um mir die Tat in die Schuhe zu schieben. Das kann ich ihr sogar nachweisen."

„Warum zeigst du sie dann nicht bei der Polizei an?", fragt Nick verwundert.

„Weil Keno, mein ehemaliger bester Freund, sonst ebenfalls in den Knast wandert."

„So groß kann die Freundschaft ja nicht gewesen sein, wenn er gegen dich ausgesagt und sogar einen Meineid geleistet hat!", entgegnet er verwundert.

„Er hat es aus Liebe getan!", flüstere ich schulterzuckend.

„Melissa doch auch. Wo ist da der Unterschied?", erinnert mich Nick.

„Der Unterschied ist, dass Keno ihr bereits hörig war, als er den Meineid leistete. Melissa hat sich jedoch bewusst ein feines Netz aus Lügen zusammen gesponnen, um den Anschein zu erwecken, dass ich die Mörderin sei. Außerdem glaube ich, dass sie wirklich etwas mit Lisas Tod zu tun hat. Sie war da! Sie hat mich vor Lisas Wohnung gesehen!", erkläre ich aufgewühlt.

Schweigend hängen wir unseren Gedanken nach. Völlig unerwartet stellt Nick die nächste Frage: „Was hat Kim eigentlich über mich erzählt?"
Langsam blicke ich auf, schaue in seine tiefblauen Augen. *Was soll ich sagen?* Soll ich zugeben, dass Kim mich ursprünglich auf ihn angesetzt hat? Will ich mich überhaupt noch an ihm rächen?
„Nicht viel! Sie hat mir von Kira erzählt und dass sie euch zusammen mit einer Nadel im Arm gesehen hat", berichte ich traurig.
Er stützt den Kopf in seine Hände. Mir ist klar, dass die Vergangenheit ihn in diesem Moment einholt und ihm seine schreckliche Tat wieder vor Augen führt.
Momentan weiß ich nicht, wie ich mich ihm gegenüber verhalten soll. Ich bin mir sicher, er bedauert, was damals passiert ist, aber mir fallen nicht die richtigen Worte zum Trost ein.

Plötzlich hebt er seinen Kopf, schaut mich eindringlich an. Sein Blick ist voller Kummer und Schmerz. „Glaubst du ihr? Glaubst du, dass ich Kira die Drogen gegeben habe?"
„Ich weiß es nicht!", gebe ich ehrlich zu.
„Kim hat dir sicher viel über mich erzählt, was dich glauben lässt, dass ich ein egoistischer, rücksichtsloser Kerl bin. Aber egal, inwieweit sie mit ihren Ausführungen recht hat, ich habe Kira keine Drogen gegeben!", sagt er mit Nachdruck.
In diesem Moment glaube ich ihm! Obwohl ich nichts von ihm weiß, ihn nicht wirklich kenne, glaube ich ihm!

Das Summen des Trockners signalisiert uns, dass meine Kleidung trocken ist.
Nick steht auf und holt meine Klamotten sowie meine Unterwäsche aus der Maschine. Während er sie mir übergibt, wird mir schlagartig bewusst, dass er meinen abgetragenen Slip aus der Wäschekammer der Diakonie gesehen hat. Dieses mehr als unerotische Teil, das eher Damen ab sechzig, als Frauen meines Alters tragen. Die Röte schießt

mir unaufhaltsam in den Kopf. Entsetzt reiße ich ihm den Wäscheberg aus den Armen. Im Badezimmer ziehe ich mich schnell an und überprüfe mein Gesicht im Spiegel.

Oh mein Gott! Ich bin knallrot! Tief durchatmen ...!

In diesem Augenblick ist mir die Situation derart peinlich, dass ich das Gefühl habe, ich müsste im Boden versinken. Er muss denken, dass ich eine verklemmte, alte Jungfer bin, wenn ich solche Unterwäsche trage.

Eilig verlasse ich das Bad, steuere direkt auf die Haustüre zu. „Ich muss gehen, tut mir leid. Mir ist eingefallen, dass ich doch noch einen Termin habe", rufe ich ins Wohnzimmer, schlüpfe anschließend ungeduldig in meine Schuhe.

Nick kommt aus dem Wohnzimmer gelaufen und steht verwundert vor mir. „So plötzlich?"

„Ja, sorry. Ich hab den Termin total verschwitzt!", entschuldige ich mich kleinlaut.

„Sam, wenn es mit Kira zu tun hat... ich habe ihr wirklich nichts angetan, das musst du mir glauben. Ich mochte sie wirklich gerne. Ich ..."

„Nein! Das ist es nicht! Ich muss einfach nur los!", versuche ich ihn zu beruhigen.

„Sehen wir uns morgen?", ruft er mir nach, während ich aus der Tür stürze.

„Ja, klar! Bis morgen!", antworte ich und hetze die Treppen fluchtartig hinunter.

Mein Weg führt mich direkt zum nächsten Laden, der Unterwäsche anbietet. Ich kaufe mir mehrere Garnituren der Art, wie sie meinen Vorstellungen entsprechen.

Zurück in meinem Zimmer, lasse ich mich auf mein Bett fallen, versuche dabei, mir über meine Gefühle für Nick klar zu werden.

Kapitel 18

Juli 2000

Am Morgen nach der Party steht Nick bereits früh auf und setzt sich umgehend wieder an seinen Schreibtisch. Kira liegt noch tief schlafend mit verstrubbelten Haaren im Bett.

Gegen Mittag wacht sie auf. „Musst du heute schon wieder lernen?", fragt sie verwundert.

„Ja, Süße! Leider habe ich meine Arbeit gestern nicht geschafft, daher muss ich sie heute fertig bekommen. Morgen ist Abgabetermin!", äußert er enttäuscht.

„Morgen erst? Da hast du doch noch den ganzen Tag Zeit! Komm zurück ins Bett!", bettelt Kira.

„Sehr lustig! Das ist überhaupt nicht meine Art, auf den letzten Drücker zu arbeiten! Kira, ich habe dir versprochen, dass ich mehr Zeit mit dir verbringe, aber jetzt muss ich erst diese Hausarbeit fertig stellen, vorher kann ich mich auf nichts anderes konzentrieren."

„Das wollen wir doch mal sehen!", sagt sie verführerisch, steht auf und umarmt ihn. Mit ihren weichen Küssen bedeckt sie seinen Nacken. Schwungvoll dreht sie seinen Stuhl zu sich und setzt sich rittlings auf seinen Schoß. Liebevoll greift sie ihm in die Haare, küsst ihn zärtlich und fordernd. Sie spürt, wie er auf ihre Zärtlichkeiten reagiert und versucht, ihn mit langsamen Hüftbewegungen noch mehr zu reizen. Sein Atem wird schneller, während seine Hände verlangend über ihren Körper streichen.

„Süße, das geht jetzt nicht!", versucht er zu widerstehen.

„Willst du nicht oder kannst du nicht?", fragt sie verwundert.

„Doch! Natürlich will ich, aber ich muss arbeiten, ich ..."

Kira greift in seine Hose und reizt ihn solange, bis er sie anfleht, sich auf ihn zu setzen. Wenig später kommt er zum Höhepunkt. Anschließend vergräbt er sein Gesicht an ihrer Schulter. „Du machst mich fertig!"

„Jetzt lass ich dich arbeiten! Sehen wir uns heute Abend noch?", fragt sie hoffnungsvoll.

„Sobald ich hier fertig bin, komme ich zu dir, verlass dich drauf!", antwortet er und zieht sie erneut an sich. Sie küssen sich zärtlich, bis Kira sich von ihm löst.

„Bis später, Süßer!", haucht sie ihm einen Handkuss zu, bevor sie zur Tür hinaus verschwindet.

Nick braucht noch einen Augenblick, um sich wieder auf die vor ihm liegende Arbeit zu konzentrieren, dann tippt er eifrig weiter auf seine Tasten.

Kapitel 19

April 2014

Am Sonntagmorgen sitzt Melissa gerade mit Tom am Frühstückstisch, als ihr Telefon klingelt.
Sie hebt ab: „Hallo?"
„Hallo Melissa!", vernimmt sie Kenos Stimme.
Verwundert sagt sie: „Hallo Keno! Schön von dir zu hören. Du bist krank, habe ich erfahren?"
„Ja, aber deswegen ruf ich nicht an", antwortet er unsicher.
„Warum dann? Hat es mit Sam zu tun?", greift sie ihn umgehend an.
„Was? Warum mit Sam? Wie kommst du darauf?", gibt Keno sich irritiert. Er ist froh, dass Melissa in diesem Moment nicht sehen kann, wie ihm der Schweiß auf die Stirn tritt.
„Sie ist entlassen worden, wusstest du das nicht? Vor zwei Tagen ist sie vor der Firma aufgetaucht und hat mich beschimpft."
Keno überlegt, wie er das Gespräch wieder auf die richtige Spur bringt. Er hat sich seine Worte vorher genau überlegt. Mit ihren direkten Fragen bringt Melissa ihn jetzt völlig aus dem Konzept.
„Können wir uns treffen?", fragt er gerade heraus.

Melissa, die in Kenos Stimme einen alarmierenden Unterton wahrnimmt, steht auf, geht in ihr Schlafzimmer und schließt die Tür hinter sich. Genervt blafft sie ihn an: „Warum willst du dich mit mir treffen? Können wir das nicht am Telefon besprechen?"

„Leider nein! Kannst du zu mir kommen?", schlägt er nervös vor.

Melissa wird unruhig. Sie ahnt, dass es nichts Gutes bedeuten kann, wenn Keno sich mit ihr allein treffen will. Das Versprechen zu schweigen sowie der Meineid, den sie von ihm vor sechs Jahren abverlangt hat, sind ihr allgegenwärtig. Unterbewusst war ihr immer klar, dass irgendwann der Zeitpunkt kommt, an welchem sie ihr Verhalten von damals ihm gegenüber rechtfertigen muss.

„Wenn es unbedingt sein muss. Passt es dir um vier Uhr?", flüstert sie genervt in den Hörer.

„Ja, bis dann", antwortet Keno und legt auf.

Mit zwanzigminütiger Verspätung erscheint Melissa vor Kenos Wohnung. Er öffnet ihr und lässt sie eintreten.

Ohne sich hinzusetzen oder ihre Jacke auszuziehen, fängt sie an, ihn zu beschimpfen: „Was soll das, Keno? Warum zitierst du mich hier her, um irgendetwas mit mir zu besprechen?"

Keno, der den ganzen Tag mit seinem inneren Zwiespalt zu kämpfen hatte, schaut sie kleinlaut an. Er steht zwischen den Stühlen, er muss sich für eine der beiden Frauen entscheiden. Obwohl Melissa seine Gefühle seit Jahren mit Füßen tritt, empfindet er noch immer starke Zuneigung zu ihr. Zu Sam hatte er eine innige Freundschaft aufgebaut, die er, mit dem Verrat vor sechs Jahren, zerstört hatte. Sein schlechtes Gewissen sowie die Angst, wegen Meineids in den Knast zu gehen, zwingen ihn jetzt regelrecht dazu, Sams Forderung zu erfüllen.

„Keno! Du stiehlst mir meine Zeit! Nun sag schon, was du von mir willst, damit ich wieder nach Hause gehen kann", drängt sie ihn ungeduldig.

Er nimmt seinen ganzen Mut zusammen, schaut Melissa in die Augen und sagt, so selbstbeherrscht, wie es ihm in diesem Moment möglich ist: „Ich will einhunderttausend Euro von dir!"

„Du willst WAS?", schreit sie ihn ungläubig an.

„Du hast mich schon verstanden, Melissa! Einhunderttausend Euro dafür, dass ich weiterhin schweige. Über die Falschaussage sowie das Alibi", ergänzt er mit sicherer Stimme.

Bedrohlich tritt Melissa einen Schritt auf ihn zu. „Du willst mich erpressen? Wer glaubst du, dass du bist, um solche Forderungen zu stellen? Du bist gar nichts, Keno! Ein kleiner Wurm, der mir zu jener Zeit ein paar Stunden Spaß bereitet hat, sonst nichts!", spukt sie ihm abwertend entgegen.

In diesem Moment wird Keno bewusst, dass seine Liebe von Anfang an einseitig war. Ein unsagbarer Schmerz breitet sich in seinem Körper aus und er macht die Person ihm gegenüber dafür verantwortlich.

„Du bist eine hinterhältige Schlange, Melissa! Wie konnte ich nur all die Jahre so blind sein! Wenn du mir das Geld nicht bis nächste Woche gibst, dann gehe ich zur Polizei. Ich werde die Wahrheit über den Abend auf der Firmenfeier sowie über dein angebliches Alibi erzählen. Vielleicht fallen mir auch noch andere Einzelheiten ein, die dich als mögliche Täterin von Lisa erscheinen lassen."

Melissas Gesicht wechselt innerhalb weniger Sekunden mehrmals die Farbe. Zuerst wird sie leichenblass, dann schießt ihr das Blut in die Wangen. Anschließend wird sie wieder kreidebleich.

„Das wagst du nicht! Du hast selbst einen Meineid geleistet! Wir sitzen im selben Boot!", klärt sie ihn auf.

„Ich habe lange genug geschwiegen, aus Liebe zu dir! Eine Liebe, die du nie wirklich verdient hast! Sam hat sechs Jahre unschuldig im Gefängnis gesessen, das werde ich mir nie verzeihen!", schreit er mit krächzender Stimme.

Melissa schaut sich verzweifelt um. Sie entdeckt einen schweren Kerzenleuchter auf dem Regal neben sich, greift spontan danach. Drohend hebt sie ihn über ihren Kopf und funkelt Keno an: „Du Mistkerl! Am liebsten würde ich dich …"

„Umbringen?", fährt Keno dazwischen. „So wie Lisa?"

Plötzlich senkt Melissa ihren Arm, stellt den schweren Gegenstand langsam zurück auf das Regal.

„Was bringt es dir, wenn du zur Polizei gehst? Sam hat trotzdem unschuldig sechs Jahre gesessen, egal ob wir beide jetzt bestraft werden oder nicht", sagt sie erschöpft.

„Richtig! Ich will ja nicht, dass wir ins Gefängnis gehen. Ich will das Geld von dir!", gibt Keno zu.

„Wozu brauchst du so viel Geld?"

„Ich möchte mir eine Wohnung kaufen, um für mein Alter vorzusorgen", erklärt er ruhig.

„Das glaub ich dir nicht", antwortet sie irritiert.

„Mir ist egal, was du glaubst oder nicht. Bis nächsten Freitag will ich das Geld in bar haben, verstanden?", fordert er sie erneut auf.

„Woher soll ich einhunderttausend Euro nehmen? Ich habe nicht so viel Geld flüssig!"

„Dann leih es dir von HeKiNo!", schlägt Keno vor.

„Ich soll die Spendengelder benutzen? Spinnst du? Wenn das rauskommt, kann ich HeKiNo schließen!", entgegnet sie entsetzt.

„Dir wird schon etwas einfallen. Ich weiß, dass auch so nicht alle Spendengelder den Kindern zu Gute kommen. Tom und Du, ihr lebt nicht schlecht von der kleinen Unterstützung aus der Hilfsorganisation."

Melissa knickt endgültig ein. „In Ordnung! Ich versuche, das Geld bis nächsten Freitag aufzutreiben. Aber ich hoffe, dass du nicht jedes Jahr mit solch einer Forderung kommst, um mich zu erpressen!", ergänzt sie genervt.

„Wer weiß?", antwortet Keno grinsend, dabei öffnet er ihr schwungvoll die Tür.

Kapitel 20

Juli 2000

Es ist spät, als Nick die Arbeit endlich zu seiner eigenen Zufriedenheit erledigt hat und den Laptop zuklappt.

Beschwingt und in Vorfreude auf Kira begibt er sich zu deren Wohnung. Er weiß, dass sie auf ihn wartet, daher zieht er sofort seinen Schlüssel hervor, um die Tür aufzuschließen.

Sein Blick fällt auf das zerwühlte Bett, seine Augen weiten sich ängstlich. Die nächsten Sekunden laufen wie in Zeitlupe vor seinem inneren Auge ab.

„Kira?", sagt Nick unsicher. Ängstlich schaut er auf seine reglose Freundin, entdeckt die Spritze in ihrem Arm. „Nein! Kira!", schreit er entsetzt. „Warum hast du das getan? Du hast mir versprochen, keine Drogen mehr zu nehmen!", jammert er verzweifelt. Er beugt sich schnell über sie und überprüft ihre Atmung. Hektisch zieht er sein Handy aus der Tasche und versucht, den Notarzt zu verständigen.

In diesem Moment spürt er einen heftigen Schlag in seinem Nacken, bricht anschließend bewusstlos zusammen.

***

Von lautem Schluchzen und Jammern wird er geweckt. Langsam öffnet er seine schmerzenden Augen, sieht eine Frau, die neben ihm kniet und tränenüberströmt auf jemanden einredet.

Schwerfällig dreht er seinen Kopf zur Seite. Er erkennt Kira, die starr, mit gelblich blassem Gesicht neben ihm liegt. Schlagartig erinnert er sich an den Moment, als er Kira gefunden hat.

„Kira!", flüstert er mit trockenem Mund.

„Du Mistkerl! Du hast sie umgebracht!", schreit die Frau. „Du bist Nick, stimmt's? Kira hat mir alles über dich erzählt!", faucht sie ihn ohne Pause an.

„Ich versteh nicht, wer ...", stammelt Nick.

„Ich bin Kimberly, Kiras Schwester!", wirft sie ihm wütend entgegen.

„Kim?", bringt er leise hervor.

„Warum hast du ihr diesen Mist gegeben? Reicht es nicht, dass sie Haschisch und Koks genommen hat?", will sie fassungslos wissen.

„Ich war ...", fängt er an, wird aber von lautem Klopfen unterbrochen. Kim stürmt zur Tür und lässt die Notärzte eintreten.

Sie überprüfen Kiras Vitalfunktionen, stellen aber schnell fest, dass jede Hilfe zu spät kommt. Danach kümmern sie sich um Nick, der jedoch jegliche Versorgung ablehnt und schwankend aufsteht. Sein brummender Schädel macht es ihm schwer, sich auf die Ereignisse zu konzentrieren.

Bevor er Kiras Wohnung verlässt, blickt er zu Kim: „Es tut mir leid! Ich wollte nicht, dass es soweit kommt!"

„Dafür wirst du bezahlen, Nick! Das verspreche ich dir!", presst sie zornig hervor.

Mit schnellen Schritten kehrt er in seine Wohnung zurück. Er verkriecht sich in seinem Bett und trauert im Stillen um Kira.

Wenig später holt ihn die Polizei als dringenden Tatverdächtigen ab. Auf dem Revier wird er mit der Tatsache konfrontiert, dass er neben der toten Kira, mit einer Spritze im Arm entdeckt wurde. Er wird mehrmals an diesem Tag verhört, kann aber immer nur erzählen, wie er Kira gefunden hat und dass er an die weiteren Geschehnisse keine Erinnerung mehr hat.

Kapitel 21

April 2014

Die lauten Kirchenglocken wecken mich an diesem Sonntag. Die Regenfälle haben aufgehört und der Frühling zeigt sich von seiner schönsten Seite.

Ich trinke gerade meinen Morgenkaffee, als mein Handy klingelt. Ich blicke auf das Display und kann meine innere Unruhe nicht verbergen, nachdem ich den Namen des Anrufers gelesen habe.

„Hallo Nick!", grüße ich ihn gutgelaunt. Bis spät in die Nacht lag ich wach und grübelte über die peinliche Situation vom vorigen Tag nach. Mit welchen Augen sieht er mich jetzt wohl, wenn er weiß, welch biedere Unterwäsche ich trage? Mir will das Bild eines angewiderten sowie abweisenden Gesichtsausdrucks nicht aus dem Kopf, obwohl er mir gegenüber keine abfällige Reaktion gezeigt hat.

„Guten Morgen. Ich treffe mich nachher mit Jason, dem Jungen, der uns am Mittwoch hilft. Kannst du mitkommen?"
Ich muss nicht lange überlegen. „Ja, natürlich. Wann und wo?"
„Kannst du in einer Stunde bei mir sein? Dann gehen wir zusammen zum Treffpunkt."

Pünktlich stehe ich vor Nicks Wohnung. Bereits im Treppenhaus kommt er mir entgegen, so dass wir gemeinsam das Wohnhaus verlassen.

Zu Fuß gehen wir in den Luitpoldpark, der nur ein paar Minuten von Nicks Wohnung entfernt liegt. Das warme Wetter lockt viele Familien sowie Freizeitaktive in die Natur. Dementsprechend stark ist der Park an diesem Sonntag besucht.

Langsam schlendern wir den Kiesweg entlang, beobachten dabei die spielenden Hunde vor uns.
„Wann treffen wir uns mit Jason?", frage ich neugierig.
„Erst um zwei", antwortet Nick beiläufig.
„Um zwei erst? Warum hattest du es dann so eilig, dass ich zu dir komme?", will ich verwundert wissen.
Sein warmer Blick trifft mich mitten ins Herz. Mit einem charmanten Lächeln antwortet er: „Vielleicht wollte ich einfach etwas Zeit mit dir alleine verbringen?"
In meinem Körper geht etwas vor, das ich nicht wirklich beschreiben kann. Ich fühle mich geschmeichelt, begehrt. Gleichzeitig traue ich mich aber nicht, seiner Aussage Glauben zu schenken. Vielleicht will er mich auf den Arm nehmen?
„Wir waren doch die letzten zwei Tage schon allein?", bemerke ich verwundert.
„Ja, aber am ersten Tag war ich nicht besonders nett zu dir und gestern bist du so plötzlich verschwunden, dass ich mir den ganzen Abend den Kopf zerbrochen habe, was ich falsch gemacht habe."
„Und, zu welchem Ergebnis bist du gekommen?", necke ich ihn. Ich habe meine Selbstsicherheit schnell wieder gefunden und beschlossen, auf seine Flirtversuche einzugehen.

„Zu gar keinem! Sag du mir, warum du so plötzlich aufgebrochen bist. Und erzähl mir nicht wieder, du hättest einen Termin gehabt. Das glaube ich dir nämlich nicht."

Ich merke, wie mir das Blut wieder langsam in den Kopf steigt und beschließe, schnell das Thema zu wechseln.

„Ein andermal vielleicht! Können wir morgen das Passfoto machen? Ich muss vorher noch zur Drogerie, um einige Sachen zu besorgen, aber dann könnten wir loslegen", versuche ich ihn abzulenken.

„Ja, können wir!", antwortet er, während er mich amüsiert von der Seite betrachtet.

Wenig später kommen wir an mehreren Parkbänken vorbei. Wir setzen uns nebeneinander und genießen die warmen Sonnenstrahlen auf der Haut.

„Nick?", leite ich, eine mir auf der Zunge brennende Frage, ein.
„Was ist?", sagt er, ohne seinen Kopf von der Sonne abzuwenden.
„Willst du mir die Sache mit Kira aus deiner Sicht erzählen?", frage ich behutsam und beobachte seine Reaktion.

Lediglich ein leichtes Zucken seiner Augenlider verrät, dass er meine Frage verstanden hat. Er sitzt schweigend neben mir, streckt sein Gesicht weiterhin der Sonne entgegen. Ich dränge ihn nicht, über die lang vergangene Zeit zu sprechen. Er wird seine Gründe haben, warum er die Ereignisse für sich behalten will.

Einige Minuten später fängt er völlig unerwartet an zu erzählen: „Ich war gerade mal zwanzig Jahre alt und habe im zweiten Semester Jura studiert. Eines Tages stolperte Kira in meinen Vorlesungssaal..."

Die nächste Stunde erzählt er mir ausführlich, mit Emotionen untermalt von der Zeit des ersten Kennenlernens bis zum verhängnisvollen Abend, als er Kira bewusstlos vorfand.

Mir treibt es fast die Tränen in die Augen, mit welchem Schmerz er von ihrem Tod sowie Kims Beschuldigungen erzählt.

„Was geschah danach? Nachdem Kim dich beschuldigt hat?", frage ich neugierig.

„Es kam zu einem kurzen Verfahren. Ich wurde des Drogenhandels für schuldig erklärt. Dass ich Kira die tödliche Spritze gesetzt hätte, konnte mir nicht einwandfrei nachgewiesen werden, obwohl auf der Kanüle angeblich meine Fingerabdrücke waren. Nachdem ich bei der Polizei bisher nicht auffällig wurde und zudem Jura studierte, bekam ich lediglich eine Freiheitsstrafe auf Bewährung. Allerdings durfte ich mein Studium nicht weiter fortführen. Die zuständigen Behörden argumentierten damit, dass ich mich eines Verhaltens schuldig gemacht habe, das mich unwürdig erscheinen lässt, den Beruf eines Rechtsanwalts auszuüben. Mein Gegenargument, dass ich das Jurastudium auch für andere Berufsbereiche gebrauchen könnte, ließen sie nicht gelten."

„Musstest du in eine Entzugsklinik? Dir wurde doch Heroin gespritzt?", frage ich neugierig.

„Nein, ich war nicht abhängig. Ich hatte nie etwas mit Drogen zu tun. Dieser Schuss war mein erster und letzter. Entgegen der allgemeinen Ansicht, wird man nicht unbedingt nach dem ersten Mal von Heroin abhängig. Psychisch ja, aber nicht körperlich."

„Und wie bist du dann auf die schiefe Bahn geraten?", will ich jetzt wissen.

„Die Bewährungszeit über musste ich hier bleiben, da ich mich ja regelmäßig beim Bewährungshelfer melden musste. Ich ließ mich in dem Fitnessstudio anstellen, in welchem ich schon während meines Studiums gejobbt habe. Danach bin ich ins Ausland gegangen. Ich war in der Schweiz, England, Italien und wollte in die USA. Dieser Trip ist allerdings am Geld gescheitert. Im Ausland bin ich auch in die Kreise abgerutscht, die sich eher mit illegalen Geschäften über Wasser halten. Irgendwann habe ich bemerkt, dass es mir leicht fällt, gute Fälschungen herzustellen. Die anderen Bereiche wie Drogenhandel, Prostitution oder Geldeintreiber haben mich nie interessiert. Schließlich kam ich wegen meiner Familie zurück nach München. Und hier habe ich dann einfach das weiter gemacht, was ich die letzten Jahre gelernt habe."

„Ausweise fälschen?"

„Ja!", gibt er mit einem leichten Schulterzucken zu.

Seine Lebensgeschichte beeindruckt mich, obwohl ich mich innerlich dagegen sträube, eine Karriere als internationaler Fälscher als bemerkenswert anzusehen.

Ohne zu wissen warum, stelle ich ihm eine intime Frage: „Hast du Kira sehr geliebt? Ich meine, war sie deine große Liebe?"

Nick betrachtet mich kritisch, versucht aus meinen Gesichtszügen den Grund für diese Frage zu lesen. Mir wird umgehend bewusst, dass er mir hierauf vielleicht keine Antwort geben will und spüre erneut eine unangenehme Hitze in meinem Gesicht.

„Sorry ... du musst mir nicht antworten ... der Gedanke kam ganz plötzlich", winde ich mich entschuldigend. Ich lehne mich zurück und strecke mein Gesicht in die Sonne.

„Nein, ich glaube es war keine richtige Liebe", flüstert er sehnsüchtig. „Wir waren beide so jung, haben uns erst kurz gekannt. Wir waren total verliebt ineinander, aber es wäre auf Dauer nicht gut gegangen. Wir waren zu verschieden. Sie wollte immer feiern, hat keine Party ausgelassen, die sich ihr angeboten hat. Ich war ziemlich auf mein Studium fixiert und habe jede freie Minute im Fitnessstudio verbracht. Ich bin mir nicht einmal sicher, ob sie mir während unserer Beziehung treu war."

„Wie kommst du darauf? Hast du sie mit einem Anderen erwischt?", frage ich neugierig.

„Nein, nicht direkt. Aber ich vermute, dass sie sich gelegentlich mit ihrem Ex-Freund getroffen hat. Ich glaube, von ihm hat sie auch die Drogen bekommen", erzählt er traurig.

Plötzlich dreht er sich zu mir: „Jetzt aber genug von den alten Geschichten. Du bist dran! Warum bist du gestern so Hals über Kopf aufgebrochen?", fragt er nachdrücklich, wobei mir seine Haltung signalisiert, dass er sich mit keiner Ausrede zufrieden gibt.

„Tja, das war...", fange ich zögernd an. Ich überlege gerade, wie ich ihm mein Verhalten erklären kann, ohne mich vollkommen lächerlich zu machen, da höre ich von weitem einen Pfiff.

Wir schauen beide in die Richtung, aus welcher der Ton kam und sehen einen jungen Mann auf seinem Fahrrad auf uns zurasen.

Kurz vor uns legt er eine Vollbremsung hin, welche den sandigen Staub aufwirbeln lässt.

„Hey, Jason!", ruft Nick freudestrahlend, während er dem Jungen die Hand reicht.

„Hallo Nick! Schön, dass du mal wieder einen Job für mich hast. Ich brauche dringend Kohle", erklärt er mit besorgter Miene.

„Wann brauchst du mal kein Geld?", entgegnet Nick lachend.

Er dreht sich zu mir und stellt mich Jason vor. „Das ist Sam, sie macht die Fotos", erklärt er kurz.

Jason reicht mir die Hand und begrüßt mich freundschaftlich: „Hallo Sam!"

„Hallo", erwidere ich die lockere Begrüßung.

Jason setzt sich neben Nick auf die Bank, hört ihm aufmerksam zu, während er den genauen Ablauf unseres Vorhabens erklärt.

Kurze Zeit später verabschiedet er sich von uns und verschwindet genauso plötzlich, wie er aufgetaucht ist.

„Glaubst du, das klappt mit Jason?", frage ich skeptisch.

„Klar, ich habe schon oft mit ihm zusammen gearbeitet. Er ist zwar ein Junkie, aber wenn es drauf ankommt, ist er top fit. Vertrau mir!", erklärt er mir überzeugt.

„Mir bleibt ja nichts anders übrig, als dir zu vertrauen, oder?", necke ich ihn.

Sein süßes Grinsen überzeugt mich mehr als alle Worte.

„Hast du Lust aufs Frühlingsfest zu fahren?", fragt er völlig unerwartet.

„Ja, warum nicht?", entscheide ich mich spontan.

Wir begeben uns zur nächsten U-Bahn-Station. Während der Fahrt sitzen wir uns gegenüber und schauen uns schweigend an. Die U-Bahn ist um diese Zeit sehr voll, da das schöne Wetter die Menschen auf das stattfindende Fest lockt. An der Haltestelle Theresienwiese steigen wir gemeinsam aus. Eine Menschentraube bildet sich vor der Rolltreppe. Eng aneinandergedrängt werden wir stückchenweise von der Menge vorwärts geschoben. Nick steht hinter mir, drückt dabei seinen Brustkorb an meinen Rücken. Ein heißer Schauer läuft mir über den Körper, meine Nackenhaare stellen sich auf. Vorsichtig legt er seine Hände um meine Taille, streift mit seinem Kinn meinen Kopf. Diese Berührung reicht bereits aus, um mich nach Luft schnappen zu lassen. Mein Herzschlag beschleunigt sich und ich bekomme feuchte Hände.

Allerdings mischt sich in diese Erregung noch ein anderes Gefühl: Angst! Ich merke, wie ein beklemmendes Gefühl in mir hoch kriecht, sich in meinem Kopf ausbreitet.

Einen Moment später stehen wir auf der Rolltreppe. Nick steht eine Stufe unter mir, legt seinen Arm zärtlich um meinen Hals und zieht mich leicht an sich.

„Freust du dich schon?", flüstert er mir ins Ohr.

Plötzlich verengt sich mein Sichtfeld – in meinen Ohren beginnt es zu rauschen – ich bekomme keine Luft mehr. Beunruhigende Bilder tauchten vor meinen Augen auf:

Katharina hält mich im Würgegriff, während Agnes böse lächelnd auf mich zukommt...

„Nein!", stoße ich leise aus, bekomme weiche Knie und drohe zusammenzusacken.

Nick greift schnell unter meine Arme, zieht mich beschützend hoch.

„Hey, was ist los?", fragt er besorgt.

„Ich ... es ist so eng hier", flüstere ich zitternd.

Ich drehe mich zu ihm um, bin ihm so nah, dass ich seinen Atem auf meiner Haut spüre. Da ich eine Stufe über ihm stehe, sehen wir uns direkt in die Augen. Seine Hände liegen auf meinen Hüften, während unsere Blicke ineinander verschmelzen. Ich nehme momentan nur noch ihn wahr. Seine Gegenwart ist so präsent, dass die erschreckende Szene von vorhin schnell in Vergessenheit gerät. Dieser magische Moment wird unterbrochen vom Ende der Treppe, die mich stolpernd nach hinten fallen lässt. Reflexartig greift Nick nach meiner Hand, rettet mich erneut vor einem Sturz. Gemeinsam werden wir von der Menschenmenge zum Ausgang geschoben.

Während wir die U-Bahn-Station verlassen, hält Nick noch immer meine Hand in seiner. Er lässt diese auch auf unserem weiteren Weg über den Festplatz nicht los, was mich allerdings nicht wirklich stört.

Ich genieße seine Berührung, während wir uns ausgelassen und ungezwungen unterhalten.

Am Ende des Tages, nach drei wilden Fahrten in Achtenbahnen sowie einer schmerzhaften Fahrt mit dem Autoscooter, kehren wir zurück nach Milbertshofen. Nick begleitet mich zu meiner Unterkunft, bleibt jedoch vor dem Eingang stehen.
„Wir sehen uns dann morgen, in Ordnung?", stellt er lächelnd fest.
„Ja, ich komme gegen Mittag zu dir, passt das?", frage ich zögernd.
„Schlaf schön", ruft er mir entgegen, während er sich langsam von mir entfernt.

Ich gehe in mein Zimmer und schließe die Tür hinter mir. Als ich wenig später in meinem Bett liege und die weiße Wand anstarre, überschlagen sich meine Gedanken.
Warum hat er mich nicht geküsst? Er hatte heute des Öfteren die Gelegenheit dazu. Will er nicht? Oder kann er nicht? Vielleicht stößt ihn der Gedanke an meine Unterwäsche derart ab, dass er es einfach nicht über sich bringt, mir näher zu kommen? Vielleicht hat er aber auch eine Freundin und will ihr treu bleiben. Oder es ist wegen Caro! Vielleicht will er sie und seine Tochter zurückgewinnen?
Wehmütig schlafe ich ein und hoffe, dass ich mich zumindest in dem letzten Punkt irre.

***

Einige hundert Meter entfernt liegt Nick in seinem Bett und schaut auf die vom Mond beleuchteten Wolken. Er ist hin- und hergerissen, was Sam betrifft. Er findet sie attraktiv, lustig und nett. Er will sich aber auf keinen Fall in sie verlieben, da er befürchtet, dass ihn dies in ungeahnte Schwierigkeiten bringen kann. Wäre sie keine Freundin von Kimberly, hätte er vielleicht nicht dieses ungute Bauchgefühl. Aber er weiß, dass Kim vom Hass so zerfressen ist, dass sie alles daran setzen würde, um ihn zu bestrafen. Sie ist überzeugt von seiner Schuld an Kiras Tod. Und er hat, kurz vor dem Messerangriff, in ihren Augen gesehen, dass sie fest entschlossen ist, ihr Ziel zu verfolgen, bis sie es zu ihrer vollsten Zufriedenheit erreicht hat. Daher fällt es ihm schwer, Sam zu vertrauen. Er muss wachsam bleiben, um eine Veränderung in ihrem Verhalten sofort zu bemerken. Er vermutet, dass Sam wartet, bis er seinen Auftrag mit Melissa erledigt hat und erst danach Kims Plan ausführt. Aber er darf sich keinesfalls in Sam verlieben, ansonsten wird er angreifbar und unvorsichtig.

Insgeheim weiß er, dass es bereits zu spät ist. Die Gefühle lassen sich nicht mehr steuern, wenn der Funke einmal übergesprungen ist. Heute auf der Rolltreppe war ihr Gesicht seinem so nah, dass er sie am liebsten geküsst hätte. Er spürte ihren Atem auf seinen Lippen und ihre weiche Taille unter seinen Händen. Es kostete ihn mehr Beherrschung, als er sich eingestehen will, händchenhaltend sowie lachend mit ihr über den Platz zu laufen, und sie anschließend gehen zu lassen.

Er hat sich vor der Pension möglichst schnell von ihr verabschiedet, obwohl er ihren enttäuschten Gesichtsausdruck bemerkt hatte.

Ich muss mich einfach auf meinen Job konzentrieren und Sam als eine durchschnittliche Kundin ansehen - leider ist an ihr überhaupt nichts durchschnittlich!

Kapitel 22

Ich befinde mich wieder in der dunklen, einsamen Zelle. Obwohl meine Augen offen sind, dringt kein Licht an meine Netzhaut. Panik umschließt mich. Ich weiß weder, wie spät, noch ob es Tag oder Nacht ist. Ab und zu höre ich die leisen metallischen Geräusche der sich schließenden Türen. Gelegentlich sind Stimmen aus dem Gebäude über mir zu hören. Ich versuche stark zu sein, die Zeit so gut es geht, zu überstehen. Ich kann nicht mehr – ich will nicht mehr …

Schreiend wache ich auf. Ich öffne meine Augen, erkenne das kleine Zimmer, beleuchtet von einer Straßenlaterne. Ein Blick auf die Uhr verrät mir, dass es mitten in der Nacht ist. Erschöpft trotte ich ins Badezimmer, trinke hastig ein Glas kaltes Wasser. Anschließend setze ich mich vor das Fenster und blicke auf die verlassene Straße unter mir.

Ich muss mir eingestehen, dass die Zeit im Knast nicht spurlos an mir vorüber gegangen ist. Obwohl der Vorfall in der Dusche sowie der Aufenthalt im Loch mehrere Jahre zurückliegt, hatte ich seither nie Albträume oder Panikattacken, so wie gestern auf der Rolltreppe. Warum plötzlich jetzt?

Gedankenverloren lege ich mich zurück ins Bett, schließe die Augen und schlafe wenig später wieder ein.

Am nächsten Morgen krabble ich müde aus dem Bett. In der zweiten Nachthälfte wurden die Albträume von verwirrenden Szenen mit Nick abgelöst. Ich sah ihn zuerst mit Kira, danach mit mir und zum Schluss mit Melissa. Was diese letzte Variante mir sagen wollte, will ich gar nicht so genau wissen.

Ich sollte mich an das halten, was Kim mir über ihn erzählt hat.

Ich frühstücke kurz, ziehe mich an und mache mich auf den Weg in den nächsten Drogeriemarkt. Nachdem ich alle erforderlichen Gegenstände besorgt habe, kaufe ich mir noch ein zweiteiliges Kostüm, in welchem man sich eine gute Chefsekretärin vorstellen kann.

Zurück in meiner Pension mache ich mich fertig für das Fotoshooting bei Nick.

Eine Stunde später stehe ich in der Griegstraße und klingle an der mir bekannten Adresse. Die Haustür wird mir mit einem lauten Summen geöffnet. Ich gehe in den dritten Stock hinauf und klopfe an.

Nick reißt schwungvoll die Tür auf und lächelt mir entgegen: „Hallo Sam, du …"

Plötzlich hält er inne, schaut mich verwundert an. „Entschuldigung, ich habe Sie verwechselt."

Ich kann mir ein Lachen nur schwer verkneifen und beschließe, ihn noch eine Weile an der Nase herumzuführen.

„Guten Tag", beginne ich mit piepsiger Stimme. „Sind Sie Herr Nicklas Greve? Ich komme vom Jugendamt", teile ich mit strengem Tonfall mit.

Skeptisch betrachtet Nick mich von oben bis unten. Als sein Blick auf meine Füße fällt, schüttelt er leicht den Kopf. Grinsend dreht er sich um und sagt im Hineingehen: „Hat ja fast geklappt! Komm rein, Sam!"

Enttäuscht trotte ich hinter ihm her. „Woran hast du gemerkt, dass ich es bin?", will ich neugierig wissen.

„An deinen Schuhen!"

„Oh! Du hast dir gemerkt, welche Schuhe ich trage?", wundere ich mich.

„Ich habe mir alles an dir gemerkt, nicht nur die Schuhe. Außerdem würde zu mir niemals das Jugendamt kommen!"

„Nicht?", staune ich. Seine Antwort, dass er sich alles an mir gemerkt habe, lässt mir erneut die Farbe ins Gesicht steigen.

Anerkennend bemerkt er: „Du siehst wirklich total verändert aus."

„Gut oder nicht gut?", hake ich nach.

„Gut! Sehr hübsch!", gibt er bewundernd zu.

„Du stehst wohl auf blond und blauäugig?", ziehe ich ihn auf.

„Nein, aber die großen Dinger da vorne, die sind beeindruckend", gibt er mir mit einem Blick auf meine unechten Brüste zu verstehen.

In der Drogerie besorge ich mir eine blonde Perücke, blaue Kontaktlinsen sowie künstliche Brustimplantate. Dazu trage ich das neu erstandene Kostüm, außerdem habe ich sehr viel Make-up aufgelegt, um Augen sowie Lippen stark zu betonen. Mit dieser Veränderung komme ich meinem Ziel, Melissa möglichst ähnlich zu sehen, ziemlich nahe.

Nick führt mich in das dritte Zimmer seiner Wohnung, welches sich als Mischung aus Fotostudio und Labor herausstellt.

„Hier arbeitest du also?", stelle ich fasziniert fest.

„Ja, gelegentlich, wenn ich Aufträge bekomme. Aber ich gehe nebenbei auch noch einer anständigen Arbeit nach", erklärt er pflichtbewusst.

„Ach ja? Als was?", wende ich mich neugierig an ihn.

„Als Personal-Trainer im Fitnessstudio. Dieser Job lässt sich wenigstens mit meiner selbständigen Arbeit hier zu Hause vereinbaren. Ich kann im Studio auch mal spontan ein paar Tage wegbleiben, wenn ich einen wichtigen Auftrag habe."

„Wissen deine Kollegen von deinem Nebenjob als Fälscher?"

„Nein! So unvorsichtig bin ich nicht! Das weiß keiner, außer meinen Kunden und einigen Leuten, mit denen ich zusammenarbeite", entgegnet er entsetzt.

„Wie Jason?"

„Ja, solche Leute wie Jason. Die würden mich niemals verraten, dafür schätzen sie die gelegentlichen Aufträge von mir viel zu sehr."

Nachdem ich mich umgesehen habe, setze ich mich auf einen kleinen Hocker vor einer weißen Wand.

„Ist es so richtig?", frage ich unsicher.

„Ja, bleib gerade sitzen und schau mit einem neutralen Gesicht in die Kamera", leitet Nick mich an.

Ich blicke starr auf die Linse des Apparats, bemerke, wie Nick verschiedene Einstellungen vornimmt. Kurz bevor er abdrückt verziehe ich mein Gesicht zu einer Grimasse.

„Sam! Was soll das?", ruft Nick aufgebracht.

Ich kann mir ein Lachen nicht verkneifen. „Sorry, ist mir so rausgerutscht", erkläre ich grinsend, versuche sogleich mich erneut zu konzentrieren.

Leider gelingt mir das auch die nächsten viermal nicht. Immer kurz bevor Nick auf den Auslöser drückt, bekomme ich einen Lachanfall und ruiniere damit die Aufnahme.

Genervt liebevoll schaut Nick mich an: „Sam! Wie lange willst du das Spielchen noch treiben? Ich habe heute noch was anderes vor!"

In diesem Augenblick klingelt mein Handy. Entschuldigend beuge ich mich zu meiner Tasche und krame das kleine Gerät heraus. Ein *unbekannter Anrufer* wird angekündigt.

„Samantha Reich!", melde ich mich freundlich.

„Guten Tag, Frau Reich, hier spricht Kinzler von der Kanzlei Bertmann", grüßt mich eine freundliche junge Stimme.

Erstaunt blicke ich zu Nick, der anstandshalber aufsteht und das Zimmer verlässt.

„Wir haben Ihre Telefonnummer von der Diakonie bekommen. Wir suchen dringend ab sofort eine Rechtsanwaltsfachangestellte und man sagte uns, Sie seien flexibel in der Zeiteinteilung?", erklärt sie mir.

„Ja, äh… eigentlich schon", stottere ich überrumpelt.

„Könnten Sie morgen um Zwei zu einem Vorstellungsgespräch kommen?", will sie freundlich wissen.

„Ja, klar, gerne!", gebe ich freudig zur Antwort.

Nachdem Sie mir die Adresse der Kanzlei genannt hat, beenden wir das Gespräch. Kurz darauf kommt Nick zurück ins Zimmer.

„Gute Nachrichten?", fragt er neugierig.

„Ja, ich glaube ich habe einen Job!", antworte ich skeptisch.

„Super, das freut mich für dich! Können wir dann endlich das Foto schießen, ich muss gleich los, noch ein paar Stunden arbeiten."

„Im Fitnessstudio?"

„Ja, heute kommt eine Stammkundin, die nur zu mir möchte. Und wenn es mir zeitlich möglich ist, übernehme ich solche Trainingseinheiten natürlich gerne selbst", entgegnet er gewissenhaft.

Hierauf erspare ich mir einen weiteren Kommentar. Ein Gefühl nimmt von mir Besitz, das ich als Eifersucht bezeichnen würde. Allerdings widerstrebt es mir, auf eine Frau eifersüchtig zu sein, die ich nicht einmal kenne. Noch dazu, wenn der Mann, der diese Gefühle in mir auslöst, überhaupt nichts von mir will!

Das Foto ist mit dem nächsten Schuss im Kasten. Nick bestätigt mir erleichtert, dass gut geworden ist.

Ich stehe auf, schnappe nach meiner Tasche und gehe zur Tür.

„Also, dann bis Mittwoch. Wann treffen wir uns?", frage ich geschäftsmäßig.

Argwöhnisch betrachtet Nick mich: „Was ist los? Bist zu beleidigt?"

Ein unkontrollierter Laut entfährt meiner Kehle. „Nein! Warum sollte ich beleidigt sein?", werfe ich ihm etwas zu schnell entgegen.

„Das frage ich mich auch! Wir können uns doch morgen Nachmittag treffen, wenn Du Zeit hast!", sagt er versöhnlich, greift dabei nach meiner Hand.

Ich schaue ihm in die Augen und lasse mich sofort umstimmen.

„Ja, gerne! Ich kann nach dem Vorstellungsgespräch, so um drei, zu dir kommen!", biete ich schüchtern an.

„In Ordnung, bis dann", sagt er und öffnet mir die Tür.

„Viel Spaß beim Training heute!", rufe ich ihm im Hinausgehen zu, laufe anschließend beschwingt die Treppe hinunter.

Später am Abend laufe ich die Straße entlang, um mir etwas zum Essen zu besorgen. Soweit ich mich erinnere, gibt es an der nächsten Ecke einen kleinen Italiener, der erstklassige Pizzen zubereitet, die man auch mitnehmen kann.

Kurz bevor ich die Pizzeria betrete, fällt mein Blick durch eines der großen Fenster des Restaurants. Geschockt bleibe ich stehen.

An einem der Tische sitzt Nick - ihm gegenüber eine Frau. In der einen Hand ein Glas Wein, die andere Hand verschlungen mit der des Partners. Ich betrachte die Unbekannte mit Argusaugen. Nick ist gerade mal fünfunddreißig Jahre alt, sein Rendezvous geht sicher schon auf die fünfzig zu! Vermutlich handelt es sich um die Stammkundin, die er heute erwähnt hat. Allerdings ist mir neu, dass Personal-Trainer mit ihren Kunden auch privat zum Essen gehen. *Sam! Das kann dir vollkommen egal sein, mit wem Nick sich privat trifft.* Vielleicht hat sie ihn eingeladen und er wollte anstandshalber nicht absagen.

Die folgende Szene wirft all meine Beruhigungsversuche über Bord. Nick steht auf und setzt sich neben die Frau. Er legt den Arm um ihre Schultern, zieht sie leicht zu sich heran.

Mit offenem Mund beobachte ich, wie er sie zärtlich auf die Lippen küsst. *Das glaube ich einfach nicht!* Es ist ein kurzer, romantischer Kuss. Anschließend steht Nick auf und setzt sich zurück auf seine Seite des Tisches.

Ich hab genug gesehen! Mir ist der Appetit vergangen! Schwungvoll drehe ich auf dem Absatz um und laufe zutiefst gekränkt zurück in meine Unterkunft.

Krachend werfe ich die Tür hinter mir ins Schloss, werfe mich wütend auf mein Bett. *So ein Mistkerl! Er flirtet mit mir und hat eine Affäre mit einer anderen!* Die Tränen steigen mir in die Augen, ich kann nicht verhindern, dass das anfängliche Selbstmitleid zu einem ausgewachsenen Weinkrampf heranreift.

Kapitel 23

Ich habe eine schreckliche Nacht hinter mir und wache erst gegen Mittag auf. Meine Gedanken kreisten stundenlang um Nick. Ich stellte mir vor, wie er mit dieser Frau aus dem Restaurant geht, anschließend bei sich zu Hause auf dem Sofa sitzt. Wie er sie küsst, sie umarmt, während sie seinen nackten Oberkörper streichelt.

Vergeblich versuchte ich, an etwas anderes zu denken. Ich konzentrierte mich auf das heutige Vorstellungsgespräch, auf meine Rache gegen Melissa. Aber immer wieder schob sich Nicks Bild in meine anderen Gedanken, so dass mein Herz, beim Anblick meiner Fantasien, schmerzte.

Irgendwann in den frühen Morgenstunden, war meine Verzweiflung so groß, dass sie sich in Wut umwandelte. Ich beschloss, mich an Nick zu rächen. Einerseits dafür, dass er mir schöne Augen gemacht hat, obwohl er nichts für mich empfindet und andererseits für Kim, obwohl ich mir mittlerweile sicher bin, dass er nicht an Kiras Tod schuld ist.

Wie allerdings meine Rache gegen ihn aussehen soll, weiß ich noch nicht. Ich möchte ihn weder verletzen, noch hinter Gitter bringen. Ich will ihm einfach nur einen Denkzettel verpassen, um ihm klar vor Augen zu führen, dass man sich Frauen gegenüber nicht so verhält.

Ich hüpfe aus dem Bett, dusche und ziehe mich an. Unterwegs zur U-Bahn kaufe ich mir einen Kaffee sowie ein belegtes Sandwich.

Pünktlich zum vereinbarten Termin erscheine ich in der Sendlingerstraße bei der Kanzlei Bertmann.

Nach einem halbstündigen Bewerbungsgespräch lässt mich der zuständige Rechtsanwalt wissen, dass er mich gerne einstellen würde, ich bereits nächste Woche bei ihm anfangen könne. Obwohl ich noch nicht genau weiß, wie der Zeitplan für meinen Rachefeldzug gegen Melissa aussieht, sage ich freudestrahlend zu.

Beschwingt und gutgelaunt fahre ich nach Hause. In Gedanken versunken laufe ich die Straße entlang. Von weitem höre ich bereits das Kinderlachen, welches von dem vielbesuchten Spielplatz, auf der anderen Straßenseite, her rührt.

Lächelnd beobachte ich die Kinder, wie sie toben, schreien oder einfach ruhig im Sand sitzen, um einen Kuchen zu backen.

Im nächsten Moment werde ich stutzig. Das Kind dort im Sandkasten kommt mir bekannt vor. Es sieht aus, wie …

„Mama!", ruft das Mädchen plötzlich, springt auf und läuft zur Bank. Mein Blick folgt ihr und bleibt an der jungen Frau, die mir als Caro bekannt ist, hängen. Neben ihr sitzt Nick, er spricht fürsorglich auf das Kind ein.

Jetzt versteh ich gar nichts mehr! Wie viele Beziehungen gleichzeitig führt er eigentlich? Vielleicht trifft er sich mit Caro und seiner Tochter ja nur zum Spielen. Das muss noch lange nicht bedeuten, dass….

Noch bevor ich meinen Gedanken beendet habe, beugt Nick sich zu Caro und gibt ihr einen Kuss auf die Wange. Gemeinsam stehen sie auf, gehen Arm in Arm den schmalen Weg am Spielplatz entlang. Das kleine Mädchen läuft lachend vor den beiden her. Sie gehen in Richtung Nicks Wohnung.

Mein Magen verkrampft sich, mir wird schlagartig übel. So schnell ich kann, laufe ich in mein Zimmer, schaffe es gerade noch rechtzeitig über die Toilette.

Nachdem ich meinen Magen entleert habe, sitze ich erschöpft am Boden und starre vor mich hin. *Warum verliebe ich mich immer in Männer, denen eine Frau nicht genug ist?*

Entmutigt lege ich mich aufs Bett und schließe die Augen. Das Einzige, was mich an meinem Plan festhalten lässt, ist die Rache an Melissa. Meine Wut über ihr Verhalten ist größer, als alle anderen Gefühle, die mich derzeit aufwühlen. Mit diesem Ziel vor Augen werde ich den morgigen Tag mit Nick überstehen. Es geht nur um mein Ziel! Wenn ich Glück habe, muss ich danach Nick nur noch ein einziges Mal treffen, damit er mir den gefälschten Ausweis übergibt. Sodann trennen sich unsere Wege für immer.

Das Klingeln meines Handys reißt mich aus meinen Tagträumen. Missmutig greife ich nach dem Hörer. „Hallo?", frage ich genervt.

„Sam, ist alles in Ordnung? Du wolltest doch um drei zu mir kommen?", fragt Nick besorgt.

Er hat daran gedacht? Er war doch mit Caro zusammen... hat er sie nach Hause geschickt? Weil er sich mit mir treffen wollte?

Ohne es absichtlich zu forcieren, macht mein Herz einen Freudensprung und fängt laut an zu schlagen.

„Sorry, ich war müde und habe mich ein wenig hingelegt. Ich muss eingenickt sein", erkläre ich kleinlaut.

„Wie ist das Vorstellungsgespräch gelaufen?", fragt er neugierig.

„Gut. Ich habe den Job und kann nächste Woche anfangen", antworte ich freudig.

„Wirklich? Das ist ja super! Hast du Lust, dass wir das heute noch feiern? Wir könnten zusammen zum Essen gehen, wenn du Lust hast", ruft er erfreut aus.

Einen Moment lang verschlägt es mir die Sprache. Essen gehen? Das dann so endet, wie sein gestriger Abend beim Italiener?

Da ich ihm eine Antwort schuldig bleibe, macht er einen erneuten Vorschlag: „Oder wir gehen einfach in den Park und genießen das schöne Wetter. Sag was, Sam!", fordert er mich unmissverständlich auf.

In den Park? Da war er eben noch mit seiner Ex-Frau oder Noch-Ehefrau oder was auch immer sie ist!

„Tut mir leid, Nick! Aber ich treffe mich nachher noch mit Keno. Außerdem möchte ich heute früh ins Bett, damit ich morgen fit bin", erkläre ich mit voller Überzeugung.

Ich spüre seine Enttäuschung regelrecht durch die Leitung. Bedrückt sagt er: „Ach so! Na, dann sehen wir uns eben morgen. Kannst du um zehn Uhr zu mir kommen?"

Ich weiß, dass Melissa erst um zwei Uhr die Firma verlässt, daher erscheint mir zehn Uhr vormittags sehr früh für das Treffen. Ich möchte einer verfänglichen Situation mit ihm soweit wie möglich aus dem Weg gehen. Daher antworte ich bedauernd: „Schon so früh? Ich muss vorher noch etwas erledigen. Reicht es, wenn ich so um zwölf bei dir bin? Wann müssen wir denn losfahren?"

„Ich möchte nicht zu spät dort erscheinen, falls Melissa früher kommt. Um eins müssen wir spätestens los!", drängt er leicht verärgert.

„In Ordnung, das schaff ich locker! Bis morgen dann!", sage ich selbstsicher und lege auf.

Sehnsüchtig lasse ich mich zurück auf mein Bett fallen, starre dabei an die Zimmerdecke. Ich würde ihn so gerne sehen, ihn spüren, ihn riechen. Aber ich will nicht eine seiner zahlreichen Affären werden! Im Knast habe ich mir geschworen, dass mich kein Mann mehr so schnell um den Finger wickelt! Super - ich bin gerade mal eine Woche in Freiheit und habe mein Herz bereits wieder an einen Typen verloren, der undurchschaubar und offensichtlich auch untreu ist.

Kapitel 24

Auch diese Nacht verfolgen mich die früheren Erlebnisse in meinen Träumen. Übermüdet und nervös stehe ich an diesem Mittwoch auf. *Hoffentlich geht alles gut!* Wenn irgendetwas schief läuft oder Melissa merkt, dass ich hinter der heutigen Aktion stecke, wird sie mir die größtmöglichen Schwierigkeiten bereiten, die in ihrem Einflussbereich liegen.

Wieder einmal bin ich auf die Fähigkeiten sowie das Können eines Fremden angewiesen. Das letzte Mal, als ich einem Fachmann vertraut habe, hat es mir sechs Jahre Knast eingebracht! *Hoffentlich weiß Nick, was er tut!*

Den gesamten Vormittag verbringe ich in meinem Zimmer, da ich befürchte, Nick könnte mir auf der Straße über den Weg laufen und somit meine Lüge entlarven. Zuerst schalte ich den Fernseher ein, später versuche ich, mich durch surfen im Internet abzulenken. Die Zeit verstreicht wie in Zeitlupe.

Um zwölf Uhr denke ich ernsthaft darüber nach, doch schon aufzubrechen. Ich bin mittlerweile so nervös, dass ich mir nichts sehnlicher wünsche, als mit Nick über unser Vorhaben sprechen zu können. Dass ich dann allerdings seiner Nähe sowie seinem unglaublichen Charme ausgesetzt bin, rückt momentan für mich an unbedeutende zweite Stelle. Ich beschließe, noch zehn Minuten zu warten, um mich dann auf den Weg zu machen. Der Sekundenzeiger der Wanduhr scheint vor jedem Sprung eine halbe Ewigkeit zu verweilen, um mich somit von meinem Ziel möglichst lange fernzuhalten.

Ein lautes Klopfen unterbricht meine Lethargie. Erstaunt springe ich auf. *Was will Herr Grünpfeil wohl von mir?* Als ich die Tür öffne und dem Besucher in die Augen blicke, werden meine Knie schlagartig weich.
„Nick? Was machst du denn hier?", rufe ich ihm verwundert entgegen.
„Das müsste wohl eher ich fragen!", sagt er verärgert, dabei schiebt er mich zur Seite. Ungebeten betritt er mein Zimmer und schaut sich um. Er sieht das zerknitterte Bett sowie den laufenden Fernseher. Betreten lehne ich mich an die geschlossene Tür.
Sein Gesichtsausdruck verrät eine Mischung aus Unverständnis, Enttäuschung und Trauer.
„Du hattest heute gar nichts vor, stimmt's? Du wolltest einfach nicht früher zu mir kommen", sagt er leise.
„Ich... doch, ich wollte gerade los", versuche ich mich zu rechtfertigen.
Nick tritt auf mich zu und drängt mich dichter an die Tür. „Sam, warum belügst du mich? Wenn du dich nicht mit mir treffen willst, dann kannst du das auch sagen."

Er steht so nah an mir, dass ich sein Parfum riechen kann. Obwohl er mich mit keinem Punkt seines Körpers berührt, spüre ich die von ihm ausgehende Hitze. Die Spannung zwischen uns muss auch für ihn fühlbar sein. Sekundenlang schaut er mir tief in die Augen. Wie hypnotisiert drücke ich mich an das harte Holz hinter mir, verliere mich in seinem Blick.

Plötzlich tritt er zwei Schritte zurück. Mit einem Mal schwenk die Stimmung um.

„Können wir dann los? Ich muss noch kurz die Kamera von zu Hause holen", teilt er mir gefühllos mit.

Ich schnappe meine Jacke und folge ihm aus dem Zimmer. Auf dem Weg zu seiner Wohnung laufen wir schweigend nebeneinander her.

„Warte kurz, ich komme gleich wieder", sagt er vor der Haustür, dabei lässt er mich ohne einen Blick stehen.

Super Sam! Jetzt ist er auch noch sauer auf dich! Er weiß, dass ich mich von ihm fernhalten wollte. Allerdings vermute ich, dass er den wahren Grund nicht ahnt...

***

Zur gleichen Zeit steht Nick drei Stockwerke höher in seiner Wohnung, greift wütend nach der Kamera. Er ist unsagbar traurig über Sams Reaktion. Sie hat nicht einmal versucht, ihn von seinem Vorwurf abzubringen. Wahrscheinlich, weil es stimmt! All die Signale, die sie die letzten Tage ausgesandt hatte, kamen bei ihm völlig falsch an. Er spürte ihre Zuneigung sowie Sympathie. Aber offensichtlich hat sie nur mit ihm geflirtet, um das bestmögliche Ergebnis für die heutige Aktion herauszuholen. Wahrscheinlich will sie noch den Preis für den Ausweis drücken. Das kann sie sich jetzt abschminken. Ab morgen hat er keinen Grund mehr, sich mit ihr zu treffen. Abgesehen von einem letzten Mal - bei der Ausweisübergabe.

Er sollte öfter auf sein Bauchgefühl hören. Bereits am ersten Tag, als sie erzählte, dass Kimberly sie geschickt hat, hatte er ein ungutes Gefühl in der Magengegend. Er hätte stur bleiben und sie abweisen sollen. Jetzt ist es zu spät! Er muss sich eingestehen, dass er sich in sie verliebt hat und nunmehr die Konsequenzen tragen muss.

Er verlässt seine Wohnung und zieht die Tür hinter sich zu. Mit schnellen Schritten überwindet er die drei Stockwerke und tritt hinaus auf die Straße.
Sam lächelt ihn unsicher an. Er versteht diese Frau einfach nicht!

***

Eine halbe Stunde später erscheinen wir am vereinbarten Treffpunkt und halten Ausschau nach Jason.
„Hoffentlich kommt er auch pünktlich! Ist er überhaupt zuverlässig, wenn er doch Drogen nimmt?", frage zweifelnd.
Nicks harter Blick trifft mich ohne Vorwarnung. „Was soll das denn heißen? Nur weil er Drogen nimmt, ist er doch nicht automatisch auch unzuverlässig! Jason hat mich noch nie enttäuscht, deshalb habe ich auch ihn für diesen Job ausgewählt", fährt er mich barsch an.
Ich erspare mir eine weitere Erklärung. Was ist nur los mit ihm? So habe ich das doch gar nicht gemeint! Ich mache mir nur Sorgen, ob alles so klappt, wie geplant.
In diesem Moment erscheint Jason, gutgelaunt und pünktlich, wie ich nach einem verstohlenen Blick auf meine Uhr feststellen muss.
Nick gibt ihm ein letztes Mal seine Instruktionen, dann trennen wir uns.
„Komm, ich bring dich noch zu dem Treffpunkt!", befiehlt er, während er nach meiner Hand greift. Hinter sich herziehend, läuft er mit mir die Maximilianstraße entlang.
Abrupt bleibe ich stehen - mir stockt er Atem.
Nick dreht sich sofort zu mir um: „Was ist?", will er besorgt wissen.
„Dort ist sie!", wispere ich und bemerke, dass ich leicht zu zittern beginne. Melissa läuft geradewegs auf uns zu. Wenn sie mich jetzt mit Nick sieht, ist alles vorbei, bevor es begonnen hat.
„Verdammt! Sie ist zu früh!", stößt Nick leise aus, reagiert jedoch blitzschnell.

Er packt mich an den Schultern und drückt mich an die Hauswand. Spürbar lehnt er seinen Körper an mich, während er seine Arme seitlich neben meinen Kopf stützt, um die Sicht von außen zu versperren. Wir stehen uns so nah gegenüber, dass unsere Nasenspitzen sich beinahe berühren.

Dieser plötzlichen Nähe bewusst, reagiert mein Körper mit seinen eigenen Signalen. Mein Puls beschleunigt sich, die Atmung wird schneller. In meinem Bauch kribbelt es und ich habe das Gefühl, unter seiner Berührung zu zerschmelzen.

„Jetzt weißt du, warum es wichtig ist, früh genug an Ort und Stelle zu sein!", flüstert er.

Unsere Blicke treffen sich. Seine blauen Augen wirken aus der Nähe noch dunkler. In meiner Brust spüre ich meinen heftigen Herzschlag.

Langsam dreht er seinen Kopf, während er noch ein Stück näher an mich heranrückt. Bevor ich einen weiteren Gedanken fassen kann, treffen seine weichen Lippen auf meine. Zärtlich und behutsam küsst er mich. Ein elektrisierendes Gefühl strömt durch meinen Körper, wohlige Wärme breitet sich aus. Bevor der Kuss intensiver werden kann, werden wir von einem Passanten angerempelt, der uns aus unserer Euphorie reißt. Schnell löst sich Nick von mir und tritt unmittelbar einen Schritt zurück. Konzentriert sucht er die Straße nach Melissa ab, bis er sie gefunden hat.

Er schaut mir in die Augen und hebt mein Kinn mit einem Finger leicht an. „Alles in Ordnung? Du musst los! Versteck dich, wie besprochen, und warte auf Jason!", erklärt er mir liebevoll.

Im nächsten Moment wendet Nick sich ab und marschiert in Melissas Richtung. Mit weichen Knien laufe ich die Straße entlang, bis zur nächsten kleinen Abzweigung. Dort geht es in eine schmale Gasse, in welcher zwei große Mülltonnen an der Wand stehen. Wie vereinbart, ziehe ich mich zwischen die beiden Container zurück. Vorsichtig packe ich die Kamera aus und überprüfe die Einstellungen. Meine Hände zittern, mein Herz pumpt und meine Atmung geht stoßweise. Ob daran die Aufregung vor dem Bevorstehenden oder der zärtliche Kuss schuld ist, mag ich nicht zu beurteilen.

***

Mit schnellen Schritten verfolgt Nick Melissa. Seine Gedanken sind noch völlig benebelt von dem zärtlichen Kuss. Er konnte einfach nicht widerstehen, obwohl er es sich so fest vorgenommen hat. Er wollte wenigstens einmal ihre weichen Lippen spüren und ihren Geschmack in sich aufnehmen.

Jetzt muss er sich aber konzentrieren, um den Auftrag ohne Fehler auszuführen.

Er hält einige Meter Abstand zu Melissa, die auf dem Weg zu ihrem Friseur mehrmals an den Schaufenstern stehen bleibt, um die Auslagen zu begutachten.

Ein gutes Stück weiter entdeckt er Jason, der ihm mit einem leichten Nicken das Zeichen für seine Bereitschaft gibt.

Nick geht zielstrebig auf Melissa zu. Kurz vor ihr schwenkt er leicht nach rechts und rempelt sie so beim Vorbeigehen kräftig an.

„Ah!", ruft sie erschrocken aus.

„Oh! Entschuldigen Sie! Habe ich Sie verletzt?", fragt er mit einem besorgten Gesichtsausdruck.

„Nein, alles in Ordnung", erwidert Melissa, reibt sich dabei die schmerzende Stelle.

Nick wendet sich ihr zu und berührt sie leicht an ihrer Hand, mit welcher sie ihre Schulter massiert.

„Sind Sie sicher? Es scheint Ihnen sehr weh zu tun. Ich wollte das wirklich nicht. Ein Junge drängte mich zur Seite und …"

In diesem Moment werden beide gleichzeitig zur Seite gestoßen. Ein großgewachsener, schlanker Mann mit Kapuzenmütze reißt Melissa die Handtasche vom Arm und sprintet mit seiner Beute davon.

„Halt!", schreit Melissa noch, aber es ist bereits zu spät.

Nick bietet sofort seine Hilfe an: „Warten Sie hier! Ich hole Ihre Tasche zurück. Bleiben Sie bitte hier stehen, nicht weglaufen", ruft er ihr zu, während er losprintet, um den Dieb zu verfolgen.

***

Angespannt hocke ich zwischen den stinkenden Tonnen und warte auf Jason. Meine Nervosität steigt mit jeder Sekunde. Was ist, wenn Melissa ihn verfolgt und sie mich sieht? Was ist, wenn Nick es nicht schafft, Melissa abzulenken, bevor sie im Friseursalon verschwindet? Meine Gedanken drehen sich im Kreis.

Plötzlich höre ich schnelle Schritte. Während eine dunkle Gestalt an mir vorüber läuft, wirft sie mir einen Gegenstand zu. Anschließend läuft Jason weiter die Gasse entlang, bis zur nächsten Abzweigung. Die braune Handtasche bleibt direkt auf meinem Schoß liegen.

Ich trete ein Stück aus meinem Versteck und öffne mit zittrigen Händen die Handtasche. Beim Versuch, einen schmalen Lederbeutel herauszuziehen, gleitet mir die Tasche aus der Hand und fällt zu Boden. Der halbe Inhalt liegt verstreut auf dem Asphalt. Schnell beuge ich mich nach unten und suche weiter nach der Geldbörse sowie dem Ausweis. Ich bin so nervös und aufgeregt, dass ich nicht bemerke, wie ein Mann neben mich tritt und meinen Arm festhält.

Das Blut gefriert mir in den Adern, mein ängstlicher Gesichtsausdruck verrät meine Gemütsfassung.

„Ruhig, ich bin's", flüstert Nick besänftigend. „Ganz ruhig, Sam! Es ist alles in Ordnung. Hast du den Ausweis schon gefunden?", will er ruhig wissen.

„Nein, ich … ich finde ihn nicht. Es ist so viel Zeugs hier drin…", hasple ich los.

Nick greift schnell zu einem kleinen Ledertäschchen und öffnet es. Zum Vorschein kommen verschiedene Papiere, unter anderem der Personalausweis.

„Gib mir die Kamera!", befiehlt er mit Nachdruck.

Schnell reiche ich ihm den Fotoapparat, bemüht, ihn nicht fallen zu lassen.

Mit professionellen Handgriffen lichtet Nick beide Seiten des Ausweises ab, drückt mir die Kamera wieder in die Hand. Danach verstaut er das Dokument wieder so, wie er es vorgefunden hat und steckt alle Utensilien zurück in die Handtasche.

„Gut gemacht! Warte hier auf mich!", sagt er beruhigend.

***

Er springt auf und läuft aus der Gasse zurück auf die Hauptstraße. So schnell er kann kehrt er zurück zu Melissa, die besorgt sowie den Tränen nahe, an der Stelle wartet, wo er sie verlassen hat.

„Bitte sehr! Ich habe ihn in der Seitengasse erwischt. Als er mich sah, hat er Ihre Handtasche einfach fallen lassen. Schauen Sie bitte nach, ob etwas fehlt!", berichtet er keuchend.

Melissa überprüft glücklich den Inhalt ihrer Handtasche und strahlt Nick an: „Es ist alles da, soweit ich es sehe. Vielen Dank! Wie kann ich mich für Ihren Einsatz revanchieren? Vielleicht einen Finderlohn? Oder wollen Sie lieber einen Kaffee mit mir trinken gehen?", macht Melissa ein unmissverständliches Angebot.

Nick schüttelt abwehrend den Kopf: „Nein, schon gut! Ich wollte Ihnen nur behilflich sein. Ich wünsche Ihnen noch einen schönen Tag!", sagt er freundlich, bevor er sich umdreht.

„Vielen Dank! Ihnen auch!", ruft Melissa ihrem Retter nach und bedauert, dass dieser hübsche, junge Mann sich nicht auf einen Kaffee einladen ließ.

Nick läuft zurück zu Sam, die bereits unruhig auf ihn wartet.

Zusammen verlassen sie die Stadt und kehren zurück in die Griegstraße.

***

Vor seiner Wohnung fragt Nick hoffnungsvoll: „Kommst du noch mit rauf? Dann können wir uns gleich das Bildmaterial ansehen."

Ich weiß, was passiert, wenn ich mit in seine Wohnung gehe. Beim ersten Gedanken an den Kuss würde ich sofort über ihn herfallen. Ich bin innerlich so aufgewühlt. Einerseits wegen dem Überfall an Melissa, anderseits wegen dem vorausgegangen Kuss, der mich weit mehr berührt hat, als ich es mir eingestehen will. Schlimm genug, dass ich schwach wurde, den Kuss erwidert und genossen habe. Ich habe meine Gründe, warum ich mit ihm keine Affäre anfangen will und die sind mir plötzlich wieder absolut gegenwärtig.

„Besser nicht! Das ganze hat mich mehr mitgenommen, als ich dachte. Ich gehe lieber nach Hause", antworte ich mit fester Stimme.

„Sehen wir uns dann morgen?", will er sehnsüchtig wissen.

„Ich weiß noch nicht, Nick. Ich muss noch einiges für die neue Arbeit vorbereiten und Keno will sich wegen der Geldübergabe mit mir treffen", lasse ich die Lüge absolut glaubwürdig klingen.

„Ja, natürlich! Machs gut!" Er beugt sich zu mir, gibt mir einen zarten Kuss auf die Wange.

Schnell drehe ich mich um und laufe die Straße fluchtartig hinunter.

Kapitel 25

Am nächsten Tag rufe ich Keno an.

„Keno, weißt du schon, wann du das Geld bekommst?", frage ich ohne lange Vorrede.

„Vermutlich morgen, kann aber sein, dass sie es schon heute abholt. Melissa wollte eigentlich gestern nach dem Friseur zur Bank gehen, aber sie erzählte mir, dass sie bestohlen wurde und danach ziemlich durcheinander war. Deshalb holt sie das Geld erst heute oder morgen."

„Gibst du mir dann gleich Bescheid?", bitte ich ihn freundlich.

„Klar! Glaubst du es macht mir Spaß zu Hause auf so einem Haufen Geld zu sitzen? Sam, ich muss Schluss machen, Herr Brückner kommt gerade um die Ecke", flüstert er und legt einen Augenblick später auf.

Langsam komme ich meinem Ziel näher. Hoffentlich holt Melissa wirklich das Geld und wird nicht vorher misstrauisch.

Nach dem gestrigen Tag weiß ich, dass es eine Menge Mut sowie Selbstbeherrschung kostet, eine geplante Straftat auszuführen. Alleine hätte ich das nie geschafft! Wäre Nick nicht gewesen …

Beim Gedanken an ihn werde ich sofort wehmütig. Vielleicht sollte ich ihm doch eine Chance geben. Sofern er überhaupt etwas von mir will! Was kann schon passieren? Vielleicht haben wir nur eine kurze Affäre und mehr nicht. Selbst das wäre mir im Moment egal. Ich sehne mich derart stark nach ihm, dass es körperlich schmerzt.

Vernunft hin oder her – ich sollte ihm wenigstens die Möglichkeit geben, mir zu erklären, welche Beziehung er zu den beiden Frauen hat. Bin ich ihm das nicht schuldig?

Nein! Ich bin ihm gar nichts schuldig! Er spielt mit den Gefühlen der Frauen. Auch mich hat er schon so weit gebracht, dass ich mich nach ihm sehne und somit eventuelle Fehltritte seinerseits in Kauf nehme. Welche Grundlage soll da eine mögliche Beziehung haben?

SEX! Wilder, hemmungsloser Sex!

Oh mein Gott! Ich drehe total durch! Ich bin so ausgehungert nach Sex, dass ich alles in Kauf nehmen würde, um einen Typen abzubekommen!

Mit meiner rechten Hand schlage ich mir leicht auf den Kopf. „Stopp!", schreie ich in den Raum. Wo ist nur meine Würde geblieben? Hat sich die in den letzten sechs Jahren total in Luft aufgelöst?

In Ordnung! Ich schließe mit mir selbst einen Kompromiss: Ich laufe ihm nicht mehr nach, denn so erfahre ich nicht, ob er überhaupt etwas von mir will! Wenn er sich jedoch bei mir meldet, werde ich ihn auf Caro und die andere Frau ansprechen und mir seine Erklärung anhören. Dann kann ich immer noch entscheiden, ob ich mich auf ihn einlassen will oder nicht.

Nachdem ich diesen Entschluss gefasst habe, geht es mir besser. Ich fühle mich befreit, da ich insgeheim hoffe, dass er noch heute anruft und mich treffen will. Also wird es nicht mehr lange dauern, bis wir …

Gutgelaunt lege ich mich in die Badewanne, setze Kopfhörer auf, um mich vollkommen der Musik hingeben zu können und singe lauthals zu meinen Lieblingssongs mit. Danach ziehe ich mich an, schnappe mir meine Handtasche und verlasse die Wohnung. Mit neuer Energie fahre ich in die Stadt, besorge mir verschiedene Kleidungsstücke für meinen neuen Job und leiste mir zwei paar neue Schuhe. Erst abends kehre ich schwer beladen in mein spärlich eingerichtetes Zimmer zurück.

Während ich auf dem Bett liege, greife ich nach meinem Handy und überprüfe meine Nachrichten. *Verdammt! Er hat angerufen und ich habe es nicht gehört!* Bereits mittags, als ich in der Badewanne lag! *Mist!* Warum zeigt mein Telefon das erst jetzt an?

Ohne lange zu überlegen rufe ich ihn zurück. Schließlich hat er zuerst angerufen, somit laufe ich ihm ja nicht nach!

Es klingelt einmal, zweimal, dreimal... Er hebt nicht ab. Irgendwann geht seine Mailbox dran. Aber auf den Anrufbeantworter zu sprechen, käme einem Betteln nach Aufmerksamkeit gleich. Schnell lege ich auf. Er ist sicher im Fitnessstudio. Ich versuche es einfach später noch einmal.

Dazu kommt es nicht mehr, da ich eine Stunde später in einen tiefen, traumlosen Schlaf falle.

***

Einige Straßen weiter sitzt Nick auf seinem Sofa im Wohnzimmer. Er ist gerade von der Arbeit nach Hause gekommen und überprüft neugierig seine Anrufe. Sam hat zurückgerufen, aber keine Nachricht auf der Mailbox hinterlassen. Seine anfänglichen Befürchtungen, dass sie sich für Kim an ihm rächen und ihm schaden will, lassen ihn nicht los. Jedoch sagt sein Herz ihm, dass Sam das niemals machen würde. Langsam streicht er über die Narbe an seiner linken Bauchseite. *Ich sollte mich nicht von meinem Herz lenken lassen, sondern auf meinen Verstand hören!*

Nach längerem Überlegen beschließt er, Sam eine SMS zu schreiben. Wenn Sie sich dann nochmals bei ihm meldet, kann er weiter darüber nachdenken, ob er sich auf eine Beziehung mit ihr einlassen möchte. Verzichtet sie jedoch auf eine Antwort, wird er sich von ihr fernhalten und sie erst der Übergabe des Ausweises wieder sehen.

Er beginnt die Nachricht einzutippen und drückt anschließend auf *senden*.

Entspannt wirft er sein Handy auf den Tisch und lehnt sich zurück. Er hat den ersten Schritt getan, als Nächstes muss sie auf ihn zukommen - wenn sie es wirklich ernst meint.

***

Der Freitag beginnt mit einem stürmischen Orkan, der an die Scheiben drückt. Prasselnder Regen peitscht gegen die Fensterscheiben und die pfeifenden Geräusche des Windes geben einem das Gefühl, sich eher in einem alten Schloss, als in einem modernen Wohnhaus zu befinden.

Neugierig greife ich nach meinem Handy und erkenne sofort zwei neue Nachrichten. Die neueste Nachricht ist von Keno, sie erreichte mich heute früh um acht Uhr. Ich öffne sie und lese den Text: *M. bringt heute das Geld. Du kannst ab vier Uhr zu mir kommen. LG Keno.*

Es hat geklappt! Melissa wird bezahlen! Erleichtert drücke ich auf die zweite Nachricht, versuche den leichten Stich in meiner Brust zu ignorieren. Nick schreibt: *Der Pass ist erst in zwei Wochen fertig! Tut mir leid, wie es bisher gelaufen ist. Kann es leider nicht mehr ändern. My Nick.*

Irritiert lese ich den Text erneut, verstehe ihn aber auch nicht besser, wie nach dem ersten Mal. Was will er mir damit sagen? Gut, der Pass ist erst in zwei Wochen fertig. Blöd, aber kann man eben nicht ändern. Was tut ihm denn leid? Der Kuss? Und was zum Teufel heißt *My Nick*? Mein Nick? Ist das etwa seine Grußformel bei Textnachrichten? Wer weiß, was sich alles in sechs Jahren verändert hat? LG kenne ich, wie Keno es geschrieben hat. Liebe Grüße. Aber My? Am besten erkundige ich mich bei Keno, wenn ich ihn heute sehe.

Jedenfalls hört sich Nicks SMS nicht danach an, als würde er mich gerne wiedersehen. Was auch immer ihm leid tut - anscheinend will er es nicht ändern!

Um Punkt vier Uhr stehe ich vor Kenos Haus und drücke den Klingelknopf. Nach kurzer Nachfrage durch die Gegensprechanlage öffnet er mir die Tür und ich laufe hinauf zu seiner Wohnung.

Nachdem wir uns ins Wohnzimmer gesetzt haben, reicht er mir eine blaue Adidas-Sporttasche.

„Hier hast du das Geld! Ich hoffe, dass Melissa nie erfährt, dass ich dir geholfen habe. Ich möchte ihren Zorn nicht am eigenen Leib erfahren", gibt er kleinlaut zu.

„Danke Keno! Ich weiß es wirklich zu schätzen, was du getan hast", danke ich ihm anerkennend.

„Du hast mich erpresst, Sam!", sagt er vorwurfsvoll.

„Ja, aber nur, weil ich mir nicht anders zu helfen wusste. Ich könnte dich nie bei der Polizei anzeigen, das weißt du", gebe ich zu.

„Das sagst du jetzt? Ich habe dir jedes Wort geglaubt, als du mir gedroht hast!", wirft er mir beleidigt entgegen.

„Keno, es kann sein, dass ich noch einmal deine Hilfe brauche", erwähne ich schüchtern.

„Vergiss es!", kommt seine prompte Antwort.

„Es ist keine Erpressung!", versuche ich ihn zu beruhigen.

„Was dann?", will er neugierig wissen.

„Ich bräuchte ein paar Informationen aus der Firma".

„Ich soll die Firma ausspionieren? Und das soll harmloser als Erpressung sein? Sam, dein Hirn hat die letzten sechs Jahre echt gelitten, weißt du das?", sagt er ärgerlich.

„Ich weiß! Aber wenn du sechs Jahre unschuldig im Knast verbracht hättest und in dieser Zeit das durchmachen musstest, was ich erlebt habe, dann würdest du verstehen, warum das einzige was mich antreibt, die Rache an dieser Frau ist. Und wenn ich dafür straffällig werden muss, dann schreckt mich das nicht ab. Dieses Mal habe ich es selbst in der Hand, wie und in welchem Maß ich gegen das Gesetz verstoße. Und wenn ich es geschickt anstelle, werde ich auch nicht erwischt."

„Und ich soll dir blind vertrauen, während du mich da mit reinziehst?", unterstellt er mir.

„Für dich besteht keine Gefahr, Keno! Melissa wird wegen der Erpressung nichts gegen dich unternehmen, weil sie dann selbst ins

Gefängnis wandert. Und an die Informationen die ich brauche, kommst du leicht ran, wenn du die Pharmaverträge durchsuchst, die in eurer Abteilung geschrieben werden."

„Du willst firmeninterne Forschungsergebnisse weitergeben?", ruft er entsetzt.

„Nein! Ich will sie von dir haben! Sie werden nicht in falsche Hände gelangen, das verspreche ich dir!", halte ich entgegen.

Keno lässt seinen Kopf entmutigt in seine Hände fallen.

„Keno, Ich brauche die Information erst in zwei Wochen. Ich sage dir vorher noch Bescheid. Bitte mach dir keine Sorgen. Ich zieh dich da nicht mit rein, vertrau mir!"

Sein Blick verrät mir, dass er mir gerne glauben würde, aber trotzdem Angst vor den Konsequenzen hat.

Bevor ich mich von ihm verabschiede wende ich mich noch einmal an ihn: „Ach ja, Keno? Weißt du zufällig was *My* bei einer SMS-Nachricht bedeutet?"

„My? Klein oder groß geschrieben?", fragt er nach.

„Großes M, kleines y."

Er überlegt kurz, schüttelt dann jedoch den Kopf. „Keine Ahnung! Noch nie gehört!"

„Danke trotzdem. Bis bald!", verabschiede ich mich und verlasse, mit der wertvollen Sporttasche in der Hand, seine Wohnung.

Zurück in meinen gemieteten vier Wänden werfe ich die Tasche auf mein Bett und öffne sie. Erstaunt betrachte ich die vielen Geldpäckchen vor mir. Was man mit diesem Geld alles kaufen könnte! Ich war noch nie wirklich in Geldnot, kam mit meinem Einkommen immer gut über die Runden. Daher werde ich auch keinen einzigen Cent dieses Geldes anrühren. Ich gebe alles zurück, allerdings auf Umwegen.

Mit einem heftigen Ruck ziehe ich die Tasche vom Bett und verstaue sie im Schrank. Ich würde mich sicherer fühlen, wenn ich das Geld in einem Tresor aufbewahren könnte, will aber den Besitzer der Pension nicht danach fragen, da ich ihn dadurch erst auf meinen unverhofften Reichtum aufmerksam machen würde.

Vielleicht sollte ich Nick fragen, ob ich das Geld bei ihm deponieren kann.

Sam! Ich suche regelrecht nach einem Grund, um mich bei ihm zu melden. *Du wirst ihm nicht nachlaufen!* Ich warte, bis er mich anruft. Spätestens, wenn der Ausweis fertig ist, muss er mir Bescheid geben. Insgeheim hoffe ich jedoch, dass es nicht so lange dauern wird, bis ich ihn wieder sehe.

Kapitel 26

Mai 2014

Die letzten zwei Wochen waren zermürbend. Nick hat sich kein einziges Mal bei mir gemeldet. Tagsüber war ich durch meine neue Arbeit in der Anwaltskanzlei abgelenkt, aber abends litt ich Qualen. Meine Gefühle wechselten zwischen Sehnsucht, Wut und Eifersucht. In dem einen Moment hielt ich das Telefon in der Hand, wollte ihn anrufen - im nächsten Augenblick warf ich es in die Ecke des Zimmers, um ja nicht schwach zu werden.

In meinen Träumen malte ich mir die wildesten Sexorgien aus, die Nick mit mehreren Frauen gleichzeitig trieb. Ich war dabei jedoch immer nur stiller Beobachter.

Eines Sonntagmorgens wachte ich nach einem derart erotischen Traum auf, dass ich glaubte, ohne diesen Mann keine Sekunde länger leben zu können. Ich zog mich hastig an und eilte im Laufschritt zu seiner Wohnung. Ohne lange über mein Verhalten nachzudenken, klingelte ich. Nachdem hierauf keine Reaktion erfolgte, klingelte ich Sturm. Plötzlich hörte ich den Summer und stemmte erleichtert die Tür auf. Mit schnellen Schritten sprintete ich die drei Stockwerke hinauf, blieb atemlos vor seiner Wohnung stehen. Ich wollte gerade klopfen, da öffnete sich die Tür hinter mir.

Frau Huber steckte ihren Kopf durch den Türspalt: „Ach, Sie sind es! Ich habe mich schon gewundert, wer um diese Zeit so unnachgiebig klingelt. Herr Greve ist nicht zu Hause! Waren Sie mit ihm verabredet?"

Mit klopfendem Herzen und völlig außer Atem antwortete ich: „Nein, eigentlich nicht! Haben Sie mir geöffnet?"

„Ja, ich dachte, vielleicht ist es wichtig…", gab sie kleinlaut zu.

„Nein, es ist nicht so wichtig. Trotzdem vielen Dank fürs Öffnen", beruhigte ich sie freundlich.

Bevor die Nachbarin wieder in ihrer Wohnung verschwand, fragte ich: „Entschuldigung, können Sie mir sagen, wie spät es ist?"

„Es ist erst sieben Uhr morgens! Deshalb dachte ich ja, es sei etwas passiert!", erklärte sie aufgeregt.

„Und woher wissen Sie, dass Herr Greve nicht zu Hause ist?", wollte ich neugierig wissen.

„Na, ja", druckste sie herum. „Ich habe ihn gestern Abend mit einer jungen Dame weggehen sehen und da er um diese Zeit die Tür nicht öffnet, dachte ich …", brach sie ihren Satz ab.

„Vielen Dank! Und entschuldigen Sie die frühe Störung!", erwiderte ich höflich und begab mich langsam Richtung Erdgeschoss.

Während dem Rückweg dachte ich über Frau Hubers Worte nach. Enttäuscht und mit einem schmerzhaften Ziehen in der Herzgegend musste ich mir eingestehen, dass ich in Nicks Leben keine Rolle spielte.

Heute, am Samstag, den 10. Mai, klingelt völlig unerwartet mein Handy. Überrascht, aber mit Herzklopfen hebe ich ab, nachdem ein Blick auf das Display mir verraten hat, dass Nick anruft.

„Hallo?", versuche ich möglichst gleichgültig zu klingen.

„Hi Sam. Ich wollte dir nur sagen, dass der Ausweis fertig ist. Wann kannst du ihn abholen?", fragt er freundlich, als würde er mit einem sechzigjährigen Kunden sprechen.

Mein Herz klopft mir bis zum Hals, so dass ich befürchte, er könnte das laute Pochen durch den Apparat hören. „Ich weiß nicht, heute hätte ich Zeit, wenn es dir passt?", gebe ich mich betont lässig.

„Ich muss um vier ins Studio, kannst du um drei kommen?"

„Ja, klar. Hat das Geld gereicht, das ich dir gegeben habe?", frage ich, wobei ich versuche, das Zittern in meiner Stimme zu unterdrücken.

„Ja! Bis später!", antwortet er kurz angebunden und legt auf.

Erst als ich den unverkennbaren Ton höre, registriere ich, dass er nicht mehr in der Leitung ist. Ich lege mein Handy weg und lasse mich auf mein Bett fallen. Endlich ist es soweit! Endlich sehe ich ihn wieder! Allerdings wird es nur ein kurzes Treffen, da er anschließend noch ins Fitnessstudio muss.

Reiß dich zusammen, Sam! Er will nichts von dir! Er gibt dir den Ausweis und dann heißt es Leb wohl!

Vermutlich hatte er in der Zwischenzeit genügend andere Frauen und somit gar keine Zeit, mir auch nur eine einzige Minute nachzutrauern. Ich war eine Kundin - wie viele andere auch. Und der Kuss war nur ein Ablenkungsmanöver, damit Melissa mich nicht erkannte. Ich sollte mich, jetzt wo der nächste Schritt erreicht ist, endlich auf mein eigentliches Ziel konzentrieren: Der Rache an Melissa!

Pünktlich zur vereinbarten Zeit stehe ich vor Nicks Haus, versuche dabei vergeblich meine Nervosität in den Griff zu bekommen. Nachdem er mir die Tür geöffnet hat, steige ich aufgeregt die Treppen hinauf und bleibe schwer atmend vor seiner Wohnung stehen.

Einen Moment später steht er lächelnd vor mir.

„Hallo, Sam! Komm rein!", deutet er mit einem Wink an, während er voraus ins Wohnzimmer geht. Ich folge ihm mit einem immer stärker werdenden Kribbeln in meinem Bauch.

In dem hellen Zimmer angekommen, greift er nach dem auf dem Tisch liegenden Ausweis und überreicht ihn mir. Ich betrachte mein Bild - und lese die Daten einer anderen Frau: Melissa Eichmann, geb. Seiber, geb. am 14.2.1974 in Köln.

Für mich sieht der Ausweis so echt, wie jeder andere aus. „Wow! Ich erkenne überhaupt keinen Unterschied zu einem echten Ausweis!", stelle ich verwundert fest.

„Das ist das Ziel meiner Arbeit!", sagt er lachend. „Allerdings, solltest du am Flughafen durch die Passkontrolle gehen, wird das Lesegerät erkennen, dass einige Zahlen gefälscht sind und Alarm schlagen", warnt er mich.

„Du bist wirklich jeden Cent wert", erkläre ich zweideutig. Er schaut mir tief in die Augen. Die Luft um uns herum knistert regelrecht vor Spannung. Ich wundere mich fast, dass es keine Funken schlägt.

Plötzlich geht alles ganz schnell. Nick kommt einen Schritt auf mich zu - packt mich an den Schultern. Er zieht mich an sich und küsst mich zärtlich auf die Lippen. Einen Augenblick lang bleibt mir die Luft weg, dann jedoch entspanne ich mich, erwidere seinen innigen Kuss. Seine Hände wandern auf meinen Rücken, ziehen mich dabei dichter an sich heran. Ich greife ihm in die Haare und drücke mich fordernd an ihn. Die ganze Sehnsucht der vergangenen zwei Wochen platzt aus mir heraus. Ich schiebe sein T-Shirt hoch und streiche ihm verlangend über seinen nackten Oberkörper. Ein leises Stöhnen entfährt seiner Kehle, das jedoch in unserem leidenschaftlichen Kuss untergeht.

In diesem Moment klingelt es an der Tür. Schlagartig lösen wir uns voneinander, schauen uns verwundert an.

„Warte einen Moment! Ich bin gleich wieder da!", sagt er heiser und läuft, während er sein T-Shirt hinunterzieht, zur Haustür.

Ich versuche tief durchzuatmen, um zu begreifen, was da eben passiert ist.

Langsam gehe ich auf die Vitrine zu, in der die verschiedenen Bilderrahmen stehen. Und auf einmal habe ich wieder diesen Kloß im Hals. Ich schaue auf das Bild mit Caro und dem kleinen Mädchen. Daneben steht ein weiteres Bild mit zwei älteren Personen, vermutlich seinen Eltern. Mein Körper begehrt ihn so sehr, aber in meinem Kopf schrillen die Alarmglocken.

„Es war nur der Paketbote!", sagt er leise, während er von hinten um meine Taille greift. Sein Gesicht vergräbt sich in meinen Haaren, während er mir ins Ohr flüstert: „Wo waren wir stehen geblieben?" Seine Küsse bedecken meine Wange sowie meinen Hals, seine Hände wandern über meinen Bauch.

Mit letzter Kraft wehre ich ihn ab, drehe mich schlagartig um. „Hör auf! Ich kann das nicht!", sage ich mit zittriger Stimme.

Als hätte er sich die Finger an mir verbrannt, zieht er sie weg. Irritiert schaut er mich an. „Was ist los? Ich hatte vorhin nicht das Gefühl, dass es dir unangenehm ist", fragt er fürsorglich.

Demonstrativ entferne ich mich einen Schritt von ihm und betrachte ihn eingehend. Seine Augen versprühen so viel Liebe und Sehnsucht. Momentan zeigen sie aber auch seine Verwirrung über mein Verhalten. Verständlicherweise wartet er auf eine Erklärung von mir.

„Nick, ich kann so keine Beziehung führen. Mit deiner Lebenseinstellung komme ich einfach nicht zurecht. Ich will nicht eine von vielen sein", versuche ich ihm zu erklären.

„Ich verstehe dich nicht! Was meinst du damit, *eine von vielen?*", fragt er aufgewühlt.

Mein Blick wandert zur Vitrine und den dort stehenden Bildern. Nicks Blick folgt dem meinen.

Seine Augen weiten sich, wobei ein belustigtes Lächeln seinen Mund umspielt. „Meinst du etwa Caro?", will er grinsend wissen.

Erstaunt über seine seltsame Reaktion nicke ich. „Ich habe euch am Spielplatz gesehen, mit deiner Tochter zusammen und …".

„Moment mal!", unterbricht er mich. „Du glaubst Celina ist meine Tochter? Und Caro meine…?", fordert er mich heraus.

„Exfrau? Noch-Ehefrau?", ergänze ich seine Frage.

Ein erleichterndes Grollen entweicht ihm. „Sam! Carolin ist meine Schwester und Celina meine Nichte!", ruft er mir tadelnd entgegen. „Wie konntest du nur glauben, dass ich eine Beziehung mit ihr habe?", fragt er fassungslos.

Seine Schwester? Oh mein Gott! In was habe ich mich da hineingesteigert?

„Oh!", entfährt es mir. „Aber sie schaut …"

„Sie wurde von meinen Eltern als Baby adoptiert. Warst du auf Caro eifersüchtig? Hast du dich deshalb die ganze Zeit nicht bei mir gemeldet?", will er neugierig wissen.

„Ja, und weil ich wollte, dass du mir ein Zeichen gibst!", antworte ich beleidigt.

„Was meinst du? Ich habe dir doch eine SMS geschrieben!", fragt er vorwurfsvoll.

„Ja, die sehr geschäftsmäßig geklungen hat".

„Ich habe sie mit *miss you* beendet. Wie deutlich hätte ich noch werden sollen?", fragt er verständnislos.

„Miss you?", frage ich laut. *My Nick! Miss you, Nick. Oh mein Gott! Warum bin ich da nicht früher darauf gekommen? Dann hätte ich mich sofort bei ihm gemeldet.*

„Vielleicht hättest du es besser ausgeschrieben! Dann hätte ich auch verstanden, was du meinst", werfe ich ihm beleidigt vor.

Nick greift nach meinen Händen und zieht mich an sich. „Ich dachte, du wüsstest was es bedeutet. Ich habe dich die zwei Wochen wirklich sehr vermisst." Er beugt sich zu mir, will mich erneut küssen. Spontan drehe ich meinen Kopf zur Seite, da mir plötzlich die beiden anderen Situationen ins Gedächtnis schießen, welche noch offensichtlicher waren, als das Treffen mit Caro.

„Was ist los? Gibt es noch ein Missverständnis, das nicht geklärt ist?", fragt er lachend.

Mein ernster Blick lässt sein Lächeln erstarren.

„Sam, das einzige was ich mir vorwerfen kann, ist meine Zurückhaltung dir gegenüber. Ich hatte Angst, du könntest dich für Kim an mir rächen wollen. Ich weiß, dass sie mir die alleinige Schuld an Kiras Tod gibt und alles dafür tun würde, um mich zu bestrafen", gibt er schuldbewusst zu. „Aber ich kann nicht gegen meine Gefühle ankämpfen. Ich habe mich vom ersten Augenblick an in dich verliebt."

Ich erkenne die Ehrlichkeit in seinen Augen und nutze diese Emotion umgehend aus, um ihn auf meine Beobachtung anzusprechen.

„Ich habe dich in der Pizzeria mit einer Frau gesehen", beginne ich langsam, beobachte anschließend seine Reaktion.

Stirnrunzelnd überlegt er, was ich meinen könnte.

„Du hast sie geküsst und das war kein freundschaftlicher Kuss auf die Wange!", entgegne ich aufgebracht.

Mit einem Mal scheint er sich zu erinnern. Sein wissender Blick verrät mir, dass ihm meine Enthüllung unangenehm ist.

„Spionierst du mir etwa nach?", will er ernst wissen.

„Äh... nein...ich...", stottere ich verunsichert.

„Sam, wir sind nicht zusammen! Zumindest waren wir es zu diesem Zeitpunkt nicht! Was gibt dir also das Recht, über mich und meine Beziehung zu anderen Frauen zu urteilen?", bringt er mit Nachdruck hervor.

Mir platzt der Kragen! Glaubt er, ein Betrug wäre erst wirksam, wenn man offiziell zusammen ist? Zählt es nicht, wenn man sich bereits vorher liebt und eine schöne Zeit zusammen verbracht hat?

„Das glaub ich jetzt nicht, Nick! Du sagst, du hast dich von Anfang an in mich verliebt. Du hast mich vermisst? Warum triffst du dich dann mit anderen Frauen, hältst Händchen mit ihnen und küsst sie? Und wenn wir schon bei der Wahrheit sind: Letztes Wochenende warst du offensichtlich auch mit einer Frau zusammen, jedenfalls warst du nicht zu Hause!", brülle ich ihn wütend an.

„Du spionierst mir doch nach!", presst er ungläubig heraus.

„Nein, tue ich nicht! Es war reiner Zufall, dass ich es erfahren habe. Jetzt lenk nicht von deinem Verhalten ab! Jammere mir nicht vor, wie sehr du mich vermisst hast, wenn du dich zwischenzeitlich mit anderen Frau vergnügst!"

„Das war ganz anderes!", versucht er sich genervt zu rechtfertigen.

„Ja, klar! Bei euch Männern ist es immer anders, als wir Frauen es sehen! Fuck!", entfährt es mir.

„Sam, hör mir doch mal zu!", lenkt er beschwichtigend ein.

„Vergiss es!", schreie ich ihm entgegen, während ich aus dem Zimmer stürme. Ich reiße die Haustür auf und laufe hinaus ins Treppenhaus.

„Sam!", schreit er mir hinterher. So schnell ich kann hetze ich die Stufen hinunter, ohne auf meinen Verfolger zu achten.

Im ersten Stock holt er mich schließlich ein und packt mich am Arm. „Sam! Bleib endlich stehen und hör mir zu!", faucht er leise aber streng.

Da er mich festhält, bleibt mir nichts anderes übrig, als in meinem Schritt zu verharren. Mit Tränen in den Augen schaue ich ihn an.

„Bitte, komm mit rauf, dann erkläre ich dir alles. Bitte!", fleht er mich an.

Ich bin so aufgewühlt von meinen Emotionen, dass ich mich nicht für ein Gefühl entscheiden kann. Ich bin wütend, enttäuscht und gleichzeitig so verliebt, dass es schmerzt.

Langsam lasse ich mich von ihm zurück in seine Wohnung führen, wo er leise die Tür schließt und mir zurück ins Wohnzimmer folgt.

Kraftlos lasse ich mich auf das Sofa fallen, trockne dabei meine Tränen mit meinem Jackenärmel.

Nick setzt sich neben mich. „Warum reagierst du so extrem, wenn dir angeblich nichts an mir liegt?", fragt er vorsichtig.

„Ich habe nie gesagt, dass mir nichts an dir liegt!", gebe ich beleidigt zurück.

„Dann hast du mich also auch vermisst?", fragt er liebevoll.

Ertappt gebe ich zu: „Du kannst dir nicht vorstellen, wie sehr! Bereits an dem Abend, als ich dich hier verlassen habe, wollte ich zurück zu dir, aber dann habe ich dich mit dieser Frau in der Pizzeria gesehen ... Du hast sie geküsst! Und erzähl mir jetzt nicht, das sei eine weitere Schwester von dir!"

„Eigentlich darf ich nicht darüber sprechen. Ich habe mich verpflichtet, es geheim zu halten", fängt er nachdenklich an.

„Hört sich sehr nach einer verbotenen Affäre an, finde ich!"

„Sie ist eine Kundin!"

„Im Fitnessstudio?"

„Nein! Eine Kundin, die einen gefälschten Pass von mir wollte!", gibt er leise zu.

Der Kloß in meinem Hals wird härter. „Also so eine Kundin, wie ich? Fängst du mit allen Kundinnen ein Verhältnis an? Gehört das zu deiner Arbeitsweise?", werfe ich ihm vor.

„Nein! Sie hatte noch einen anderen Job für mich. Sie wollte, dass ich für einen Abend ihren Liebhaber spiele. In der Nähe der Pizzeria hielt sich ein Privatdetektiv auf, den ihr Mann beauftragt hat. Wir wollten ihm die nötigen Bilder liefern, um die Affäre glaubwürdig erscheinen zu lassen", erzählt er zurückhaltend.

Angewidert frage ich: „Tust du eigentlich alles für Geld?"

„Nein! Ich bin kein Callboy, Sam! Ich habe die Frau im Fitnessstudio betreut, auch da hat sich der Privatdetektiv schon eingeschleust. Sie erzählte mir spontan, was sie vorhabe und fragte, ob ich bereit wäre, ihr zu helfen. Es handelte sich lediglich um einen harmlosen kurzen Kuss. Sam, wenn du mir das nicht glauben kannst…"

„Doch, das glaube ich dir…", unterbreche ich ihn.

„Kommt da noch ein *Aber*? Willst du noch etwas von mir wissen?", hakt er nach.

„Mit wem warst du letztes Wochenende zusammen?", frage ich direkt.

„Letztes Wochenende? Mit meinen Jungs, warum?"

„Und was ist mit der jungen hübschen Dame, mit der du von hier weggegangen bist und dann die ganze Nacht nicht nach Hause gekommen bist", reibe ich ihm unter die Nase.

„Das glaub ich jetzt nicht! Woher weißt du das alles?", fragt er gereizt.

„Du hast eine Nachbarin, die sich als weiblicher Sherlock Holmes fühlt!", entgegne ich grinsend.

Anstatt mit mir über diese Feststellung zu lachen, verfinstert sich sein Gesicht: „Willst du mir damit sagen, du hast Frau Huber über mich ausgefragt? Findest du nicht, das geht etwas zu weit?", bringt er gekränkt hervor.

Schlagartig bin ich mir der gekippten Stimmung bewusst, fühle mich in die Enge getrieben. „Nein! Ich habe sie nicht ausgefragt! Sie hat…"

„Spar dir deine Erklärungen, Sam. Mir reicht's! Ich glaube, du bist krankhaft eifersüchtig und mit so einem Menschen kann ich keine Beziehung führen. Ich brauche meinen Freiraum. Ich ziehe gerne mit Freunden um die Häuser. Und wenn du es genau wissen willst: Die junge Frau, mit der Frau Huber mich gesehen hat, war Jenny, die Freundin meines Kumpels, der im Auto gewartet hat. Außerdem kann es sein, dass ich gelegentlich einen Job habe, bei dem ich einen romantischen Abend mit einer Frau verbringen muss. Sollte ich jemals eine feste Beziehung haben, so muss meine Freundin das akzeptieren. Sie muss MICH akzeptieren, so wie ich bin! Ich hasse es, wenn mir jemand hinterher spioniert und ich jeden meiner Schritte rechtfertigen muss!", erklärt er laut. Wütend steht er auf.

Mir steigen erneut die Tränen in die Augen, weil ich bemerke, dass das Gespräch eine völlig falsche Wendung genommen hat. Ich springe auf und gehe auf Nick zu.

„Nick, bitte, das verstehst du falsch! Ich habe dir nicht hinterher spioniert! Das war reiner Zufall, dass …", versuche ich ihn zur Vernunft zu bringen.

„Spar dir die Ausflüchte! Ich glaube es ist besser, wenn du jetzt gehst!", gibt er mir unmissverständlich zu verstehen.

Er öffnet die Haustür und schließt sie umgehend hinter mir, nachdem ich das Treppenhaus betreten habe.

Fassungslos laufe ich nach Hause, kann nicht verhindern, dass mir bereits unterwegs die Tränen über die Wangen laufen. Ich habe alles falsch gemacht! Es hat so schön begonnen! Er hat mir seine Liebe gestanden, wir haben uns geküsst... Doch dann musste ich mit diesen blöden Vorwürfen beginnen! Schlussendlich habe ich ihn so sehr verärgert, dass er nichts mehr mit mir zu tun haben will.

Selbst schuld Sam! Du hast ein Talent dafür, Beziehungen zu zerstören!

Unfähig, über meinen Schmerz hinwegzukommen, liege ich den restlichen Tag auf meinem Bett und bemitleide mich sowie mein Schicksal.

Kapitel 27

In der Nacht sucht mich erneut der angsteinflößende Traum heim. Erleichtert wache ich am nächsten Morgen auf. Trotz des unruhigen Schlafs, fühle ich mich besser. Die Sonnenstrahlen wärmen mein Gesicht - die unaufhaltsamen Tränen des Vortags haben meine Seele reingewaschen.

Nach dem Frühstück fokussiere ich mich auf den nächsten Schritt meines Vorhabens.

Das größte Problem wird sein, in der Kanzlei ein paar Tage Urlaub zu bekommen.

Den Großteil des Tages verbringe ich mit Recherchen im Internet. Ich kann meine Planung nicht vollenden, da ich nicht weiß, ob mein Urlaubsantrag genehmigt wird und ich drei Tage von der Kanzlei fernbleiben kann. Oder soll ich mich einfach krank melden? Mir widerstrebt es, die netten Kollegen und Chefs zu hintergehen, sowie meine, noch in der Probezeit befindliche, Anstellung zu gefährden. Vor allem, da mir die Arbeit in dieser Kanzlei großen Spaß macht und ich mir nicht sicher bin, ob ich als Vorbestrafte erneut so ein großzügiges Angebot bekomme. Mir bleibt nichts anderes übrig, als bis morgen zu warten, um dann meine Pläne zu konkretisieren.

Am späten Nachmittag entschließe ich mich dazu, in den Park zu gehen, um mich auf der Liegewiese in der Sonne zu entspannen.

Tobende Kinder, bellende Hunde sowie quietschende Fahrradbremsen um mich herum, geben mir das sichere Gefühl, mich in der realen Welt zu befinden. All meine Sorgen und Ängste der Vergangenheit sowie die Ungewissheit der nächsten Tage rücken in den Hintergrund. Warum mache ich mir das Leben schwerer, als es ist? Warum genieße ich nicht einfach das, was mir gegeben wird? Eine Arbeit, die mir Spaß macht - demnächst hoffentlich eine eigene kleine Wohnung, die ich nach meinen Vorlieben einrichten kann. Vielleicht sollte ich versuchen, die Freundschaft zu Keno wieder aufzubauen. Was ist ein Leben ohne Freunde? Bei diesem letzten Gedanken sehe ich plötzlich Nick vor meinem inneren Auge. Er lächelt mich mit seiner charmanten Art an, dabei wird mir warm ums Herz. Ich trauere ihm immer noch nach, kann jedoch nichts daran ändern, da ich in seinen Augen das Recht auf eine Beziehung verwirkt habe. Dabei war ich nie ein eifersüchtiger Typ. Ich habe Tom bedingungslos vertraut und nicht im Traum daran gedacht, dass er mich betrügen könnte. Obwohl es sich dann als Tatsache herausgestellt hat, löste es in mir nicht das hinterhältige Gefühl der Eifersucht aus, eher der Wut sowie der Hilfslosigkeit. Bei Nick dagegen zerfraß mich der Gedanke fast, dass er mit einer anderen Frau zusammen war. Wenn es stimmt, dass Liebe und Eifersucht so nahe beieinander liegen, dann habe ich Tom nie wirklich geliebt. Obwohl ich ein Jahr mit ihm zusammen war, wir während dieser Zeit eine liebevolle und fantasiereiche Beziehung führten, war mein körperliches Verlangen nach ihm nie derart übermächtig, wie ich es bei Nick empfunden habe. Diese Feststellung macht es nicht unbedingt leichter, mich mit dem Scheitern der noch nicht einmal begonnenen Beziehung abzufinden.

Mit geschlossenen Augen strecke ich mein Gesicht der Sonne entgegen und flüchte in meine Tagträumereien. Ich stelle mir vor, wie ich mit Nick zusammen hier im Park war. Wie es wäre, wenn er jetzt hier wäre, neben mir liegen würde. Meine Vorstellungskraft ist so stark, dass ich ihn sogar riechen kann. Tief atme ich seinen Geruch ein.

„Schläfst du?", flüstert eine leise Stimme neben mir.

Erschrocken reiße ich meine Augen auf und blicke neben mich. Ich brauche einen Moment, um zu erkennen, wer da neben mir auf der Decke liegt und mich angrinst.

„Nick?", rufe ich verwundert aus. Ich kann nicht verhindern, dass mein Herz wild zu pochen beginnt, während mein Bauch wieder seine Schmetterlinge aus dem Käfig lässt.

„Was machst du hier?", frage ich unsicher.

„Wohl das gleiche wie du! Ich wollte die Sonne genießen und dachte mir, ich gehe in den Park, in welchem wir zusammen waren. Und plötzlich sehe ich dich hier liegen. Schlafend, wie ich dachte", erklärt er zärtlich.

Ich schirme meine Augen vor der Sonne ab, um Nick besser sehen zu können.

„Aha!", ist das einzige Wort, das mir im Moment einfällt.

„Wie geht's dir?", will er wissen.

„Gut und dir?", frage ich zurück.

„Nicht gut! Seit gestern kann ich weder schlafen, noch essen oder arbeiten! Du fehlst mir!"

„Aha!" *Gibt es noch andere Wörter, die ein Staunen ausdrücken können?*

Ohne auf meinen anspruchsvollen Kommentar einzugehen, sagt er leise: „Es tut mir leid, was ich zu dir gesagt habe. Ich weiß nicht, was du mit mir angestellt hast, aber ich nehme all deine Marotten in Kauf. Kannst du mir verzeihen?"

Ich glaube nicht richtig zu hören. „Welche Marotten meinst du? Ich habe dir nicht nachspioniert! Ich hatte Sehnsucht nach dir, deshalb bin ich zu deiner Wohnung gekommen. Ich habe geklingelt und Frau Huber hat mir geöffnet. Vielleicht solltest du deine Nachbarin dazu anhalten, nicht wildfremden Leuten auf die Nase zu binden, mit wem und wohin du gegangen bist", stelle ich ernüchternd fest.

„In Ordnung! Verzeihst du mir trotzdem, dass ich mir deine Erklärung gestern nicht angehört habe?", fragt er kleinlaut.

„Was machst du, wenn ich dir nicht verzeihe?", will ich schmunzelnd wissen.

„Dann muss ich dich anders überreden, es zu tun", sagt er liebevoll und küsst mich zärtlich auf die Lippen. Ich ziehe ihn näher an mich heran und erwidere den Kuss. Seine Hände gleiten an meinem Körper entlang, tauchen ein Stück in meine Jeans ein.

Mit seinem charmanten Lächeln sagt er: „Sind das Spitzenhöschen? Hast du die neu gekauft? Ich dachte, du trägst einfache Slips?"

„Oh Gott! Bitte erinnere mich nicht daran! Es war mir so peinlich, dass du dieses biedere Stück Stoff gesehen hast. Ich hatte Angst, dir jemals wieder unter die Augen zu treten", erzähle ich entsetzt.

„Deine Angst war unberechtigt. Du hättest einen Müllsack tragen können, trotzdem hätte ich mich in dich verliebt", flüstert er zärtlich und küsst mich erneut mit voller Hingabe.

Nach einigen Minuten bemerken wir beide, dass es uns schwer fällt, die Zärtlichkeiten auf das in der Öffentlichkeit erlaubte Maß zu beschränken. Wir stehen auf, packen meine Decke ein und gehen Arm in Arm zügig zurück in Nicks Wohnung.

Dort fallen wir, kaum dass die Tür hinter uns ins Schloss fällt, wie ausgehungerte Tiere übereinander her. Wir reißen uns die Kleidung vom Leib und fallen engumschlungen auf Nicks großes Bett.

Wenig später liege ich in seinen Armen, von der dünnen Decke umschlungen, während ich seinen Atemgeräuschen lausche. „Das war besser, als in meinen Träumen", flüstere ich ihm ins Ohr.

„Du hast von mir geträumt?", raunt er zurück.

„Ja, und nach diesem Traum wollte ich dich unbedingt sehen. Deshalb habe ich dich besucht."

„Oh! Schade, dass ich nicht da war! Du wärst sicher über mich hergefallen!", neckt er mich.

„Ja, vermutlich!"

„Dann werde ich dir jetzt etwas zeigen, was du in deinen kühnsten Träumen nicht vermuten würdest", wispert er mir zu und beginnt, mit seinen Küssen an meinem Hals hinab zu wandern.

Er bedeckt jeden Zentimeter meines Körpers mit seinen Liebkosungen. Dieses Mal lassen wir uns Zeit, genießen ausgiebig die Berührungen und Zärtlichkeiten des Partners, bevor uns der Rausch der Leidenschaft in die gemeinsame Ekstase führt.

Später am Abend, fragt Nick: „Wie sieht es mit deinen Plänen aus? Weißt du schon, wann es losgeht?"

„Ich muss morgen erst fragen, ob ich Urlaub bekomme. Ich bin leider nicht so flexibel wie du!", gebe ich bedauernd zu.

„Was hältst du davon, wenn ich mitkomme? Ich könnte dich doch fahren!", schlägt er vor.

„Hast du keine anderen Termine?", frage ich verwundert.

„Nein, und ich würde liebend gerne ein paar Tage mit dir in einem Hotel verbringen", antwortet er zweideutig.

„Ja, das hört sich toll an!", hauche ich ihm entgegen.

Ich streiche ihm mit der Hand über seine muskulöse Brust, verharre dabei an der deutlich sichtbaren Narbe an seinem Bauch.

„Das bleibt meine stetige Erinnerung an Kim und an das Ereignis, warum sie es getan hat. Somit bleibt Kiras Schicksal ein stummer Begleiter meines Lebens", flüstert er.

Ich beuge mich zu der verheilten Wunde und bedecke sie mit liebevollen Küssen. In dieser Nacht finden wir keinen erholsamen Schlaf mehr. Nach kurzen Phasen des Einnickens, wacht einer von uns beiden wieder auf und reizt den anderen mit seinen Liebkosungen, bis wir gemeinsam im nächsten Höhenpunkt aufgehen.

Kapitel 28

Am nächsten Morgen kommen wir nur schwer aus dem Bett. Einerseits weil wir sehr müde sind, andererseits, weil wir einfach nicht die Finger voneinander lassen können.

Ich hüpfe unter Nicks Dusche und ziehe mir danach wieder die Kleidung vom Vortag an.

„Ich müsste eigentlich noch nach Hause, bevor ich ins Büro fahre. Ich brauche dringend frische Klamotten!", jammere ich bedauern.

„Ich kann dich doch fahren, dann schaffst du es noch rechtzeitig!", bietet er mir an.

„Das hättest du wohl gerne! Ich glaube nicht, dass du im Auto die Finger von mir lassen kannst".

„Du hast wohl eher Angst, dass DU deine Finger nicht von MIR lassen kannst?", entgegnet grinsend.

„Ja, auch das!", antworte ich und küsse ihn.

Gehetzt springe ich auf und laufe zur Tür. „Nick, ich fahr mit der U-Bahn, da bin ich schneller, als mit dem Auto. Außerdem muss ich klar im Kopf werden, sonst überstehe ich den Tag heute nicht", ergänze ich entschlossen.

Nick geht mir nach, während ich meine Schuhe anziehe. Er nimmt mich in den Arm und zieht mich an sich. „Denk einfach an heute Abend, dann hast du was, auf das du dich freuen kannst!", schlägt er anzüglich vor.

„Ja, klar! Das hättest du wohl gerne. Ich muss mich auf meine Arbeit konzentrieren. Sei mir nicht böse, aber ich denke lieber nicht an dich! Bis später!", sage ich zärtlich, gebe ihm anschließend einen letzten Kuss.

Dann laufe ich die Treppen hinunter, die Straße entlang bis zu meiner Pension. In Windeseile ziehe ich mich um und hetze anschließend zur U-Bahn.

Mit fünfminütiger Verspätung erscheine ich an meinem Schreibtisch im Büro.

Glücklicherweise habe ich so viel Arbeit, dass ich keinen Gedanken an Nick sowie die vergangene oder bevorstehende Nacht verlieren kann. Nach meiner Mittagspause gehe ich zu meinem Chef und frage freundlich nach Urlaub. Er erklärt mir, dass ich laut Vertrag frühestens nach drei Monaten Anspruch auf Urlaub hätte. Ich erzähle ihm, dass ich meinen kranken Onkel in der Schweiz besuchen müsse und deshalb ein paar Tage frei bräuchte. Nach Rücksprache mit den Kolleginnen genehmigt mein Chef mir zwei Tage Urlaub, den ich dankend annehme.

Nach Büroschluss fahre ich auf direktem Weg zu Nick. Er empfängt mich mit einer innigen Umarmung sowie zärtlichen Küssen.
„Nick! Wir müssen bereits morgen losfahren. Ich habe nur die nächsten zwei Tage frei bekommen", teile ich ihm besorgt mit.
„Kein Problem! Ich sag im Studio Bescheid, dass ich erst am Donnerstag wieder kommen kann. Was hältst du davon, wenn du deine Sachen aus der Pension hier her bringst?", fragt er zögernd.
„Du meinst, ich soll bei dir einziehen? Ist das nicht etwas voreilig?", erwidere ich zweifelnd.
„Warum voreilig? Ich glaube nicht, dass du die nächsten Nächte allein in deinem Zimmer verbringst. Aber wenn es dich anmacht, können wir auch einmal in der Pension übernachten", neckt er mich, wobei er meinen Hals küsst.
„Du Spinner! Auf keinen Fall!"
„Also, auf was warten wir dann noch?", drängt er zum Aufbruch.
„Ich habe das Zimmer aber schon für die nächsten zwei Wochen bezahlt", protestiere ich.
„Dann behältst du es eben noch - als Reserve".
„Als Reserve?", frage ich verwundert.
„Das war ein Scherz, Honey! Aber wenn es dir mehr Sicherheit gibt, dass du dich jederzeit in deine eigenen vier Wände zurückziehen kannst, dann lass es einfach noch angemietet", schlägt er mit beruhigender Miene vor.

Ich beschließe, seinem Rat zu folgen und räume mit ihm gemeinsam meine wenigen Habseligkeiten aus dem Zimmer. Herrn

Grünpfeil erkläre ich kurz meine Situation, versichere ihm jedoch, dass ich rechtzeitig zum Mietablauf den Schlüssel zurück bringe.

Nachdem mir Nick in seinem Schrank zwei Fächer frei geräumt hat, fühle ich mich irgendwie bedrückt. Es geht alles so schnell! Wir sind gerade einen Tag zusammen und schon ziehe ich bei ihm ein? Das ist doch nicht normal!

Glücklicherweise bleibt mir keine Zeit, mir weiter den Kopf darüber zu zerbrechen, denn Nick drängt mich, zu ihm ins Wohnzimmer zu kommen, um ihn über meinen genauen Plan der nächsten zwei Tage zu unterrichten. Wieder einmal beweist er mir, dass ich ohne seine Hilfe vermutlich grobe Fehler begehen würde, die meine neu erlangte Freiheit gefährden könnten.

Seltsamerweise fällt es Nick bei den Vorbereitungen für unsere Reise nicht schwer, sich auf das Wesentliche zu konzentrieren. Meine zärtlichen Annäherungsversuche prallen ungeachtet an ihm ab, während er im Internet recherchiert und sich diverse Informationen auf einem Block notiert.

Irgendwann komme ich mir überflüssig vor und gehe in die Küche. Ich bereite uns belegte Brote zu und richte alles schön verziert auf einer großen Platte an.

Ohne Vorwarnung umschlingen mich zwei Arme. „Genug gearbeitet für heute! Jetzt beginnt der erholsame Teil des Tages!", flüstert Nick mir verführerisch ins Ohr.

Er dreht mich zu sich um und küsst mich voller Leidenschaft. „Was ist mit den Broten?", frage ich zwischen zwei Küssen.

„Die können warten!", nuschelt Nick, während er mich hochhebt. Er trägt mich ins Schlafzimmer und legt mich auf seinem Bett ab.

Ohne, dass unsere körperliche Anziehung nachlässt, lieben wir uns bis spät in die Nacht. Zwischendurch stärken wir uns an der Brotzeit, die in der Küche für uns bereit steht.

Kapitel 29

Nach dreieinhalbstündiger Fahrt kommen wir in Zürich an. Jetzt zahlt es sich aus, dass Nick bereits am Vortag stundenlang über dem Computer gesessen und Informationen gesammelt hat.

Obwohl auch ich mir die Mühe gemacht habe, im Internet über die verschiedenen Schweizer Banken zu recherchieren, kam Nick schlussendlich zu einem anderen Ergebnis als ich.

Nachdem wir im Hotel eingecheckt und unser Zimmer bezogen haben, gibt Nick mir die letzten Instruktionen für meinen Auftritt.

„Versuche entweder zu einer sehr jungen oder einer etwas älteren Angestellten zu kommen. Gewöhnlich machen sie bei der Kontoeröffnung nur eine Fotokopie des Ausweises. Sollte sie den Ausweis allerdings in einem Nebenraum überprüfen wollen, musst du sie ablenken. Denk daran, was ich dir gesagt habe: Einer Überprüfung durch ein Lesegerät hält der Ausweis möglicherweise nicht stand. Eine junge Bankangestellte kannst du leichter verunsichern, bei einer älteren hast du möglicherweise das Glück, dass sie auf ihre Menschenkenntnis vertraut und den Ausweis nicht überprüft."

Langsam werde ich nervös.

Bereits während der Fahrt in die Schweiz hat Nick mich gefragt, zu welcher Bank ich gehen möchte. Ich erzähle ihm, dass ich mich für die Credit Suisse AG oder die Züricher Kantonalbank entschieden habe, um dort ein Nummernkonto zu eröffnen.

„Nein, Sam. Kein Nummernkonto! Da werden die Personalien strenger überprüft, als bei einem normalen Sparkonto. Außerdem nimmst du lieber eine kleine Bank! Die großen Banken sind oft so automatisiert, dass du mit dem gefälschten Ausweis Probleme bekommen könntest", riet er mir.

„Aber du hast doch gesagt, dass er für eine Kontoeröffnung ausreicht! Jetzt fällt dir auf einmal ein, dass ich mit deiner Fälschung Probleme bekommen könnte? Warum hast du das nicht früher erwähnt?", erwiderte ich beleidigt.

„Honey, das habe ich dir doch schon erklärt! Wir hätten eine komplett andere Ausweisnummer nehmen müssen, um absolut wasserdichte Papiere zu erstellen. Für dein Vorhaben ist es aber wichtig, dass die Nummern von Melissas und dem gefälschten Ausweis identisch sind, also ging es nicht anders. Vertrau mir! Die kleinen Banken überprüfen in der Regel nicht elektronisch, sondern nur per Augenschein!"

„In der Regel? Was ist, wenn die Ausnahme der Regel eintritt?", fragte ich ängstlich.

„Ich komme mit in die Bank und helfe dir, wenn es eng wird!", beruhigte er mich.

„Was? So war das nicht geplant! Du kannst doch nicht mein ganzes Vorhaben umschmeißen!", rief ich aufgeregt.

Er legte beruhigend seine Hand auf meinen Oberschenkel und lächelte mich an. „Das ist jetzt auch mein Vorhaben und ich habe mich genauestens über die Gegebenheiten informiert. Also mach dir keine Sorgen, das bekommen wir schon hin", erklärte er mir mit einem liebevollen Lächeln.

Nick hat entschieden, dass es am günstigsten wäre zu einer kleinen Bank wie der Habib Bank AG zu gehen. Die hat nicht so viele Kunden, man durchläuft daher keine so strenge Überprüfung, wie bei den großen Banken. Außerdem schlägt er vor, erst kurz vor der Schließung der Bank zu erscheinen, da die Bankangestellten dann möglicherweise nicht mehr die Zeit sowie die Geduld aufbringen, eine aufwendige Überprüfung der Personalien durchzuführen.

Wie gutgläubig ich an die Sache rangegangen bin, merke ich erst jetzt, nachdem mir Nick die letzten Anweisungen für mein richtiges Verhalten gibt. Vermutlich wäre ich sofort mit dem falschen Ausweis aufgeflogen und die Alarmglocken im gesamten Bankgebäude hätten geschrillt.

Nun sitze ich vor dem großen Schminktisch unserer Suite und zupfe an der blonden Perücke, die meine dunklen Haare sorgsam zu verbergen versucht. Mit einem letzten Blick überprüfe ich die blauen Kontaktlinsen sowie meine stark geschminkten Augen. Während ich mein Kostüm glatt streiche, drehe ich mich zu Nick und lächle ihn unsicher an.

„Ich mach mir gleich in die Hose, Nick! Ich weiß nicht, ob ich das schaffe!", jammere ich verzweifelt.

Nick nimmt mich in den Arm. „Du schaffst das, ganz bestimmt! Denk an das Ziel, das du vor Augen hast!"

„Aber ...", will ich widersprechen.

„Nichts aber! Du musst an dich glauben, sonst brauchst du überhaupt nicht hinein gehen! Außerdem hast du riesige Airbags, die jedes Unheil von dir abwenden", zieht er mich grinsend auf, während er auf die beiden Silikoneinlagen starrt.

„Danke, das habe ich jetzt gebraucht. Auf das Äußerliche reduziert zu werden, hilft ungemein, wenn es auf das sprachliche Geschick und die Intelligenz ankommt", gebe ich ihm mit einem bösen Blick zu verstehen.

Er küsst mich noch einmal lange und zärtlich, dann brechen wir auf.

Die Habib Bank AG liegt in einer Nebenstraße im Bankenviertel. Wir können von unserem Hotel aus zu Fuß gehen, da unser Ziel nur zwei Straßen entfernt liegt.

Mit zitternden Knien betrete ich die Bankfiliale, schaue mich unsicher um. Links befinden sich drei Schalter, davor stehen zwei Kunden. Auf der rechten Seite stehen einige Kundenterminals, um Überweisungen oder Geldabhebungen vorzunehmen. Mir gegenüber befinden sich einige Schreibtische, welche aber allesamt verlassen erscheinen.

Nick tritt hinter mir durch den großen Eingang, wobei er umgehend auf die rechts befindlichen Terminals zusteuert. Er zieht seine Brieftasche hervor und beginnt, sich mit den elektrischen Geräten zu beschäftigen.

Aufgeregt wende ich mich nach links den Bankschaltern zu. Hinter dem einen Schalter steht ein junges Mädchen, hinter dem anderen ein Mann mittleren Alters. Beide bedienen gerade Kunden. Zielgerichtet steuere ich auf die junge Frau zu und warte auf die Beendigung ihres Gesprächs.

Mein Bauchgefühl sagt mir, dass die Sache kein glückliches Ende für mich nimmt. Schweißperlen treten mir auf die Stirn, da ich befürchte, dass sich irgendeines meiner falschen Körperteile verselbständigt und somit meine wahre Identität preisgibt.

Die Kundin neben mir verlässt den Schalter, während der Kunde vor mir aufgeregt auf das junge Mädchen einredet.
„Bitte, kommen Sie doch zu mir herüber", ruft mir der freundliche Bankangestellte zu.
Ich bin versucht, den Kopf zu schütteln und stur an meinem Schalter stehen zu bleiben, was jedoch mehr als verdächtig wäre und mich nicht unbedingt unauffällig erscheinen ließe.

Innerlich fluchend löse ich mich aus meiner Erstarrung und trete vor den wartenden Mann.
„Was kann ich für Sie tun?", fragt er mich freundlich.
„Ich möchte ein Konto eröffnen", bringe ich leicht krächzend hervor. Mein Mund ist plötzlich wie ausgetrocknet, meine Hände schwitzen und meine Knie zittern.
„Möchten Sie vielleicht ein Glas Wasser? Kommen Sie doch mit rüber, wir setzen uns an den Tisch", sagt er zuvorkommend.
Nein! Ich möchte mich nicht hinsetzen, dann dauert es womöglich noch länger, bis die Formalitäten erledigt sind.
Gehorsam trotte ich hinter dem gut gekleideten Herrn her, lasse mich auf dem Stuhl vor dem kleinen Schreibtisch nieder. Nachdem mir der Bankangestellte ein Glas Wasser gebracht hat, setzt er sich ebenfalls und reicht mir die Hand zur Begrüßung.
„Mein Name ist Gerber! Sie möchten also ein Konto eröffnen?"
„Ja, ein Sparkonto, wenn möglich", erwidere ich, während ich schüchtern nach seiner Hand greife.
„Ein Nummernkonto oder ein normales, namenbezogenes Konto?", will er wissen.
„Ein normales Konto", antworte ich sicher.
„Kann ich bitte Ihren Ausweis haben?"

„Ja, natürlich", entgegne ich und lege den gefälschten Ausweis auf den Tisch.

Konzentriert und zügig tippt Herr Gerber die Daten in seinen Computer. Beiläufig drehe ich mich leicht zu Nick um, der noch immer am Kundenterminal steht, wobei er eifrig mit seinen Eingaben beschäftigt ist.

Nach einigen Minuten druckt Herr Gerber ein Blatt Papier aus und legt es vor mir auf den Tisch.
„Das ist der Antrag für die Eröffnung des Sparkontos. Die Kontonummer ist bereits hier oben abgedruckt. Sie bekommen in sechs Wochen eine Bankkarte zugeschickt, mit welcher Sie an allen Geldautomaten auf Ihr Konto zugreifen können. Einzahlungen können Sie selbstverständlich ab sofort vornehmen. Sollen wir Ihnen die Kontoauszüge zuschicken, oder holen Sie diese selbst ab?"
„Ich hole sie selbst ab", antworte ich nach kurzem Überlegen.
„In Ordnung! Dann bekomme ich bitte hier eine Unterschrift von Ihnen, Frau Eichmann", sagt er freundlich und reicht mir einen Stift.
Frau Eichmann! Wie seltsam sich das in meinen Ohren anhört. Vermutlich würde ich tatsächlich auf diesen Namen hören, hätte nicht mein Lebensweg vor sechs Jahren eine andere Richtung eingeschlagen.
„So, das wär's schon. Ich mache nur noch schnell eine Kopie Ihres Ausweises, dann sind wir fertig", sagt er lächelnd und steht auf.
Schlagartig schießt mir das Blut ins Gesicht. Mir wird heiß, die Angst ist so präsent, dass ich nicht weiß, wie ich reagieren soll.
Herr Gerber geht zu einem Kopierer in der Ecke des Raumes. Macht er wirklich nur eine Kopie, oder überprüft er den Ausweis? Hilfesuchend blicke ich zu Nick, der meinen Sachbearbeiter mit Argusaugen beobachtet.
Offensichtlich will er den Ausweis nur kopieren, denn ich erkenne das typische Aufleuchten des Scanners. Mit dem Original sowie der Kopie in der Hand entfernt Herr Gerber sich vom Kopierer, steuert auf ein zweites Gerät zu. Noch bevor er dieses erreicht, höre ich hinter mir einen lauten Schrei, gefolgt von einem dumpfen Aufprall.

Erschrocken drehe ich mich um. Nick liegt zuckend und röchelnd am Boden. Ist das sein Ablenkungsmanöver?

Angespannt beobachte ich die junge Angestellte, die hinter ihrem Schalter hervorstürmt und sich besorgt über Nick beugt. Mein Blick fällt auf Herrn Gerber, der besorgt zu den Terminals schaut, dann jedoch seinen Weg fortsetzt.

„Herr Gerber!", schreit das junge Mädchen aufgeregt. „Wir brauchen die Sanitäter! Er hat Schaum vor dem Mund!", ruft sie ihrem Kollegen ängstlich zu.

Erst jetzt lässt Herr Gerber von seinem Vorhaben ab und eilt zu dem Verletzten. *Schaum vor dem Mund? Ich dachte, Nick spielt den Zusammenbruch nur?*

Unsicher nähere ich mich den beiden Ersthelfern. *Oh mein Gott!* Nick liegt mit zuckenden Gliedern am Boden, verdreht die Augen, wobei weißer Schaum aus seinem Mund tritt. *Das kann nicht gespielt sein! Er hat tatsächlich einen Anfall!*

„Schnell rufen Sie die 144", befiehlt Herr Gerber seiner Kollegin. Diese springt auf und stürmt zu ihrem Telefon.

Wie erstarrt stehe ich mitten im Raum und beobachte die unwirkliche Situation. Mein Gesicht ist leichenblass, meine Knie drohen mir zu versagen. Herr Gerber dreht Nick in die stabile Seitenlage, weicht ihm jedoch nicht von der Seite.

Einige Minuten später erscheinen die Sanitäter und kümmern sich um den Bewusstlosen.

Aufgewühlt kommt Herr Gerber auf mich zu, zieht mich behutsam zur Seite.

„Frau Eichmann! Kommen Sie, setzten Sie sich! Sie sind ja ganz blass!"

Noch immer schockiert, lasse ich mich zu meinem Stuhl zurückführen. Herr Gerber drückt mir das Glas Wasser in die Hand. „Trinken Sie einen Schluck!"

Dann übergibt er mir meinen Ausweis sowie das Antragsformular. „Soll ich Ihnen ein Taxi rufen?", will er besorgt wissen.

Plötzlich werde ich mich meiner Situation wieder bewusst, schüttle schnell den Kopf. „Nein, es geht schon wieder, vielen Dank! Ich habe es nicht weit. Mein Hotel ist gleich um die Ecke!", beruhige ich ihn.

Langsam stehe ich auf, stecke die Papiere in meine Handtasche und begebe mich zum Ausgang. Nick wird gerade auf der Trage in das Sanitätsfahrzeug geschoben. Die Türen schließen sich, anschließend fährt der Wagen mit Sirene und Blaulicht davon.

Verwirrt und besorgt laufe ich zurück ins Hotel. Ich lasse mich aufs Bett sinken und starre aus dem Fenster. Die Freude über die geglückte Kontoeröffnung tritt in den Hintergrund, macht der Sorge um meinen kranken Partner Platz. Ohne jegliches Zeitgefühl sitze ich da und werde nur von einem einzigen Gedanken beherrscht: *Was ist mit Nick? Geht es ihm gut? Ich muss zu ihm!*

Zerstreut und von ohnmächtiger Angst ergriffen springe ich auf und stürme zur Tür. Ich öffne sie und traue meinen Augen kaum, wer vor mir steht.

Meine Knie werden weich, geben einen Moment später nach. Bevor ich zu Boden sinke, fangen mich zwei kräftige Arme auf und tragen mich zurück ins Zimmer.

Kapitel 30

„Honey, wach auf!", dringt eine liebevolle Stimme an mein Ohr.

Gequält öffne ich die Augen und schaue direkt in Nicks lächelndes Gesicht. „Nick! Wie geht's dir? Was ist passiert?", bringe ich ängstlich hervor.

„Mit geht's gut! Das gehörte alles zum Plan. Hat es funktioniert? Bist du ohne Überprüfung des Ausweises rausgekommen?", fragt er neugierig.

Verwundert blicke ich ihm in die Augen. „Das hast du geplant? Zuckend mit Schaum vor dem Mund am Boden zu liegen? Warum hast du mir das vorher nicht erzählt?", frage ich aufgebracht.

„Weil du dann nicht mehr so spontan und schockiert reagiert hättest", gibt er ehrlich zu.

„Bist du total verrückt? Ich bin fast umgekommen vor Sorgen. Ich hatte Angst um dich!"

„Ja, ich weiß. Das hat Herr Gerber auch gesehen und dich deshalb gleich gehen lassen", fügt er mit einem Grinsen hinzu.

„Ich finde das überhaupt nicht lustig! Wie hast du das überhaupt mit dem Schaum gemacht? Und wie bist aus dem Rettungswagen gekommen?", will ich vorwurfsvoll wissen.

Nick zieht eine kleine Kapsel aus seiner Tasche und hält sie mir vor die Nase. „Hiermit! Die gibt es in jedem Laden für Scherzartikel zu kaufen", ergänzt er zufrieden. „Im Krankenhaus haben sie ein paar Untersuchungen durchgeführt und mich dann wieder gehen lassen, nachdem ich ihnen versichert habe, dass ich nur meine Tabletten gegen die epileptischen Anfälle vergessen hätte."

Die Erleichterung über sein unversehrtes Erscheinen lässt mich ihm schnell verzeihen. „Nicklas Greve, wenn du das noch einmal machst, dann…", beginne ich meine Drohung.

„Dann?", hakt er verführerisch nach und nimmt mich in die Arme.

Flüsternd ziehe ich ihn zu mir heran. „Dann wirst du meine Rache am eigenen Leib spüren!"

Mit einem verwunderten Ausdruck schaut er mich an: „Willst du mir damit Angst machen oder mich ermutigen?"

„Finde es raus!", gebe ich zur Antwort, während ich ungeduldig sein Hemd öffne. Nick greift in meine Bluse und zieht die beiden Silikoneinlagen heraus. Danach streift er mir vorsichtig die blonde Perücke ab, während er mich zärtlich küsst. Nach und nach entledigen wir uns unserer Kleidungsstücke und verbringen den restlichen Nachmittag liebend im Bett.

Am Abend lassen wir uns vom Zimmerservice verschiedene Köstlichkeiten servieren, welche wir hungrig verschlingen.

Rundum zufrieden und glücklich liege ich in Nicks Arm, während mir plötzlich eine Frage in den Sinn kommt: „Nick, gibt es von der Habib Bank noch andere Filialen in Zürich? Ich glaube, wir haben heute so viel Aufsehen erregt, dass wir uns in dieser Zweigniederlassung besser nicht mehr sehen lassen."

„Nein, aber die Einzahlung auf das Konto kann man von jeder anderen Bank aus machen. Ich gehe morgen zu einer Nachbarbank und zahle das Geld ein."

„Du? Warum willst DU das Geld einzahlen?", frage ich verwundert.

„Honey, du hattest heute genug Stress mit der Kontoeröffnung. Ich möchte nicht, dass du an deinen Aufgaben noch zerbrichst."

„Traust du mir so wenig zu? Hast du vergessen, dass ich sechs Jahre im Vollzug war? Du hast keine Ahnung, mit welchen Schwierigkeiten man da fertig werden muss!", erwidere ich gereizt.

„Nein, zum Glück weiß ich das nicht. Aber lass mich trotzdem das Geld einzahlen, das bin ich dir schuldig, für den Schock, den ich dir heute zugemutet habe", sagt er beschwichtigend.

„In Ordnung, aber sei vorsichtig!", mahne ich ihn.

„Keine Angst! Ich habe auch schon einige Sachen erlebt, die mein ganzes Können sowie meine Kreativität herausgefordert haben. Dagegen ist dieser Gang zur Bank eine Kleinigkeit", beruhigt er mich.

Warum gerade in dieser Nacht der beunruhigende Traum wiederkehrt, ist für mich nicht nachvollziehbar.

Schreiend sowie um mich tretend werde ich von Nick geweckt.

„Hey, Honey! Wach auf! Was ist los?", will er besorgt wissen.

Zitternd lege ich mich in seine Arme. „Fast jede Nacht träume ich davon. Ich will, dass das endlich aufhört", jammere ich.

„Was träumst du? Wovor hast du Angst?", hakt er gefühlvoll nach.

„Vom Gefängnis", gebe ich kleinlaut zu.

„Du musst nicht mehr dort hin. Jetzt besteht so gut wie keine Gefahr mehr, dass du erwischt wirst. Das schlimmste haben wir geschafft", flüstert er beruhigend.

„Das ist es auch nicht! Ich träume von früher, von meiner Zeit im Knast. Seit ich von dort raus bin, verfolgt es mich. Während meiner Zeit in der Zelle hatte ich nie Albträume!"

„Willst du mir davon erzählen?", fragt er vorsichtig.

„Nein! Nicht heute! Vielleicht irgendwann einmal."

„Schlaf weiter. Ich pass auf dich auf!", sagt Nick leise, dabei küsst er meine Stirn.

Liebevoll streichelt er meinen Arm, während ich mich an seine Brust kuschle. Sein gleichmäßiger Herzschlag wiegt mich wenig später zurück in den Schlaf. Einen ruhigen, traumlosen Schlaf.

Eigentlich sollte die Einzahlung auf ein Konto keine großen Schwierigkeiten bereiten. Wäre da nicht zufällig ein gesuchter Bankräuber, der seit einem Monat sein Unwesen in Zürich und der Umgebung treibt.

Nick betritt die Halle der Credit Suisse AG, der größten Filiale in dieser Stadt. Obwohl er mir bedeutete, im Hotelzimmer auf ihn zu warten, zwang mich meine innere Unruhe, ihn zu begleiten und vor der Bank zu warten.

Ruhig steuert er auf einen der Einzahlungsschalter zu. In der rechten Hand trägt er die prall gefüllte Sporttasche.

Während ich vor dem Bankgebäude auf seine Rückkehr warte, fällt mein Blick auf ein Fahndungsfoto, welches an einer der großen Eingangssäulen angebracht ist. Es zeigt ein Phantombild eines jungen Mannes, der eine Baseball-Mütze trägt. Eingehend betrachte ich das abgebildete Gesicht. Wüsste ich es nicht besser, könnte der Gesuchte tatsächlich Nick sein, die Ähnlichkeit ist gravierend. Im nächsten Moment fällt mir jedoch eine lange Narbe an der linken Wange des Bankräubers auf, die ihn definitiv von meinem Liebhaber unterscheidet.

***

Nick steht in der Warteschlange und bestaunt die Säulen des imposanten Gebäudes. Plötzlich tritt einer der anwesenden Wachmänner neben ihn. „Entschuldigung, dürfte ich bitte Ihren Ausweis sehen?"

„Warum? Um was geht es denn?", will Nick freundlich wissen.

„Es geht um eine routinemäßige Kontrolle. Könnten Sie bitte zur Seite treten und sich ausweisen?", sagt der Beamte mit Nachdruck.

Nick verlässt die Reihe der Wartenden und folgt dem Mann in die Mitte der Halle. Tausend Fragen schießen ihm gleichzeitig durch sein Gehirn. *Warum werde ich kontrolliert? Haben die etwas gegen mich vorliegen?* Langsam zieht er seine Brieftasche aus dem Jacket, entscheidet sich im letzten Moment dazu, seinen gefälschten Ausweis vorzuzeigen.

„Andreas Baum?", sagt der junge Wachmann vor ihm. „Können Sie bitte Ihre Tasche öffnen?", fordert er Nick auf, wobei er auf die am Boden stehende Sporttasche deutet. Nicks Gedanken überschlagen sich.

„Nein, das werde ich nicht tun! In was für einer Bank befinde ich mich hier überhaupt, dass ich behandelt werde, wie ein Schwerverbrecher?", regt er sich auf.

Der junge Beamte bekommt es plötzlich mit der Angst zu tun. Er reagiert heftiger, als es die Situation erfordert. Blitzschnell zieht er seine Waffe und richtet sie auf Nick.

„Öffnen Sie sofort Ihre Tasche!", fordert er ihn laut auf.

***

Von draußen beobachte ich die gesamte Situation. Schnell laufe ich in das Gebäude und stelle mich neben Nick.

„Was soll das? Warum bedrohen Sie meinen Lebensgefährten? Ist das in Ihrer Bank üblich, dass man so behandelt wird?", werfe ich dem Uniformierten entrüstet vor.

Plötzlich tritt hinter den nervösen Wachmann ein weiterer Beamter, der beruhigend seine Hand auf den ausgestreckten Arm des Kollegen legt. „Hey Benny, ganz ruhig. Was ist los?"

„Ich glaube, er ist der gesuchte Bankräuber!", sagt Benny mit zittriger Stimme.

Der ältere Kollege betrachtet Nick genau, wägt die Erkenntnisse gegeneinander ab.

„Bankräuber?", schreie ich entsetzt. „Sind Sie verrückt? Ich habe das Foto des Gesuchten draußen gesehen! Erkennen Sie nicht, dass mein Lebensgefährte keine Narbe hat?", erkläre ich wütend.

„Die kann er überschminkt haben!", versucht Benny seine Reaktion zu rechtfertigen.

Der ältere Kollege schaltet sich beruhigend ein. „Nein, Benny! Er ist es nicht! Die Zeugen haben ausgesagt, dass die Narbe so gravierend war, dass sie nicht komplett abgedeckt werden kann. Beruhige dich! Steck die Waffe weg!"

Langsam senkt Benny seinen Arm und steckt die Waffe wieder ein. Der Ältere entschuldigt sich kurz bei uns, nimmt dann seinen Kollegen am Arm und verschwindet mit ihm in einem kleinen Raum am Ende der Halle.

Der Schock sitzt bei uns beiden tief, dennoch bringt Nick die Einzahlung ohne weitere Probleme über die Bühne. Gemeinsam verlassen wir das Bankgebäude und gehen zurück in unser Hotel.

„Das glaube ich einfach nicht! Da will man ganz harmlos Geld auf ein Konto einbezahlen und wird mit einem gesuchten Bankräuber verwechselt?", sagt Nick kopfschüttelnd, jedoch noch etwas bleich im Gesicht. „Wenn du nicht gekommen wärst, hätte er womöglich die Tasche geöffnet. Wie hätte ich einen Betrag von einhunderttausend Euro erklären sollen?"

„Ich glaube, dass in der Schweiz öfter große Geldsummen einbezahlt werden", versuche ich ihn zu beruhigen.

„Aber nicht von einem Typen, der einem Bankräuber ähnlich sieht!", entgegnet er. „Du hast mich gerettet, Honey!"

„Tja, dann sind wir jetzt eben quitt!", antworte ich mit einem Lächeln.

Eine Stunde später machen wir uns auf den Rückweg nach München. Der nächste Schritt meines Plans muss organisiert werden. Dazu brauche ich allerdings erneut Kenos Hilfe.

Kapitel 31

Am Freitagnachmittag mache ich mich auf den Weg zu meinem ehemaligen Kollegen, dem ich am Tag zuvor telefonisch meinen Besuch angekündigt habe.

„Hey Keno! Geht's dir besser?", frage ich zur Begrüßung.
„Ja, die Tabletten wirken zum Glück sehr schnell. Was gibt's, Sam?"
„Ich brauche eine Information von dir!", kündige ich an.
„Ja, ich weiß. Das hast du ja vor zwei Wochen schon angedeutet. Was für Informationen brauchst du?", will er unerfreut wissen.
„Arbeitet Eichmann-Pharma gerade an einem neuen Impfstoff oder irgend einem neuen Medikament, welches außergewöhnlich ist?", frage ich vorsichtig.
„Die forschen ständig an neuen Produkten, das weißt du doch! Aber die sind alle noch nicht ausreichend erprobt, daher nicht für den Markt freigegeben."
„Egal! Fällt dir etwas ein, das man für viel Geld an die Konkurrenz verkaufen könnte?", wage ich mich vor.
„WAS? Du sagtest doch, du würdest die Informationen keinem Dritten zukommen lassen und der Firma nicht schaden wollen!", ruft Keno entsetzt aus.
„Ja, das stimmt auch, beruhige dich!"
„Kannst du mich bitte mal in dein Vorhaben einweihen? Ich blicke überhaupt nicht mehr durch. Ich werde dir definitiv keine geheimen Forschungsergebnisse erzählen, wenn ich nicht weiß, was du damit vorhast!", drängt er mich.
Eigentlich wollte ich Keno gegenüber nicht alles preisgeben, aber ich brauche diese Informationen, um meinen Plan zu vollenden. Also erzähle ich ihm in kurzen Sätzen von meinem Vorhaben und hoffe, dass er bereit ist, mich zu unterstützen.
„Damit kommst du niemals durch!", warnt er besorgt.
„Doch, komme ich!", entgegne ich selbstsicher.

„Sam, wenn rauskommt, dass ich dir die Informationen zugeschoben habe, dann bin ich meinen Job los und habe noch dazu ein Verfahren am Hals! Dann kann ich auch gleich zur Polizei gehen und meinen Meineid zugeben, dann hast du Melissa auch da, wo du willst", schlägt er mir vor.

„Richtig, aber so hast du wenigstens noch eine Chance! Und es wird nicht rauskommen, glaube mir. Der schwarze Peter wird allein bei Melissa hängen bleiben", erkläre ich.

Keno gibt schließlich nach. „In Ordnung, ich versuche etwas rauszufinden, aber ich brauche dazu Zeit. Ich muss allein im Büro sein, um die entsprechenden Verträge zu durchforsten. Ich gebe dir Bescheid, sobald ich etwas habe", erklärt er kleinlaut.

„Danke Keno! Ich weiß das wirklich zu schätzen", sage ich ehrlich.

„Ja, ja, schon gut! Komisch, dass ich immer im Hinterkopf habe, dass du mich erpressen kannst. Aber du hast ja Recht, Melissa sollte für ihr Verhalten bezahlen, auch wenn ich da leider mitgewirkt habe."

Gutgelaunt verabschiede ich mich von Keno und kehre zurück in Nicks Wohnung.

Am Abend im Bett dreht sich Nick zu mir: „Was machst du, wenn du deine Rache vollzogen hast und Melissa am Boden zerstört ist?"

„Keine Ahnung! Ich werde die Vergangenheit ruhen lassen und ein neues Leben beginnen", erkläre ich beiläufig.

„Die Vergangenheit ruhen lassen, ja, das würde ich auch gerne", flüstert er vor sich hin.

„Nick! Hast du nie versucht, den wahren Mörder von Kira zu finden?", frage ich neugierig.

„Doch! Aber wir hatten praktisch nichts! Ich wusste, dass ihr Ex-Freund Mike hieß und wir hatten ein undeutliches Foto, auf welchem er im Hintergrund mit Kira zu sehen ist. Mehr nicht! Die Polizei konnte dieser Spur nicht nachgehen, wir hatten keinen Nachnamen und sein Gesicht war auf dem Bild nicht gut genug erkennbar. Ich war einige Tage lang am Bahnhof sowie in einschlägigen Kreisen unterwegs, um mich nach diesem Mike zu erkundigen, aber niemand kannte ihn. Daher habe ich es irgendwann aufgegeben! Leider bietet sich einem nicht oft die Gelegenheit, dem echten Täter die Schuld nachzuweisen, oder Selbstjustiz auszuüben, wie du es tust", erzählt er gedankenverloren.

„Ja, das ist schlimm, dass einige Verbrecher mit ihren Verschleierungsmethoden durchkommen und nie überführt werden."

„Lass uns von was anderem reden, Honey! Was hat Keno gesagt, wann er die Informationen hat?", fragt er nach.

„Ich hoffe nächste Woche, dann kann ich endlich zum finalen Schlag ansetzen!", antworte ich mit Genugtuung.

Bereits am Montagabend erhalte ich den erwarteten Anruf von Keno. „Sam, ich habe da was gefunden. Kannst du vorbeikommen?"

„Tut mir leid, Keno, aber ich kann nicht! Ich liege seit heute Morgen mit Fieber und starken Kopfschmerzen im Bett. Ich will eigentlich nicht aus dem Haus. Kannst du vielleicht kurz zu mir kommen? Aber nur, wenn es dir nichts ausmacht!", erkläre ich mit schwacher Stimme.

„Ja, klar, ich bin gleich da!", kommt umgehend seine Antwort.

Zehn Minuten später klingelt es an der Haustür. Ich quälte mich aus dem Bett und schleppe mich zur Tür. „Hey Keno! Danke, dass du gekommen bist!", krächze ich.

„Tut mir leid, dass ich das sagen muss, aber du siehst echt scheiße aus!", wirft er mir direkt entgegen.

„Danke! Ich schätze deine Ehrlichkeit! Komm rein!"

Wir setzen uns ins Wohnzimmer, wobei ich mich in die weiche Wolldecke hülle, um meinem fiebrigen Körper zusätzliche Wärme zu spenden.

„Also, schieß los!", fordere ich ihn auf.

„Melissa ist ab Donnerstag für eine Woche im Ausland. Ich glaube in den USA bei irgendeinem Treffen verschiedener Hilfsorganisationen. Das ist die erste Information, die du haben wolltest. Die zweite betrifft das Medikament. Es gibt neue Tests, die aber noch ziemlich am Anfang stehen. Die Forscher von Eichmann-Pharma haben angeblich einen Stoff gefunden, der die Krebszellen abtötet beziehungsweise deren Verbreitung bremst", erzählt Keno ohne Unterbrechung.

„Das ist doch nichts Neues, das gibt es doch schon in der Art", erwidere ich.

„Nein! So noch nicht! Das Medikament soll keine gesunden Zellen abtöten, wie die Chemotherapie es momentan tut, sondern wirklich nur die Krebszellen angreifen. Völlig ohne Nebenwirkungen und für alle Krebsarten geeignet!", erläutert er begeistert.

„In Ordnung! Hat das Ding schon einen Namen?", frage ich nach.

„Nur die Kurzbezeichnung! ZK34YU!"

„Das reicht mir schon! Danke Keno, du hast etwas gut bei mir!", sage ich sanftmütig.

„Wirklich?", fragt er ungläubig.

„Ja, egal was, ich werde dir helfen und dich unterstützen, wenn du meine Hilfe brauchst."

„Gut, dann lösch bitte die Aufnahme, auf der mein Geständnis ist", sagt er mit ernster Stimme.

„Keno, du weißt, dass ich sie nie verwenden würde…", erwidere ich ruhig.

„Dann lösch sie!", fordert er mich nochmals auf. „Ich habe dir mehr geholfen, als du es anfangs gefordert hast. Ich will nicht, dass dieses Geständnis unsere Freundschaft belastet. Du hättest ständig etwas gegen mich in der Hand und ich wäre erpressbar. Ich habe dir mehrmals gesagt, dass es mir unsagbar leid tut, wie ich damals gehandelt habe, aber ich kann es nicht rückgängig machen. Ich hoffe nur, dass du deine Genugtuung darin findest, Melissa ihr sorgenfreies Leben zu zerstören."

Ich stehe auf und hole mein Handy. Vor Keno spiele ich die Aufnahme erneut ab, danach drücke ich auf *löschen*. Keno beobachtet jede meiner Tastenkombinationen.

Kurz danach steht er auf und verabschiedet sich von mir.

Mit brummendem Kopf gehe ich in die Küche und schlucke eine Schmerztablette. Anschließend lege ich mich zurück ins Bett. Mir ist kalt und die starken Schmerzen lösen eine leichte Übelkeit in mir aus. Warum muss ich gerade jetzt krank werden? Ich habe so viel zu erledigen! Während ich mich selbst bemitleide, versinke ich in einen unruhigen Schlaf.

Kapitel 32

Einige Zeit später erscheint Nick. Besorgt und fürsorglich streicht er mir über die Stirn. „Hey, Honey, wie geht es dir?"
„Hm?" Ich öffne langsam die Augen. „Nicht so gut", stöhne ich leise.
„Soll ich dir einen Tee machen?", schlägt er vor.
Ich nicke kurz, woraufhin Nick aufsteht und das Zimmer verlässt.

Nachdem er mit einer heißen Tasse Tee in den Händen zurückkehrt, murmle ich: „Ich muss so viel erledigen! Melissa fährt am Donnerstag für eine Woche weg. Das ist die Chance, meinen Plan endlich zu Ende zu bringen."
„Hast du mit Keno telefoniert?"
„Nein, er war hier, er hat es mir persönlich erzählt", antworte ich, während ich kleine Schlucke des Kamillentees trinke.
Nicks Gesicht nimmt einen besorgten Ausdruck an. „Er war hier?", fragt er ungläubig.
„Ja, warum? Ich konnte ja nicht zu ihm, weil …"
„SAM!", ruft er lauter, als er es beabsichtigt. „Du weißt genau, dass ich in meiner Wohnung keine fremden Leute haben möchte. In der Branche, in der ich tätig bin, kann ich es nicht riskieren, dass jemand meine Werkstatt entdeckt und daraus Schlüsse über meine Tätigkeit zieht."
„Die Tür ist doch immer verschlossen. Er hat nichts gesehen, glaub mir", versuche ich ihn zu beruhigen.
„Hoffentlich!", antwortet er mit einem besorgten Unterton.

Zwei Tage später geht es mir wieder so gut, dass ich aufstehen kann. Der Arzt hat mich für die gesamte Woche krankgeschrieben, was mir für mein weiteres Vorhaben sehr entgegen kommt.

Ich suche die Telefonnummer der Habib Bank in Zürich heraus und rufe dort an.

„Guten Tag, mein Name ist Melissa Eichmann. Ich brauche dringend einen Auszug meines Kontos, bin aber momentan krank und kann nicht an den Automaten, um mir diesen auszudrucken", erkläre ich der freundlichen Dame am anderen Ende der Leitung.

„Geben Sie mir bitte Ihre Kontonummer?"

Langsam und deutlich teile ich ihr die gewünschten Daten mit, warte danach unruhig auf eine positive Mitteilung.

„Sie haben ein Online-Konto eingerichtet mit Selbstabholung der Kontoauszüge", berichtet sie mir nach kurzer Überprüfung.

„Ich weiß, aber wie gesagt, ich bin krank und brauche ganz dringend einen Nachweis über den letzten Zahlungseingang sowie den derzeitigen Kontostand", jammere ich flehend.

„Wenn wir Ihnen den Auszug zuschicken, fallen aber Portokosten an", wendet die Mitarbeiterin ein.

„Ja, das macht nichts!"

„Ich schicke den Auszug heute raus, er müsste in spätestens zwei Tagen bei Ihnen sein", versichert sie mir freundlich.

„Vielen Dank!", sage ich beruhigt und lege auf.

Anschließend setze ich mich an Nicks Laptop und verfasse einen Brief.

Liebe Melissa,

...

Bevor ich das fertige Schreiben ausdrucke, lese ich es erneut aufmerksam durch. Nicht ganz sicher, ob ich die richtigen Worte getroffen habe, beschließe ich, Nick, nach dessen Rückkehr, einen Blick auf meine Zeilen werfen zu lassen.

„Soweit ist es gut, aber am Schluss würde ich noch einen Satz einfügen", korrigiert er mich am Abend.

Nachdem ich seinen Vorschlag beherzigt und mein Werk nunmehr vervollständigt habe, falte ich das Blatt zusammen und schiebe es in einen Umschlag.

„Nick, kannst du bitte die Adresse draufschreiben? Tom kennt meine Handschrift!", bitte ich ihn.

„Ja, wenn es sein muss!", entgegnet er wenig erfreut, greift jedoch nach einem Stift.

Zum Schluss klebe ich eine Briefmarke auf das Kuvert. Andächtig halte ich es in meinen Händen.

„Das ist der letzte Schritt! Ab jetzt habe ich keinen Einfluss mehr darauf, wie sich die Dinge entwickeln. Ich kann nur hoffen, dass Tom so reagiert, wie ich es mir vorstelle!", sage ich unsicher zu Nick.

„Hoffentlich haben wir keine Spuren hinterlassen, die zu uns führen", entgegnet er besorgt.

„Wenn etwas schief geht, dann trage ich allein die Konsequenzen. Ich werde dich da auf keinen Fall mit reinziehen!", verspreche ich ihm.

Nach einem zärtlichen Kuss, verlasse ich zügig die Wohnung, um den Brief auf den Weg zu seinem Adressaten zu bringen.

Kapitel 33

Melissas greift nach ihrem Koffer und verabschiedet sich freundlich von ihrem Ehemann.

„Tom, ich fahre dann, das Taxi wartet bereits!", ruft sie ins Wohnzimmer.

Mit schnellen Schritten eilt Tom ihr entgegen, küsst sie auf die Wangen. „Bis bald und viel Erfolg in Amerika!", sagt er lächelnd.

„Danke, aber du weißt ja, dass diese Treffen immer furchtbar langweilig sind. Schade, dass du nicht mitkommen kannst!", sagt sie bedauernd.

Tom öffnet ihr die Tür und begleitet sie nach draußen. Der Taxifahrer kommt ihnen entgegen, nimmt Melissa den schweren Koffer ab.

„Wenn etwas ist, rufst du mich an, ja?", sagt sie fürsorglich.

„Was soll schon sein? Du bist ja nicht das erste Mal weg. Ich komme schon zurecht. Genieß den Aufenthalt in Amerika, so gut es geht!", antwortet er mit einem aufmunternden Lächeln.

Toms Blicke verfolgen das sich entfernende Fahrzeug, bis es um die Ecke biegt, dann geht er zurück in sein Haus und schließt die Tür.

Erleichtert nimmt er sich einen Drink aus der Bar, setzt sich anschließend auf das bequeme Sofa.
Endlich ist sie weg! Jetzt kann er die nächste Woche machen was er will! Er freut sich auf Sandy! Er denkt an ihren schlanken, verführerischen Körper und merkt, dass sich zwischen seinen Beinen etwas regt. Vielleicht sollte er sie gleich anrufen, fragen, ob sie Zeit hat? Sie müssten nicht in ein Hotel gehen, wie bisher, sondern könnten sich in seinem eigenen Haus vergnügen. Die junge Laborassistentin hat ihm bereits vor einem Jahr den Kopf verdreht. Mit ihren blonden langen Haaren sowie ihrer Jugend hat sie ihn im Handumdrehen erobert. Glücklicherweise ist er mit seinen mittlerweile vierundvierzig Jahren noch immer sehr attraktiv, sportlich und fit. Sein Charme sowie seine Überredungskunst, junge Frauen dazu zu bringen, mit ihm ein Verhältnis anzufangen, haben die letzten Jahre nicht ihre Wirkung verloren.

***

Nachdem Samantha ihm nach ihrer Verurteilung deutlich zu verstehen gab, dass sie keine weitere Beziehung zu ihm wünsche, hat Tom anfangs wirklich gelitten. Er hat seine Verlobte geliebt, zumindest in dem Rahmen, in welchem sich seine Definition von Liebe bewegte. Er war ein Jahr mit ihr zusammen und wollte sie wirklich heiraten. Nur sie wollte er, sonst keine!
Nach der Trennung hat sich Melissa intensiv um ihn gekümmert. Sie brachte ihm Abendessen vorbei oder lud ihn ins Kino und zu anderen Aktivitäten ein. Anfangs sträubte er sich gegen diese Fürsorge, verfiel aber eines Abends dann doch der halb nackt vor ihm stehenden Sekretärin. Ab diesem Zeitpunkt konnte er sich immer schwerer gegen ihre Verführungskünste wehren. Er genoss den häufigen und ungehemmten Sex mit ihr.
An einem Tag im Juni, drei Jahre später, änderte sich alles:

„Tom, ich muss dir was Wichtiges erzählen", flüsterte Melissa aufgeregt in sein Ohr. Sie lag in seinen Armen, nachdem sie ihn kurz zuvor mit einem aufreizenden Strip verführt und anschließend konditionell an seine Grenzen gebracht hatte.

„Dann erzähl mal", sagte er genüsslich, mit Gedanken noch immer bei seinem letzten Höhepunkt.

„Ich bin schwanger!", platzte sie freudig heraus.

Toms versteinerter Gesichtsausdruck verriet ihr sofort, dass seine Freude über dieses Ereignis sich in Grenzen hielt.

„Bist du sicher?", war seine einzige Reaktion.

Sein Pflichtbewusstsein ließ ihm keine andere Wahl, als Melissa zu heiraten. Er liebte sie nicht wirklich, aber sie kümmerte sich um seine privaten Belange und gab ihm den aufregenden Sex, den sein männliches Ego sich wünschte.

Mit der Fehlgeburt einige Monate später, änderte sich ihr Verhältnis abrupt. Melissa zog sich zurück, trauerte allein und im Stillen um das ungeborene Kind. Tom war anfangs zwar schockiert und traurig über den Verlust, fand aber in seiner Arbeit den Sinn sowie die Erfüllung, um das Geschehene schnell zu verarbeiten.

Somit war es nur eine Frage der Zeit, bis er eine neue Affäre beginnen würde, um seine sexuelle Lust zu befriedigen. Sandra Kreuzer, zweiundzwanzig Jahre, blond, schlank und schüchtern, passte voll in sein Beuteschema.

Als sie ihre neue Stelle im Labor antrat, wirkte sie anfangs zurückhaltend gegenüber ihrem Chef, den sie zwar nur selten sah, aber überaus attraktiv und charmant fand.

Es dauerte nicht lange, bis Tom ihren jugendlichen Reizen verfallen war und sie umwarb. Kurze Zeit später verführte er sie in einem Nebenraum des Labors, hatte von da an eine heimliche Affäre mit ihr.

***

Tom steht auf und geht ins Schlafzimmer. Er muss zur Arbeit, auch wenn er sich jetzt eine schönere Beschäftigung vorstellen könnte – mit Sandy zusammen!

Er hat mit seiner Geliebten bereits vereinbart, dass sie am Abend zu ihm kommen würde - und am nächsten Abend - und das ganze Wochenende. Bis dahin muss er sich auf seine Arbeit konzentrieren, seine körperlichen Bedürfnisse auf die Zeit nach Büroschluss verlegen.

Kapitel 34

Es ist Freitagnachmittag. Ich sitze kniend vor der kleinen Kommode in Nicks Wohnzimmer, während ich nach einer DVD suche. Wir haben beschlossen, den Tag gemütlich vor dem Fernseher ausklingen zu lasse, da das Wetter nicht unbedingt zu Ausflügen ins Freie einlädt. Nick musste nochmals kurz weg, um einem Kollegen einen gefälschten Pass zu übergeben.

„Bis ich zurück bin, kannst du schon mal einen Film aussuchen. Die DVDs sind neben dem Sofa, links unten im Schrank", rief er mir entgegen, bevor er aus der Tür verschwand.

Ich durchforste das geräumige Möbelstück seit fast fünf Minuten, finde aber keinen Film, der mich anspricht. Vielleicht hat er in der kleinen Kommode daneben auch noch Filme? Hoffnungsvoll öffne ich die Tür, blicke dabei auf eine Ansammlung von CDs, DVDs sowie Schuhschachteln, die fein säuberlich nebeneinandergereiht in dem kleinen Schrank ihren Platz finden.

Beherzt greife ich zu den verschiedenen DVDs hinter einem der Kartons und ziehe sie heraus. In diesem Moment fliegt mir die graue Schuhschachtel entgegen, während sich der gesamte Inhalt vor mir am Boden verstreut.

„Mist", rufe ich ärgerlich aus. Es handelt sich um Fotos, Briefe sowie andere Papiere, die sich in wüstem Chaos vor mir ausbreiten. Sorgfältig beginne ich, die Unterlagen einzusammeln, um sie zurück in den Karton zu legen. Während ich nach einem Stoß Fotos greife, betrachte ich neugierig die abgebildeten Personen darauf. Ich erkenne Nick, jedoch wesentlich jünger, als heute. Er umarmt ein junges

Mädchen mit südamerikanischem Aussehen. Das muss Caro sein! Auf dem nächsten Foto sind zwei ältere Menschen zu sehen. Das Bild erinnert mich an die Fotografie in der Vitrine. Das sind sicher seine Eltern. Die nächsten Bilder zeigen verschiedene Jugendliche. Offenbar handelt es sich hier um seine Studentenzeit, was mir ein Foto aus einem Vorlesungssaal verrät.

Es folgen Schnappschüsse von einem Grillfest in einem Park. Schmunzelnd betrachte ich Nick, der mit einem schelmischen Grinsen in die Kamera schaut. Im Hintergrund befinden sich mehrere Leute. Plötzlich bleibt mein Blick an einem Pärchen hängen, das nur klein am Bildrand zu erkennen ist. Obwohl die Aufnahme leicht verschwommen ist, kommt eine der Personen mir sofort bekannt vor. Das Gesicht dieses Mannes ist mir so vertraut, dass ich es unter Hunderten heraus kennen würde. Tom!

In diesem Moment kehrt Nick zurück. Er sieht mich, wie ich versteinert auf dem Boden sitze, während ich mit blassem Gesicht auf das Foto in meinen Händen starre.

„Sam? Ist was passiert? Wie bist du an die Fotos gekommen?", fragt er verwundert. Er beugt sich zu mir und schüttelt mich leicht an der Schulter. „Sam?", ruft er etwas lauter.

Schlagartig hebe ich meinen Kopf, blicke ihn verwirrt an. „Nick? Du bist schon zurück?", frage ich ungläubig. „Ich habe nach einer DVD gesucht und da sind mir versehentlich diese Fotos entgegengeflogen", entschuldige ich mein Verhalten.

Nick setzt sich neben mich, betrachtet das Bild in meinen Händen. „Das war an der Isar, im englischen Garten. Zwei Tage vor Kiras Tod. Damals waren wir gerade einen Monat zusammen. Da hinten ist sie, mit Mike", erklärt er und deutet auf das Paar am Bildrand.

„Mike?", frage ich verwundert.

„Ja, das habe ich dir doch erzählt. Ihr Ex-Freund, mit dem sie sich meines Erachtens immer noch traf. Das ist übrigens auch das Foto, das ich der Polizei gezeigt habe. Aber sie konnten mit der undeutlichen Aufnahme nichts anfangen."

„Nick? Bist du sicher, dass dieser Typ Mike heißt?", frage ich unsicher nach.

„Ja, warum? Kira hat es mir erzählt."

„Das ist seltsam, weil ich mir ziemlich sicher bin, dass der Mann auf diesem Foto Tom ist … mein Ex-Verlobter", bringe ich mühsam hervor.

Verdutzt schaut Nick mich an. „Bist du dir sicher? Man erkennt den Typen doch kaum!"

„Tom würde ich auf jedem Foto erkennen! Ich bin mir absolut sicher, dass er es ist", erkläre ich mit Nachdruck.

„Warum hat er sich dann Kira gegenüber als Mike vorgestellt?", grübelt Nick.

„Das würde mich auch interessieren!", antworte ich gedankenverloren.

Kapitel 35

April 2000

Es ist der 11. April 2000, Toms dreißigster Geburtstag. Sein Vater kündigt ihm an diesem Tag an, dass er gegen Ende des Jahres die Firma an ihn übergeben werde.

„Du weißt was das heißt, Thomas! Wenn Du Inhaber der Eichmann-Pharma bist, hast du eine große Verantwortung zu tragen. Genieße dein Leben, aber halte dich aus Skandalen sowie Schwierigkeiten raus. Unser Name darf auf keinen Fall mit negativen Ereignissen in Verbindung gebracht werden. Das würde für eine Firma unserer Größenordnung und Popularität schneller das Aus bedeuten, als du dir vorstellen kannst."

Toms Vater weiß, wie man Druck auf seine Angestellten ausübt, die gleiche Behandlung lässt er auch seiner Familie zukommen. Toms Mutter hat sich ihrem Mann voll zu unterwerfen. Tom dagegen, der während der Teenagerzeit seine Grenzen gegenüber seinem Vater austestete, landete mit dreizehn Jahren in einem Internat in der Schweiz, welches als streng konservativ sowie für die normale Bevölkerung unbezahlbar galt. Er machte dort sein Abitur mit einem Schnitt von 1,3 und studierte anschließend in Erlangen BWL. Nach Abschluss seines Studiums holte sein Vater ihn zurück nach München.

Dort ließ er ihn in der Firma verschiedene Abteilungen als Praktikant durchlaufen. Eine Sonderbehandlung als Junior-Chef lehnte der Vater strikt ab. Sein Sohn solle am eigenen Leib erfahren, was es bedeutet, ein einfacher Arbeiter in einem großen Konzern zu sein. Er wollte, dass sein Sohn zu schätzen lernt, welches Privileg ihm eines Tages übertragen wird.

Tom verstand sich darin, seinen Vater zu umgehen, um hinter dessen Rücken seine Vorteile zu nutzen. Er manipulierte die ihm jeweils übergeordneten Angestellten und setzte seinen Namen geschickt für sich ein. Allerdings klappte das nicht immer, so dass er gelegentlich auch als Junior-Chef den Acht-Stunden-Tag absitzen und Praktikanten-Tätigkeiten verrichten musste. Schon damals war er nicht abgeneigt, mit den jeweiligen Sekretärinnen zu flirten und gelegentlich eine kurze Affäre zu beginnen.

Heute, an seinem Geburtstag, ist Tom alleine in den Straßen von München unterwegs. Er hat keine engen Freunde, mit denen er seinen Geburtstag feiern will, beschließt daher, das erste Mal in seinem Leben in ein Striplokal zu gehen. Er hatte noch nie den Drang, sich ein Mädchen zu kaufen. Allerdings bestand bisher auch keine Notwendigkeit dazu, da ihm durch sein gutes Aussehen sowie seine charmante Art, bei den meisten Frauen die Türen offen standen.

Er betritt das Dolce Vita und setzt sich an einen Tisch nahe der Bühne. Nach den ersten beiden Whiskeys genehmigt er sich ein Bier, welches er entspannt in seinem Sessel genießt. Gelangweilt beobachtet er die ersten beiden Mädchen. Sie schauen weder besonders gut aus, noch findet er ihre Körper anziehend. Als jedoch das dritte Mädchen langsam auf die Tanzfläche geht, sich fließend und anmutig zur Musik bewegt, kann er seinen Blick nicht mehr von ihr abwenden. Er verliert sich augenblicklich in ihr. Ihre langen, schwarzen Haare fallen über ihre nackten Brüste, während ihre türkisfarbenen Augen ihm bis in die Seele blicken. Gebannt verfolgt er ihren Auftritt, bis die Musik verstummt. Langsam schreitet sie auf Tom zu.

„Darf ich mich zu dir setzen?", fragt sie mit einem Wimpernaufschlag.

„Ich würde mich freuen! Ich habe heute Geburtstag, weißt du?", verrät er ihr.

„Oh, dann bekommst du ja noch ein Geschenk", sagt sie begeistert, beugt sich zu ihm und gibt ihm einen flüchtigen Kuss auf den Mund.

Tom ist wie gefesselt. Seine Lippen brennen von dieser kurzen Berührung und seine Hose spannt derart, dass er glaubt, er müsse sich auf der Stelle von ihr befreien. Diese unkontrollierbare Reaktion auf eine Frau ist ihm völlig fremd. Normalerweise sucht er sich die Frauen, mit denen er eine sexuelle Affäre anfängt, nach bestimmten Kriterien aus. Dass ein Mädchen auf ihn zukommt, ihn derart elektrisiert, ist eine völlig neue Erfahrung für ihn. Er hat sich schlagartig in die Stripperin verliebt, ohne etwas gegen dieses Gefühl unternehmen zu können. Sofort fallen ihm die Worte seines Vaters ein, der ihn, seit er ein kleiner Junge ist, konsequent darauf hinweist, bedacht mit dem bekannten Namen Eichmann umzugehen. Vor einiger Zeit riet er ihm, sich ein Pseudonym zuzulegen, welches er in unseriösen Situationen benutzen könne. Tom hat diesen Rat auch schon des Öfteren befolgt, vor allem, wenn er sich Drogen aus der Szene beschaffte.

„Wie heißt du?", fragt das Mädchen lächelnd.

„Mike", antwortet Tom ohne zu zögern. „Und wie ist dein Name?"

„Ich bin Kira".

Kapitel 36

Mai 2014

Am Freitagabend sitzen Tom und Sandy auf dem Sofa, während er sie zärtlich küsst.

„Bleibst du heute Nacht hier?", säuselt er ihr ins Ohr.

„Ich weiß nicht, mir ist nicht ganz wohl bei der Sache. Wenn jemand der Nachbarn etwas mitbekommt?", antwortet sie ängstlich.

„Wir bleiben doch nur im Haus, wer soll da etwas mitbekommen?"

„Aber es ist mir unangenehm, in eurem Schlafzimmer….", beginnt Sandy unsicher.

„Es ist nicht *unser* Schlafzimmer, sondern *mein* Schlafzimmer. Wir haben seit einem Jahr getrennte Räume", widerlegt er ihr Argument. „Außerdem hat es dir gestern Abend auch nichts ausgemacht, als wir hier waren."

„Da haben wir uns aber hier im Wohnzimmer geliebt, das ist etwas ganz anderes, als im Ehebett. Aber, wenn du sagst, dass ihr getrennte Zimmer habt ….", scheint sie zu überlegen.

„So gefällst du mir! Lass die Sorgen vor der Tür und zeig mir deine Leidenschaft, Baby", sagt er verführerisch.

Er nimmt sie auf den Arm und trägt sie hinauf in sein Zimmer. Vor einem Jahr hat er das Schlafzimmer behalten, während Melissa in das Gästezimmer zog.

Schwungvoll wirft er Sandy auf das große Doppelbett und zieht sich sein T-Shirt über den Kopf. Währenddessen öffnet Sandy ihre Bluse und streift ihren kurzen Rock ab.

Voller Vorfreude legt er sich auf seine junge Geliebte, beginnt, sie mit seinen Küssen sowie leidenschaftlichen Liebkosungen zu verwöhnen.

Mehrmals in dieser Nacht bringt er sich sowie seine Gespielin zum Höhepunkt, so dass beide erst in den frühen Morgenstunden einschlafen.

Müde öffnet er die Augen und schaut auf die Uhr. Warum kann er nicht länger schlafen, selbst wenn er erst so spät ins Bett gekommen ist? Er wirft einen Blick auf das Mädchen neben sich. Sie hat in ihrem Alter noch keine Probleme, ihrem Körper nach solch einer anstrengenden Liebesnacht die zustehende Erholung zu gewähren.

Langsam steigt er aus dem Bett und schlürft hinunter in die Küche. Gedankenverloren schaltet er die Kaffeemaschine ein. Ein sonniger Samstag kündigt sich an, was ihn ernsthaft überlegen lässt, ob er vielleicht an den Starnberger See fahren sollte, um mit seinem dort liegenden Segelboot einen Ausflug zu unternehmen. Augenblicklich sieht er jedoch wieder Sandy vor sich, die nackt mit ihrer weichen Haut oben im Bett liegt und nach ihrem Aufwachen sicher bereit zu weiteren unmoralischen Aktivitäten ist. Während er seinen Phantasien nachhängt, klingelt es an der Tür.

Erstaunt öffnet er sie, schaut dabei in das lächelnde Gesicht des Briefträgers.

„Guten Morgen, Herr Eichmann. Ich habe ein Einschreiben für Sie!", sagt er freundlich.

Tom nimmt den Brief des Finanzamtes entgegen und bescheinigt seinen Empfang auf dem vorgefertigten Zettel. Anschließend drückt der gutgelaunte Mann ihm die restliche Post in die Hand.

„Verdammt! Ich muss endlich meine Unterlagen zusammen suchen und dem Steuerberater bringen", brummt Tom vor sich hin. Nach dem Öffnen des Briefes bestätigt sich sein Verdacht, dass das Finanzamt sein Einkommen für das Jahr 2012 nunmehr schätzt und eine Steuernachzahlung in Höhe von 20.000,00 EUR ansetzt.

Wütend wirft er das Schriftstück auf den Tisch und setzt sich auf einen der Sessel. Mit geübtem Blick überprüft er die weitere Post, sortiert sie nach Werbung, Rechnungen sowie Sonstigem. Plötzlich hält er einen Brief in Händen, der folgende Anschrift trägt:

Persönlich-vertraulich
Frau
Melissa Eichmann
...
...

Erstaunt dreht er das Kuvert um, sucht nach einem Absender, kann aber keinen entdecken. Wer sollte Melissa einen Brief mit dem Vermerk *persönlich-vertraulich* schicken? Hat sie einen Geliebten? Der würde ihr wohl kaum einen handgeschriebenen Liebesbrief schicken!

Noch während er überlegt, ob er Melissa anrufen und sie über die neue Post informieren soll, schließen sich zwei warme Hände um seine Augen.

„Hey, Baby! Bist du auch endlich wach?", fragt er liebevoll, während er sich zu Sandy umdreht. Achtlos wirft er die in seiner Hand befindliche Post auf den Tisch und umschließt Sandys Körper mit beiden Armen.

Ihr zärtlicher weicher Kuss trifft seine Lippen, was seinen Körper sofort nach mehr verlangen lässt. Stürmisch drückt er sie auf das Sofa und legt sich auf sie. Die nächsten Stunden verbringen sie in der sich immer wieder aufs Neue steigernden Lust sowie mit ausgefallenen sexuellen Praktiken, die der jungen Sandy gelegentlich die Schamesröte ins Gesicht treiben.

Kapitel 37

April 2000

Spät in der Nacht verlassen sie gemeinsam den Club und fahren in Kiras kleine Wohnung. Kaum haben sie die Tür hinter sich geschlossen, fällt Kira Tom um den Hals und küsst ihn gierig. Zuerst erwidert er den Kuss, plötzlich geht es ihm jedoch zu schnell, weshalb er das Mädchen vorsichtig von sich schiebt.

„Hey, langsam. Warum hast du es so eilig?", will er wissen. Noch während er seine Frage stellt, wunderte er sich über sein Verhalten. Üblicherweise kann es ihm gar nicht schnell genug gehen, mit einem Mädchen Sex zu haben. Dieses Mal jedoch interessiert er sich wirklich für die Frau, die vor ihm steht, er will keinen One-Night-Stand.

„Erzähl mir etwas über dich", fordert er Kira auf.

Diese schaut ihn verwundert an. „Du willst reden? Das hab ich auch noch nicht erlebt".

„Machst du das öfter? Ich meine, Männer aus der Bar mit nach Hause nehmen?", fragt er erstaunt.

„Wenn mir danach ist!", antwortet sie keck, während sie sich bereitwillig auf ihr Bett legt.

„Wie alt bist du?", hakt er nach.

„Willst du einen Lebenslauf von mir, bevor wir vögeln? Von mir aus erzähl ich dir meine ganze Lebensgeschichte, aber vorher hätte ich gerne was zu rauchen. Hast du was dabei?"

Irritiert tastet Tom seine Taschen ab, weiß aber bereits vorher, dass er keine Drogen einstecken hat. Er holt sich nur ganz selten etwas Gras oder ein Pille, wenn er Stress mit seinem Vater hat. Auch Koks hat er schon ausprobiert, musste aber schnell feststellen, dass Drogen, wenn man sie alleine konsumiert, keinen Spaß machen. Auf Dauer machen sie einen nur kaputt.

„Nein, aber ich kann was besorgen, wenn du willst!", antwortet er wahrheitsgemäß.

„Es ist schon zu spät! Lass uns endlich Sex haben, damit ich danach schlafen kann. Vielleicht kannst du uns ja was zum Frühstück besorgen?", sagt sie grinsend.

Sie lockt ihn mit eindeutiger Geste zu sich. Er beugt sich über sie und küsst zärtlich ihre Lippen. Sie erwidert seinen Kuss fordernd und gierig.

Sein Körper reagierte auf Kira völlig anders, als bei allen bisherigen Frauen. Ihm geht es nicht darum, schnell seine Befriedigung zu erlangen, sondern die gemeinsame Zeit mit dieser Frau so lange wie möglich zu genießen. Er ist sich bereits nach der ersten Nacht sicher: *Ich habe mich in Kira verliebt!*

Am nächsten Morgen steht er bereits vor ihr auf, nimmt sich den Hausschlüssel vom Tisch und besorgt am Hauptbahnhof zwei Gramm Haschisch.

Zurück in ihrer Wohnung, weckt er sie liebevoll auf.

„Guten Morgen", haucht er ihr ins Ohr und küsst sie zärtlich.

„Guten Morgen. Seit wann bist du schon wach?", fragt sie gähnend.

„Lang genug, um Frühstück zu besorgen". Er wedelt mit dem kleinen Tütchen vor ihrer Nase herum, woraufhin sie sofort hellwach aufspringt, um das Papier sowie den Tabak zu holen.

„Danke, dass du dran gedacht hast. Du hast meinen Tag gerettet!", strahlt sie ihn an. Mit geübter Technik vermischt sie den Tabak mit dem Haschisch und dreht eine Tüte.

Genüsslich zündet sie die Haschischzigarette an, zieht zweimal kräftig daran, wobei sie den Rauch lange in der Lunge behält, bevor sie ihn ausbläst. Dann reicht sie den Joint an Tom weiter.

Gemeinsam lehnen sie sich im Bett zurück, wechseln sich anschließend mit den Zügen ab.

„Du bist mir noch eine Antwort schuldig", erinnert sie Tom.
„Hä? Was meinst du?", fragt sie entspannt.
„Wie alt bist du? Und was machst du, wenn du nicht in der Bar tanzt?", hilft er nach.
„Interessiert dich das wirklich oder willst du nur freundliche Konversation betreiben?", blafft sie ihn an.
„Du interessierst mich wirklich!", gibt er unmissverständlich zu.
Sie schaut ihm tief in die Augen und erkennt, dass er es ernst meint. Er ist nett, zärtlich und freundlich zu ihr. Da hat sie in der Vergangenheit durchaus schon andere Erfahrungen gemacht.
„Ich bin 20 und studiere BWL!", erzählt sie.
„Wirklich? Ich habe auch BWL studiert, bin allerdings schon fertig."
„Wie alt bist du?", will sie jetzt wissen.
„Etwas älter als du", verrät er zögernd.
„Und wie viel älter?"
„Zehn Jahre".
„Aha!"
„Ist das zu alt für dich?", fragt er unsicher.
Sie beugt sich zu ihm, küsst ihn kurz aber zärtlich.
„Ich hatte schon Ältere! Du siehst toll aus, bist nett und ich mag dich", zählt sie auf.
Toms Herz macht einen Sprung. *Sie mag mich!*
„Können wir uns wieder sehen?", fragt er vorsichtig.
„Klar, bringst du dann wieder was zum Rauchen mit?", stellt sie eine Gegenfrage.
Mit einem Lächeln auf den Lippen nickt er und legt den Arm um sie. Vorsichtig nimmt er ihr die Zigarette aus der Hand, um sie im Aschenbecher abzulegen. Anschließend beginnt er langsam, sie zu küssen. Die Zärtlichkeiten sowie Liebkosungen der vergangenen Nacht wiederholen sich, wobei dieses Mal auch Kira entspannter und zärtlicher ist, als am Vorabend. Sie verbringen den halben Tag im Bett, bis Kira ihm bedauernd mitteilt, dass sie bald zu ihrer Schicht in die Bar aufbrechen müsse, er deshalb jetzt besser gehen sollte.

Tom erlebt die schönste Zeit seines bisherigen Lebens. Er trifft sich fast täglich mit Kira. Sie rauchen einen Joint oder ziehen sich etwas

Koks rein. Danach landen sie regelmäßig im Bett und erleben gemeinsam wilden, hemmungslosen Sex.

Drei Monate später ändert sich plötzlich alles: Kira macht Schluss!
„Kira, das kannst du nicht machen. Ich liebe dich!", jammert Tom.
„Es tut mir leid, aber keine Beziehung hält für immer. Ich habe mich in einen anderen Mann verliebt", versucht Kira ihre Entscheidung zu erklären.
„Kann er dir auch die Drogen besorgen, die du brauchst?", wirft er ihr vorwurfsvoll entgegen.
Kira dreht sich um und blickt ihn böse an. „Eine Beziehung hat nichts mit Drogen zu tun! Liebe lässt sich nicht kaufen!"
Sie wirft ihn aus der Wohnung und legt ihm nahe, sich nie mehr blicken zu lassen.

Tom ist völlig verzweifelt. Kira ist seine große Liebe! Er will es nicht wahrhaben, dass sie seine Liebe nicht erwidert und die Beziehung offenbar nur wegen seines Geldes sowie der ständig vorhandenen Drogen aufrechterhalten hat.

Kapitel 38

Mai 2014

Nick ist mittlerweile aufgestanden und tigert unruhig durch das Wohnzimmer. „Warum wollte Tom nicht, dass Kira seinen echten Namen erfährt? Warum wollte er unerkannt bleiben?", spricht er seine Gedanken aus.
„Ich weiß es nicht, Nick. Aber wenn du dir sicher bist, dass Tom Kira die Drogen gegeben hat, dann …"
„Nein, es ist viel zu lange her. Ich kann ihm nichts nachweisen! Ich bin mir zwar ziemlich sicher, dass er ihr die Drogen gegeben hat, für welche Gegenleistung auch immer! Aber ich kann nicht beweisen, dass er ihr die Überdosis gespritzt hat!", unterbricht Nick mich hart.
Ich stehe ebenfalls auf, denke angestrengt über Nicks Lage nach.

„Dann bist du vermutlich in derselben Situation, wie ich. Es würde dir nichts bringen, Tom jetzt noch anzuzeigen, du kannst dich lediglich an ihm rächen", schlage ich vor.

„Und wie soll diese Rache aussehen?", fragt er gespannt.

„Ich weiß es nicht. Ich möchte erst abwarten, ob mein Racheplan gegen Melissa aufgeht. Sollte ich es nicht schaffen, ihr Leben zu zerstören, muss ich mir etwas anderes ausdenken."

„Glaubst du nicht, irgendwann sollte einmal Schluss sein, mit der ganzen Rache? Sie bringt dir nicht nur Genugtuung, sie kann dich auch auffressen! Schau, was aus Kimberly geworden ist!", erinnert er mich.

„Sie wollte dich umbringen, ich weiß! Aber soweit wird es bei mir niemals kommen!", versichere ich ihm.

„Sam! Hör bitte auf damit!", fleht er mich an.

„Mit was?"

„Hör auf, deine Rachegedanken zu verfolgen. Ich will einfach ein schönes Leben mit dir führen. Ein neues Leben in der Zukunft – nicht in der Vergangenheit!", gesteht er mir.

Unsere Blicke treffen sich und mir ist bewusst, dass er es ernst meint. Jedes Wort, das er sagt!

Seine Hand greift in meinen Nacken, er zieht mich leicht zu sich heran. Mit seinen weichen Lippen küsst er mich sanft und liebevoll.

Meine Gedanken lassen sich nur schwer abschalten: „Aber, wir könnten Tom doch ….", versuche ich nuschelnd zu erklären.

„Nicht jetzt!", antwortet Nick barsch, wobei er mich fester an sich drückt.

Seine Zunge schiebt sich zwischen meine Lippen und erforscht behutsam meinen Mund. Die Hormone explodieren in meinem Körper, verlangen nach ihm mit jeder einzelnen Faser. Seine Hand streicht über meinen Rücken, bleibt dann auf meinem Po liegen. Mit festem Griff zieht er mich näher heran. Ich spüre seine Erregung und drücke mich gegen ihn. Unser Kuss wird immer fordernder und stürmischer. Unsere Hände streichen ruhelos über unsere Körper. Gemeinsam stolpern wir ins Schlafzimmer und fallen auf das weiche Bett. Ich drehe ihn auf den Rücken und setze mich auf ihn. Obwohl wir unsere Kleidung noch tragen, beginne ich, mich langsam auf ihm zu bewegen. Sein leises Stöhnen heizt mich immer mehr an. Meine

Bewegungen werden schneller, ich genieße seine Erregung so sehr, dass ich nicht aufhören kann ihn zu reizen. Plötzlich bemerke ich, wie er mit einem aufstöhnenden Seufzer seinen Höhepunkt erreicht.

„Sam!", flüstert er atemlos. „Das ist mir seit meiner Teenagerzeit nicht mehr passiert!", gibt er fassungslos zu.

„Freut mich, zu hören!", antworte ich zärtlich, während ich ihn erneut küsse.

Vorsichtig schiebt er mich zur Seite und steht auf. Er verschwindet kurz im Bad, kommt jedoch einen Moment später nackt, wie Gott ihn erschaffen hat, zurück ins Schlafzimmer.

„Du bist ja immer noch angezogen!", sagt er tadelnd.

Mit seinem charmanten Lächeln legt er sich neben mich, fängt an, mich langsam zu entkleiden. Völlig unbeherrscht greife ich nach seinem besten Stück und merke, wie es bereits wieder hart wird.

„Nein! Jetzt bist du dran", flüstert er leise und beginnt, mich mit allen ihm zur Verfügung stehenden Mitteln zu verwöhnen.

Die Nacht ist lang – aber doch zu kurz für uns, um einen erholsamen Schlaf zu finden.

Kapitel 39

Am Montagmorgen sitzt Tom in seinem Büro und überprüft die neuesten Forschungsergebnisse. Er ist unkonzentriert und abgelenkt. Seine Gedanken schweifen immer wieder zu Sandy ab. Es waren zwei Tage, in denen sie sich fast rund um die Uhr geliebt haben. Nein! Eigentlich hatten sie nur Sex! Sich lieben definiert er anders. Seit heute Morgen ist er etwas genervt von ihr. Sie waren noch nie so lange ununterbrochen zusammen. Er mag ihren Körper, ihre unbeschwerte Art, wie sie an gewisse Dinge heran geht. Aber er kann keine anständige Unterhaltung mit ihr führen. Wenn sie gerade einmal keinen Sex hatten, war entweder einer von beiden unter der Dusche oder sie saßen am Tisch, aßen etwas, während der Fernseher lief. Meistens hat dann eine Liebesszene in einem Film ausgereicht, um erneut die sexuelle Gier in ihnen zu wecken.

Was ist eigentlich in mich gefahren, dass ich plötzlich ein ganzes Wochenende mit Sandy verbringen wollte? Ich sollte es besser wissen!
In der Vergangenheit hat er sich strikt daran gehalten, mit seinen Affären lediglich Sex zu haben, aber keine nähere Beziehung einzugehen. Es gab nur zwei Ausnahmen: Samantha und Melissa.

Vielleicht hat er sich an Sandy einfach sattgesehen. Er kennt jeden Zentimeter ihres Körpers, es gibt für ihn keine Überraschungen mehr zu entdecken. Verwundert fragt er sich, wie er es ganze drei Jahre mit Melissa ausgehalten hat, bevor sie schwanger wurde und sich ihre Beziehung geändert hat!

Vermutlich hatte es damals etwas mit Sophia zu tun. Er hat sie eines Tages zufällig im Fahrstuhl des Eichmann-Towers kennen gelernt und hatte ab da gelegentlich Sex mit ihr. Ganz sporadisch und unverfänglich. Sophia war nur zwei Jahre jünger als er, verheiratet und hatte zwei Kinder. Sie suchte, genau wie er, nur die sexuelle Abwechslung zu ihrer langjährigen Beziehung. Diese kurzen Quickies hörten erst auf, als Sophia ihre Stelle aufgab, um mit ihrer Familie nach Hamburg zu ziehen. Kurze Zeit später, begegnete er bereits Sandy.

Die Gegensprechanlage reißt ihn aus seinen Gedanken. „Herr Eichmann, hier ist ein Bote, der Ihnen etwas übergeben möchte", teilt sie ihm mit.

„Können sie es nicht entgegennehmen?", fragt er mürrisch.

„Leider nein! Er sagt, er müsse es Ihnen persönlich übergeben!"

„Na gut, ich komme!"

Ein junger Fahrradkurier wartet am Empfang ungeduldig darauf, das große Kuvert aushändigen zu können.

„Was ist das?", fragt Tom neugierig.

„Eine Unterschrift bitte", antwortet der Mann launisch.

Nachdem Tom den Empfang bestätigt hat, geht er mit dem großen Briefumschlag in der Hand zurück in sein Büro. An seinem Schreibtisch begutachtet er das Kuvert und sucht nach einem Absender. Es ist keiner vorhanden!

Seltsam!

Ohne Rücksicht auf Unversehrtheit, reißt er den Umschlag auf. Ein großes DIN-A-Blatt segelt ihm entgegen. Es handelt sich um eine Kopie eines Fotos, komplett in schwarz-weiß. Unschlüssig betrachtet er das Bild, auf welchem viele Leute in einem großen Park zu sehen sind. Decken, Bierkästen sowie ein kleiner Grill wurden aufgestellt. Und plötzlich erkennt er sie. Kira! Sie steht etwas abseits der Menge, während sie sich mit ihm unterhält.

Unruhig dreht er das Blatt um. Sein Gesicht verliert mit einem Schlag die Farbe, während er den kurzen Text liest:

Du hast sie getötet und jetzt wirst du dafür bezahlen!

Angewidert wirft er das Stück Papier auf seinen Schreibtisch. *Wer macht so was? Wer will mir drohen?*

Mit einem Satz springt er auf und verlässt sein Zimmer.

„Frau Müller! Wo ist der Kurier?", schreit er ihr aufgebracht entgegen.

„Der ist schon gegangen, warum?", fragt sie erschrocken.

Tom rennt zu den Fahrstühlen, drückt ungeduldig mehrmals auf den Knopf. Schneller als erwartet, hält der Aufzug vor ihm. Er steigt ein und fährt ins Erdgeschoss.

Kaum öffnen sich die Türen, sprintet er aus dem Lift und stürmt auf den Ausgang zu. Vor dem Gebäude blickt er sich hektisch um, kann aber den Fahrradkurier nicht mehr entdecken.

Entmutigt geht er zurück zu den Aufzügen. Der Portier, Herr Gruber, ruft Tom hinterher: „Herr Eichmann, suchen Sie jemanden? Kann ich Ihnen behilflich sein?"

„Es war gerade ein Fahrradkurier bei mir, ist der schon weg?", will Tom mit Nachdruck wissen.

Herr Gruber nickt: „Ja, der ist kurz vor Ihnen hinausgegangen und weggefahren".

Ohne ein weiteres Wort steigt Tom in den Fahrstuhl und fährt zurück in die Chefetage. Zwei weitere Stunden hält er es an seinem Schreibtisch aus, ohne jedoch produktiv arbeiten zu können, da seine Gedanken nur um dieses Foto kreisen.

Schließlich verlässt er sein Büro.

„Ich mache für heute Schluss, Frau Müller. Wenn etwas ist, können Sie mich zu Hause erreichen!", teilt er seiner Sekretärin mit.

In seinem Haus in Obermenzing angekommen, schenkt er sich zuerst einen Drink ein, lässt sich anschließend auf das weiche Ledersofa fallen. Stumm und konzentriert betrachtet er das Foto in seinen Händen. Bei genauem Hinsehen kann er erkennen, dass am Rand ein Kopf abgeschnitten ist. Eine Großaufnahme von einer männlichen Person, soviel kann er ausmachen. Aber wer ist das? Und wer versucht ihm hiermit zu drohen?

Kapitel 40

Juli 2000

Einen Monat lang versucht Tom vergeblich, Kira zu erreichen. Tagsüber ist sie in der Uni oder mit Freunden zusammen. Abends ist sie entweder mit Nick zusammen oder arbeitet in der Bar. Er hasst diesen Typen! Dennoch ist seine Liebe zu Kira noch immer so groß, dass es ihm wichtig ist, dass sie glücklich ist. Er entwickelt sich zum Stalker! Er weiß genau, wo sie sich aufhält und wann er sie alleine erreichen kann. So steht er eines Abends unangemeldet vor ihrer Haustür.

„Wer ist da?", fragt sie durch die geschlossene Tür.

„Ich bin's, Mike", antwortet Tom kleinlaut.

Er bettelt solange, bis Kira ihm schließlich die Tür öffnet. Lediglich mit ihrem Schlafshirt bekleidet, steht sie vor ihm, der Anblick ihrer nackten, schlanken Beine bringt ihn fast um den Verstand.

Nachdem er seinen Vorschlag, gute Freunde zu bleiben, unterbreitet hat, wartet er auf ihre Reaktion.

Er akzeptiert, dass Kira mit Nick zusammen sein will, versucht aber mit allen Mitteln, sie wenigstens als gute Freundin zu behalten.

Langsam zieht er das Tütchen mit dem Koks aus seiner Tasche und hält es ihr vor die Nase.

„Hat dein neuer Freund auch so was? Komm schon, ein bisschen Koks, um besser drauf zu kommen!"

Mit Tränen in den Augen versucht sie sich zu rechtfertigen. Tom übergeht ihre Ausführungen und bereitet das weiße Pulver vor.

„Komm, nimm eine Nase voll, dann geht's dir besser", ermutigt er sie.

Einen Augenblick später greift sie nach dem Geldschein, zieht sich eine der beiden Lines in die Nase. Tom konsumiert die zweite Hälfte und legt sich anschließend neben Kira aufs Bett.

Ein paar Minuten später tritt plötzlich die Wirkung ein. Er weiß, dass er jetzt etwa dreißig Minuten Zeit hat, Kira von seiner Liebe zu überzeugen, bis die Wirkung nachlässt und sie wieder klar denken kann.

„Bist du glücklich mit Nick?", fragt er fürsorglich.

Kira beklagt sich, dass ihr Freund zu wenig Zeit für sie habe und der Sex mit ihm zwar schön, aber viel zu selten sei.

Tom fällt es nicht schwer, Kira in diesem Zustand zu verführen. Er streichelt zärtlich ihre nackte Haut, wobei er jede ihrer Berührungen genießt. Schließlich fallen sie ungezügelt und hemmungslos übereinander her, kommen mit lauten Lustschreien zum gemeinsamen Höhepunkt.

Kira schläft wenig später ein. Tom beobachtet sie noch einen Moment lang, dann steht er auf, zieht sich an und verlässt die Wohnung.

Am nächsten Tag erhält er eine SMS von Kira. Er zieht sein Zweithandy, welches er mit einer Prepaid-Karte betreibt, aus seiner Tasche und liest die Nachricht:

Heute Nacht war ein Fehler! Wir dürfen uns nicht mehr sehen! Es tut mir leid!

Wütend wirft er das Handy auf den Tisch vor sich. Er steht auf und blickt aus dem Fenster des 18. Stocks seiner luxuriösen Wohnung in Obermenzing.

Jetzt geht alles wieder von vorne los! Er muss sich erneut auf die Lauer legen, um Kira allein anzutreffen. Er weiß, sie würde ihm zu Hause nicht mehr die Tür öffnen.

Kapitel 41

Mai 2014

Tom geht zum Briefkasten, um die heutige Tagespost ins Haus zu holen.

Nachdem er die einzelnen Absender überflogen hat, bleibt er bei einem Brief hängen, der an Melissa adressiert ist. Er stammt von einer Schweizer Bankgesellschaft.

Was hat Melissa mit einer Schweizer Bank zu tun? Oder ist das etwa nur Werbung?

Bereits vor längerer Zeit hat er mit Melissa vereinbart, er könne ihre Post öffnen, wenn sie auf Geschäftsreise ist. Daher ist es für ihn jetzt in keiner Hinsicht ungewöhnlich, diesen Brief zu öffnen, um zu überprüfen, ob es sich lediglich um eine unwichtige Werbesendung handelt.

Er zieht das einzelne Blatt Papier aus dem Kuvert und erkennt sofort, dass es keine der üblichen Aktionen ist, welche diverse Banken gerne als Infopost versenden.

Angestrengt versucht er zu verstehen, was er da in Händen hält. Es ist ein Kontoauszug der Habib Bank AG auf den Namen seiner Frau lautend. Der Kontostand weist ein Guthaben von 100.000,00 Euro aus, welche letzte Woche in bar über eine externe Bank einbezahlt wurde.

Verwirrt lässt er das Blatt sinken, starrt, in Gedanken versunken, auf den Tisch vor sich. *Was hat das zu bedeuten? Warum weiß ich davon nichts?*

Plötzlich fällt sein Blick auf den Stapel der Samstagspost. Er kramt nach dem weißen Kuvert ohne Absender, welches an Melissa persönlich adressiert ist.

Normalerweise hält er sich strikt an das Briefgeheimnis. Er würde nur auf ausdrücklichen Wunsch des Empfängers ein Kuvert mit dem Vermerk *persönlich-vertraulich* öffnen, um die darin befindlichen Schriftstücke zu lesen. Jetzt stellt es ihm allerdings seine feinen Härchen im Nacken auf, wenn er an seine eigene Sendung denkt, welche er heute per Kurier übermittelt bekam.

Ohne weiter darüber nachzudenken, reißt er den Umschlag auf und entnimmt das Schriftstück. Nachdem er die Zeilen schnell überflogen hat, glaubt er, ihm würde das Herz aus dem Brustkorb gerissen. Langsam und sorgfältig liest er erneut die mit Computer verfassten Worte.

Liebe Melissa,
ich wollte dir nochmals für die gute Zusammenarbeit danken. Das Honorar in Höhe von 100.000,00 Euro habe ich vereinbarungsgemäß auf dein Konto einbezahlt. Du hast keine Vorstellung davon, wie wertvoll ZK34YU für uns ist! Bis demnächst!
In Liebe
A.S.

Das glaub ich nicht! Seine Gedanken überschlagen sich regelrecht. Er durchlebt ein Wechselbad der Gefühle. Die Spannbreite reicht von Wut über Entsetzen bis zu blanker Angst.

Wutentbrannt greift er zu seinem Handy und ruft Melissa an.

Durch die Zeitverschiebung ist es in Los Angeles gerade erst sieben Uhr morgens. Erwartungsgemäß springt die Mailbox an.

„Melissa! Ruf mich sofort zurück! Sofort, hörst du! Ich habe hier einen Brief vorliegen, der sehr beunruhigend ist und ich will von dir eine Erklärung!", schreit er wütend in den Hörer.

Eine Stunde später ruft Melissa endlich zurück.

„Melissa?", meldet Tom sich ungeduldig.

„Hallo Tom! Von was für einem Brief sprichst du?", will sie beunruhigt wissen.

„Ein anonymer Brief, an dich adressiert! Stimmt es, dass du unsere Forschungsergebnisse für einhunderttausend Euro verkauft hast?", schreit er sie unbeherrscht an.

„WAS? Nein! Wovon sprichst du?", entgegnet sie entsetzt.

„Verkauf mich nicht für blöd. Deine Bank hat einen Kontoauszug geschickt, wonach das Geld auf deinem Konto in der Schweiz gutgeschrieben wurde".

„Mein was? Ich habe kein Konto in der Schweiz! Tom, was ist da los? Du musst mir glauben, dass ich …."

„Hör auf zu lügen! Ich glaube einem offiziellen Schriftstück mehr als dir! Das wird Konsequenzen haben, verlass dich drauf!", droht er ihr wütend.

„Bitte Tom, warte bis ich übermorgen nach Hause komme, dann können wir in Ruhe darüber reden!", fleht sie ihn an.

„Es gibt für mich keinen größeren Betrug, als den Verrat an meiner Firma! Du kannst mich damit ruinieren und das lass ich nicht zu!"

„Tom, bitte, ich …", versucht Melissa ihn zu beruhigen.

Ohne ein weiteres Wrot legt Tom auf und wirft sein Handy auf den Tisch.

Warum hat sie das getan? Wegen des Geldes? Oder ist dieser A.S. ihr Geliebter?

Ich muss hier raus! Ich muss meinen Kopf frei bekommen!

Kurz entschlossen packt er seine Segeltasche und fährt mit dem Auto an den Starnberger See. Den restlichen Tag verbringt er auf seinem Segelboot, versucht, seine wirren Gedanken in Griff zu bekommen.

Kapitel 42

Juli 2000

Eine Woche lang beobachtet er sie, muss dabei feststellen, dass Kira nie alleine unterwegs ist. Fast jeden Abend hält sich Nick bei ihr in der Wohnung auf. An den Tagen, an welchen er nicht da ist, wird sie von einer Freundin zur Arbeit abgeholt, lässt sich abends von einem Bekannten nach Hause begleiten. Sie weigert sich beharrlich, auf sein Drängen hin die Haustüre zu öffnen.

Einen Tag später hat er genug davon! *Ich muss jetzt endlich mit ihr reden!* Völlig besessen von dem Wunsch, Kira zurückzugewinnen, kommt ihm nur eine einzige Möglichkeit in den Sinn: Wenn sie drogenabhängig wird, somit regelmäßig ihren Stoff braucht, dann wird sie seine Nähe suchen und er kann wieder mit ihr zusammen sein.

Er verfolgt die Gruppe von zehn Personen bis in den Englischen Garten. Unweit der Isar entfernt schlagen sie ihr Lager auf. Sie breiten Decken aus, stellen einen Grill auf und deponieren einige Bierkästen im Wasser. Laute Rhythmen dröhnen aus der mitgebrachten Musikbox, während die Leute sich ausgelassen und fröhlich unterhalten.

Tom wartet einen geeigneten Zeitpunkt ab. Er sieht, wie Nick mit einem seiner Freunde zur Isar hinunter geht, während Kira bei den anderen zurück bleibt. Blitzartig ergreift er seine Chance und verlässt sein Versteck. Mit schnellen Schritten geht er auf Kira zu.

„Kira?", ruft er leise aber deutlich.

Sie dreht sich um. Ihr Blick verrät augenblicklich, was sie von seinem Erscheinen hält. Wütend stampft sie auf Tom zu, zieht ihn schnell etwas abseits der Gruppe.

„Was machst du denn hier?", faucht sie ihn unfreundlich an.

„Wir müssen reden", erklärt Tom unmissverständlich.

„Nein, müssen wir nicht. Ich habe dir vor einer Woche geschrieben, dass wir uns nicht mehr sehen können. Was, verdammt noch mal, verstehst du daran nicht?", presst sie wütend hervor.

„Ich verstehe, dass du jetzt nicht reden kannst, aber dann gib mir die Möglichkeit, dass wir uns noch mal sehen können. Allein!", bettelt er kleinlaut.

„Warum?", fragt sie verständnislos.

„Weil ich dich liebe und du es mir schuldig bist, dass wir in Ruhe darüber reden können", gibt er verzweifelt zu.

„Worüber willst du reden? Ich bin mit Nick zusammen, nicht mehr mit dir! Kapier das endlich!", sagt sie genervt.

Plötzlich hört Kira ihren Namen: „Kira? Alles in Ordnung?", ruft Nick ihr zu.

„Ja, ich komme gleich!", antwortet sie und wendet sich erneut an Tom.

„Ich kann nicht…. Ich will nicht …", stottert sie los.

„Schau mir in die Augen und sag mir, dass Nick dich in jeder Hinsicht glücklich macht, dann verschwinde ich", versichert er mit ernster Miene.

Ein kurzes Aufflackern in ihren Augen verrät ihre Unentschlossenheit.

„Ich bin mit Nick glücklich und jetzt verschwinde endlich!", wirft sie ihm entgegen, dreht sich um und läuft zu ihrem Freund.

Tom zieht sich zurück, glaubt aber Kira kein Wort. Sie ist nicht zufrieden mit ihrer Beziehung zu Nick, das sieht er ihr an. *Mag sein, dass sie Nick liebt, aber er kann sie keinesfalls in jeder Hinsicht so glücklich machen wie ich!*

Kapitel 43

Mai 2014

Am Montagabend, als ich von der Arbeit nach Hause komme, finde ich Nick in seinem Arbeitszimmer vor. Konzentriert sitzt er über seinen Schreibtisch gebeugt, während er ein Dokument bearbeitet.

„Hallo Nick! Wie lange musst du noch arbeiten?", frage ich freundlich von der Tür aus.

„Nicht mehr lange, ich komme gleich!", antwortet er, ohne von seiner Arbeit aufzusehen.

Ich gehe in die Küche und beginne, das Abendessen vorzubereiten. Einige Minuten später spüre ich zwei Arme, die sich um meine Hüften schlingen sowie Nicks warmen Atem an meinem Hals.

„Hey, wie war dein Tag?", fragt er interessiert.

„In Ordnung. Und deiner?"

„Geht schon! Mir geht die ganze Zeit dieser Tom nicht aus dem Kopf. Jetzt, wo ich weiß, wer Kira das angetan hat, beschäftigt mich nur eine Frage: Warum?", erklärt er leise.

Ich drehe mich zu ihm um, schlinge meine Arme um seinen Hals.

„Es gibt nur eine Möglichkeit, das herauszufinden. Wir fahren zu ihm und fragen ihn!", schlage ich vor.

„Was ist, wenn er alles abstreitet?", fragt Nick unsicher.

„Das wird er nicht, ich habe schon vorgesorgt", entgegne ich mit einem gewinnenden Lächeln.

Verdutzt schaut Nick mich an. „Was heißt, du hast schon vorgesorgt?", will er neugierig wissen.

„Ich habe ihm ein Foto von dem Grillfest geschickt, auf welchem er mit Kira zu sehen ist. Auf der Rückseite habe ich ihn darauf hingewiesen, dass ich weiß, dass er sie umgebracht hat", erkläre ich freudig und erwarte insgeheim Dank für meine glorreiche Idee.

„Du hast WAS getan? Bist du total übergeschnappt?", brüllt er mich an, wobei er grob meine Arme von seinem Hals zieht.

Eingeschüchtert und verunsichert blicke ich ihn an. Er stürmt aus der Küche ins Wohnzimmer. Mit einigen Schritten Abstand folge ich ihm.

Tom öffnet die Kommode, zieht die Schachtel mit den Fotos heraus und öffnet sie. Oben auf liegt das betreffende Bild. Er reißt es an sich und hält es in die Höhe.

„Meinst du dieses Bild?", presst er wütend hervor.

„Ja!", antworte ich leise.

„Hast du bemerkt, dass ich da deutlich zu erkennen bin? Jetzt weiß er, dass ich damit zu tun habe. Außerdem habe ich dir gesagt, dass ich keine Racheaktion gegen ihn will. Warum machst du so etwas, ohne mich vorher zu fragen?", schreit er mich an.

„Ich dachte, …"

„Nein! Du hast eben nicht nachgedacht!", brüllt er durchs Zimmer.

Entsetzt über seine heftige Reaktion lasse ich mich auf das Sofa fallen. Ich kann meine aufsteigenden Tränen nicht mehr zurückhalten.

Plötzlich entsinnt er sich seiner Lautstärke, wird etwas ruhiger. Er setzt sich neben mich und legt den Arm besänftigend um meine Schultern. „Sam! Tut mir leid, dass ich so ausraste, aber für mich steht mehr auf dem Spiel, als nur die Rache an Kiras Tod. Ich kann es mir nicht leisten, bei der Polizei irgendwie auffällig zu werden. Nicht einmal als Ankläger oder Zeuge. Verstehst du das?", redet er beruhigend auf mich ein. „Wenn Tom einfällt, dass er mich anzeigt, oder auch nur das Foto bei der Polizei vorlegt, dann habe ich echt ein Problem!"

Langsam schüttle ich den Kopf, schaue ihn durch meine tränenverschleierten Augen an. „Ich habe dein Gesicht weggeschnitten. Ich wollte ihm nur einen Denkzettel verpassen!", gebe ich schluchzend zu.

„Honey!", sagt Nick liebevoll. Er drückt mich an sich und hält mich fest, bis meine Tränen versiegen.

„Nick, es tut mir leid, dass ich dir nichts gesagt habe", flüstere ich entschuldigend.

Er hebt mein Kinn mit einem Finger an und küsst mich zärtlich.

„Ich habe eine Idee, wie ich ihn Kiras Schicksal nie vergessen lasse!"

„Und die wäre?", frage ich neugierig.

„Lass dich überraschen!", antwortet er und küsst mich erneut.

Kapitel 44

Juli 2000

Einen Tag später, am 20. Juli 2000, fährt Tom erneut zu Kiras Wohnung. Er hofft, dass sie alleine zu Hause ist, da Nick jeden Sonntagabend feste Unterrichtsstunden im Fitnessstudio gibt.

Aufgeregt klopft er an ihre Tür, wundert sich, dass diese umgehend geöffnet wird. Überrascht schaut Kira ihn an und meint abwertend: „Was willst du schon wieder hier? Geh lieber, Nick kann jeden Moment kommen!"

„Erzähl keinen Quatsch, Kira. Der gibt heute Unterricht", entgegnet Tom und schiebt sich an Kira vorbei in ihre Wohnung.

„Mike! Ich will nicht, dass du …."

„Hör mir einfach nur zu! Bitte!", sagt Tom beruhigend. „Ich habe eingesehen, dass du mit Nick zusammen sein willst. Obwohl ich nicht glaube, dass er dich wirklich glücklich macht, das sehe ich dir an. Aber ich möchte nur ein letztes Mal mit dir zusammen sein, um dich so in Erinnerung behalten zu können."

„Du willst mit mir schlafen?", hakt sie ungläubig nach.

„Nein! Doch, natürlich würde ich das gerne, aber vermutlich willst du nicht. Also, ich dachte, wir könnten noch einmal was ausprobieren, was uns beide auf die gleiche Ebene bringt", versucht er zu erklären.

„Auf die gleiche Ebene? Was hast du eingesteckt? Koks? Hasch? Pillen?", zählt sie gereizt auf.

„Nein! Etwas Neues", erwidert Tom, dabei zieht er einen Beutel mit zwei Spritzen hervor.

„Wenn es das ist, was ich glaube, dann kannst du das vergessen, Mike! Ich nehme kein Heroin. Ich bin doch nicht verrückt, ich will nicht abhängig werden", wehrt sie energisch ab.

„Quatsch! Nach einem Schuss wird man von Heroin nicht abhängig. Die körperliche Abhängigkeit setzt erst ab dem zweiten Mal ein. Es muss so atemberaubend schön sein, dass die meisten es allerdings unbedingt wieder erleben wollen", klärt er sie auf.

„Und du glaubst, du könntest nach einem Mal aufhören?", fragt sie zweifelnd.

„Ja, wir würden es schaffen, weil es unser einmaliges, gegenseitiges Abschiedsgeschenk ist".

Kira scheint ernsthaft über die Einnahme dieser Droge nachzudenken. Sie ist Drogen gegenüber grundsätzlich nicht abgeneigt. Sie liebt den Kick sowie das übermächtige Gefühl, welches man eben nur durch Drogen erhält. Natürlich hat sie sich schon über Heroin informiert, hat auch von vielen Leuten gehört, dass es tatsächlich erst ab der zweiten Dosis körperlich abhängig macht. Allerdings sei der Kick beim ersten Mal so enorm, dass das psychische Verlangen nach einer erneuten Dosis mit keiner anderen Droge vergleichbar ist. Süchtige erzählen, dass die erste Einnahme von Heroin einen weitaus intensiveren und schöneren Kick als ein Orgasmus bringt. Allerdings tritt diese Wirkung nur beim ersten Mal auf. Trotzdem ist die Zahl derer, die es nicht beim einmaligen Konsum belassen, enorm hoch.

An ihrem langen Zögern erkennt Tom, dass Kira stark mit sich kämpft und einem Kick dieser Art nicht so abgeneigt scheint, wie sie es ihm gegenüber darstellt.

„Komm Baby, lass uns dieses Gefühl nur einmal zusammen erleben! Es soll angeblich wie ein Super-Orgasmus sein! Danach halte ich mich aus deinem Leben raus und du kannst mit Nick glücklich werden!", schlägt er voller Vorfreude vor.

Völlig unerwartet schüttelt Kira den Kopf. „Nein, tut mir leid! Ich nehme nichts mehr. Und wenn ich so einen Super-Orgasmus erleben möchte, dann nur mit Nick, nicht mit dir", sagt sie bedauernd.

Dieser letzte Satz ist zuviel für Tom. Das künstlich erbaute Dach, das die Eifersucht von ihm fern hielt, bricht mit einem Schlag über ihm zusammen. Sein Gesicht verzieht sich zu einer schmerzhaften Fratze, aus seinen Augen spricht die ohnmächtige Verzweiflung.

„Nein. Du willst es! Los komm! Du wirst sehen, wie gut es uns tut", plappert er drauf los. Er greift nach ihrem Arm und zieht ihn zu sich. Kira wehrt sich mit aller Kraft. Plötzlich rastet Tom aus. Kräftig schlägt er Kira mitten ins Gesicht. Benommen fällt sie aufs Bett. Schnell holt Tom den Gummischlauch sowie die Spritze mit der fertigen Lösung aus der Tüte, bindet ihren Arm ab und setzt die Nadel an. Kira wehrt sich nicht mehr. Sie schaut ihn nur mit großen, ängstlichen Augen an.

„Gleich wird es gut, Kira. Das wird der beste Moment unseres Lebens", faselt er unverständlich.

Während er die berauschende Lösung injiziert, beobachtet er ihre Gesichtszüge, die sich augenblicklich entspannen. Ihre Augen verdrehen sich und ein lautes Stöhnen dringt aus ihrem Mund.

In diesem Moment hört Tom, wie ein Schlüssel von außen in die Haustür gesteckt wird. Blitzschnell verschwindet er in dem kleinen Bad und versteckt sich.

Er beobachtet, wie Nick sich jammernd auf Kira stürzt, verzweifelt auf sie einredet.

Leise schleicht Tom sich von hinten an. Er greift nach dem Edelstahl-Wasserkocher vom Regal und holt aus. Mit einem kräftigen Schlag streckt er den Konkurrenten nieder.

„Verdammt!", ruft Tom verzweifelt aus. „Was macht der Idiot hier?"

Er überlegt, was er jetzt tun soll. Er schaut auf Kira, bemerkt, dass diese verdächtig ruhig vor ihm liegt. Er kann keine Atembewegungen auf ihrem Brustkorb erkennen. Ängstlich beugt er sich über sie und kontrolliert ihren Puls. Es ist keiner da! *Verdammt! Kira!* Panik erfasst ihn. Hat er ihr zuviel gegeben? Wenn sie wirklich stirbt, wird er sich das nie verzeihen! Schlimmer jedoch wäre, dass er mit ihrem Tod in Verbindung gebracht würde, das gäbe einen Skandal! Sein Vater würde ihn enterben und zum Teufel schicken!

Plötzlich kommt ihm eine Idee! Wenn Nick auch eine Nadel im Arm hätte, möglicherweise ebenfalls an einer Überdosis stirbt, dann sieht es doch so aus, als hätten die beiden Selbstmord begangen!

Konzentriert und sorgfältig entfernt er seine Fingerabdrücke von Kiras Spritze, legt Nicks Daumen sowie Zeigefinger um die Kanüle. Danach behaftet er auch die zweite Spritze mit Nicks Fingerabdrücken und injiziert ihm die Dosis Heroin, die er eigentlich für sich selbst besorgt hat.

„Jetzt hast du diesen besonderen Moment doch mit deinem Nick erlebt, meine liebste Kira!", flüstert er traurig, entfernt sich anschließend leise aus der Wohnung.

Kapitel 45

Mai 2014

Tom hat das Gefühl, der Boden würde ihm unter den Füßen weggezogen. In ihm kriecht eine existenzielle Angst hoch, was Melissas Verrat für ihn sowie seine Firma bedeuten könnte.

Am nächsten Tag stürmt er in die Rechtsabteilung seiner Firma und betritt ungefragt Herrn Brückners Büro.

„Reinhard, wir haben ein Problem!", beginnt er das einstündige Gespräch.

Er erklärt dem Firmenanwalt in kurzen Sätzen, was er am gestrigen Tag herausgefunden hat und bespricht mit ihm alle Optionen, welche die Firma hat, um ein *Worstcase-Szenario* abzuwenden.

Schließlich informiert er noch seinen Laborleiter über die neuesten Erkenntnisse, der sich mit ungläubigem Gesichtsausdruck Toms Erklärungen anhört.

Nach einem anstrengenden Arbeitstag kommt Tom schließlich gegen 19.00 Uhr nach Hause.

Er nimmt sich einen Drink, mit dem er sich erschöpft ins Wohnzimmer setzt. *Was für ein Tag! Bin ich froh, dass der vorüber ist!*

Plötzlich klingelt es. Langsam erhebt er sich, trottet zur Haustür. Er öffnet sie - will sie sofort wieder schließen. Doch es ist schon zu spät!

Der Schuh eines maskierten Mannes stemmt sich in den Spalt, verhindert so das Schließen der Türe.

Entsetzt stolpert Tom rückwärts in sein Haus, fällt schließlich auf den Boden vor dem Sofa.

Die beiden vermummten Männer betreten das Wohnzimmer, bleiben anschließend abwartend vor Tom stehen.

„Was … was wollen Sie von mir? Ich habe kein Bargeld im Haus!", stottert Tom ängstlich.

„Du kanntest Kira, richtig?", will der vordere der beiden Männer wissen.

Mit einem Mal dämmert es Tom, was diese Personen von ihm wollen.

„Ja, aber ich habe sie nicht umgebracht", stammelt er.

„Erzähl, wie es passiert ist!", fordert ihn die kräftige Stimme auf.

„Was? Was soll ich da erzählen? Ich weiß es nicht!"

Der Mann vor ihm zieht eine Spritze aus seiner Tasche, die mit einer leicht gelblichen Flüssigkeit gefüllt ist.

Toms Augen weiten sich. *Oh Gott! Will er mir etwa Heroin spritzen?*

„Kannst du dich vielleicht daran erinnern?", fragt die Stimme mit Nachdruck.

„In Ordnung! Ich erzähl es, aber bitte spritzen sie mir nicht dieses Zeugs! Ich wollte das alles nicht - es war ein Unfall!", fängt er weinerlich an zu erzählen. „Kira und ich haben uns ständig irgendwelches Zeugs eingeschmissen. Irgendwann wollten wir Heroin ausprobieren, aber es war anscheinend zu viel für sie. Ihr Körper hat die Menge nicht verkraftet".

„Das stimmt nicht! Sie wollte damit aufhören!" wendet der Mann mit sentimentaler Stimme ein.

„Kanntest du sie? Wer bist du?", fragt Tom hoffnungsvoll.

„Das tut nichts zur Sache! Erzähl die Wahrheit, sonst jag ich dir dieses Zeugs in die Adern."

Jammernd kauert Tom am Boden, bricht sein jahrelanges Schweigen: „Sie hat mit mir Schluss gemacht! Sie hat diesen Nick derart geliebt, dass sie sogar mit den Drogen aufhören wollte! Aber Kira war meine große Liebe! Ich konnte sie nicht gehen lassen! Ich wollte sie vom Heroin abhängig machen, damit sie weiter Kontakt zu mir sucht! Ich wollte sie nicht umbringen!", erzählt er weinend.

***

Nick betrachtet Tom mit Abscheu. Dabei bemerkt er, wie ihm Tränen in die Augen steigen. Er hat Kira nicht so sehr geliebt, wie sie ihn. Es tut ihm im Herzen weh, dass sie sich wirklich ändern wollte, für ihn aber immer sein Studium sowie seine Arbeit im Vordergrund standen. Die Zeit, die er für Kira aufbrachte, war, trotz der getroffenen Vereinbarung, eher gering. Wahrscheinlich hat er sie mit seinem Verhalten zurück in Toms Arme getrieben und trägt daher eine Mitschuld an ihrem Tod.

***

Tom betrachtet den Mann vor sich. Er überlegt, um wen es sich handeln könnte. Nach seiner Äußerung zu urteilen, musste er Kira kennen. Vielleicht ist es …

Plötzlich kommt der Unbekannte einen bedrohlichen Schritt auf ihn zu. Er packt Tom am Kragen und zieht ihn auf die Beine.

„Nick! Du bist Nick, hab ich Recht?", ruft Tom ängstlich aus.

Ein kurzes Flackern in den Augen des Maskierten lässt Tom annehmen, dass er ins Schwarze getroffen hat.

Mit einem Mal fühlt er sich überlegen, möchte sein Gegenüber erniedrigen.

„Weißt du eigentlich, dass du für Kira nie genug warst? Du hast sie sexuell nicht befriedigt! Sie kam zu mir, um den Sex zu bekommen, den sie brauchte!", spukt er ihm entgegen.

Der Schlag in sein Gesicht trifft ihn so plötzlich, dass er sofort zu Boden geht.

„Du Schwein! Du bist nur Abschaum", presst Nick wütend hervor. Mit einer kurzen Geste gibt er seinem Begleiter ein Zeichen.

Während Nick sich auf den Boden kniet, um Tom festzuhalten, packt der zweite Mann Toms linken Arm und fixiert ihn zwischen seinen Beinen.

Zwanzig Minuten später verlassen Nick und sein Partner das Haus in Obermenzing. Sie lassen einen entsetzten sowie jammernden Tom zurück.

Kapitel 46

Ich stehe am Fenster und schaue besorgt auf die Straße. Wo ist Nick? Als ich von der Arbeit nach Hause kam, war er nicht da. Er hat mir auf dem Küchentisch eine Nachricht hinterlassen: *Ich komme später, mach dir keine Sorgen!*

Und gerade dieser letzte Halbsatz ist schuld daran, dass ich mir Sorgen mache. Er geht nicht an sein Handy und die Sporttasche steht verlassen im Schlafzimmer.

Ich versuche mich vergeblich abzulenken, schalte den Fernseher an, putze die Wohnung, stehe aber dennoch alle paar Minuten mit ängstlichem Blick am Fenster. Warum schreibt er nicht, wo er ist? Üblicherweise entdecke ich einen Zettel mit der Aufschrift: *Bin im Studio, bis gleich, My Nick.* Oder er schreibt: *Bin mit einem Kollegen unterwegs, kann spät werden. My Nick.*

Dieses Mal ist es anders. *Mach dir keine Sorgen!* Wenn er das schon betonen muss, dann ist es sicher nicht ungefährlich, was er gerade treibt. Auch sein *Miss you Nick* fehlt.

Plötzlich höre ich den Schlüssel im Schloss. Ich stürme zur Tür und falle im nächsten Augenblick Nick um den Hals.

„Wo warst du? Ich habe mir solche Sorgen gemacht!", beschwere ich mich mit Tränen der Erleichterung.

„Honey! Ich hab dir doch eine Nachricht geschrieben. Hast du die nicht gesehen?", will er verständnislos wissen.

„Doch! Aber da stand, ich solle mir keine Sorgen machen."

„Ja! Und warum machst du dir dann welche?", entgegnet er.

„Eben darum! Wenn du es schon betonst, ist es sicher gefährlich, was du gerade machst!", jammere ich an seinem Hals.

Nick schiebt mich vorsichtig von sich, wischt mit seinem Daumen meine Tränen weg. „Honey! Es war nicht gefährlich! Jetzt bin ich ja wieder da!", sagt er liebevoll und küsst mich.

„Erzählst du mir, wo du warst?", frage ich zaghaft.

„Nachher. Zuerst muss ich dringend in die Wanne, ich brauche etwas Entspannung. Mir tut jeder Knochen weh!", bemerkt er auf dem Weg ins Badezimmer.

Ihm tut jeder Knochen weh? Was zum Henker hat er gemacht?

Während Nick in der Wanne liegt, beschließe ich, dazuzusteigen. Vorsichtig öffne ich die Tür, stelle mich vor ihn. „Darf ich mich mit entspannen? Oder stört es dich?", frage ich leise.

Sein liebevolles Lächeln beantwortet mir meine Frage, so dass ich langsam zu ihm ins warme Wasser steige. Ich setze mich zwischen seine Beine, lehne mich an seinen Oberkörper. Seine Hände streicheln meinen Bauch, während meine Hände an seinen durchtrainierten Oberschenkeln entlang gleiten.

„Wann erzählst du mir davon?", frage ich zaghaft.

„Jetzt! Weil du mir eh keine Ruhe lässt, bis du es weißt!", gibt er nach.

Angespannt warte ich auf seine Erklärung.

„Wir waren heute bei Tom!"

„WAS?", rufe ich überrascht aus und setze mich dabei so schnell auf, dass ein Schwall Wasser aus der Wanne schwappt. „Bei Tom? Wer ist wir?"

„Sergej und ich. Er ist ein Kollege!", antwortet er kurz.

„Wie viele Kollegen hast du eigentlich?", frage ich verwirrt. „Erzähl weiter! Was ist passiert? Wie hat er reagiert? Und was hast du ihm erzählt?", sprudelt es aus mir heraus.

„Wenn du mich in Ruhe erzählen lässt, dann erfährst du es!", unterbricht er meinen Redeschwall.

Beleidigt lehne ich mich an ihn, lausche dabei aufmerksam seinen Worten.

Am Ende seines Berichtes frage ich verwundert: „Und du hast ihn niedergeschlagen?"

„Ja! Er hat mich solange gereizt, bis meine Faust unbedingt sein Gesicht treffen wollte", gibt er mitleidig zu.

„Dann verstehe ich aber nicht, warum dir alle Knochen weh tun", frage ich verwundert.

„Tun sie auch nicht, zumindest jetzt noch nicht", flüstert er mir ins Ohr.

„Aber, du hast doch gesagt, dass ...."

„Ich wollte mich wirklich entspannen, entschuldige die kleine Notlüge. Aber da du jetzt hier bist, kann es gut möglich sein, dass mir nachher alle Knochen weh tun", haucht er in mein Ohr. Seine Hände gleiten über meinen Bauch sowie meine Brüste. Langsam wandern seine Streicheleinheiten nach unten zwischen meine Beine. Ein leises Stöhnen entfährt meinem Mund. Er streichelt zärtlich meine intimste Stelle, wobei das warme Wasser sein übriges tut, um meine Lust zu steigern. Einen kurzen Moment später komme ich zum Orgasmus, drehe mich anschließend zu ihm um. Seine harte Männlichkeit drückt gegen meinen Bauch, während meine Lippen seinen feuchten Mund suchen. Leidenschaftlich und gierig küssen wir uns. Da die Bewegungsfreiheit in der engen Badewanne sehr eingeschränkt ist, erfordert es ein gewisses Maß an Kreativität, um unserem Ziel näher zu kommen. Nach mehrmaligem Stellungswechsel gelingt es uns endlich. Seine immer schneller werdenden Bewegungen setzen Wellen in Gang, die nicht nur das Bad überschwemmen, sondern auch unsere Lust enorm steigern. Einige Zeit später endet die unbequeme, aber dennoch reizvolle Stellung, in einem gemeinsamen Höhepunkt.

Erschöpft steigen wir aus der Wanne und wickeln uns in große Badetücher. Ich dehne meinen Rücken, verziehe dabei schmerzhaft mein Gesicht. Nick tastet an seine schmerzenden Knie, wobei er feststellt, dass sie starke Rötungen aufweisen.
„Siehst du! Ich wusste, dass mir heute noch alle Knochen weh tun", sagt er vorwurfsvoll.
„Ja, aber nicht nur dir! Also mein Lieblingsort wird die Badewanne sicher nicht", bemerke ich mit einem Blick auf die Überschwemmung vor mir. „Außerdem können wir jetzt erst einmal das komplette Bad trocknen!"
„Einen Versuch war es wert! Und so schrecklich fand ich es ehrlich gesagt nicht! Nach den Geräuschen zu urteilen, die du von dir gegeben hast, kann es für dich auch nicht so schlimm gewesen sein!", neckt er mich.
Mit einem kurzen Kuss erwidere ich: „Das waren Schmerzensschreie, Darling!"
„Oh!", entfährt es ihm mit einem verwunderten Grinsen.

Nachdem wir uns angezogen und ins Wohnzimmer gegangen sind, erinnere ich mich an Nicks Erzählung.
„Nick?", frage ich vorsichtig. „War in der Spritze, mit der du Tom bedroht hast, wirklich Heroin?"
Nick steht auf, um seine Jacke zu holen. Er greift in die Seitentasche und zieht die Spritze hervor. Er zieht den Aufsatz mit der Nadel ab, steckt sich die Kanüle in den Mund. Mit einem genüsslichen „Mmmh" entleert er den Inhalt und schluckt die Flüssigkeit.
Mit großen Augen schaue ich ihn an. „Sagst du mir jetzt auch, was du da getrunken hast?"
„Zitronensaft mit Wasser!", grinst er mich an. „Honey! Woher sollte ich Heroin haben?", sagt er unschuldig.

„Na, ja, bei deinem Bekanntenkreis ist sicher auch jemand dabei, der Drogen vertickert", erwidere ich.

Ein paar Minuten will ich leise wissen: „Ging es dir eigentlich besser, nachdem du Tom geschlagen hast? Ich meine, war das deine Rache an ihm?"

Nick lässt sich Zeit mit seiner Antwort. Plötzlich greift er erneut in seine Jacke und zieht sein Handy heraus. Er lehnt sich zurück, tippt eifrig auf seinem Display herum.

„Der Schlag kam ganz spontan! Die eigentliche Rache ist das hier!", sagt er zögerlich, während er mir sein Handy unter die Nase hält.

Ich betrachte das Bild und mir fällt reflexartig die Kinnlade herunter.

Bewundernd schaue ich ihn an. „Wie bist du auf die Idee gekommen? Das ist genial!"

Kapitel 47

Nach dem Überfall sitzt Tom entsetzt auf seinem Sofa.

Dieser Mistkerl! Ich bin mir sicher, dass es Nick war! Aber was soll ich machen? Ich habe nichts gegen ihn in der Hand! Das, was er mit mir gemacht hat, wird mich ewig an meine Schuld erinnern!

Er hebt seinen linken Arm und schaut auf die großen tätowierten Buchstaben:

K I R A

Er könnte es überstechen oder weglasern lassen. Den Namen der einzigen Person, die er jemals wirklich geliebt hat, so unwiderruflich auf seinem Arm zu lesen, treibt ihm das Wasser in die Augen. Er rollt sich zur Seite und weint sich seinen gesamten Kummer von der Seele. Die Angst des heutigen Überfalls - die Schuld der damaligen, versehentlichen Überdosis - den Verlust seiner großen Liebe.

***

Ich schaue mir alle drei Bilder, die Nick von Toms Unterarm geschossen hat, genau an. Warum bin ich nicht selbst auf so einen Einfall gekommen?

„Vielleicht hätte ich das bei Melissa auch machen sollen? Ich hätte ihr den Namen von Lisa tätowieren können", spreche ich meine Gedanken laut aus.

„Nein! Das war meine Rache! Du hast genau das Richtige mit Melissa gemacht. Wir müssen nur noch abwarten, ob es auch funktioniert hat."

„Aber Tom könnte das Tattoo auch einfach entfernen oder überstechen lassen", erinnere ich ihn.

„Ja, aber dann kostet es ihn trotzdem Überwindung und eine Menge Geld. Ich habe meine Genugtuung, dass er es zugegeben hat und ich endlich weiß, was passiert ist."

„Kim sollte es auch erfahren!", schlage ich vor.

„Ja. Allerdings tut mir Tom dann schon fast ein bisschen leid, wenn Kim ihre Strafe abgesessen hat und frei kommt", gibt er zu.

„Wäre die ganze Geschichte mit Kira nicht passiert, hätte mich Kim niemals auf dich angesetzt, dann hätten wir uns nicht kennengelernt", äußere ich nachdenklich.

„Kim hat dich also doch auf mich angesetzt? Das habe ich von Anfang an vermutet! Das war auch der Grund, warum ich mich von dir fernhalten wollte. Ich hatte Angst, dass du mich nur benutzt, um Kims Rache zu vollziehen".

„Ursprünglich wollte ich das, aber ich habe den Plan schnell verworfen, weil ich dich für meine eigene Rache brauchte. Außerdem wusste ich nicht, wie ich dich der Polizei ausliefern sollte, ohne selbst in Erscheinung zu treten", erkläre ich ehrlich.

„Du brauchst mich?", neckt er mich grinsend.

„Ja, aber anders, als du denkst! Glaubst du, man kann nach so kurzer Zeit schon von Liebe sprechen?", frage ich leise.

„Ja, ich kann das! Ich habe mich vom ersten Moment an in dich verliebt!", haucht er mir zu, küsst zärtlich meine Lippen.

„Ich habe nie an die Liebe auf den ersten Blick geglaubt, bis ich dir begegnet bin. Erst jetzt weiß ich, dass ich Tom nie richtig geliebt habe".

„Du musst deine Gefühle zu ihm nicht verleugnen, nicht wegen mir!", sagt er streng.

„Ich weiß! Ich liebe dich, Nick!"

„Ich liebe dich auch, Sam!"

Wir küssen uns zärtlich und leidenschaftlich. Irgendwann gehen wir ins Schlafzimmer, setzen dort unser Liebesspiel, welches bereits in der Badewanne begonnen hat, fort. Allerdings dieses Mal ohne schmerzenden Rücken sowie wunde Knie.

Kapitel 48

Tom sitzt allein zu Hause in seinem Arbeitszimmer. Er versucht, die versäumte Arbeit nachzuholen, als die Haustür auffliegt und Melissa hereinstürmt.

„Tom?", ruft sie vom Wohnzimmer aus. „Bist du da?"

Langsam steht er auf und geht hinunter zu seiner Ehefrau. „Hallo Melissa! Wir war dein Flug?", fragt er gewohnt höflich.

„Jetzt zeig mir mal das Schriftstück, welches du am Telefon erwähnt hast", platzt sie ohne Antwort auf seine Frage heraus.

Tom deutet auf den Wohnzimmertisch, auf welchem das Dankesschreiben sowie der Kontoauszug offen nebeneinander liegen.

Melissa stürmt zum Sofa, setzt sich und greift nach den beiden Blättern. Mit entsetztem Blick liest sie mehrfach die gedruckten Zeilen.

„Das kann nicht sein! Da will mich jemand …"

„Melissa, hör auf! Ich will nichts mehr hören. Pack deine Sachen und verlass mein Haus", schimpft Tom laut.

„Das ist auch mein Haus!", protestiert sie.

„Nein! Wir haben Gütertrennung, ich habe das Haus kurz vor unserer Ehe alleine gekauft! Ich werde die Scheidung einreichen! Die strafrechtlichen Schritte gegen dich behalte ich mir vor, bis mein Anwalt alle Möglichkeiten überprüft hat."

„Aber … Tom … das ist alles ein Missverständnis! Ich wurde reingelegt!", versucht sie zu erklären.

Müde fährt sich Tom über sein Gesicht. „Wer zum Teufel sollte dich reinlegen wollen? Und warum? Hast du irgendjemandem etwas angetan?", fragt er ungläubig.

Melissa öffnet den Mund, um ihren Verdacht auszusprechen, schließt ihn aber sofort wieder. Wie sollte sie Tom erklären, dass es tatsächlich jemanden gibt, der sauer auf sie ist. Zuerst wurde sie von Keno erpresst und jetzt passieren solche Dinge. Ausgerechnet mit dem Betrag von einhunderttausend Euro. Sie glaubt nicht an Zufälle. Ihr fällt nur Samantha ein, die einen Grund hätte sich zu rächen und der sie eine solche Intrige zutrauen würde.

Sie steht vor einer Zwickmühle:

Erklärt sie Tom, warum Sam sich an ihr rächen will, dann wird er sie verstoßen, weil sie Lisa ermordet hat und Sam unschuldig ins Gefängnis gebracht hat. Möglicherweise würde er sie sogar bei der Polizei anzeigen, dann würde sie wegen Mordes verurteilt werden!

Erzählt sie Tom nichts von Sam und Lisa, dann hat sie keinerlei Erklärung, für das Konto in der Schweiz sowie den anonymen Brief. Wie soll sie beides als perfiden Racheakt deklarieren?

Sie beschließt, das kleinere Übel in Kauf zu nehmen. Tom wird sich so und so von ihr trennen. Ein letztes Mal versucht sie, ihn von ihren Qualitäten als Ehefrau zu überzeugen.

Langsam geht sie auf ihn zu, greift dabei nach seinem linken Arm. „Tom, lass es uns noch einmal versuchen, ich …."

„Ahh… lass los!", ruft er schmerzverzerrt aus, während er seinen Arm aus ihrer Umklammerung befreit.

„Was hast du da?", fragt sie besorgt, will sein Hemd hochschieben.

„Nichts!", faucht er sie an. „Geh, und pack deine Sachen. Du kannst vorerst in einem der Firmenappartements wohnen, bis du etwas anders gefunden hast."

Enttäuscht geht Melissa nach oben, um wenigstens einen Teil ihrer Sachen in Koffer zu verstauen. Sie hat mit einem Schlag alles verloren: Ihr sorgenfreies Leben als Ehefrau des Eigentümers von Eichmann-Pharma - ihr Ansehen in der Gesellschaft sowie die Liebe ihres Lebens. Denn in einem Punkt war sie immer ehrlich zu Tom: Sie liebt ihn, seit sie ihn kennt!

***

Einige Tage später erfahre ich von Keno, dass Tom sich von Melissa getrennt hat und die Scheidung einreichen will. Meine Genugtuung über den Erfolg meines Plans hält sich in Grenzen. Ich habe erreicht, dass Melissas bisheriges Leben zerstört ist, sie für die Schuld an Lisas Tod büßen muss.

Rückblickend allerdings bringt es mir gar nichts! Ich habe trotzdem sechs Jahre meines Lebens im Gefängnis verbracht, Lisa ist immer noch tot und die Freundschaft zu Keno hat einen Knacks bekommen. Sie wird nie wieder so unbeschwert sein, wie vor seiner Falschaussage.

Das einzig Positive, das ich aus der ganzen Sache ziehen kann, ist, dass ich Nick kennengelernt habe. Mit ihm kann ich eine glückliche und gleichberechtigte Beziehung führen, was mit Tom nie der Fall war.

Heute fahre ich zu Kim in die Justizvollzugsanstalt. Ich habe endlich einen Besuchstermin bekommen und freue mich darauf, sie nach so langer Zeit wieder zu sehen.

„Hallo Kim! Wie geht's dir?", rufe ich ihr entgegen, während sie auf mich zuläuft. Wir fallen uns in die Arme, müssen uns aber sofort wieder trennen, nachdem eine Beamtin neben uns steht, die sich lautstark bemerkbar macht.

Wir setzen uns gegenüber, wobei ich sie anstrahle.

„Kim, ich habe eine gute Nachricht für dich!", fange ich zögernd an.

„Du siehst auch gut aus, Sam! Dir geht es anscheinend blendend da draußen. Hat dein Plan funktioniert?", flüstert sie mir zu.

Leise erzähle ich von meinem vorgetäuschten Betrug sowie den Konsequenzen, die daraus für Melissa entstanden sind.

„Und wie geht es Nick?", fragt Kim beiläufig.

„Gut! Er war es nicht!", platze ich heraus.

Kim beobachtet mich mit zusammengekniffenen Augen. „Wer dann?", fragt sie unsicher.
„Es war Tom!"
„Dein Tom? Aber … Kira hat nie etwas von ihm erzählt!", sagt sie fassungslos.
„Sie kannte ihn unter dem Namen Mike", erkläre ich vorsichtig.
„Mike? Den kenn ich! Das ist Tom?", stellt sie verwirrt fest.
„Ja. Und Nick hat sich jetzt an Tom gerächt. Schau mal", sage ich leise, während ich ihr ein Foto über den Tisch schiebe.
Kim blickt auf das Bild und erkennt den Schriftzug des Tattoos. Ein zufriedenes Lächeln breitet sich auf ihrem Gesicht aus. „Das ist gut. Das ist sehr gut", sagt sie beruhigt.

EPILOG

Mittlerweile ist ein halbes Jahr, seit unserem Ausflug in die Schweiz, vergangen.

Meine Freundschaft zu Keno besteht weiterhin nur oberflächlich. Obwohl ich es mir fest vorgenommen habe, ihm zu verzeihen, sitzt die Enttäuschung über sein damaliges Verhalten tief in mir. Gelegentlich laufen wir uns in der Kanzlei über den Weg, wenn er Karla, eine meiner jungen Kolleginnen, abholt. Sie sind seit einigen Wochen zusammen und wirklich verliebt ineinander. Ich freue mich für ihn, endlich eine Frau gefunden zu haben, die ihn ebenso bedingungslos liebt, wie er sie.

Tom hat es da schlechter getroffen. Er hat sich in eine seiner stetigen Affären derart verliebt, dass diese seine daraus erwachsene Blindheit, schamlos ausnützt. Seine emotionale Abhängigkeit kostet ihn nicht nur das Ansehen in der Firma, sondern auch eine beträchtliche monatliche Summe, die er sich auf Dauer vermutlich nicht leisten kann.

Melissa arbeitet mittlerweile als Sekretärin in einem Baumarkt. Ihre überhebliche Art gegenüber Kollegen und Vorgesetzten hatte zur Folge, dass die letzten beiden Stellen seitens des Arbeitgebers, während der Probezeit, beendet wurden. Zudem hat der psychische Stress eine gemeine Hautkrankheit bei ihr ausgelöst, die sie trotz der vielen Arztbesuche nicht verbergen kann. Die Gewissheit, dass das Schicksal sie nun für ihre Taten bestraft, beruhigt mich.

Eines Abends kommt Nick gutgelaunt nach Hause und lächelt mich an.
„Was ist los? Hast du im Lotto gewonnen, oder warum strahlst du so?", will ich neugierig wissen.
„Viel besser!", lautet seine geheimnisvolle Antwort.

Nachdenklich schaue ich ihn an, überlege ernsthaft, was besser sein könnte, als eine Millionen Euro zu gewinnen.

„Soll ich weiter raten, oder verrätst du es mir endlich?", hake ich ungeduldig nach.

„Ich werde wieder studieren!", platzt es aus ihm heraus.

„WAS? Ich dachte, das geht nicht, weil ...", wende ich ein.

„Richtig! Aber die Sperrfrist von zehn Jahren ist bereits abgelaufen. Ich habe mich heute an der Uni eingeschrieben. Ab April werde ich wieder Jura studieren", erzählt er aufgeregt.

„Nick!", kreische ich freudig überrascht, während ich ihm um den Hals falle.

Einen Moment später stelle ich die in mir aufkommende Frage. „Warum gerade jetzt? Hat das einen Grund?"

„Du bist der Grund!", flüstert er an meine Lippen.

„Ich? Willst du mich in Zukunft vor falschen Urteilen beschützen, oder Leute wie Tom und Melissa überführen?", frage ich unschlüssig.

Er schiebt mich ein Stück von sich, schaut mich verwundert an. „Keines von beiden! Aber jetzt habe ich endlich jemanden, der die Miete sowie den Unterhalt übernimmt, während ich studiere", gibt er grinsend von sich.

Spontan boxe ich ihm in die Rippen, bis ich einen leisen Schmerzensschrei höre.

„Ist das dein Ernst? Du spinnst wohl?", gehe ich ihn gereizt an.

„Beruhig dich, Sam! Das war ein Witz!", besänftigt er mich schnell. „Ich mach es wirklich wegen dir. Aber nicht wegen des Geldes, sondern weil ich glaube, dass unsere zukünftigen Kinder einen Vater mit einem seriösen Beruf verdienen. Außerdem hat mir unsere Vergangenheit gezeigt, wie schnell eine unschuldige Person in Verdacht geraten kann, ein Verbrechen verübt zu haben. Dem möchte ich mit meiner Arbeit entgegensteuern."

„Unsere Kinder?", flüstere ich erstaunt.

„Kein Interesse?", kommt prompt die Gegenfrage.

Meine Antwort lasse ich unausgesprochen, falle ihm stattdessen um den Hals und küsse ihn mit all meiner zur Verfügung stehenden Liebe.

ENDE

DANKSAGUNG

Ich möchte mich bei allen bedanken, die mich bei der Fertigstellung des Buches unterstützt haben. Nicht zuletzt, Birsen Sager, die in stundenlanger Arbeit, meine Texte lektoriert und mich auf kleine Unstimmigkeiten hingewiesen hat.

Natürlich danke ich auch allen Lesern, die sich die Zeit genommen haben, meine Geschichte zu lesen. Ich hoffe, es hat euch gefallen!